BERND KÖSTERING

Goetheherz

HEUTE STIRBST DU! Der Goetheexperte Hendrik Wilmut versucht, sein Leben nach dem Mordanschlag auf seine Frau Hanna neu zu sortieren. Dabei erfährt er, dass sein Freund Richard Volk, Kriminalhauptkommissar in Frankfurt am Main, zwei ungeklärte Todesfälle bearbeitet. Sowohl Marianne S. aus Frankfurt als auch Elisabeth M. aus Offenbach sind nach Ansicht der Ärzte eines natürlichen Todes gestorben. Doch Richard Volk plagen Zweifel. Als der pensionierte Kriminalbeamte Siggi Dorst von dem ähnlich gelagerten Fall der Wilhelmine B. aus Jena berichtet, hat Wilmut einen unerhörten Verdacht. Denn alle Frauen tragen einen der Vornamen von Goethes Herzdamen. Aber damit steht er zunächst alleine da und kämpft gegen seine Freunde, einen konservativen Kripochef und eingefahrene Abläufe im Polizeiapparat. Beim furiosen Finale in Goethes Gartenhaus zeigt Wilmut mehr Mut, als er sich selbst je zugetraut hätte. Gelingt es ihm, die bedrohte Christiane S. aus Weimar zu retten?

© das-portrait

Bernd Köstering wurde 1954 in Weimar/Thüringen geboren und lebt heute in Offenbach am Main. 2010 gab er sein Debüt als Krimiautor und veröffentlichte seitdem acht Kriminalromane sowie zahlreiche Kurzgeschichten und Krimirätsel. Er entwickelte zusammen mit dem Gmeiner-Verlag das Genre des Literaturkrimis, in dem ein bekanntes Werk der Weltliteratur den jeweiligen Fall auslöst oder auflöst. Seine Goethekrimis um den Privatermittler Hendrik Wilmut haben unter Fans inzwischen Kultcharakter. Neben dem Schreiben gilt seine Leidenschaft drei Damen und drei Gitarren.

BERND KÖSTERING

Goetheherz

LITERATURKRIMI

GMEINER

Im Ehnried 5, 88605 Meßkirch
Telefon 07575/2095-0
info@gmeiner-verlag.de

2. Auflage 2024

Lektorat: Katja Ernst
Herstellung: Mirjam Hecht
Umschlaggestaltung: U.O.R.G. Lutz Eberle, Stuttgart
unter Verwendung eines Fotos von: © franke 182 / stock.adobe.com
Druck: Custom Printing Warschau
Printed in Poland
ISBN 978-3-8392-0029-2

Personen und Handlung sind frei erfunden.
Ähnlichkeiten mit lebenden oder toten Personen
sind rein zufällig und nicht beabsichtigt.

PROLOG

Sie hatte zwei Wochen lang geschlafen. Hendrik sah noch einmal auf den Kalender. Tatsächlich, vom 13. September bis heute. Die Ärzte hatten sich sehr distanziert ausgedrückt: »Ihre Frau liegt im Koma.« Hendrik konnte diesen Ausdruck nicht leiden. »Hanna schläft!«, hatte er sich angewöhnt zu sagen und näherte sich auf diese ihm eigene Art dem Wort »Winterschlaf«. Ein Winterschlaf war nichts Beunruhigendes und verhieß ein frohes Erwachen im Frühling.

Die Stationsärztin hatte mehrmals darauf hingewiesen, dass sie nicht wüsste, ob und wann Hanna wieder aufwachte. Sie hatte nie den Mut gehabt, ihm das ins Gesicht zu sagen, murmelte es beiläufig, während sie sich über Hannas Bett beugte, oder erwähnte es in Hendriks Beisein gegenüber einer Krankenschwester – als wenn die es nicht wüsste. Natürlich wusste Hendrik es auch, doch er war ein Freund klarer Botschaften und hätte ein offenes Gespräch geschätzt.

Viele Stunden hatte er in den vergangenen zwei Wochen an Hannas Bett gesessen, leise mit ihr geredet, für sie Gedichte rezitiert oder gesungen. Immer dasselbe Lied. Und viele Nächte hatte er zu Hause auf dem Küchenstuhl zugebracht, am Fenster, mit Blick auf den kleinen Park an der Bodenstedtstraße, lethargisch auf die Uneinsamkeit wartend. Mehr als sonst hatte er darüber nachgedacht, wie es wäre, für immer allein zu sein. Ohne Ansprache, ohne Austausch, selbst wenn es nur ein paar unbedeutende Sätze wären. Ohne gemeinsame Mahlzeiten an einem liebevoll gedeckten Tisch oder locker in der Küche stehend, in einer Hand ein Brötchen, in der anderen ein Bierglas. Ohne die vertrauten Berührungen und das gegenseitige Wärmen unter der Bettdecke. Er hatte sich geschworen, daran zu denken, wenn Hanna aufwachte, wohl ahnend, dass es schwer werden würde. Schnell konnte ihn der Alltag wieder einholen. Der Alltag – dieses harmlos daherkommende Monster, das schon so viel Lebensfreude und Liebeswahrhaftigkeit unter sich begraben hatte.

Natürlich würde Hendrik eines Tages ohne Hanna sein. Bisher hatte er fest daran geglaubt, diesen Planeten vor seiner Frau zu verlassen. Doch dann war das umgekehrte Szenario mit Macht herangerückt, und er merkte, dass ihm seine imaginäre Variante besser gefiel. Er sah sich selbst in einem lichtdurchtränkten Wolkenmeer schweben, und dieses Bild im Gemenge seiner Fantasie behagte ihm mehr als die Vorstellung, ohne Hanna in der mit Gemeinsamkeit gefüllten Wohnung ausharren zu müssen.

Die Dämmerung schlich sich in die Küche wie ein grauer Dieb. Vor zwei Stunden hatte der Professor angerufen und ihm verkündet, dass Hanna aufgewacht sei. Er müsse noch einige neurologische Untersuchungen durchführen, dann könne Hendrik sie besuchen, gegen Abend, er melde sich wieder.

In den Tagen zuvor hatte Hendrik die Dämmerung als willkommenen Gast hereingelassen, war ohne sich zu rühren sitzen geblieben, bis es dunkel geworden war. Jetzt stand er auf und schaltete das Licht ein. Kurz darauf klingelte das Telefon.

*

Sie hatte sich in die Lüfte erhoben, fühlte sich leicht, flog hoch und weit. Die Stadt lag unter ihr, das Land glich dem Garten ihrer Mutter, sie schwebte höher, die Erdkugel sah aus wie ein vergessener Kinderball im Rinnstein. Jemand rief einen Namen. War es ihr Name? Wer rief da? Während sie höher und höher gezogen wurde, spürte sie Angst, tiefe, wahrhaftige Angst. Irgendwann musste das doch aufhören! Dann nahm sie etwas wahr, das einem Schutzschild ähnelte, direkt über ihr. Es erinnerte sie an die Schildkröte ihrer Großeltern. Unter dem Schutzschild blieb sie förmlich hängen, fühlte sich wie ein reifer Apfel, der nicht vom Baum fallen konnte. Sie meinte, eine Stimme zu hören, die eines Märchenerzählers. War das ihre Großmutter? Nein, eine Männerstimme, aber der Großvater hatte ihr nie vorgelesen. Immer wieder die gleichen Sätze, im subtilen Stakkato, so als wollte man ihr etwas einbläuen, ähnlich den Kirchenliedern im Konfirmationsunterricht. Sie wehrte sich zunächst, merkte dann jedoch, dass es ihr guttat, mehrmals dieselben Zeilen zu hören, die Worte zu spüren und einzuatmen. Wieder und wieder.

Endlich gab der Apfelbaum sie frei. Sie fiel nicht langsam, so wie die Dämmerung zu Hause herabsegelte, sondern schnell wie ein Stein, so wie die Dämmerung am Äquator hereinbricht. Sie fürchtete, auf die Erde zu schlagen, wehrte sich mit Händen und Füßen, schrie, sah, dass alles weiß war um sie herum, schrie noch mehr, bis ein älterer, grauhaariger Herr erschien, sich über sie beugte und mit einer sonoren Stimme erklärte, er hieße Professor … – den Nachnamen verstand sie nicht. Daraufhin wollte sie etwas sagen, war sich allerdings nicht sicher, ob sie sprechen konnte. »Lassen Sie sich Zeit!«, sagte der Professor in einer gütigen Art, und langsam, stockend, fast stotternd brachte sie einen Satz heraus: »Pro…fessor … ist ja … ein komischer … Vorname!«

Daraufhin hörte sie einige Menschen lachen und verzog selbst den Mund zu einem leisen Lächeln. Zu mehr reichte es nicht, denn ihr Kopf schmerzte. Sie könne noch etwas schlafen, hieß es, doch das wollte sie nicht, denn sie befürchtete, wieder ins Fliegen zu kommen. Sie sprach nicht, sondern beobachtete, wie der Professor sie abhorchte und seinen Finger vor ihren Augen hin und her bewegte. Irgendwann später spürte sie eine Hand in der ihrigen und sie tat das, was sie am besten konnte: lachen und weinen zur selben Zeit. »Willkommen zurück!«, sagte Hendrik.

1. WOCHE

Elisabeth Müller

Frankfurt a. M., Montag, den 6. Oktober, abends

Hendrik Wilmut hätte eigentlich ein Literaturseminar für den nächsten Tag vorbereiten müssen. Aber dazu kam es nicht. Stattdessen tigerte er unruhig durch die Wohnung in der Bodenstedtstraße, hatte Hunger, doch der Kühlschrank war leer, suchte ein Restaurant, wollte dort aber nicht allein sitzen. Er überlegte, wen er anrufen konnte.

Sein Freund Richard Volk, der war ein Kandidat. Richard war eigentlich alleinstehend, derzeit bahnte sich jedoch eine Beziehung mit Monika an. Wahrscheinlich würde er lieber mit ihr ausgehen. Oder das Kommissariat 11 im Frankfurter Polizeipräsidium nahm ihn wieder einmal in Beschlag mit einem Verbrechen gegen Leib und Leben. Im Moment des Zauderns fiel Hendriks Blick auf einen Gutschein, der unter einem bunten Kühlschrankmagneten klemmte: ein 2:1-Coupon, mit dem man zu zweit im französischen Restaurant Le Patron am Mainufer speisen konnte, aber nur eines der beiden Hauptgerichte bezahlen musste. Er griff zum Telefon. Richard sagte sofort zu.

Ohne den Gutschein wäre Hendrik wohl nicht auf die Idee gekommen, dort zu essen, denn der Patron rief Preise auf, die weder zum Gehalt eines Hochschuldozenten noch zu dem eines Kriminalhauptkommissars passten.

Sie hatten sich um 19 Uhr vor dem Restaurant verabredet. Hendrik war von seiner Wohnung aus gelaufen, und als er den Treffpunkt erreichte, war es 19.15 Uhr. Richard wartete bereits.

»Sorry, ich musste noch … was erledigen«, sagte Hendrik. »Und als ich auf die Uhr sah, war es plötzlich sieben. Bin sogar gerannt hierher.«

Richard gab ihm die Hand und nickte jovial, so als wollte er dadurch zum Ausdruck bringen, dass er Hendriks Unpünktlichkeit gewohnt war.

Sie nahmen ihre Plätze ein, Richards Stuhl knirschte unter seinem Gewicht, hielt ihm jedoch stand. Sie bestellten das Essen und eine Flasche Rotwein.

»Erzähl von Hanna, Junge, wie geht es ihr?« Richard schien ungeduldig auf Neuigkeiten zu warten.

Hendrik lächelte. »Es geht ihr recht gut. Der Professor meint, in Anbetracht der zweiwöchigen Schlafphase gehe es ihr sogar sehr gut. Die ersten Tage konnte sie kaum sprechen, das lag wohl an dem Beatmungsschlauch. Jetzt ist sie seit gut einer Woche wieder wach. Sie läuft auf der Station hin und her, noch recht matt, aber es wird besser. Übermorgen darf sie nach Hause. Ich …« Hendrik konnte nicht weiterreden.

Richard legte ihm behutsam die Hand auf den Arm. »Ich bin so froh! In erster Linie für Hanna und dich.«

Hendrik nickte.

»Siggi und ich waren an diesem Abend allerdings auch im Café«, fuhr Richard fort. »Und … ich hätte es mir nie verziehen, wenn Hanna …«

Hendrik war zunächst überrascht. Doch dann verstand er. »Ja, ich weiß, was du meinst. Ihr habt nichts falsch gemacht, überhaupt nichts. Dennoch macht man sich Vorwürfe, man glaubt, eine gewisse Schuld zu tragen. Ich kenne das.«

»Du meinst deine … also die Sache mit Nadine Moser?«

»Ja, die verfolgt mich immer noch. Sie macht mir einmal schöne Augen und ich falle sofort drauf rein – was war ich für ein Idiot! Und die Folgen für Hanna …« Hendrik schüttelte den Kopf.

»Stimmt«, sagte Richard. »Aber das hätte vielen Männern passieren können, mir auch. Wir sind da irgendwie … evolutionär benachteiligt.«

Hendrik quälte sich ein kurzes Lächeln ab.

»Außerdem hatte Nadine es auf dich abgesehen«, sagte Richard. »Aus Gründen, die mit Männern und Frauen und der Evolution nichts zu tun haben. Sie wollte dich aushorchen.«

»Ich weiß. Trotzdem quält mich dieses verdammte schlechte Gewissen.«

»Ja«, sagte Richard. »Hab Geduld, die Zeit wird's richten.«

Hendrik nickte. »Hoffentlich. Nietzsche hat mal gesagt, das schlechte Gewissen baut auf Schmerz. Es wird etwas eingebrannt, das nicht aufhört, wehzutun. Genau so fühle ich mich derzeit.«

Die Kellnerin brachte den Wein und erläuterte mit einem netten französischen Akzent, wo genau aus Burgund der gute Tropfen herkam und in welche Geschmacksrichtung er tendierte. Sie entkorkte die Flasche und goss ein. Die beiden Männer stießen auf Hannas Gesundheit an.

»Kann sie sich eigentlich noch an den 13. September erinnern?«, fragte Richard.

Hendrik wiegte den Kopf hin und her. »Sie sagt nein und die Ärztin hält eine Teilamnesie für möglich. Ich bin nicht sicher, vielleicht erinnert sie sich daran, will es aber verdrängen. Wäre ja verständlich.«

Richard machte eine zustimmende Handbewegung. »Es wird eine Weile dauern, bis sie voll bei sich ist.«

»Das stimmt, aber ich mache mir natürlich Gedanken, wie es weitergehen soll, mit ihr und mit dem Café.«

»Ach so, ja ...«

»Momentan läuft alles über Esra, sie war ja schon vorher Hannas große Stütze. Zwei meiner Studenten, Frank und Sascha, die helfen ihr und organisieren regelmäßig Aushilfskräfte. Ich schaue auch ab und zu rein. Das läuft ganz gut ... ein paar Wochen, zwei bis drei Monate vielleicht, ist allerdings keine Dauerlösung.«

Richard nickte. »Meinst du, Hanna kann das Café je wieder betreten?«

Hendrik hob die Schultern. »Ich weiß es nicht.« Die Szene vom 13. September drängte sich in seine Gedanken, er wollte das nicht, aber die Erinnerung war zu mächtig. Er sah sich selbst im Café stehen und panisch nach Hanna rufen, die in der Küche eine Weinflasche öffnete. *Die* Weinflasche. Nadine Moser hatte mit einer Kanüle den Korken durchstochen und Gift eingefüllt. Hendrik rannte, Siggi schrie, Richard rief hinter ihm her. Zu spät. Hanna meinte noch, der Wein schmecke gut. Dann sackte sie zusammen. Es fielen Schüsse. Durch die Fenster, er musste sich auf den Boden werfen, konnte Hanna nicht helfen. Nadine Moser war eine gute Schützin, aber Hendrik hatte sie besiegt, mit der List und der Verzweiflung des Liebenden.

»Woran denkst du?«, fragte Richard.

»Ach, nichts!«

Richard nickte. Er wusste wahrscheinlich, worüber Hendrik nachdachte, doch aus Rücksicht auf seinen Freund wollte er es nicht aussprechen.

»Die im Krankenhaus haben eine Reha für sie beantragt«, sagte Hendrik. »Wahrscheinlich in Bad Homburg.«

»Das ist gut! Habt ihr schon einen Termin?«

»Nein, bisher nicht. Übrigens, fürs Wochenende habe ich Siggi und Ella eingeladen. Sie waren ja auch dabei, bei der Schießerei im Café, vielleicht löst ein Wiedersehen Hannas Erinnerung. Hast du Lust, dazuzukommen? Vielleicht am Samstagabend?«

»Gerne, wenn es nicht zu viel wird für Hanna.«

Hendrik lächelte und war froh über Richards offene und unkomplizierte Art. Trotzdem hatte er plötzlich das Gefühl, zu viel von sich und Hanna geredet zu haben. Er mochte es nicht, wenn die Unterhaltung zu einseitig verlief.

»Wie geht's Monika?«, fragte er.

»Weiß nicht«, brummte Richard. »Sie ist wieder zurückgegangen nach Würzburg.«

»Oh, schade. Was war los? Dein Beruf?«

»Ja, auch, ich hatte einfach zu wenig Zeit für sie. Abgesehen davon sind diese Datingportale definitiv nicht das richtige Medium, um sich kennenzulernen. Schon gar nicht für Ü50-Kandidaten wie Monika und mich. Von wegen alle elf Minuten verliebt sich ein Single … und so weiter.«

Ein Kellner erschien mit den Speisen, die auf einem Servierwagen angerichtet waren.

Während des Essens beobachtete Hendrik seinen Freund. Richards blonde Haare sahen aus, als sei er im Laufe des Tages mehrfach mit ungeduldigen Handgriffen durch sie hindurchgefahren. Die Falten, die von seinen Mundwinkeln schräg nach oben liefen, stachen scharf ins Gesicht.

»Du wirkst etwas – wie soll ich sagen? – rastlos. Monika oder die Arbeit?«

Richard sah ihn an. »Dir kann man nichts vormachen.« Er lächelte gequält. »Mehr die Arbeit.«

»Geheimsache oder kannst du darüber reden?«

»Lass uns erst einmal essen, dann erzähle ich dir davon.«

Hendrik bemerkte, dass Richard seiner Frage nach dem Vertraulichkeitsstatus ausgewichen war, und beschloss, besser nicht nachzuhaken, dafür aber mit den Informationen, die sein Freund im Laufe des Abends preisgeben würde, sehr vorsichtig umzugehen. Schließlich gab es im K11 reichlich Fakten, die nicht für die Öffentlichkeit bestimmt waren. Das französische Kalbsragout mit getrüffelter Preiselbeermarmelade schmeckte hervorragend. Auch Richard war begeistert von seiner Dorade im Salzteig. Sie waren sich einig, dass der Preis zur Qualität passte. Hendrik zückte sein Smartphone und fotografierte Kalbsragout und Dorade, um sie später Hanna zu zeigen. Er achtete darauf, dass dies fast heimlich geschah, damit es nicht peinlich wurde. Er wollte keiner dieser Hipster sein, die ständig ihr Essen ablichteten und die Bilder in den sozialen Medien teilten. Dann schoss er noch ein Erinnerungsfoto von Richard.

»Pass bitte auf, dass keine anderen Personen aufs Bild kommen! Du weißt schon, das Recht am eigenen Bild!«

»Geht klar, Herr Kommissar!«, sagte Hendrik lachend.

Zum Dessert wollte Richard Sachertorte bestellen, aber die gab es beim Patron nicht, so teilten sie sich eine Tarte Tatin. Anschließend zogen sie an die Bar um.

Die Kellnerin trug ihnen ohne Aufforderung die noch halb gefüllte Rotweinflasche nach.

»Excusez-moi, darf isch nachschenken?«

»Gerne!«, sagte Richard. Und an Hendrik gewandt fuhr er fort: »Den Wein bezahle ich. Als Ausdruck meiner Freude über Hannas Genesung!«

Hendrik lächelte, sie stießen an. Der Patron kam höchstpersönlich vorbei, grüßte und fragte, ob sie zufrieden seien. Es entwickelte sich ein kurzes, herzliches Gespräch, in dem Hendrik und Richard die Kochkünste des Franzosen lobten und versprachen, dass dies nicht ihr letzter Besuch gewesen sei. Der Patron entschwand in die Küche.

»Es geht um eine tote Frau in Offenbach«, sagte Richard Volk unvermittelt. »Gestern Mittag haben die Kollegen vom PPSOH sie gefunden.«

»Vom PP… was?«

»Ach, sorry, die Kollegen vom Polizeipräsidium Südosthessen.«

Hendrik dachte an seine Mutter, die im Offenbacher Hafenviertel wohnte. Sein Gesicht schien diese Sorge zu spiegeln, denn Richard schob sofort hinterher: »Nicht im Hafenviertel, draußen in Bürgel.«

»Aha, gut … und was hast *du* damit zu tun?«

»Ein Kollege dort, der früher mal im Frankfurter Präsidium war, ein Kumpel, hat mich um Hilfe gebeten. Die meisten seiner Kollegen gehen von einer natürlichen Todesursache aus, auch der Arzt, der die Leichenschau durchgeführt hat. Kreislaufversagen.«

»Aber dein ›Kumpel‹, der zweifelt daran, oder wie?«

»Richtig. Erstens zweifelt er an der Leichenschau und zweitens gibt es Indizien, die auf einen gewaltsamen Tod hindeuten. Mehr darf ich nicht sagen.«

»Schon klar. Und warum zweifelt er an der Leichenschau?«

»Die wurde von einem normalen Hausarzt vorgenommen.«

»Wie bitte?«

»Na ja, es ist nicht vorgeschrieben, dass das ein Rechtsmediziner macht, auch wenn wir Polizisten das natürlich lieber sähen. Oft sind die Spezialisten überlastet, dann werden niedergelassene Ärzte verpflichtet, die kaum Spezialwissen haben und erst recht keine Zeit. Das ist ein unmöglicher Zustand. Wir können derzeit jedoch nichts daran ändern.«

»Gibt es denn in Offenbach nicht wenigstens Pathologen, die das übernehmen können?«

»Doch, natürlich, in den beiden Kliniken, aber am Sonntag kommen wir an die nicht ran. Mein Freund wollte die Staatsanwaltschaft überzeugen, einer Obduktion zuzustimmen, was ihm bisher nicht gelungen ist. Erschwerend kommt dazu, dass in der zuständigen Rechtsmedizin an der Frankfurter Uni zwei Leute fehlen, einer ist krank, eine Planstelle ist vorübergehend gesperrt.«

»Oh, das mit der gesperrten Planstelle kenne ich aus unserem Fachbereich«, sagte Hendrik. »Nur mal zu meinem Verständnis: Schreiben die Ärzte nicht sowieso meistens Herz-Kreislauf-Versagen auf den Totenschein?«

»Vorsicht, das kann man nicht verallgemeinern. Einige geben sich große Mühe, andere drehen den Leichnam nicht einmal um und übersehen eine Stichwunde im Rücken. Immerhin hat der Allgemeinmediziner eine Blutprobe entnommen, die hat nichts Auffälliges ergeben. Der Staatsanwalt hat ihm – also meinem Kumpel – zwei Tage gegeben, um neue Beweise zu finden, wenn nicht, wird der Fall abgeschlossen. Entschuldige, dass ich immer nur von meinem ›Kumpel‹ spreche, besser, du kennst seinen Namen nicht«.

»Verstehe. Probleme zwischen den Präsidien?«

»Ja, genau.«

»Hm.« Hendrik war ratlos, hatte allerdings auch nicht den Anspruch, Richard helfen zu können. Schließlich war er Literaturwissenschaftler und kein Kriminalbeamter, wenngleich er wusste, dass sowohl Richard als auch ihr gemeinsamer Freund Siegfried Dorst seine unvoreingenommene Art der Menschenbetrachtung schätzten. Zumal er bereits in einige Kriminalfälle hineingestolpert war, zwar ohne sein Zutun, aber auch ohne Widerstand. Und er hatte mehr als einmal wertvolle Hinweise geben können.

Die Kellnerin kam, um zu fragen, ob alles in Ordnung sei und ob sie vielleicht eine weitere Flasche Wein bringen solle. Richard sah Hendrik fragend an, der schüttelte den Kopf.

»Ich denke, eine halbe Flasche für jeden reicht.«

Hendrik bestellte zwei Tassen Espresso und verlangte die Rechnung.

Als sie sich verabschiedeten, sagte die Bedienung an Hendrik gewandt: »Isch hoffe, Sie waren zufrieden, Monsieur …?«

Hendrik musste lächeln. »Wilmut, Hendrik Wilmut. Ja, wir waren sehr zufrieden. Au revoir!«

»Au revoir, Messieurs!«

Als sie vor dem Restaurant standen, kam Hendrik eine vage Idee. Vielleicht hatte die frische Herbstluft seine Gedanken beflügelt. »Richard, mir ist da jemand eingefallen. Almuth Feller.«

»Wer soll das sein?«

»Sie arbeitet in unserer Dekanatsverwaltung und war früher in der Uni Gießen angestellt, im Büro des Instituts für Rechtsmedizin.«

Richard schien zu ahnen, worauf Hendrik hinauswollte. »Hm. Wie gut kennst du sie?«

»So gut, dass ich sie fragen kann.«

»Okay, einen Versuch ist es wert. Falls es klappen sollte, müssen wir noch klären, wie die Leiche nach Gießen kommt. Aber eins nach dem anderen.«

Sie verabschiedeten sich.

»Übrigens, Richard, falls Almuth Feller das wissen will, wie hieß denn die getötete Frau?«

»Das kann ich dir sagen, steht morgen sowieso in allen Zeitungen. Ihr Name ist Elisabeth Müller.«

*

Nikolaj Mestroff

Frankfurt a. M., Mittwoch, den 8. Oktober, vormittags

Hendrik Wilmut warf hin und wieder einen Blick auf seine Frau, die bewegungslos im Wohnzimmersessel kauerte und vor sich hin starrte. Sie hatte ihn gebeten, sie zunächst in Ruhe zu lassen. Sie wollte nichts essen, lediglich Tee trinken. Von Zeit zu Zeit öffnete sie die Balkontür, stellte sich für ein paar Minuten in die Herbstsonne, kam dann zurück und ließ sich erneut in den Sessel fallen.

Es fiel Hendrik schwer, sie nicht anzusprechen, sie nicht zu berühren oder zu umarmen. Dennoch akzeptierte er ihren Wunsch. Sie musste sich offensichtlich erst wieder ans Leben gewöhnen, ans Lebendigsein, an innere und äußere Freiheit. Das verstand Hendrik. Auch wenn er zu gern wissen wollte, was in ihrem Kopf vorging, was sie dachte, was sie fühlte. Und die wichtigste Frage stand bislang aus: War ihr Verhältnis so innig wie zuvor? Einfacher ausgedrückt: Liebte sie ihn noch? Hendrik wollte das nicht in direkte Worte fassen, er war überzeugt, dass er es in den nächsten Tagen spüren würde.

Der Professor hatte ihn ermahnt, sehr vorsichtig mit Hanna umzugehen. Jeder reagiere anders auf solch eine lange Zeit des Unbewusstseins. Manche Menschen seien sofort wieder da, wollten feiern, essen und trinken, andere müssten sich erst finden und wollten zunächst nichts zu sich nehmen, um all die Ereignisse – im wahrsten Sinne des Wortes – zu verdauen. Diese Phase könne Tage dauern, manchmal Wochen. Hendrik hatte ihm klarzumachen versucht, dass er sich verantwortlich fühle für Hanna, auch für die Vorgänge, die dazu geführt hatten, dass sie in den langen Schlaf gefallen war. Und er wolle das wieder gutmachen. Daraufhin hatte ihn der Professor ernst angesehen und gemeint, dass es jetzt nur um seine Frau ginge, nicht um ihn und seine Schuldgefühle. Die müsse er später aufarbeiten. Und übrigens, er solle ihr Hühnersuppe kochen.

Hendrik hatte sich für den Rest der Woche Urlaub genommen. Das war nicht einfach gewesen, da sie sich kurz vor dem Beginn der Vorlesungszeit befanden, da gab es viel zu tun. Aber als er der Dekanin den Hintergrund erläuterte, stimmte sie sofort zu. Er musste viel organisieren, Besprechungen und Seminare verlegen oder Ersatzdozenten finden. Almuth Feller half ihm dabei. Hendrik nutzte die Gelegenheit, sie um einen Gefallen zu bitten, verbunden mit dem Hinweis, die Angelegenheit möglichst diskret zu behandeln. Sie hatte ihm verschwörerisch zugezwinkert und gemeint, das ginge klar. Sie habe gute Verbindungen nach Gießen, er solle ihr einfach die Telefonnummer des ermittelnden Beamten geben, damit sie diese weiterleiten könne. Gesagt, getan.

Er ging in die Küche, schaltete das Radio an, räumte die Spülmaschine ein und erledigte ein paar alltägliche Handgriffe.

Als er eine halbe Stunde später ins Wohnzimmer zurückkehrte, war Hanna im Sessel eingeschlafen. Er hielt sein Ohr nahe an ihren Mund. Sie atmete tief und gleichmäßig. Alles in Ordnung, dachte er und deckte vorsichtig ihre Beine zu. Dann setzte er sich auf die Couch und versuchte, die Zeitung zu lesen. Schnell merkte er, dass er zwar die Buchstaben verfolgte, aber die Bedeutung der Worte nicht aufnahm. Die einzige Meldung, die zu ihm durchdrang, war die Nachricht über den Suizid einer jungen Frau in Wetzlar. Er faltete die Blätter zusammen und legte sie beiseite.

Hendriks Gedanken schweiften zu Elisabeth Müller. Solange Hanna schlief, konnte er nachsehen, was die Medien dazu schrieben. Er ließ einen Espresso durchlaufen, nahm ihn mit ins Arbeitszimmer und fuhr den Rechner hoch.

Die Offenbach-Post berichtete von der 68-jährigen Elisabeth M. aus Bürgel, die am Sonntag gegen 11.20 Uhr von ihrer Tochter Sonja M. tot in ihrer Wohnung aufgefunden worden war. Die junge Frau war aus Mühlheim herübergekommen, um ihre Mutter zum Mittagessen abzuholen, und sagte aus, dass Elisabeth M. schon länger an einer Herzschwäche, einer sogenannten Herzinsuffizienz, gelitten habe. Sie habe ihr mehrmals geraten, eine Herzkatheteruntersuchung vornehmen zu lassen, aber die alte Dame habe sich nicht dazu durchringen können.

»Sie haben Post!« Ein dicker gelber Balken erschien auf seinem Monitor und verschwand kurz darauf wieder. Die Neugier und der zeitgemäße Zwang, immer auf dem aktuellen Stand der Nachrichtenlage sein zu müssen, bewegten ihn dazu, seinen E-Mail-Eingang zu öffnen.

Sehr geehrter Herr Dr. Wilmut,
Sie haben über die Website www.dealer.by einen illegalen Download des Songs »Spanish Harlem«

getätigt und sind uns dafür den Betrag von 5 Euro schuldig. Hinzukommt eine Strafgebühr von 400 Euro, zusammen 405 Euro. Ort: Trient, Hotel Albergo della Rosa. Zeit: Dienstag 9. September um 6.14 Uhr. Falls Sie nicht bis zum 12. Oktober den Betrag auf das unten aufgeführte Konto überweisen, müssen wir unser Inkassounternehmen beauftragen, Sie zu liquidieren. Antworten Sie uns umgehend, ob Sie bereit sind, die Zahlung zu leisten. Es hat keinen Sinn, die Polizei einzuschalten, unser Server steht in Weißrussland und ist von Deutschland aus nicht zu identifizieren.
Mit freundlichen Grüßen
Ihr Nikolaj Mestroff

Hendrik gingen tausend Gedanken durch den Kopf und ebenso viele Gefühle wühlten ihn auf. Wut, Entrüstung, Selbstzweifel, Verunsicherung. Er sah nach dem Absender der E-Mail: info@lawminister.by. Der selbsternannte belarussische Rechtsminister – lachhaft! Natürlich hatte Hendrik dieses Lied nie heruntergeladen. Oder hatte er es aus Versehen doch angeklickt? So etwas konnte bei all den Spam-Mails schon mal passieren. Aber sicher nicht von einem Hotelcomputer aus. Er hatte in Trient ja sein eigenes Tablet dabeigehabt. Und wenn, dann hätte er sicher nicht um 6.14 Uhr morgens im Internet gesurft. Da schlief er in aller Regel. Der Gedanke beruhigte ihn, sein Inneres fuhr auf Normalmodus herunter. Dennoch … es blitzte erneut durch seinen Kopf: Er war tatsächlich in Trient gewesen an diesem Tag. Mit seinem Taxifahrerfreund Eddie. In einem Hotel. Woher wusste dieser Mestroff das? Nicht zu fassen! Seine Gefühlswelt verdichtete sich zu Zorn und Abscheu.

Egal, er würde nicht antworten, das war klar, dabei konnte man sich nur einen Virus einhandeln, und er würde erst recht nicht 405 Euro zahlen. Hendrik blockierte den Absender und löschte die E-Mail sowohl aus seiner Inbox als auch aus seinem Papierkorb.

Zurück zur Onlineseite der Offenbach-Post: Dem Artikel über Elisabeth M. war ein Textkasten beigefügt, in dem ältere Patienten ermahnt wurden, wichtige Herzuntersuchungen nicht auf die lange Bank zu schieben. Dazu die Telefonnummer eines Herzspezialisten.

Hendrik überlegte: Eine ältere Dame starb, 68 Jahre, kein hohes Alter, aber bei der von der Tochter genannten Vorerkrankung nicht ungewöhnlich. Dennoch, etwas störte ihn. Wie so oft konnte Hendrik nicht sagen, was es war. Er wusste jedenfalls, dass dieses »Etwas« existierte und ihn noch beschäftigen würde.

Schweren Herzens schrieb er Siggi und Richard eine ausführliche E-Mail, in der er erklärte, dass es keinen Sinn mache, Hanna derzeit zu besuchen. Er fuhr den Rechner herunter und ging ins Wohnzimmer.

Seine Liebste stand auf dem Balkon und starrte hinunter in den kleinen Park. Sie sah schmal aus. Ihre blonden Haare fielen wirr durcheinander. Für Hanna, die sonst immer viel Wert auf ihre Frisur gelegt hatte, war das sehr ungewöhnlich.

Er öffnete die Balkontür einen Spalt breit. »Hallo, Hanna, soll ich dir etwas zu essen machen?«

Sie schüttelte den Kopf.

Trotzdem wärmte er die Hühnersuppe auf.

*

Marianne Schmidt
Frankfurt a. M., Donnerstag, den 9. Oktober, nachmittags

Obwohl der anwesende Arzt einen natürlichen Tod bescheinigt hatte, war das K 11 hinzugezogen worden. Das waren Routineabläufe der Polizeiarbeit. Kriminalhauptkommissar Richard Volk verließ gegen 14 Uhr an diesem Donnerstag den Aufzug des Mietshauses im Goldbergweg und betrat die Wohnung der Toten im dritten Stock. Sein junger Kollege Kriminalkommissar Pascal Simon empfing ihn. Er war lässig gekleidet und trug eine rote Mütze.

»Tag, Herr Volk. Der Arzt ist noch da, er wird wohl gleich fertig sein. Die Tote heißt Marianne Schmidt, 62 Jahre alt, wohnte allein, keiner im Haus kannte sie, außer einer Nachbarin hier nebenan auf dem Flur. Der Briefkasten von Frau Schmidt ist leer, ihr Papierkorb ebenso. Sie hat keine weiteren Verwandten.«

»Wie lange sind Sie schon vor Ort?«

»Etwa 'ne halbe Stunde.«

»Und in dieser Zeit haben Sie das alles herausbekommen?«

»Äh, ja.«

»Gut, Pascal, das haben Sie gut gemacht!«

Sein Mitarbeiter grinste.

Der Kriminalhauptkommissar nickte dem Arzt zu und blieb vor der Leiche stehen. Der Anblick von Toten bereitete ihm nach all den Jahren keine Schwierigkeiten mehr. Frau Schmidt lag rücklings auf dem Wohnzimmerteppich und sah hinauf zur Zimmerdecke. Sie hatte einen entspannten, fast zufriedenen Gesichtsausdruck. Für Richard Volk war das gleichbedeutend mit einem schnellen Tod, bei dem sie nicht gelitten hatte. In der Hand hielt sie eine Zahnbürste. Er wusste, dass viele ältere Menschen durch Blutgerinnsel starben, die sich durch die Erschütterungen des Körpers beim Rasenmähen, beim Bohren oder eben beim Zähneputzen lösten und zu einem Herzinfarkt oder Schlaganfall führten.

»Todeszeitpunkt?«, fragte er den Arzt, der bereits dabei war, seine Sachen einzupacken.

»Noch nicht lange her. 12 Uhr plus/minus eine Stunde.«

Volk sah auf. »Sicher?«

»Sicher!«

»Sind Sie Gerichtsmediziner?«

»Nein, aber Pathologe.«

Richard nickte ihm zu. Ein Zeitfenster von 11 bis 13 Uhr passte nicht zu der Zahnbürste. Ein Todeszeitpunkt in den Morgenstunden wäre logischer gewesen. Es sei denn, Frau Schmidt hatte sich auch nach dem Mittagessen die Zähne geputzt – möglich, aber unwahrscheinlich.

»Keinerlei Anzeichen für einen gewaltsamen Tod«, sagte der Arzt.

»Okay, danke!«

Wieder eine Frau in den 60ern. Wieder zu früh verstorben.

Pascal Simon riss ihn aus seinen Gedanken. »Die Flurnachbarin hat ausgesagt, dass sie gegen 12.30 Uhr eine Wohnungstür gehört hat, sehr wahrscheinlich die von Frau Schmidt.«

»Sehr wahrscheinlich? Was heißt das?«

»Sie war sich ziemlich sicher. Die beiden kennen sich und ihre Wohnungstüren.«

»Gut, Sie warten auf die Kollegen von der Kriminaltechnik, die sollen nach Fingerspuren auf der Zahnbürste suchen!«

»Auf der Zahnbürste?«

»Ja, wir müssen davon ausgehen, dass …« Sein Mobiltelefon klingelte. Er nahm ab.

»Hier ist Dr. Bergen, Uni Gießen, Rechtsmedizin.«

»Ach, gut, einen Moment bitte …«

Volk gab Simon ein Zeichen, verließ die Wohnung und ging ins Treppenhaus. Das Gespräch dauerte nicht lange. Dr. Bergen war sehr hilfsbereit. Auch die Nachricht, dass es sich inzwischen um die Obduktion von zwei Frauenleichen handelte, schockierte ihn nicht. Richard Volk konnte sich nicht des Eindrucks erwehren, dass zwischen Almuth Feller und Dr. Bergen eine besonders gute Beziehung bestand. Er lächelte. Dann rief er Pascal Simon zu, dass er dringend zum Oberstaatsanwalt müsse, und verabschiedete sich.

*

Sebastian Bergen

Gießen, Samstag, den 11. Oktober, morgens

Dr. Sebastian Bergen war ein Mann, den man im modernen Sprachgebrauch durchaus als smarten Typ bezeichnen konnte: 38 Jahre alt, 1,90 Meter groß, dunkles, wild fallendes Haar, kein übermäßig präsenter Vollbart, sportliche Erscheinung. So weit alles in Ordnung. Aber wenn er einer Frau erklärte, dass er in der Rechtsmedizin arbeitete, und die Frage, ob er »Leichen aufschnitt«, bejahte, dann war es meistens vorbei mit dem Interesse. Einmal hatte er sich selbst als »Aufschneider« bezeichnet, in der Meinung, das sei lustig. Die entsprechende Dame hatte jedoch nicht gelacht, sondern sich verabschiedet.

Bei Almuth Feller war das anders gewesen. Sie war einige Jahre älter als er, erfahren und abgeklärt. Ihr auffallend schönes, gewinnendes Lächeln faszinierte ihn. Und als Krönung dieses Lächelns präsentierte sie ihre makellos geformten weißen Zähne. Zudem hatte sie selbst in der Rechtsmedizin gearbeitet, zwar im Verwaltungsbereich, dennoch waren alle Vorgänge im Institut für sie alltäglich gewesen, und sie hatte sich nicht gescheut, ihn ab und zu im Sektionssaal zu besuchen. Leider hatte sie vor einem halben Jahr Gießen verlassen, um ihre kranken Eltern in Kelsterbach zu pflegen. An der Universität Frankfurt hatte sie eine Halbtagsstelle gefunden. Obwohl die Entfernung nicht allzu groß war, hatte sich ihre Beziehung seitdem abgekühlt, sie sahen sich nur noch selten.

Für Dr. Sebastian Bergen bestand kein Zweifel, dass er Almuth den Gefallen tun würde, die beiden toten Frauen zu obduzieren. Voraussetzung war, dass er dies am Wochenende erledigte, wenn der Sektionssaal nicht belegt war. Nachdem Dr. Bergen die Freigabe seines Institutschefs erhalten hatte, teilte er die Entscheidung dem ermittelnden Beamten, Kriminalhauptkommissar Richard Volk, mit. Volk wiederum hatte den Frankfurter Oberstaatsanwalt von einer Obduktion überzeugt, ohne Bergen mitzuteilen, wie ihm das gelungen war. Der Oberstaatsanwalt hatte sich daraufhin mit der Offenbacher Staatsanwaltschaft verständigt, auch die Leiche von Elisabeth Müller zur Obduktion freizugeben. Danach hatte der Hauptkommissar eine ausführliche E-Mail an Dr. Bergen geschrieben. Darin enthalten waren die Informationen zum aktuellen Ermittlungsstand der Kriminalpolizei, insbesondere zur jeweiligen Auffindesituation der Toten. Angehängt waren die Totenscheine des Frankfurter Pathologen und des Offenbacher Allgemeinmediziners sowie die Ergebnisse der Blutuntersuchungen.

Es war 7 Uhr am Samstagmorgen, als Dr. Bergen mit der Obduktion von Marianne Schmidt begann. Er hatte sich einen jungen, wissbegierigen Kollegen dazugeholt, denn eine Obduktion musste – sollte sie als gerichtsverwertbar gelten – von zwei Rechtsmedizinern durchgeführt werden. Zunächst untersuchte Bergen die Hautoberfläche des Leichnams ausführlich Zentimeter für Zentimeter. Sein Tablet lag neben ihm, er diktierte alle Befunde direkt in das Spracherkennungsprogramm. So weit keine Unregelmäßigkeiten, keine Hinweise auf einen gewaltsamen Tod. Dann öffnete er den Mundraum des Leichnams. Dort steckte etwas zwischen den Zähnen: ein Fremdkörper. Dr. Bergen nahm eine Pinzette, justierte seine Arbeitslampe und griff nach dem unbekannten Gegenstand: ein dünner Holzspan, etwa drei Zentimeter lang. Er legte das Fundstück auf einen Objektträger und betrachtete es unter dem Mikroskop. Helles Holz, Buche, Eiche oder Ähnliches, keine Besonderheiten. Doch was machte ein Stück Holz im Mundraum der Frau?

Nach einer kurzen Diskussion mit seinem Kollegen entschied er, den Leichnam ins Röntgenlabor zu fahren. Gern hätte er eine CT-Aufnahme ihres Kopfes gehabt, um sich das Innere schichtweise anzusehen. Das konnten sie jedoch nur mit einer MTA bewerkstelligen und den Wochenenddienst wollte Bergen nicht dafür beanspruchen. Als er die Röntgenaufnahme am Schaukasten befestigte, glaubte er zunächst, seinen Augen nicht zu trauen. Seinem jungen Kollegen schien es ebenso zu gehen. Vom Genick aus zog sich ein dünner Strich quer durch den Kopf bis hin zum Mund. Sie untersuchten erneut die Haut am Hinterkopf, dann wussten sie, wie Marianne Schmidt ums Leben gekommen war. Schon war Dr. Bergen versucht, zum Telefon zu greifen, doch schnell erinnerte er sich selbst daran, die Obduktion vorschriftsgemäß abzuschließen, bevor er sich ein Urteil erlaubte. Er öffnete den Körper, entnahm der Reihe nach alle inneren Organe, sein Kollege wog sie, begutachtete sie und legte sie zurück in den Leichnam. Die Ergebnisse dokumentierte Bergen über seinen Tablet-Computer. Zwei Stunden später griff er zum Telefon.

»Bergen hier, guten Morgen, Herr Volk!«

»Doktor, so früh schon? Wann haben Sie denn angefangen?«

»Um 7 Uhr, für zwei Obduktionen braucht man schon mal den ganzen Tag. Und zur Sportschau möchte ich zu Hause sein.«

»Klar«, sagte Volk. »Ich danke Ihnen. Und?«

»Den ersten Situs habe ich obduziert, Frau Marianne Schmidt. Sie wurde erschossen.«

»Waaas? Sicher?«

»Ganz sicher. Sie wurde durch einen Genickschuss getötet, schwer zu erkennen, schon gar nicht am Tatort. Der Schuss wurde im Genick angesetzt, direkt am Haaransatz, ich habe es bei der äußerlichen Inspektion selbst erst nicht bemerkt. Laut Schusskanal, den ich im Röntgenbild sehe, ist das Projektil durch den Mund wieder ausgetreten. Falls das Absicht war, muss es ein Profi gewesen sein.«

»Puh!«

»Den Durchmesser des Schusskanals konnte ich nicht exakt bestimmen, dazu bräuchte ich ein CT, wahrscheinlich Kaliber .22.«

»Aha. Können Sie etwas zum Todeszeitpunkt sagen?«

Sebastian Bergen schüttelte den Kopf, obwohl Volk das nicht sehen konnte. »Nein, nach fast zwei Tagen ist das nicht mehr möglich, da sollten wir den Kollegen vertrauen, die vor Ort waren. Aber ich habe den Mageninhalt untersucht, Rindfleisch, Kartoffeln und Erbsen.«

»Sie hat also zu Mittag gegessen?«

»Genau.«

»Verdammt, dann hat der Mörder ihr die Zahnbürste in die Hand gedrückt, um uns glauben zu machen, sie sei am Morgen zu Tode gekommen.«

»Sag ich ja, Profi. Und übrigens, Herr Volk, zwischen Frau Schmidts Backenzähnen linksseitig fand ich einen schmalen Holzspan, Buchenholz, etwa drei Zentimeter lang. Was das zu bedeuten hat, kann ich nicht sagen.«

Stille. Bergen wartete. »Herr Volk?«

»Ja, ich bin noch da. Wissen Sie, ich habe eine … Theorie. Der Täter hat ihr vor dem Schuss ein Stück Holz zwischen die Zähne geklemmt, um mehr Platz für den Austritt des Projektils zu haben. Damit wurde eine sofort erkennbare Austrittswunde vermieden und die Wahrscheinlichkeit, eine Fremdeinwirkung zu entdecken, stark reduziert.«

»Klingt plausibel.«

»Das heißt, wir müssen am Tatort nach dem Projektil suchen, das muss ja irgendwo eingeschlagen sein. Bisher sind wir ja von einem natürlichen Tod ausgegangen.«

»Ich sehe, nicht nur der Täter ist ein Profi, sondern auch der Ermittler!«

Richard Volks Lachen klang durch die Leitung. »Danke. Sie melden sich bitte, wenn Sie mit Elisabeth Müller so weit sind?«

»Klar. Ach, eine Frage noch: Wie haben Sie den Oberstaatsanwalt eigentlich davon überzeugt, einer Obduktion zuzustimmen?«

»Ich habe ihn gefragt, ob er bei Prostatabeschwerden zu einem Orthopäden gehen würde.«

Dr. Bergen brummte zufrieden und legte auf.

*

Wilhelmine Becker

Frankfurt a. M., Samstag, den 11. Oktober, nachmittags

Die Herbstsonne hatte erstaunlich viel Kraft und brannte auf den Main und das Ausflugsschiff »Johann Wolfgang von Goethe« nieder. Hendrik Wilmut vermisste eine Kopfbedeckung. Siegfried Dorst, von seinen Freunden Siggi genannt, schien es ähnlich zu gehen. Er hatte besonders zu leiden, da er die Haare als natürlichen Sonnenschutz komplett verloren hatte. Seine glänzende Kopfhaut war empfindlich gegen zu viel UV-Strahlung. Er hatte sich so gesetzt, dass Richard Volks breiter Körper ihm Schatten spendete. Richard war der einzige der drei Freunde, der vorgesorgt hatte. Er trug eine Baseballkappe.

Sie waren am Eisernen Steg an Bord gegangen und fuhren Richtung Westen. Hendrik und Richard als Frankfurter Lokalmatadoren hatten Siggi überredet, einen »Sauer Gespritzten« zu probieren, Apfelwein mit Sprudelwasser. Siggi sah damit nicht glücklich aus. Gerade hatten sie den Westhafen passiert, der kein Hafen mehr war, sondern ein Wohngebiet für Gutbetuchte.

»Jungs, ich muss mich entschuldigen!«, sagte Hendrik. »Ich dachte, Hanna wäre schon so weit, aber …«

»Du brauchst dich nicht zu rechtfertigen«, antwortete Siggi. »Hannas Gesundheit geht vor. Wahrscheinlich weiß keiner von uns wirklich, wie sie sich fühlt. Ich hatte trotzdem Lust auf ein Bier mit euch beiden Chaoten!«

Das ist Freundschaft, dachte Hendrik.

»Ich soll euch übrigens von Ella grüßen«, ergänzte Siggi. »Sie hatte eine anstrengende Arbeitswoche, deswegen ist sie in Weimar geblieben. Ich als Rentner habe es da einfacher.« Er grinste. »Außerdem meinte sie, wir sollten mal einen richtigen Männerabend machen.«

»Tolles Mädel!«, sagte Richard.

»Und hier ist ein Geschenk für Hanna.« Siggi überreichte Hendrik eine Pralinenschachtel.

»Vielen Dank!«

»Ella bat mich, zu fragen, wie es Hanna geht, sie hat ein paarmal versucht, sie anzurufen ...«

»Derzeit geht sie nicht ans Telefon«, sagte Hendrik. »Sie hat gestern gemeint, dass es wohl besser sei, mit ihren Mitmenschen nicht über die Zeit vor ihrem Winterschlaf zu sprechen, sondern nur über die Zeit danach. So oder so ähnlich hat sie es ausgedrückt.«

»Meint sie damit auch ihre Freunde?«, fragte Richard. »Also uns?«

»Ja, ich denke schon. Ich vermute, damit möchte sie vermeiden, sich an die Zeit davor zu erinnern. Besser gesagt, ihr Hirn möchte das oder ihr Unterbewusstsein. Ich denke nicht, dass sie das willentlich steuern kann.«

»Gilt das genauso für dich?«, fragte Siggi.

Hendrik hielt sich die Hand über die Stirn, um die Sonne abzuschirmen. »Ich fürchte, ja.«

»Macht es das nicht einfacher?«

»Ja, Siggi, momentan schon. Irgendwann werde ich allerdings mit ihr über die Ereignisse des 13. September reden müssen.«

»Stimmt«, sagte Richard. »Aber wie schon gesagt: Lass ihr Zeit!«

»Ja, du hast recht. Immerhin isst sie inzwischen zweimal am Tag ein paar Löffel Hühnersuppe. Sie hat total abgenommen. Keine empfehlenswerte Diät.«

An der Backbordseite entschwanden gerade die Unikliniken, auf der Steuerbordseite erschien das alte Druckwasserwerk im Gutleutviertel, inzwischen eine angesagte Eventlokalität.

»Ich wollte übrigens auch Eddie einladen zu unserer Schiffstour«, sagte Hendrik. »Aber er befindet sich derzeit in Marokko.«

Richard legte seine Stirn in Falten. »Was macht er denn in Marokko?«

»Hochzeitsreise mit Karla!«

»Ach, wunderbar!«, sagte Richard. »Ich freu mich für die beiden. Letztes Jahr in München hat er ein Riesenglück gehabt, dass Nadine Moder ihn mit den beiden Schüssen verfehlt hat.«

Hendrik nickte.

Unvermittelt wechselte Siggi das Thema: »Mal was anderes, Richard, du hast am Telefon zwei tote Frauen erwähnt.«

Hendrik erschrak. »Was …? *Zwei* Tote schon?«

»Ja, allerdings wollte ich heute eigentlich nicht mehr über dienstliche Dinge reden, habe nämlich den ganzen Vormittag gearbeitet.«

Siggi legte den Kopf nach links, dann nach rechts. »Sorry, ich wollte dich eigentlich nicht damit behelligen …«

»Mit was?«

»In Jena ist vergangenen Mittwoch eine 77-jährige Frau bei einem Verkehrsunfall ums Leben gekommen.«

»Okay, nicht schön, aber was hat das mit mir zu tun?« Richards Stimmung hatte sich gedreht, er wirkte gereizt.

»Sie war auf der Bundesstraße 7 unterwegs, einer vollkommen geraden Straße durchs Isserstedter Holz, stadtauswärts Richtung Weimar. Hendrik, kennst du die Strecke?«

»Ja, kenne ich. Vor oder nach der Linkskurve?«

»Davor. Deutlich davor. Und keinerlei Bremsspuren.

Absolut nichts. Ich hab davon in der Zeitung gelesen. Hab dann meinen jungen Kollegen – na ja, Ex-Kollegen – Kommissar Täntzer angerufen. Er ist manchmal ganz froh, Tipps von mir zu bekommen. Auch er ist skeptisch. Wilhelmine Becker, so hieß die Frau, fuhr einfach gegen einen Baum, ohne erkennbaren Grund. Andererseits konnte nichts gefunden werden, was für Fremdeinwirkung spricht.«

»Na, siehst du, Siggi, das sind doch völlig unterschiedliche Sachverhalte. Ihr habt da einen Verkehrsunfall und ich zwei Morde!«

»Wie bitte?«, rief Hendrik entsetzt.

Die Leute auf dem Oberdeck drehten sich nach ihnen um, am Südufer glitt die Niederräder Maininsel mit dem Licht- und Luftbad vorüber.

Richard sah ihn gequält an. »Das wollte ich dir sowieso noch sagen. Ich konnte den Oberstaatsanwalt überzeugen, einer Obduktion zuzustimmen. Dr. Bergen von der Rechtsmedizin in Gießen hat sich bereit erklärt, sie zu übernehmen.«

»Aha, gut gemacht!«

»Und der Rechtsmediziner hat heute beide obduziert.« Richard fasste das Obduktionsergebnis von Marianne Schmidt mit wenigen Sätzen zusammen.

»Ein Genickschuss?« Plötzlich fror Hendrik trotz der Hitze. »Und das hat man von außen nicht erkennen können?«

»Ich habe mich auch gewundert. Aber nein, es gab keine äußerlichen Anzeichen. Der Schuss war so angesetzt worden, dass die Einschussöffnung vom dichten Haaransatz verdeckt war und das Projektil aus dem Mund austrat. Der Arzt vor Ort hatte natürlich kein Röntgengerät.«

»Und die Frau aus Offenbach?«

»Elisabeth Müller. Der Fall ist noch mysteriöser. Dr. Bergen hat keinen Grund für ihren Tod gefunden. Keinen! Versteht ihr? Das ist eigentlich unmöglich. An irgendetwas *muss* sie ja gestorben sein, egal ob auf natürliche oder unnatürliche Weise.«

»Kein Herz-Kreislauf-Versagen?«

»Jedenfalls nicht nachweisbar. Sie litt zwar an einer Herzinsuffizienz, die jedoch weit weniger ausgeprägt war, als in der Presse beschrieben. Ihr Herz war leicht vergrößert und die Herzwand etwas dünner als üblich, dennoch weit von einer tödlichen Dimension entfernt. Sie könnte theoretisch an normaler Altersschwäche gestorben sein, gegen diese Theorie spricht allerdings ihr recht guter Allgemeinzustand, ebenso die Aussage der Tochter zu Frau Müllers Befinden in den vergangenen Wochen. Das Einzige, was Dr. Bergen auffiel, ist eine Einstichstelle am Oberschenkel. Er meint, da habe sich ein leichtes Hämatom gebildet, so als habe der Arzt ein wenig unvorsichtig gehandelt. Aber das klären wir noch.«

»Hm«, machte Hendrik.

»Ja, seht ihr, genauso mysteriös ist auch unser Todesfall in Jena«, sagte Siggi.

Das Schiff wurde langsamer, sie hatten die Staustufe Griesheim erreicht. Hier wurde gewendet.

Hendrik sah Richards düstere Gesichtszüge und beschloss, das Gespräch von den toten Frauen wegzulenken. »Okay, dann machen wir uns einen schönen Männerabend, wie von Ella vorgeschlagen. Wie wäre es hiermit: zuerst ein leckeres Essen im ›Luginsland Skyline Restaurant‹, sozusagen ganz oben, mit Blick über die Stadt, danach ins Orange Peel, Blues und Soul im Keller unter der Stadt?«

»Klingt gut«, antwortete Richard. »Aber von den Toten will ich heute Abend nichts mehr hören, klar?«

»In Ordnung!«, sagte Siggi.

*

Sonntag

Hendrik kämpfte gegen eine leichte Übelkeit von den zahlreichen alkoholischen Getränken am Vorabend, insofern kam ihm ein gemütlicher Tag mit Hanna ganz recht. Die beiden beschlossen, einfach nur zu »wohnen«.

Siegfried Dorst fuhr nach Weimar zurück, während seine Freundin Ella einen Spaziergang durch den Ilmpark unternahm, um ihre Kopfschmerzen loszuwerden.

Dr. Bergen wollte sich gern mit Almuth Feller verabreden, doch sie musste sich um ihre Eltern kümmern. Stattdessen verbrachte er ein sportliches Wochenende, hörte die Radioübertragung der Fußball-Bundesliga, las den Zeitungsbericht zu einem Basketballspiel der Gießen 46ers und besuchte ein Handballspiel in der Rittal Arena Wetzlar.

Richard Volk saß vor dem Fernseher in seiner Wohnung im Frankfurter Nordend und versuchte, die beiden toten Frauen aus seinen Gedanken zu verbannen. Doch es gelang ihm nicht. Am Montag würde er seine Kollegen zusammentrommeln und Aufgaben verteilen. Einmal dachte er sogar an Wilhelmine Becker, die im Isserstedter Holz zu Tode gekommen war.

2. WOCHE

Lotte Schneider
Frankfurt a. M., Montag, den 13. Oktober, morgens

Hendrik Wilmut erwachte um halb sieben. Zu seinem Erstaunen saß Hanna bereits in der Küche. Er stand an der Tür und lächelte.

»Kannst du mir bitte einen Espresso machen?«, fragte sie.

Hendrik stutzte. Bisher hatte sie Espresso nie sonderlich gemocht und schon gar nicht danach gefragt. Cappuccino, ja, oder Latte macchiato, aber nichts ohne Milch. Gerade wollte er eine flapsige Bemerkung loslassen, denn früher hatten sie darüber oft gescherzt – die Schöne und das Espresso-Biest oder Ähnliches. Doch dann merkte er, dass Hannas Wunsch ernst gemeint war und ihrem momentanen Seelenzustand entsprach, über den er besser keine Späße machte.

»Natürlich, gerne!« Er schaltete seine italienische Espressomaschine ein.

Sie hatte sich ihren Bademantel übergezogen, trotzdem schien sie zu frieren.

Hendrik sah auf ihre nackten Füße. »Soll ich dir die Hausschuhe holen?«

Sie nickte, er ging in den Flur, kehrte mit den dicken Puschen zurück, kniete vor ihr nieder und nahm ihren Fuß in die Hand. Er konnte nicht anders, als vorsichtig über ihre Haut zu streichen. Die Füße waren kalt, trotzdem genoss er es. Sie legte ihre Hand auf seine Schulter. Vorsichtig streifte er ihr die Hausschuhe über.

Als die Maschine aufgewärmt war, nahm er den Doppel-Siebträger, hielt ihn unter die Kaffeemühle und ließ die voreingestellte Menge Kaffeepulver hineinrieseln. Tamper andrücken, kurz flushen, Siebträger eindrehen, los ging's.

Zu seinem Erstaunen schien Hanna den Espresso wie ein besonderes Erlebnis zu genießen. War das die »neue« Hanna? Sie kannten sich seit langer Zeit, seit ihrer Jugend. Er überlegte kurz: Damals musste er 14 oder 15 Jahre alt gewesen sein. Er hatte die Sommerferien bei seinen Großeltern in Weimar verbracht. Hanna Büchler hatte nebenan gewohnt. Etwa 45 Jahre war das her. Füreinander bestimmt waren sie schon immer, so jedenfalls Hendriks Ansicht, aber ein wirkliches Liebespaar wurden sie erst vor 12 Jahren, kurz vor den stürmischen Ereignissen, die sie zwangen, Weimar zu verlassen.

Hendrik stand mit seiner Espressotasse neben dem Kühlschrank, er wollte sich nicht setzen. Er warf einen Blick auf die Zeitung, die ungelesen und zusammengefaltet auf dem Küchentisch lag. Immerhin hatte Hanna sie aus dem Briefkasten geholt. Er schielte auf die Titelseite und dachte an die junge Frau aus Wetzlar, die sich das Leben genommen hatte. Er durfte nicht abschweifen, Hanna war der Fokus seines Daseins.

»Möchtest du etwas essen?«, fragte er.

»Nein, danke!«

»Ella hat dir Pralinen geschickt.«

Sie nickte.

Er öffnete die Pralinenschachtel und stellte sie neben Hanna. Sie rührte keinen Finger.

»Du kannst ruhig ins Büro gehen«, sagte sie.

Meine Güte, dachte Hendrik, welche Aufmerksamkeit. Sein unruhiges Herumstehen hatte sie als Aktivitätsdrang interpretiert. Er war froh, dass sie ihre Empathie nicht verloren hatte.

»Danke, Schatz, ich will kurz etwas nachsehen. Dann muss ich los in die Uni.«

Sie lächelte.

Hendrik schlürfte seinen Kaffee, stellte die Tasse ab, verließ die Küche und fuhr den PC hoch. Es handelte sich nur um eine vage Idee, eine Ahnung, eine Befürchtung, die sicher schnell geklärt war. Er öffnete den Internetbrowser und gab in das Suchfeld »Wetzlar, Unfall, Tod« ein. Mit zitternder Hand drückte er die Entertaste.

Junge Frau von Zug getötet

Die 28-jährige Lotte S. wurde am 2. Oktober früh um 5.35 Uhr vom Regionalexpress in Richtung Gießen überrollt. Der Zug hatte wenige Minuten zuvor den Bahnhof Wetzlar verlassen und befand sich in den Lahnauen bei Garbenheim. Warum sich die Frau dort aufhielt, ist unklar. Der Zugführer konnte Lotte S. wegen der Dunkelheit und ihrer schwarzen Kleidung erst im letzten Moment erkennen und den Zug trotz eingeleiteter Notbremsung nicht rechtzeitig zum Stehen bringen. Die Polizei geht von einer Selbsttötungsabsicht aus.

Lotte S. – er spürte einen Schwindel aufkommen. Lotte aus Wetzlar. Der Zweifel an einem Suizid sprang ihn förmlich an. Schnell suchte er nach Todesanzeigen und fand sie sofort: »Unsere geliebte Tochter …« Ihr Name war Lotte Amelie Schneider. Sie stammte aus dem Wetzlarer Stadtteil Blasbach.

Es fiel Hendrik schwer, sich vom Computerbildschirm zu lösen. Er erhob sich, um nach Hanna zu schauen. Sie stand im Bademantel auf dem Balkon und bewegte sich nicht. Auch Hendrik wagte kaum, sich zu bewegen, jedoch eher gedanklich als körperlich.

*

Benzodiazepine

Weimar, Montag, den 13. Oktober, morgens

Siegfried Dorst betrat die Kriminalpolizeistation Weimar. Schon eilte ihm Kriminalkommissar Julian Täntzer mit schnellen, kurzen Schritten entgegen. Er wirkte so jung und unbedarft, als sei er gerade vom Schulhof herübergekommen, um ein Praktikum bei der Polizei zu absolvieren. Täntzer wedelte aufgeregt mit einem Blatt Papier. »Guten Morgen, Herr Dorst! Hier ist der Laborbericht, Frau Becker hatte bei ihrer tödlichen Fahrt keinen Alkohol im Blut, null Komma null!«

Dorst sah sich verstohlen um. »Langsam, Täntzer, lassen Sie uns in Ihr Büro gehen, es muss ja nicht jeder wissen, dass ein pensionierter Polizeibeamter Sie unterstützt!«

»Das ist mir egal, aber gut, kommen Sie rein. Kaffee?«

»Ja, gerne.«

Täntzer schloss die Tür hinter ihnen und riss die Kanne so heftig aus der Kaffeemaschine, dass die braune Brühe auf den Teppich schwappte. Er verteilte den Fleck großzügig mit seinem Schuh, goss beiden ein und setzte sich.

»Da, schauen Sie!«

Siegfried Dorsts Augen flogen über den Bericht. »Das heißt, im Labor wurde nur der Alkoholgehalt im Blut bestimmt?«

»Nein, auch Aufputschmittel, die üblichen Substanzen, auf der Rückseite.«

Dorst drehte das Blatt um. Kein Nachweis von auffälligen Substanzen im Blut von Wilhelmine Becker.

»Sie brauchen noch einen Test auf Benzodiazepine.«

Täntzer hob den Kopf. »K.-o.-Tropfen?«

»Genau. Und Medikamente, die die Fahrtüchtigkeit einschränken. Beides könnte zum Unfallhergang passen.«

»Stimmt, aber mehr hat er nicht freigegeben.«

»Der Herr Kriminaldirektor?«

»Ja. Germer sitzt in seinem Büro in Jena, ich soll hier die Arbeit machen und er wirft mir Äste zwischen die Beine oder wie das heißt.«

Dorst lächelte. »Sie meinen ›Knüppel‹. Ruhig Blut, Täntzer. Warum ermitteln *Sie* eigentlich von Weimar aus und nicht Ihre Kollegen in Jena?«

»Die Kollegen dort arbeiten gerade an einem anderen Fall, der laut Germer höchste Priorität hat. Außerdem meint er, ich könne noch etwas Erfahrung sammeln. Wie er das gesagt hat, so … abschätzig.«

»Ich denke, das ist tatsächlich eine gute Gelegenheit, Erfahrung zu sammeln, vor allem, wenn Sie die Ermittlungen leiten. Egal, wie Germer es sieht, und egal, wie er sich ausdrückt. Betrachten Sie es als Chance!«

»Na gut. Wahrscheinlich haben Sie recht. Wegen der Medikamente, die die Fahrtüchtigkeit einschränken können, werde ich Frau Beckers Hausarzt fragen. Dann wüssten wir zumindest, ob sie solche Präparate regelmäßig eingenommen hat. Eine Überdosierung käme ja auch infrage.«

»Gut so!«

»Nur wegen der K.-o.-Tropfen …« Täntzer zögerte. »Ich weiß nicht …«

»Welches Labor?«

»Das in der Uniklinik Jena, wie immer.«

»Okay, ich kümmere mich darum.«

»Was meinen Sie damit, Herr Dorst?«

»Das sollten Sie besser gar nicht wissen, Täntzer. Ich melde mich wieder!«

*

Spurensuche

Frankfurt a. M., Montag, den 13. Oktober, vormittags

Etwa zur gleichen Zeit betraten Richard Volk und Pascal Simon zum zweiten Mal die Wohnung von Marianne Hermine Schmidt im Frankfurter Stadtteil Oberrad. Hinter ihnen lauerten zwei Kollegen von der KTU. Alle vier hatten nur eine Aufgabe: das Projektil zu finden, das Marianne Schmidts Kopf durchschlagen hatte. Gemäß der Rekonstruktion des Tathergangs konzentrierten sie sich auf die Couch und die Wand dahinter. Zwei Kollegen nahmen das Sitzmöbel auseinander, die anderen beiden suchten die Wand zentimeterweise mit einem Metalldetektor ab. Richard überließ es Simon, auf dem Boden herumzukriechen. Dessen Jeans sah sowieso aus, als sei sie vor 20 Jahren aus der Altkleidersammlung gerettet worden.

Inzwischen wussten sie, dass die Flurnachbarin tatsächlich Frau Schmidts Wohnungstür gehört hatte. Richard hatte sie noch einmal befragt, ihre Aussage war glaubhaft. Außerdem war mittlerweile klar, dass Frau Schmidt um die Mittagszeit erschossen worden war, da sie das Mittagessen bereits im Magen hatte und die Mahlzeit immer pünktlich um 12 Uhr zu sich nahm. Der Türknall konnte auf 12.25 Uhr festgelegt werden, denn die Flurnachbarin hatte zu dieser Zeit ein Telefonat ihres Sohnes angenommen, das sie daran gehindert hatte, hinaus ins Treppenhaus zu gehen oder zumindest durch den Türspion zu schauen. Den Beginn des Gesprächs konnte Richard Volk der Anrufliste ihres Telefons entnehmen. Wenn man annahm, dass Frau Schmidt etwa 15 Minuten zum Mittagessen gebraucht hatte, war somit klar, dass der Todesschuss zwischen 12.15 Uhr und 12.25 Uhr erfolgt sein musste. Dem Attentäter waren also nur rund zehn Minuten geblieben, der bedauernswerten Frau Schmidt ein Stück Holz zwischen die Zähne zu schieben, einen exakten Schuss auszuführen und mit einem wahrscheinlich nicht beabsichtigten Türknall wieder zu verschwinden. Damit hatte er kaum Zeit gehabt, das Projektil zu suchen, was die Chancen der Polizisten erhöhte, selbiges zu finden.

Es dauerte fast eine Stunde, bis sie Erfolg hatten. Das Einschussloch befand sich nicht in der Wand, sondern im Bodenbelag vor der Wand. Um nicht zu lange am Tatort zu verweilen, hatte der Täter sich offensichtlich entschieden, es nicht herauszuholen, und stattdessen eine Bodenvase auf die Öffnung gestellt. Richard schüttelte den Kopf. Nicht mit uns! Natürlich fehlte ihnen noch die Tatwaffe, aber sobald sie sie gefunden hatten, konnte über die jedem Lauf eigenen Kratzspurenmuster ein gerichtsverwertbarer Zusammenhang mit diesem Projektil hergestellt werden. Richard Volk ging in die Hocke und strich mit den Fingern über den Bodenbelag. Er nickte und stellte mit einer gewissen Genugtuung fest, dass es sich um einen modernen Vinylboden handelte, der weicher war als Parkett oder Laminat. Dies war wichtig, denn das Eindringen des Projektils in Holz hätte möglicherweise die spezifischen Kratzspurenmuster durch

Fremdspuren verfälscht. Eine Hülse entdeckten sie nicht, die hatte der Mörder offensichtlich mitgenommen.

Während die beiden KTU-Kollegen begannen, vorsichtig den Vinylboden zu öffnen, gab Richard Volk seinem Jungkommissar einen Wink und sie verließen gemeinsam die Wohnung.

Im Wagen sitzend führte Richard ein Telefonat, in dem er nach dem Hausarzt des Offenbacher Opfers, Elisabeth Müller, fragte. Nach mehreren »Hm« und »Ja« und »Okay« legte er auf.

»Wer war das?«, fragte Pascal Simon.

»Ein alter Kumpel«, antwortete Volk. »Wir fahren nach Offenbach.«

»Was? Nach Offenbach? Ist das Ihr Ernst?«

»Ich weiß, dürfen wir eigentlich nicht. Aber ehrlich, diese ewigen Revierstreitigkeiten gehen mir total auf den Senkel. Auf geht's! Dr. Volker Rosennadel, Arzt für Allgemeinmedizin in Offenbach-Bürgel.«

Sie konnten den Doktor nicht sofort sprechen, weil das Wartezimmer voll war mit Grippepatienten. Die Arzthelferin, per Namensschild als Auszubildende gekennzeichnet, unterhielt sich nur mit Pascal Simon, wobei sie krampfhaft versuchte, ihre Sympathie für ihn zu unterdrücken. Das misslang gehörig und Volk konnte sich ein Lächeln nicht verkneifen. War das schön, jung zu sein! Endlich gelang es Simon, sich loszueisen. Er gab der Arzthelferin seine Visitenkarte und bat sie, anzurufen, sobald Dr. Rosennadel Zeit für ihn hatte. Für »ihn« – Richard ließ es geschehen. Die beiden Polizisten gingen in ein Stehcafé auf der anderen Straßenseite und bestellten zwei Tassen Kaffee, eine Nussecke und ein Stück Sachertorte. Richard war ein absoluter Fan dieser Torte und ordnete die Offenbacher Stehcafé-Version auf einer Skala von 1 bis 5 bei 4 ein. Er brummte zufrieden vor sich hin, während er sich die Süßspeise auf der Zunge zergehen ließ. Pascal erzählte derweil vom Training in seinem Schwimmclub, was Richard Volk mit hochachtungsvollem Nicken quittierte, denn er selbst hatte die Sportprüfungen bei der Polizei immer nur mühsam bestanden. Zudem hatte er seine Restsportlichkeit inzwischen zugunsten der bewussten Kulinarik abgelegt. Für eine halbe Stunde entkoppelte er seine Gedanken von den beruflichen Notwendigkeiten.

Endlich klingelte Simons Telefon. Sie gingen hinüber in die Praxis, Richards junger Kollege erzeugte bei der Azubine erneut ein Hollywoodlächeln, bevor er seinem Chef ins Sprechzimmer von Dr. Rosennadel folgte. Der Arzt war sichtlich geschockt, als er von Elisabeth Müllers Tod erfuhr. 68 Jahre sei ja kein hohes Alter heutzutage, meinte er. Und eins wolle er festhalten: Er habe auf keinen Fall einen Fehler gemacht, der womöglich zum Tod von Frau Müller geführt haben könnte. Dann zählte er eine Menge Argumente auf, um dies zu unterstützen, bis Volk ihn unterbrach und nur ein einziges Wort sagte: »Mordverdacht!« Der Arzt wurde bleich und setzte sich. Schließlich erklärte Simon, dass ihm keiner einen Vorwurf mache und sie nur wissen wollten, woher die Einstichstelle am Oberschenkel stamme. Dr. Rosennadel rief die elektronische Patientenakte von Elisabeth Constanze Müller auf. Er habe ihr nichts injiziert und er könne sich nicht vorstellen, dass Frau Müller einen anderen Arzt konsultiert habe, denn es bestehe ein jahrelanges Vertrauensverhältnis zwischen ihm und der Patientin sowie deren Familie. Ein Dahinscheiden aufgrund von Altersschwäche schloss er kategorisch aus. Dann berichtete Richard von der Autopsie und dass Dr. Bergen keine

Hinweise auf die Todesursache gefunden habe. Der Doktor überlegte einen Moment und sah noch einmal auf seinen Bildschirm. Anschließend blickte er Richard Volk bedeutungsvoll an. Es sei möglich, meinte er, dass man ihr eine Überdosis Insulin injiziert habe. Der Oberschenkel sei eine bevorzugte Stelle für den Einstich einer Insulinspritze oder eines Insulinpens. Nach etwa acht Stunden sei das Insulin nicht mehr nachweisbar, weil es vom Körper verstoffwechselt werde. Deswegen habe der Kollege bei der Leichenschau gar nichts finden *können.* »Das ist aber nur eine Hypothese«, fügte er hinzu.

Als Richard Volk und Pascal Simon wieder im Auto saßen, dachten beide eine Weile nach, still und sprachlos. Nach einiger Zeit nickte Simon seinem Chef zu und der nickte zurück. Immerhin eine mögliche Todesursache. Die Sache verdichtete sich.

*

Blutanalyse

Weimar, Montag, den 13. Oktober, mittags

Siegfried Dorst klopfte.

»Herein!«

»Guten Tag, Wolfgang!«

»Hallo, Siggi, komm rein. Was machst du denn bei mir im Labor?«

»Ich dachte, hier können wir besser reden als auf dem Tennisplatz.«

»Hört sich ja geheimnisvoll an.«

»Ist es auch. Du hast vor Kurzem die Blutprobe einer verstorbenen Frau erhalten, Wilhelmine Gertrude Becker.«

»Kann sein«, antwortete er und notierte sich den Namen. »Ich habe natürlich nicht alle Patientennamen im Kopf, um was geht es denn?«

»Mein spezieller Freund Germer hat für die Untersuchung nur Blutalkohol und Drogen freigegeben. Wir brauchen aber noch die Analyse auf Benzodiazepine und Medikamente, die die Fahrtüchtigkeit einschränken, Antihistaminika und so was. Ist wichtig, es könnte nämlich sein, dass sie nicht einfach so gegen einen Baum gefahren ist, sondern vorher betäubt wurde.«

Wolfgang hob die Augenbrauen. »Oha.« Er schien beeindruckt. »Habt ihr schon ihren Hausarzt befragt?«

»Täntzer ist dran.«

»Okay, pass auf. Vorschlag: Das mit den Medikamenten überlasst ihr tatsächlich dem Hausarzt, denn da müsste ich nach zu vielen Grundstoffen suchen, das geht nicht mal so eben zwischendurch. Außerdem werden die nur selten für kriminelle Zwecke benutzt. Ich prüfe auf zwei Benzodiazepine, nämlich Flunitrazepam und Temazepam. Sicherheitshalber außerdem Chloralhydrat, das wurde früher benutzt, kommt ab und zu noch aus dem Balkan rüber. Und natürlich GHB und GBL.«

»Liquid Ecstasy?«

»Genau.«

»Super, Wolfgang, so machen wir es. Ich habe dir ein kleines Dankeschön mitgebracht.« Mit diesen Worten zog Siggi eine Flasche Wein unter seiner Jacke hervor.

»Die hast du aber gut versteckt!«, sagte Wolfgang und lachte.

»Stimmt. Das ist meine letzte Flasche Elbling vom Weinberg in Kromsdorf, du weißt, der gehörte dem Prinzen zu Lippe. Er musste aufgeben.«

»Ja, ich hab davon gehört.« Wolfgang nahm die Weinflasche entgegen. »Wow, ein seltenes Stück, vielen Dank! Sieht ja fast nach Bestechung aus.«

»Ist es eigentlich auch. Aber für einen guten Zweck.«

»Das stimmt. Übrigens, Siggi: Falls es einen positiven Befund geben sollte, wie wollt ihr das dem Herrn Kriminaldirektor verkaufen?«

»In diesem Fall schickst du bitte einen offiziellen Bericht an Täntzer und schreibst dazu, dass du die zusätzlichen Parameter ›aus Versehen‹ bestimmt hast und ob er zufällig etwas damit anfangen könne.«

Wolfgang lachte. »Okay, mache ich!«

Dann öffnete er seine Schreibtischschublade, legte den Elbling hinein und begleitete Siggi zur Tür. Er sah auf die Uhr. »Es ist jetzt Viertel nach drei. Ich werde die Analyse heute Abend selbst durchführen. Spätestens bis Mitternacht hast du das Ergebnis.«

»Danke!«, sagte Siggi. »Sehen wir uns am Donnerstag auf dem Tennisplatz?«

»Selbstverständlich!«

*

Herzdamen

Frankfurt a. M., Montag, den 13. Oktober, mittags

Hendrik Wilmut war zufrieden. Zwar hatte er am Vorabend nur kurz in sein Vorlesungsskript geschaut – zu schön war der gemütliche Sonntag mit Hanna gewesen –, aber solche Unzulänglichkeiten glich er mit seiner jahrelangen Routine aus. Während der Mittagspause saß er neben der Nymphe im Innenhof des Poelzig-Baus in der Sonne und freute sich über Hannas kleine Fortschritte. Die Sache mit Lotte in Wetzlar war wohl nur Einbildung gewesen, und er beschloss, seinen Verdacht in den geistigen Mülleimer zu werfen.

Bevor die nächste Vorlesung begann, wollte Hendrik noch seine E-Mails durchsehen. Er ging dazu in die Rotunde, den halbkreisförmigen Teil des Foyers, in dem General Eisenhower nach Kriegsende sein Büro eingerichtet hatte. Hier war das Display des Tablets besser zu erkennen als in der prallen Sonne. Er zuckte zusammen:

Sehr geehrter Herr Dr. Wilmut,
Sie haben über die Website www.dealer.by einen illegalen Download des Songs »Spanish Harlem« getätigt und sind uns dafür den Betrag von 5 Euro schuldig. Hinzukommt eine Strafgebühr von 400 Euro, zusammen 405 Euro. Ort: Trient, Hotel Albergo della Rosa. Zeit: Dienstag, 9. September um 6.14 Uhr. Da Sie den vereinbarten Termin (12. Oktober) nicht eingehalten haben, müssen wir leider unser Inkassounternehmen beauftragen, Sie zu liquidieren. Es hat keinen Sinn, die Polizei einzuschalten, unser Server steht in Weißrussland und ist von Deutschland aus nicht zu identifizieren.
Mit freundlichen Grüßen
Ihr Nikolaj Mestroff

Hendrik sah sich um. Überall Studenten. Sollte einer von ihnen …? Nein, unmöglich. Der »vereinbarte Termin« – welche Unverschämtheit! Gestern war der 12. Oktober, da war die einseitig gesetzte Frist abgelaufen. Und dann dieser Ausdruck: liquidieren! War das Wort in Anbetracht der Doppeldeutigkeit absichtlich gewählt worden oder war es ein

Versehen aus Unkenntnis der deutschen Sprache? Hendrik bezweifelte inzwischen, dass hier irgendetwas zufällig passierte. Langsam, aber sicher breitete sich Angst in seinem Inneren aus. Er war kein übermäßig angstbesetzter Typ. Als kleiner Junge vielleicht schon, seit einer Schlägerei in der Jugendzeit jedoch nicht mehr. Damals hatte er trotz seiner schmächtigen Gestalt einen wesentlich kräftigeren Angreifer, den Anführer einer dumpfen Jugendgang, mittels Beweglichkeit und intelligenter Kampfführung abwehren können. Doch dies hier war etwas anderes, eine undurchsichtige, hinterhältige Schlacht aus der Ferne, eine elektronische Guerillataktik. Die Absenderadresse war dieselbe wie zuvor: der weißrussische Rechtsminister. Warum war diese Nachricht überhaupt zu ihm durchgedrungen? Er hatte doch den Absender blockiert … oder? Mit Wucht schoss eine Erkenntnis in sein Bewusstsein, die ihm kurzfristig die Luft nahm: Die Absenderblockade hatte er in seinem privaten E-Mail-Account eingerichtet, jetzt war er gerade in seinem dienstlichen Account über das Netzwerk der Universität eingeloggt. Der Kerl, dieser Mestroff, der wusste, wo Hendrik arbeitete! Sein Magen verkrampfte sich. Im selben Moment erklang das vertraute Rufsignal seines Mobiltelefons. Im Display erschien »Hanna«. Er nahm ab. Rascheln, seltsame Geräusche, keine Stimme.

»Hanna?«

Keine Antwort.

»Hanna!«

»Ja, Hendrik, hallo …« Ihre Stimme klang unsicher. »Hilf mir bitte!«

Sein Herz schlug hinauf bis in die letzte Hirnwindung. Er schoss hoch. »Was ist los? Wo bist du?«

»Ich … also ich wollte doch nur zum Friseur, ich sehe schrecklich aus.«

»Aber, Schatz, heute ist Montag, da haben die Friseure zu, alle Friseure haben montags geschlossen. Hast du das vergessen?«

»Ich weiß nicht, ja, wahrscheinlich habe ich das vergessen. Und jetzt?«

»Jetzt hole ich dich ab. Bist du in der Brückenstraße, wie immer?«

»Ja, Brückenstraße.«

»Bitte bleib dort stehen, rühr dich nicht vom Fleck! Ich bin gleich da!«

»Ist gut.« Dann war die Verbindung unterbrochen.

Hendrik rannte in den Vorlesungssaal und raffte seine Sachen zusammen. »Ich muss los, wir machen nächste Woche weiter!« Damit ließ er seine Studenten stehen und eilte zum Parkplatz.

Hanna war nicht vor dem Friseursalon stehen geblieben. Hendrik suchte einige nahegelegene Läden ab. Nichts. Wo konnte sie sein? Irrte sie durch Sachsenhausen? Vielleicht hatte sie doch den Weg nach Hause gefunden? Er fuhr in die Bodenstedtstraße, trotz aller Hektik bemüht, die Verkehrsregeln einzuhalten. Zum Glück konnte er direkt vor dem Haus parken, was selten vorkam. Er rannte die Treppe hinauf und öffnete die Wohnungstür. Auch hier fand er sie nicht. Jetzt fiel ihm nur noch eine Möglichkeit ein: der Ort der Katastrophe des 13. September. Hendrik rannte los. Schwer atmend erreichte er Minuten später den Affentorplatz.

Sie saß auf einer Bank und starrte auf ihr Café. Auf »Hanna's Wohnzimmer«. Als er sich neben sie setzte, sah sie ihn an, sagte kein Wort und zitterte. Er nahm sie in den Arm, lange, hielt sie warm, und sie ließ es geschehen. Dann führte er sie nach Hause. Hendrik legte sie ins Bett, flößte ihr löffelweise Tee ein und wartete, bis sie eingeschlafen war. Lange nachdem sie bereits begonnen hatte, gleichmäßig zu atmen, saß er noch an ihrem Bett.

Gegen 22 Uhr meldete sein Smartphone eine neue Nachricht. Siggi schrieb, dass Wilhelmine Becker mit einer relativ niedrigen Dosis K.-o.-Tropfen ins Auto gesetzt worden war. Sie hatte es in diesem Zustand bis ins Isserstedter Holz geschafft, dann war ihr Weg zu Ende gewesen. Kurz darauf meldete sich auch Richard. Es bestand der dringende Verdacht, dass Elisabeth Müller mit einem nicht nachweisbaren Gift, möglicherweise mit einer Überdosis Insulin, umgebracht worden war. Drei Morde. Und nur Hendrik allein wusste, dass es bereits vier waren. Elisabeth Müller in Offenbach, Wilhelmine Becker in Jena, Marianne Schmidt in Frankfurt und Lotte Schneider in Wetzlar. So wie Elisabeth »Lili« Schönemann aus Offenbach, Wilhelmine »Minchen« Herzlieb aus Jena, Marianne »Suleika« von Willemer aus Frankfurt und Charlotte »Lotte« Buff aus Wetzlar.

Das konnte nie und nimmer ein Zufall sein.

*

Gegen die Wand

Frankfurt a. M., Mittwoch, den 15. Oktober, mittags

Hendrik Wilmut hatte in der vergangenen Nacht lange wachgelegen. Er musste die zwei kritischen Themen, die seinen Alltag bestimmten, aktiv angehen: Hanna und Lotte. So weit sein fester Entschluss. Aber wie?

Was Lotte betraf, hatte er seine Meinung geändert. Er musste der Polizei von seiner Vermutung berichten. Was die Beamten daraus machten, war deren Problem.

Das Hanna-Thema war komplizierter. Hendrik dachte oft an die Ermahnung des Professors, die Aufarbeitung seiner eigenen Schuldgefühle nicht auf Hanna zu projizieren. Dem Geistesblitz folgte ein Gedanke, der Erkenntnis ein Impuls: Was war überhaupt Schuld? Im einfachsten Sinn war Hendrik jemandem etwas schuldig und dieser »moralische Kredit« musste zurückgezahlt, musste beglichen werden. Doch wie konnte er die Schuld am Tod seines Cousins Benno jemals begleichen? Es war keine Schuld im juristischen Sinn, das war damals von der Alsfelder Staatsanwaltschaft geklärt worden. Hendrik hatte zwar den Wagen gelenkt, aber der LKW-Fahrer war mit überhöhter Geschwindigkeit zu weit auf die linke Spur geraten und hatte ihn touchiert. Mitten in einer Autobahnbaustelle. Er hätte das nicht vorhersehen können, meinte der Staatsanwalt. Trotzdem blieb eine moralische Schuld. Er kannte Menschen, die eine religiös motivierte Antwort darauf hätten geben können. Diese Sichtweise hätte Hendrik allerdings keine Erlösung gebracht.

Und dann blieb ja noch die Frage nach der Verantwortlichkeit für Hannas Situation. Ihr konnte er wenigstens helfen, ihr konnte er etwas zurückgeben. Diese Einsicht beruhigte ihn.

Rückblickend war er der Überzeugung, dass Hanna am Montag zu wenig getrunken hatte, wodurch sie in eine gewisse Verwirrung geraten war und meinte, zu einem Friseur gehen zu können. Am Dienstag hatte Hendrik Urlaub genommen, er wollte bei seiner Frau bleiben. Für den heutigen Mittwoch hatte er seine Mutter gebeten, tagsüber nach ihr zu sehen. Hanna fand das überflüssig, aber Hendrik bestand darauf. Er wusste, dass Hanna und seine Mutter, Hedda Wilmut, sich mochten und sich achteten. Hedda war mit 83 Jahren immer noch fit, geistig sowieso, körperlich mit Einschränkung durch zeitweise Rheumaschübe. Sie würde per Taxi vom Offenbacher Hafenviertel herüberkommen nach Sachsenhausen.

Der neue Vorlesungs- und Seminarplan am Fachbereich 10 der Goethe-Universität Frankfurt hatte für Dr. Hendrik Wilmut am Mittwoch eine lange Mittagspause vorgesehen, gerade recht, um mit Richard Volk in der Kantine des Polizeipräsidiums ein Gespräch zu führen. Auf dem Weg dorthin telefonierte er kurz mit seiner Mutter, um sicherzugehen, dass es Hanna gut ging. Sie hatte ihr den Rest der Hühnersuppe aufgewärmt. Alles in Ordnung.

Richards grauer Fünftagebart passte nicht zu seinen blonden Haaren, fand Hendrik. Er musste sich schon einige Tage nicht rasiert haben. Man hörte davon, dass verlassene Partner sich oft vernachlässigten, in Richards Fall schien der Auszug von Monika genau diesen Effekt hervorgerufen zu haben. Sie hatten ihre Teller bereits geleert.

»Also, Hendrik, um was geht's?«

»Um die Mordserie, die du bearbeitest.«

Richard sah ihn prüfend an. »Ich bearbeite keine Mord*serie*, sondern *einen* Mord in Oberrad und gemeinsam mit meinem Kumpel einen bisher ungeklärten Todesfall in Offenbach. Mehr nicht.«

»Es gibt noch einen Mordfall. In Weimar …«

»… um den kümmert sich KK Täntzer!«

»Ich denke, an dem wirst du auch bald beteiligt sein.«

»Na komm, jetzt erzähl keinen Unsinn!«

»Außerdem bin ich auf einen vierten Mord gestoßen.« Hendrik versuchte, ruhig zu bleiben.

»Wie bitte?«

»In Wetzlar wurde eine Frau namens Lotte Schneider getötet. Alle gehen davon aus, dass sie sich selbst vor den

Zug geworfen hat. Ich bin aber überzeugt, dass das nicht stimmt, sie wurde gestoßen.«

Richard kniff die Augen zusammen. »Und das willst *du* als …?«

»Amateur?«

»Ja, als Amateur, entschuldige, aber so ist es doch. Das willst du also wissen?«

»Nun, *wissen* wäre übertrieben. Sagen wir: Ich habe den dringenden Verdacht. Und … sorry, auch wenn es dich wahrscheinlich nervt … Es gibt erneut Verbindungen zu Goethes Leben.«

»Nein, Hendrik, bitte nicht schon wieder!« Er hob die Hände und schüttelte den Kopf wie ein Verzweifelter.

»Marianne, Elisabeth, Wilhelmine und Lotte – alles Namen von Goethes Liebschaften, Schwärmereien, wie immer man das nennen möchte. Ich bezeichne sie jetzt einfach mal als seine Herzdamen.«

»Meine Güte, das sind gebräuchliche Vornamen von älteren Frauen, reiner Zufall.«

»Goethes Beziehung zu Marianne von Willemer begann 1814 in Frankfurt, und nicht nur das, die Gerbermühle in Oberrad spielte in diesem Zusammenhang eine wichtige Rolle. Wo wurde Marianne Schmidt ermordet? In Oberrad. Der Schwerpunkt seiner Beziehung zu Elisabeth Schönemann, genannt Lili, lag in Offenbach, bis heute sind dort der Lilitempel, die Lilistraße und so weiter zu finden. Wo wurde Elisabeth Müllers Leiche gefunden? In Offenbach.«

»Also langsam …«

»Hör mir bitte zu. Wilhelmine Becker starb in Jena, Wilhelmine Herzlieb, genannt Minchen, war Goethes Flirt in Jena, sein ›Äugelchen‹, wie er das nannte. Und nun auch noch eine Lotte, die berühmte Lotte aus dem Werther. In

Wetzlar! Wenn das Zufall ist, dann ist mein ganzes Leben ein Zufall!«

»Meine Güte, Hendrik, du hast dich da ja richtig reingesteigert. Über das Leben als Zufall oder Vorbestimmung diskutieren wir später mal. Jetzt klären wir den Wetzlarer Fall, Moment bitte!« Damit zog er sein Handy aus der Tasche, suchte einen Kontakt und tippte darauf. Nebenbei sagte er zu Hendrik: »Ich rufe Sandra Prager an, Kriminaloberkommissarin im PP Mittelhessen.«

Sie schien sich zu melden.

»Hallo, Sandra, Richard hier … ich … ja, es geht mir gut, danke. Ich brauche bitte eine Auskunft. Lotte Schneider, Wetzlar, kennst du den Fall?«

Hendrik schob ihm einen Zettel mit handschriftlichem Gekritzel hinüber.

Richard nickte beiläufig. »Vollständig hieß sie Lotte Amelie Schneider.« Er wartete. »Hast du die Akte? Gut. Gibt es da irgendeinen Hinweis auf Fremdeinwirkung?«

Er hörte zu, brummte mehrmals »Hm« ins Telefon und sagte schließlich: »Danke, Sandra! Ach, eins noch, findest du im Obduktionsbericht Hinweise auf eine gebrochene rechte Hand oder mehrere gebrochene Handwurzelknochen?« Er hörte wieder zu. »Okay, danke dir, mach's gut!«

Er legte auf und sah Hendrik an: »Kein Hinweis auf Fremdverschulden. Sie war in einer menschenleeren Gegend, am Lahnufer, dorthin gehen Menschen, die sich das Leben nehmen wollen, damit sie keiner im letzten Moment davon abbringt. Die eingesammelten Reste ihres Leichnams, wie Sandra sich ausdrückte, sind bereits beerdigt worden, also selbst wenn wir Nachuntersuchungen anstellen wollten, ist es zu spät.«

»Man könnte sie exhumieren.«

Richard schüttelte heftig den Kopf. »Das willst du den Eltern doch sicher nicht antun, oder?«

Hendrik dachte an die Todesanzeige. Unsere geliebte Tochter. »Nein, das will ich nicht«, murmelte er.

»Abgesehen davon, Hendrik, kein Verantwortlicher innerhalb der Ermittlungsbehörden würde nur auf deinen – wie soll ich sagen …? – literarisch begründeten Verdacht hin eine Exhumierung anordnen oder eine überregionale Untersuchungskommission einrichten, keine Chance.«

»Um was ging es denn bei deiner Frage nach der rechten Hand?«

»Dr. Bergen hat festgestellt, dass bei Frau Schmidt und bei Frau Müller fast alle Handwurzelknochen gebrochen waren, rechtsseitig. Er konnte allerdings nicht mit Sicherheit sagen, ob es sich um prä- oder postmortale Verletzungen handelte.«

»Und was sagt Sandra Prager?«

»Im Obduktionsbericht fand sich dazu kein Vermerk.«

Hendrik überlegte. »Okay, Richard, ich gebe auf. Aber eins versprichst du mir bitte, sobald in den anderen Städten, in denen Goethe Liebschaften unterhielt, eine Frau zu Tode kommt, dann meldest du dich, okay?«

Richard Volk wirkte unschlüssig.

»Bitte!«, schob Hendrik nach.

»Meinetwegen. Welche Städte kämen denn *rein theoretisch* infrage?«

Hendrik ging in Gedanken Goethes Lebenslauf durch. »Leipzig, Straßburg – natürlich Weimar – Rom und Marienbad. Eventuell noch Ehrenbreitstein.«

Richard sah ihn verständnislos an.

»Ehrenbreitstein, die Festung bei Koblenz.«

Im selben Moment trat eine Frau an ihren Tisch. »Herr Kriminalhauptkommissar Volk?«

»Ja bitte?«

Ein Telefonat für Sie, am Empfang, die Dame meint, es sei wichtig.«

»Wie heißt denn die Dame?«

»Sonja Müller.«

Volk sprang auf und rannte los.

Hendrik warf einen Blick auf die Uhr. Seine Studenten warteten. Er verließ das Polizeipräsidium. Als er am Empfangstresen vorbeikam, war Richard dort immer noch am Telefon. Sonja Müller? Hendrik meinte, diesen Namen schon einmal gehört oder gelesen zu haben.

*

Lasagne und Pralinen

Frankfurt a. M., Mittwoch, den 15. Oktober, abends

Als Hendrik Wilmut die Wohnungstür aufschloss, stieg ihm der Duft von italienischem Essen in die Nase.

»Hallo, Schatz«, rief Hanna aus der Küche. »Ich habe Lasagne gemacht. Und Salat!«

Der Esstisch war gedeckt, eine Flasche Rotwein entkorkt, in der Küche stand eine lächelnde Hanna mit Schürze und roten Wangen. »Mutter hat mir geholfen. Sie ist vor einer halben Stunde wieder nach Hause gefahren.«

Hendrik nahm sie in den Arm und küsste sie zärtlich. »Danke!«, sagte er leise. »Das riecht sehr gut!«

Sie gab ihm eine große Portion Lasagne auf den Teller.

»Und du?«, fragte er.

»Mir reicht ein bisschen Salat.«

Er kommentierte ihre Entscheidung nicht.

»Deine Mutter meint, Liebe geht durch den Magen.«

»Ja, das stimmt!«, sagte Hendrik, und obwohl es sich um einen recht abgenutzten Satz handelte, freute er sich darüber.

»Hendrik, als ich am Montag vor meinem Café saß, da habe ich über den Abend nachgedacht. Den Abend des 13. September.«

Er hörte auf zu kauen und sah sie an.

»Und über all das, was damals passiert ist. Soweit ich mich überhaupt daran erinnern kann.«

Hendrik legte das Besteck zur Seite. »Das ist gut, Hanna. An was kannst du dich denn erinnern?«

»Das weiß ich nicht genau, das … dauert noch.«

»Ist gut, ich lasse dir Zeit, so viel du brauchst.«

Sie lächelte. »Danke, das ist lieb von dir. Nur eins weiß ich bereits: Ich möchte das Café nie wieder betreten. Kannst du dich bitte darum kümmern, dass der Pachtvertrag gekündigt wird?«

Hendrik Wilmut war schockiert. Damit hatte er nicht gerechnet. War das nur eine Kurzschlussreaktion? Ein Aufbäumen ihres Unterbewusstseins?

»Gut, mache ich«, antwortete er. Zugleich beschloss er, ein paar Tage zu warten, bevor er etwas unternahm, um sicherzugehen, dass dies tatsächlich ihr Wille war.

»Magst du eine Praline zum Nachtisch?«, fragte Hanna.

»Oh nein, danke, ich bin pappsatt!«, antwortete Hendrik.

»Gut, dann esse ich die eben allein.« Innerhalb von fünf Minuten leerte sie den Rest von Ellas Pralinenschachtel.

Andersartige Ess- und Trinkgewohnheiten, ungewohnte Ansichten: die neue Hanna. Es wurde Zeit für Hendrik, sich daran zu gewöhnen.

*

Moverapid

Frankfurt a. M., Donnerstag, den 16. Oktober, vormittags

Hendrik Wilmut saß in der Straßenbahn auf dem Weg zur Uni, als sein Handy klingelte. Er nahm ab.

»Richard hier, hast du am Samstag Zeit, mit Pascal und mir nach Gießen zu fahren?«

»Wie bitte?«

»Ich habe eine Besprechung anberaumt mit den Kollegen aus Frankfurt, Gießen und Weimar. Plus Siggi und dir. Wir treffen uns im Polizeipräsidium Mittelhessen.«

»Eine weitere Frauenleiche? Wo?«

»In Straßburg. Friederike Meyer.«

Hendrik atmete tief durch. Wie weit sollte das noch gehen? Hätte er den Tod dieser Frau verhindern können? Oder sogar verhindern müssen? Das schlechte Gewissen pochte in seinen Eingeweiden.

»Bist du noch dran?«, fragte Richard.

»Ja. Natürlich. Das muss ich erst einmal verdauen. Wann wurde diese Friederike …?«

»Meyer. Mit e und y.«

»Ja, diese Friederike Meyer, wann wurde sie ermordet?« Etwas anderes als Mord kam Hendrik nicht in den Sinn.

»Am 6. Oktober, also vor rund zehn Tagen«, antwortete Richard.

Ein wenig beruhigte sich Hendriks Innenleben. Er hätte den Tod von Friederike Meyer nicht verhindern können, nicht am Montag letzter Woche, dem Tag, an dem er abends mit Richard beim Patron gespeist hatte. Trotzdem ließ sich das Chaos der Selbstvorwürfe in seinem Innern nicht entwirren.

»Übrigens, Hendrik. Der Anruf gestern während unseres Mittagessens, das war Sonja Müller.«

»Die Tochter von Elisabeth Müller?« Das war ihm inzwischen wieder eingefallen. Sonja M. – so hatte es im Zeitungsbericht gestanden.

»Genau. Beim Aufräumen der Wohnung ihrer Mutter hat sie eine kleine Patrone gefunden, die hing zwischen Bett und Wand. Ich habe meine Kollegen von der KTU schon zusammengestaucht, hätten sie eigentlich finden müssen. Na ja, zum Glück war die Tochter aufmerksam.«

»Was für eine Patrone?«

»Moverapid Penfill. Das ist die Nachfüllpatrone für einen Insulinpen, eine Applikationshilfe für Diabetiker. Moverapid ist ein kurzfristig wirkendes Insulin.«

»Verstehe. Ich muss klären, ob ich Hanna am Samstag allein lassen kann, dann sage ich dir Bescheid.«

»Okay. Pass auf, es wäre wichtig, dass du mitkommst. Wir müssen den Verdacht auf eine Mordserie eindeutig klären. Vielleicht kann deine Mutter so lange bei Hanna bleiben. Was meinst du?«

»Sie war gestern erst da. Außerdem hat Mutter gerade einen Rheumaschub, sie kann sich kaum bewegen.«

»Oder umgekehrt, Hanna bei deiner Mutter?«

»Ich versuche es!«, brummte Hendrik.

*

Durch die Wand

Gießen, Samstag, den 18. Oktober, vormittags

Richard Volk und Pascal Simon holten Hendrik bei Hedda Wilmut im Offenbacher Hafenviertel ab und fuhren von dort über den Kaiserleikreisel direkt auf die A 661 in Richtung Norden. Simon saß am Steuer, Hendrik und Richard auf der Rückbank, sodass sie sich bequem unterhalten konnten.

»Hanna geht es besser«, berichtete Hendrik. »Ich passe auf, dass sie genug Flüssigkeit zu sich nimmt, egal in welcher Form. Seit sie zurück ist, hatte ich schon drei Hühner im Kochtopf.« Sie lachten und Hendrik merkte, dass es guttat. »Sie ist jetzt bei meiner Mutter. War eine gute Idee von dir!«

»Hm«, antwortete Richard. »Schön, wenn man noch eine Mutter hat, die einem helfen kann. Und helfen will.«

Hendrik sah aus dem Fenster und dachte nach. Die Felder der Wetterau zogen an ihnen vorbei. Der Sonnenschein wurde immer wieder von Wolken unterbrochen, die riesige Schattenrisse auf die Stoppelfelder warfen. Ja, jedem Menschen wurden Schatten in sein Leben geworfen. Hendrik wusste, dass Richards Eltern bereits tot waren, von den Hintergründen ahnte er nichts. Er schrieb auf seinen inneren Notizzettel, Richard bei nächster Gelegenheit darauf anzusprechen. Die Umstände mussten passen für solch ein Gespräch, und keine dritte Person sollte dabei sein.

»Was ist denn mit der Frau aus Straßburg? Woher wisst ihr überhaupt von ihr?«, fragte Hendrik.

»Mein junger Kollege hier«, Richard zeigte auf Pascal Simon, »beherrscht die französische Sprache sehr gut. Sein Großvater stammt aus Toulouse. Ich habe ihn gebeten, mit der Police national in Straßburg Kontakt aufzunehmen. Und tatsächlich haben die dort einen ungelösten Mordfall. Friederike Meyer, 52 Jahre alt. Sie wurde in einem Hafenbecken gefunden. Pascal hat den Bericht der französischen Kollegen bekommen, er wird uns nachher alles erläutern.«

»Okay. Und wer ist bei der Besprechung heute dabei? Ich meine, außer uns?«

»Die Gastgeberin, Kriminaloberkommissarin Sandra Prager, ihr Chef wahrscheinlich nicht, er ist auf einer Hochzeit eingeladen, und dann aus Weimar Kommissar Täntzer und Siggi, das war's.«

»Hm, reicht ja auch. Und was ist meine Aufgabe dabei?«

»Du bist der Experte, quasi eine Art Vor-Gutachter, der erklären soll, wie die Morde zusammenhängen könnten. Dabei habe ich zwei Bitten an dich.« Richard zögerte.

»Ja?«

»Erstens solltest du bitte nicht sagen, dass die Idee, zwischen den Morden könnte eine Verbindung bestehen, von dir stammt. Das würde der Glaubwürdigkeit der Theorie schaden. Also … bitte nicht falsch verstehen, aber dieser Ansatz muss von einem Polizisten kommen.«

»Okay, von wem? Von Siggi?«

»Nein, von mir. Es muss ein im Dienst befindlicher Polizeibeamter sein.«

Hendrik nickte. »Gut. Und zweitens?«

»Bitte sprich, wenn es um eine mögliche Serientat geht, immer im Konjunktiv. Könnte sein … eventuell … es ist anzunehmen, dass … und so weiter. Jeder unbewiesene Zusammenhang muss bei der Polizei als Szenario gelten. Wir müssen unbedingt Hypothesen von Fakten unterscheiden, selbst wenn einer von uns maximal von seiner Hypothese überzeugt ist. So ist unsere Arbeitsweise. Verstehst du?«

»Klar, kein Problem.«

Richard schien zufrieden zu sein. Simon bog am Gambacher Kreuz auf die A 45 ab.

»Richard, wie ist das eigentlich, glaubst du an meine Theorie oder nicht?«

»Ehrlich?«

»Ja, bitte.«

»Nein, ich glaube nicht daran. Trotzdem möchte ich dir die Gelegenheit geben, deine Meinung kundzutun, für deine Überzeugung einzutreten. In guter alter Voltaire-Tradition.«

Hendrik war erstaunt, dass Richard dieses Zitat zur Meinungsfreiheit heranzog, denn bisher hatte er sich nicht als Literaturkenner gezeigt. »Ich lehne ab, was du sagst, aber ich werde bis auf den Tod dein Recht verteidigen, es sagen zu dürfen.« So lautete der Satz, der Voltaire zugeschrieben wurde. Immerhin, das war eine vernünftige Grundlage für die kommende Diskussion.

Hendrik beugte sich zu seinem Freund hinüber. »Hör mal, Richard«, flüsterte er. »Hat Pascal Simon eigentlich immer diese komische rote Mütze auf?«

Richard grinste. »Immer! Sie wärmt seinen Kopf und dann kann er besser nachdenken.«

Sie verließen den Gießener Ring an der Ausfahrt Schiffenberger Weg und bogen kurze Zeit später links ab in die Ferniestraße. Hendrik war guten Mutes, denn er wusste zu diesem Zeitpunkt noch nicht, was ihn an diesem Tag erwartete.

Kriminaloberkommissarin Prager war eine sportliche Mittvierzigerin mit einer blonden Kurzhaarfrisur. Extrem kurz, wie Hendrik bemerkte. Sie verhielt sich sehr höflich, dennoch merkte er, dass ihrem Auftreten eine Bestimmtheit innewohnte, die wenig Widerspruch duldete. Sie holte die drei am Empfang ab, und Hendrik konnte sich nicht des Eindrucks erwehren, dass zwischen ihr und Richard eine gewisse Spannung lag. Aber vielleicht war das auch nur Einbildung.

»Ich habe eine kleine Überraschung für euch«, sagte sie, während sie vorausging. »Julian Täntzer hat seinen Chef mitgebracht, besser gesagt, sein Chef hat es für nötig gehalten, ihn zu begleiten. Kriminaldirektor Germer.«

Im ersten Stock angekommen, öffnete sie die Tür zum Konferenzzimmer. Bevor Hendrik überhaupt erfasst hatte, wer alles anwesend war, wies Sandra Prager ihm einen Stuhl zu und rief in den Raum: »Ich denke, wir nehmen alle Platz zur Vorstellungsrunde und legen danach gleich los. Wir wollen ja an einem Samstag keine Zeit verschwenden.«

Hendrik schaffte es soeben noch, Siggi zuzuwinken, dann saß er schon zwischen Richard und einem ihm unbekannten jungen Mann mit blassem Gesicht.

»Ich bin KOK Sandra Prager, seit 18 Jahren im Polizeidienst. Ich wurde gebeten, heute als Gastgeberin zu fungieren, damit die Reisekosten einigermaßen gleichmäßig auf die Präsidien verteilt werden. Wenn keine Einwände bestehen, übernehme ich auch die Sitzungskoordination.«

Hendrik registrierte mit der ihm eigenen Art der sprachlichen Analytik, dass sie »Sitzungskoordination« gesagt hatte und nicht »Sitzungsleitung«. In Anbetracht der Tatsache, dass ranghöhere Kollegen am Tisch saßen, schien das sehr umsichtig.

Sandra Prager wandte sich nach rechts. »Richard, machst du bitte weiter?«

»Ja. Richard Volk, Kriminalhauptkommissar, K11 im Präsidium Frankfurt.«

»Danke. Herr Wilmut?«

»Ach so, ja, Dr. Hendrik Wilmut, Literaturdozent an der Universität Frankfurt, Forschungsgebiet Johann Wolfgang von Goethe, sein Leben und seine Frauen.«

Die Blicke aus der Runde gaben ihm zu verstehen, dass er wohl etwas übertrieben hatte. Vielleicht hätte er das mit den Frauen weglassen sollen. Zu spät, die Worte hatten seinen Mund verlassen und er konnte sie nicht mehr zurückholen.

»Danke, Herr Dr. Wilmut. Julian?«

Der junge Mann neben Hendrik spielte nervös mit seinem Kugelschreiber. »Kriminalkommissar Julian Täntzer. Seit acht Jahren im Polizeidienst, seit zwei Jahren in der Kriminalpolizeistation Weimar.«

Hendrik konnte sich nicht dagegen wehren, Täntzer mit dem Begriff »Milchgesicht« zu assoziieren.

Siggi übernahm direkt. »Siegfried Dorst, pensionierter Kriminalhauptkommissar aus Weimar. Richard Volk und ich kennen uns schon lange und haben mehrere Fälle zusammen bearbeitet. Wegen der Personalknappheit in seiner Abteilung und der Hypothese einer Mordserie hat er mich gebeten, eine vorläufige Tathergangsanalyse zu erstellen.«

Richard hob kurz die Hand. »Ich darf ergänzen, dass Siegfried Dorst früher beim BKA gearbeitet hat und am Aufbau der Abteilung ›Operative Fallanalyse‹ beteiligt war.«

Der etwa 60-jährige Mann neben Siggi nickte anerkennend. Er hatte eine hohe Stirn und trug eine übergroße Tellerbrille. »Ich bin Hans Germer und leite die Kriminalpolizeiinspektion Jena.«

»Danke, Herr Kriminaldirektor«, sagte Sandra Prager. »Pascal?«

»KK Pascal Simon, 29 Jahre alt, ich arbeite in Frankfurt im K11 für Herrn Volk.«

»Gut, danke, dort drüben steht Kaffee, bitte bedienen Sie sich. Die Toiletten befinden sich links den Gang hinunter. Haben Sie Fragen zur Organisation?«

Alle schüttelten den Kopf, und Sandra Prager sprach weiter: »Wir haben aktuell fünf Todesfälle, die bisher unabhängig voneinander bearbeitet werden. Vier davon sind inzwischen zu Mordfällen erklärt worden, einer wurde als Selbsttötung eingeordnet.«

Hendrik hob die Hand. »Aber …«

»Langsam, Herr Dr. Wilmut, Sie bekommen noch genügend Gelegenheit, Ihre Sicht der Dinge zu erläutern. Erst einmal wollen wir uns alle auf einen gemeinsamen Wissensstand bringen.«

»Äh, ja, natürlich!« Hendrik atmete tief durch. Er musste seine Emotionen im Zaum halten.

»Richard … also KHK Volk hat die Hypothese entwickelt, dass die fünf Fälle miteinander verknüpft sein könnten. Dazu später mehr. Zunächst wird der jeweils zuständige Ermittler seinen Fall vorstellen. Julian … Kollege Täntzer, fängst du bitte an?«

»Gern.« Julian Täntzer öffnete eine Akte und begann, vorzulesen. Sein Gesicht hatte den letzten Rest Farbe verloren. »Wilhelmine Gertrude Becker, 77 Jahre alt, geschieden, drei Kinder, vier Enkelkinder, wohnhaft in Jena, Talstraße 122. Sie befuhr mit ihrem PKW Modell Škoda Fabia am Mittwoch, 8. Oktober gegen 10.45 Uhr die B 7 stadtauswärts in Richtung Isserstedt. In einem Waldstück, dem Isserstedter Holz, kam sie in der Nähe der sogenannten … Zigeunerquelle – sorry, das Ding heißt nun mal so – rechts von der Straße ab und prallte gegen einen Baum. Sie verstarb an der Unfallstelle. Da es sich um eine kerzengerade Strecke handelt und keinerlei Bremsspuren zu erkennen waren, übernahmen wir die Ermittlungen.« Er sah in die Runde.

»Wie waren die Straßenverhältnisse?«, fragte Sandra Prager.

»Trocken, nur wenig Laub, nichts Auffälliges.«

»In welche Himmelsrichtung fuhr sie?«, fragte Pascal Simon.

»In Richtung Westen. Blendende Sonne können wir also ausschließen. Außerdem sind die Bäume dort noch stark belaubt und bilden ein Blätterdach.«

Simon nickte.

Täntzer setzte seinen Bericht fort: »Die Obduktion ergab keine Verletzungen, die ihr vor dem Unfall zugefügt worden sein könnten. Die Blutprobe ergab jedoch interessante Ergebnisse: kein Blutalkohol, keine Drogen, jedoch eine mittlere Konzentration an Temazepam. Wir gehen davon aus, dass Frau Becker die K.-o.-Tropfen kurz vor ihrer Fahrt in ein Getränk gemischt wurden, wodurch sie dann die Kontrolle über ihr Fahrzeug verlor. Von ihrem Ex-Mann erhielten wir die Telefonnummer ihrer besten Freundin. Sie hatte Frau Becker am Tag ihres Todes nicht getroffen, nannte uns aber ihr Stammcafé. Die Befragung des Personals ergab, dass Frau Becker direkt vor dem Unfall in eben diesem Café war, und zwar allein. Laut Aussage der Bedienung war sie zwischendurch auf der Toilette. Vermutlich hat ihr währenddessen jemand die K.-o.-Tropfen ins Getränk gemischt, die übliche Vorgehensweise. Wahrscheinlich war sie auf dem Weg nach Isserstedt, um im dortigen Handelshof einzukaufen. Laut ihrer Freundin fuhr sie dort regelmäßig hin.«

»Wer wusste denn, dass sie sich vor ihrem Tod in diesem Café aufgehalten hat?«

»Nach dem derzeitigen Ermittlungsstand niemand.«

»Dann muss ihr jemand gefolgt sein«, stellte Richard fest.

»Ja, so sehen wir das auch. Wir haben das Videomaterial von zwei benachbarten Geschäften ausgewertet, ohne Erfolg. Nun die üblichen Fragen: Motiv? Gelegenheit? Mittel? Wir haben alles geprüft, es gibt keinen Verdächtigen. Frau Becker ist geschieden. Ihr Ex-Mann hat vor rund 20 Jahren die Scheidung eingereicht, weil sie damals einen Liebhaber hatte, der wiederum inzwischen verstorben ist. Herr Becker hat kein erkennbares Motiv und ein wasserdichtes Alibi, er war letzte Woche im Urlaub auf Gran Canaria und kam erst am vergangenen Sonntag zurück. Er hat seine geschiedene Frau zuletzt vor einem Jahr gesehen. Ihre beste Freundin arbeitet in Teilzeit als PTA in einer Jenaer Apotheke, daraus könnte man eine gewisse Verbindung zum Temazepam konstruieren, allerdings ist das Zeug ja leider rezeptfrei erhältlich. Sie hätte also die Mittel gehabt, hat aber kein Motiv, und sie war zur Tatzeit in der Apotheke. Drei Kolleginnen können das bezeugen.«

»Danke, Julian. Richard, machst du weiter?«

»Okay.« Volk erläuterte alle Fakten der Fälle Marianne Schmidt und Elisabeth Müller, die Hendrik bereits kannte. Zudem bedankte er sich für den Wochenendeinsatz von Dr. Bergen. Es gab verschiedene Nachfragen zum genauen Verlauf des Schusskanals bei Frau Schmidt und zu der Insulinpatrone in der Wohnung von Frau Müller.

»Zum Thema Insulin habe ich mit Dr. Bergen telefoniert«, sagte Richard. »Er hat mir die Wirksamkeit bestätigt und hält diese Tötungsvariante in Anbetracht seiner Obduktionsergebnisse für realistisch. Da die Tochter von Frau Müller erklärte, dass weder sie noch ihre Mutter je mit Diabeteskranken oder deren Medikamenten in Berührung gekommen seien und sie solch eine Nachfüllpatrone für den Insulinpen nie zuvor gesehen habe, spricht dies eindeutig für eine Fremdeinwirkung.«

Kriminaldirektor Germer räusperte sich. »Und wenn eine Pflegekraft beim Besuch von Frau Müller diese Patrone verloren hat?«

Richard wiegte seinen Kopf hin und her. »Daran haben wir auch schon gedacht. Frau Müller war 68 Jahre alt, noch recht fit, sie hatte keinen Pflegegrad und keine Hauspflege. Außerdem hätte die Patrone dann eher im allgemein zugänglichen Bereich liegen müssen, auf dem Teppich zum Beispiel.«

»Okay«, brummte der Mann mit der Tellerbrille.

»Als Nächstes haben wir den Fall in Straßburg, den erläutert Ihnen mein Mitarbeiter Kommissar Simon.« Richard gab Pascal ein Zeichen.

»Es handelt sich hier um die 52-jährige Friederike Geraldine Meyer, verheiratet, zwei Kinder, wohnhaft in Straßburg, Ortsteil Cronenbourg, so wie das Bier, aber mit C geschrieben. Die Brauerei hatte früher tatsächlich ihren Sitz …«

»Pascal!« Richards Ton war eindeutig.

»Ja, Chef, sorry.« Er beugte sich über seine Papiere. »Frau Meyer wurde am Montag letzter Woche, also am 6. Oktober, im Bassin du Commerce gefunden, das ist eines der großen Becken im Straßburger Rheinhafen. Ich habe mir den Untersuchungsbericht der Kollegen von der Police national schicken lassen.«

»Er kann gut Französisch«, ergänzte Richard.

»Ja, danke, Chef. Jedenfalls sagt der Rapport Folgendes: Als Todesursache wurde Ertrinken festgestellt. Damit lagen ein Unfall oder eine Selbsttötung nahe. Dann jedoch fand die Rechtsmedizin Blutergüsse an beiden Seiten des Halses, dort, wo die Hirnvenen und -arterien verlaufen.« Simon zeigte an seinem eigenen Hals, dass er den Bereich rechts und links des Kehlkopfs meinte. »Ein Spezialist, der früher bei der Fremdenlegion war, hat festgestellt, dass bei Frau Meyer ein Würgegriff angesetzt wurde, und zwar von hinten. Bei mäßigem Druck werden dabei die Halsvenen abgedrückt, und das Blut kann aus dem Kopf nicht zurück zum Herzen fließen. Ein trainierter Angreifer kann auf diese Weise die Frau innerhalb von 10 bis 15 Sekunden zur Bewusstlosigkeit gebracht haben. Bei stärkerem Druck können auch die Arterien blockiert werden, was noch schneller zur Bewusstlosigkeit führt. Die Annahme liegt also nahe, dass jemand Frau Meyer mit diesem Würgegriff außer Gefecht gesetzt und anschließend ins Hafenbecken geworfen hat.«

»Wie lange lag sie denn im Wasser?«, wollte Täntzer wissen.

»Sie wurde um 8.15 Uhr gefunden. Der Todeszeitpunkt wurde auf 3 Uhr plus/minus eine Stunde festgelegt. Sie lag also vier bis sechs Stunden im Wasser.«

»Hm, danke, also nicht allzu lange.«

»Ich habe zusätzlich mit Jean-Pierre Clément telefoniert, Capitaine de Police, das ist gleichzusetzen mit unserem Hauptkommissar. Er leitet die Ermittlungen und hat Frau Meyers privates und berufliches Umfeld komplett durchleuchtet. Es wurden keinerlei Hinweise auf den Mörder gefunden, auch nicht auf ein Motiv. Da solche Würgegriffe bei verschiedenen Kampfsportarten eine Rolle spielen, hat er sogar die entsprechenden Trainingszentren, insbesondere solche für Brazilian Jiu-Jitsu und Luta Livre, im gesamten Elsass geprüft, keine Anhaltspunkte.«

»Wie sind Sie überhaupt mit den Franzosen in Kontakt gekommen?«, fragte der Kriminaldirektor. »Haben die sich bei Ihnen gemeldet und um Amtshilfe gebeten?«

Hendrik wollte etwas sagen, besann sich jedoch schnell und sah Richard an.

»Ich habe mich mit dem Kollegen Siegfried Dorst darüber unterhalten«, sagte Richard Volk. »Da er in Weimar wohnt, kennt er sich ein wenig mit der Klassik und mit

Goethe aus. Die Vornamen der getöteten Frauen sind identisch mit denen von Goethes Frauenbekanntschaften und die Fundorte der Leichen stimmen mit den einstigen Wohnorten dieser Frauen überein. Das ist zwar ein sehr gewagter Gedankengang …«

»Allerdings«, erwiderte der Mann mit der Tellerbrille.

»… aber wir sind mit unseren Ermittlungen festgefahren, da müssen wir jede Möglichkeit in Betracht ziehen. Herr Dorst hat mich auf die Idee gebracht, Herrn Wilmut hinzuzuziehen. Er ist ein Spezialist für alles, was mit Goethe zu tun hat, und ich habe ihn gefragt, ob er uns als Experte zur Verfügung steht.«

Hendrik bewunderte Richards diplomatisches Geschick. Von sich selbst als aktivem Polizist führte er zu einem pensionierten Polizisten und von dort zu einem nichtpolizeilichen Experten. Clever gemacht.

»Meinetwegen. Wie kamen Sie auf Straßburg?«

Sandra Prager schaltete sich ein: »Herr Kriminaldirektor, darf ich vorschlagen, dass wir uns zunächst den Bericht zum fünften Fall anhören, dann eine kurze Pause einlegen und danach Herrn Dr. Wilmut zu Wort kommen lassen?«

Germer machte eine Handbewegung, als wolle er der Kriminaloberkommissarin seine Finger zuwerfen. »Von mir aus.«

»Gut«, fuhr Prager fort. »Ich mache es kurz. Lotte Amelie Schneider, 28 Jahre alt, ledig, aus Wetzlar. Sie wurde am Donnerstag, den 2. Oktober, um 5.52 Uhr vom Regionalexpress in Richtung Gießen überrollt. Das geschah in den Lahnauen, kein Mensch in der Nähe, Dunkelheit, sie trug schwarze Kleidung. Keinerlei Hinweise auf Fremdverschulden. Ihre sterblichen Überreste wurden bereits beerdigt. Sie werden sich fragen, warum wir diesen Fall überhaupt diskutieren, dazu hören wir nach der Pause Herrn Dr. Wilmut.« Sie stand auf und ging zielstrebig auf die Kaffeekanne zu.

Hendrik blieb sitzen und überlegte, wer in dieser Runde für oder gegen ihn war. Siggi und Kommissar Täntzer rechnete er zu den Unterstützern. Sandra Prager verhielt sich neutral, ebenso Richard. Simon würde sich wohl seinem Chef anschließen. Der Kriminaldirektor war gegen ihn. Sich selbst mit einbezogen kam er auf eine Quote von 3:3:1. Gar nicht so übel.

Im Toilettenbereich am Waschbecken traf er Richard Volk. »Denk dran, Hendrik, immer schön im Konjunktiv reden!«

»Ja, ja, mache ich. Sag mal, was ist eigentlich mit dir und Sandra?«

Richard wusch sich die Hände und sah ihn über den Spiegel an. »Wie, was meinst du?«

»Da ist etwas zwischen euch, eine Spannung, eine … Verbindung.«

Sein Freund schüttelte den Kopf. »Manchmal nervst du. Wir waren mal zusammen.«

»Du und Sandra Prager?« Hendrik konnte den erstaunten Tonfall nicht unterdrücken.

»Ja, ich weiß, sie ist viel jünger als ich. Hat auch nicht lange gehalten.«

»Hm, schade!«

Richard lächelte. Sie gingen zurück in den Konferenzraum.

Sandra Prager gab das Zeichen zur Fortsetzung. »Herr Dr. Wilmut?«

»Ja, danke. Ich muss etwas ausholen und bitte Sie um ein wenig Geduld.« Er warf einen Blick in die Runde und konnte weder Zustimmung noch Ablehnung erkennen. »Goethe hatte zahlreiche Beziehungen zu Frauen. Dazu gehören jeweils verschiedene Stationen seines Lebens und damit verbundene Örtlichkeiten. Seinem Lebenslauf folgend begann es in Leipzig mit Anna Katharina Schönkopf, meistens Käthchen genannt, die Tochter des Wirts, bei dem er als Student regelmäßig sein Mittagessen einnahm. In der Nähe von Straßburg war es Friederike Brion, eine Pfarrerstocher, in Wetzlar die berühmte Lotte, in Offenbach Elisabeth Schönemann, genannt Lili, Tochter eines Frankfurter Bankiers, mit ihr war er verlobt. In Weimar hatte er zunächst die bekannte geistig-platonische Beziehung zu Charlotte von Stein. Während seiner Italienreise – ich verschone Sie mit Details …«

»Danke!«, kam es dumpf vom Kriminaldirektor.

»… unterhielt er in Rom Beziehungen zu der Wirtstochter Constanza Roesler und der Malerin Angelika Kauffmann. Nach seiner Rückkehr lernte er in Weimar Christiane Vulpius kennen, mit ihr teilte er Tisch und Bett und heiratete sie. In Frankfurt traf er später Marianne von Willemer, die Einzige, die ihm literarisch ebenbürtig schien, in Jena Wilhelmine Herzlieb, genannt Minchen, und zum Schluss Ulrike von Levetzow, der er in Marienbad begegnete und im Alter von 74 Jahren einen Heiratsantrag machte, den sie – 19 Jahre alt – ablehnte.«

»Sehr ordentlich!«, meinte Sandra Prager.

»All die Frauen, mit denen er Briefe austauschte, ohne sie persönlich zu kennen, habe ich nicht erwähnt. So, wir haben demnach neun Orte und elf Frauen. In fünf von diesen neun Orten starben kürzlich Frauen mit denselben Vornamen, das kann kein Zufall sein!« Hendrik machte eine Pause. Er blickte in erstaunte Gesichter.

»Und was wollen Sie uns damit sagen?«, fragte der Kriminaldirektor.

»Ich bin überzeugt, dass wir es mit einem Serienmörder zu tun haben, der Frauen als Stellvertreterinnen von Goethes Herzdamen umbringt!«

Richard trat ihm auf den Fuß. Er drehte sich um. Was war los?

»Soso«, sagte Sandra Prager langsam. »Sie sind also überzeugt. Das ist ja schön. Wir sind davon allerdings noch lange nicht überzeugt. Denn *uns* überzeugen keine literarischen Zusammenhänge, sondern Fakten. Verstehen Sie? Fakten!«

Verdammt, er hatte es verpatzt. Dabei hatte es so gut begonnen. Richard hatte ihm eingeschärft, nur im Konjunktiv zu sprechen, und er hatte es vergessen.

Man merkte deutlich, dass KOK Prager versuchte, ihre Stimme unter Kontrolle zu halten. »Herr Dr. Wilmut, Ihr Gedankenspiel – und mehr ist es für mich nicht – hat folgende Haken: Erstens stammte Friederike Brion nicht aus Straßburg, sondern aus der Nähe, aus diesem Kaff …«

»Sessenheim«, sagte Hendrik.

»Ja, aus Sessenheim. Das ist wie weit von Straßburg entfernt?«

»Etwa 40 Kilometer«, antwortete Hendrik leise.

»So! Außerdem ist bekannt, dass Serienmörder fast immer dort töten, wo sie sich sicher fühlen, oft in der Nähe ihres Wohnortes oder an einem Ort, den sie gut kennen. Zumindest in einer Gegend, in der sie die lokale Sprache beherrschen. Lernt man das noch so auf der Polizeihochschule, Pascal?«

»Ja«, antwortete Simon.

»Damit fallen Straßburg, Rom und Marienbad weg. Und wie schon gesagt, an der Selbsttötung von Lotte Schneider existiert kein Zweifel. Also entfällt auch Wetzlar und es bleiben insgesamt nur noch fünf Orte statt neun. Nicht mehr so überzeugend, oder?«

Hendrik erkannte, dass er Sandra Prager unterschätzt hatte. Vielleicht fühlte sie sich angegriffen wegen des Falls Lotte Schneider. Immerhin hatte er indirekt ihre Fachkompetenz angezweifelt.

»Und außerdem, Herr Dr. Wilmut«, schaltete sich Germer ein. »Ich habe schon mehrere Serientäter gejagt, zweimal als Leiter einer Soko. Immer gab es einen Modus Operandi, eine einheitliche oder zumindest ähnliche Vorgehensweise des Mörders. Bei unseren aktuellen Fällen haben wir eine breite Palette von Mordmethoden: professioneller Schusswaffengebrauch, heimtückischer Giftmord, profane K.-o.-Tropfen, und – falls wir Straßburg mit dazunehmen – eine Würgetechnik. Erkennt da jemand eine Systematik?«

»Moment bitte!«, sagte Siggi. »Das ist vielleicht der richtige Zeitpunkt für die vorläufige Tathergangsanalyse, die beantwortet einiges davon.«

Keiner widersprach.

»Also, ich habe die mir zur Verfügung gestellten Daten der besagten vier Morde analysiert. Den Fall Lotte Schneider habe ich nicht einbezogen. Der zugrunde gelegte Ermittlungsstand entspricht dem, was wir soeben gehört haben. Die BKA-Checkliste für die Tathergangsanalyse habe ich als Arbeitsgrundlage benutzt. Dabei fand ich *keine* Übereinstimmung in den folgenden Punkten. Erstens: die Tötungsart. Hier sehe ich sogar ein Gegenargument, denn solch eine Diversifizierung der Tötungsmethoden, wie bereits von Herrn Germer erwähnt, wäre sehr ungewöhnlich für einen einzelnen Täter. Zweitens: der Opferfundort. Zweimal Wohnung, einmal Straße, ein Hafenbecken – keine Struktur erkennbar. Drittens: die Tatzeit. Keinerlei Übereinstimmungen. Weiterhin habe ich geprüft, ob der Täter überfallartig gehandelt hat oder die Opfer vorher kontaktierte, sie angelockt oder sogar mit ihnen Zeit verbracht hat. Dies ist nach dem derzeitigen Wissensstand nicht klar zu beantworten. Im Fall Schmidt hat er nach dem Schuss fluchtartig den Tatort verlassen, im Fall Müller wissen wir darüber nichts, ebenso wenig wie im Fall Meyer. Bei Frau Becker war der Täter im Café, das wir als erweiterten Tatort ansehen können, aber keiner weiß, wann und wie lange. In zwei Fällen ist der Leichenfundort auch der Tatort, in einem Fall nicht, in einem ist es unklar. Ebenso offen ist die Frage der Täter-Opfer-Beziehung, logischerweise, da wir bislang keinen Verdächtigen haben. Die Ermittlungsteams in Frankfurt und Weimar haben keine Beziehung der Opfer untereinander feststellen können. Damit meine ich die konkreten Opfer in der heutigen Welt, unabhängig davon, dass ihre Namensgeber alle Goethes Herzdamen waren.«

Der Kriminaldirektor lachte.

»Nun zu den Gemeinsamkeiten. Hier unterscheiden wir zwischen weichen und harten Faktoren. Weiche Faktoren sind meistens Ausschlussfaktoren, so können wir in allen vier Fällen sexuelle Handlungen ausschließen, genauso wie sadistische Umtriebe oder Zurschaustellung der Leiche. Weiterhin können wir ausschließen, dass der Täter Gegenstände vom Tatort – soweit dieser bekannt ist – mitgenommen hat. Das kommt bei Serienmördern vor, teils werden solche Objekte als eine Art Fetisch genutzt. Nun zu den harten Faktoren. In allen vier Fällen hat der Täter versucht, den Mord zu vertuschen. Bei Frau Müller hat er sehr viel Wert darauf gelegt, und wenn wir die Insulinpatrone nicht gefunden hätten, wäre der Mord wohl nie nachweisbar gewesen. Im Fall Schmidt gelang es ihm nicht, die Gewalttat zu vertuschen, mehr durch Zufall, weil das Projektil im Boden feststeckte und nicht in angemessener Zeit von ihm entfernt werden konnte. In Weimar und Straßburg hat er versucht, den Mord als Selbsttötung erscheinen zu lassen und nur durch die professionelle Arbeit der Kollegen ist dies verhindert worden.«

Täntzer grinste.

Siggi fuhr fort: »Summa summarum: In allen vier Fällen wurde versucht, den Mord als natürlichen Tod erscheinen zu lassen. Dann zur Viktimisierung.«

»Entschuldigung«, fragte Hendrik dazwischen. »Was bedeutet Viktimisierung?«

»Die Opferauswahl. Es wurden nur Frauen ermordet, das ist ein Fakt. Was das Alter der Frauen, ihre körperlichen Merkmale, ihren Beruf und ihr soziales Umfeld betrifft, gibt es keinerlei Übereinstimmungen. Ich habe das genau überprüft. Dann habe ich mich mit den Namen der Opfer beschäftigt. Wie Herr Wilmut schon erläuterte, sind die Vornamen alle identisch mit Namen von Goethes Herzdamen. Was wir daraus schließen, ist noch offen.«

Hendrik spürte Richards Hand auf seiner Schulter, die ihn herunterdrückte. Ist ja gut, dachte er, ich wollte nichts sagen.

»Aber die ganze Zeit über hing ich gedanklich an den Nachnamen. Irgendetwas Seltsames haben die.«

Pascal Simon sah ihn erstaunt an: »Wieso, sind doch ganz normale Namen, Müller, Meyer, Schmidt und so weiter.«

»Ja«, sagte Siggi, »genau das ist das Auffällige.« Die Anwesenden starrten ihn an. »Schmidt, Müller, Becker, Meyer und eventuell Schneider. Lauter typisch deutsche Namen. Ich habe das recherchiert: Müller ist der häufigste Familienname in Deutschland. Schmidt mit dt ist Nummer zwei, Meyer mit ey die sechs und Becker Platz acht. Falls wir Schneider mit dazunehmen wollen: Nummer drei.

Unter den ersten zehn kommen dann noch Fischer, Weber, Wagner, Hoffmann und Schulz.«

Hendriks Puls ging schlagartig in die Höhe. Guter Mann, der Siggi. Ein Aspekt, der ihm nicht aufgefallen war.

»Und? Was sollte ein Serienmörder damit bezwecken?«, fragte Prager.

»Er sucht sich Opfer mit den Vornamen von Goethes Geliebten, der Nachname ist ihm wahrscheinlich egal. Mit diesen Top Ten macht er uns – also, ich meine den ermittelnden Beamten – das Leben schwer. Vielleicht war das seine Absicht.«

»Okay, das wäre möglich«, sagte Julian Täntzer. »Dann bleibt allerdings noch eine wichtige Frage.«

»Nämlich?«, hakte Sandra Prager nach.

»Selbst wenn wir von der Hypothese einer Mordserie ausgehen, wo ist das Motiv?«

»Hm, gute Frage«, sagte sie. »Dr. Wilmut?«

Hendrik spürte wieder dieses »Etwas«, das er schon bei der Recherche zu Elisabeth Müller wahrgenommen hatte. Diesmal kam es gewaltig auf ihn zu. »Keine Ahnung, das ist ja wohl Ihre Aufgabe!«

Kriminaldirektor Germer stand auf. »Herr Dr. Wilmut, wenn ich von Ihrer Hypothese überzeugt wäre, könnte das möglicherweise unsere Aufgabe sein. Für mich ist das aber viel zu dünn. Und Sie sind sicher nicht derjenige, der uns sagt, was wir zu tun haben. Täntzer, Sie kümmern sich weiter um den Fall Becker und alles andere ist Sache von Frau Prager beziehungsweise Herrn Volk. Wir sind draußen.«

Sandra Prager erhob sich ebenfalls. »Ich bin auch draußen.«

Hendrik konnte es kaum glauben. Er sah Richard an.

»Sorry, Hendrik, aber ich verstehe die Kollegen. Und

wir haben mit den beiden Morden in Frankfurt und Offenbach genug zu tun. Falls sich Hinweise auf einen Serientäter ergeben sollten, müssen wir die Lage neu bewerten.«

Hendrik sprang auf, eine riesige Wut ballte sich in seinem Bauch zusammen. »So, du lässt mich also im Stich!«

»Hendrik!«, rief Siggi.

»Ich werde euch allen jetzt mal was sagen: Wenn der nächste Mord passiert, ist es eure Schuld! Ich bin nicht der Sündenbock, ist das klar!«

»Herr Wilmut, bitte beruhigen Sie sich!«, mahnte Sandra Prager.

»Nein, Frau Prager, ich beruhige mich nicht. Ich habe keine verdammte Ahnung, wer der Mörder ist und warum er unschuldige Frauen umbringt! Sicher ist: Er wird es wieder tun, und zwar bald. Und dann haben Sie«, er stocherte mit dem Zeigefinger mehrmals in ihre Richtung, »den Tod eines Menschen zu verantworten!«

Sandra Prager kam langsam auf ihn zu. »Raus hier, Mann, aber schnell!«

*

Sonntag

Es war ein unruhiger Tag. Nicht aufgrund der Aktivitäten der Beteiligten, sondern ihre innere Verfassung betreffend.

Hendrik saß auf seinem Lieblingsküchenstuhl und überlegte, was er tun sollte. Richard hatte ihm während der Rückfahrt vorgeworfen, er habe mit seiner »üblichen Oberlehrerart« alles kaputtgemacht. Das ärgerte Hendrik noch mehr als die Vorgänge in Gießen. Eins war klar: Aufgeben war keine Option.

Siegfried Dorst war nach wie vor fassungslos. Er hatte sich auf der Heimfahrt nach Thüringen bei Germer und Täntzer für seinen Freund entschuldigt. Später berichtete er Ella alle Einzelheiten, sie war mindestens ebenso geschockt wie er selbst.

Hanna wusste von alldem nichts. Der Tag bei ihrer Schwiegermutter in Offenbach hatte ihr gutgetan. Als sie in die Bodenstedtstraße zurückkam, lag dort ein Brief ihrer Krankenkasse, der die Rehamaßnahme bewilligte. Sie hatten eine Klinik in Bad Homburg für sie ausgesucht.

Simon und Täntzer nahmen das Ganze sportlich. Der eine rollte per Inlineskater an der Nidda entlang, der andere kurvte mit dem Mountainbike durch den Thüringer Wald.

Sandra Prager schmollte.

Hans Germer schüttelte den Kopf, wenn er an Hendrik Wilmut dachte.

3. WOCHE

Nachtleben

Frankfurt a. M., Montag, den 20. Oktober, nachts

Gegen 4 Uhr früh erwachte Hendrik und konnte nicht wieder einschlafen. Hanna atmete ruhig und gleichmäßig neben ihm. Leise stand er auf, nahm seinen Bademantel und schloss die Schlafzimmertür hinter sich. Er schaltete die Espressomaschine ein und setzte sich auf seinen Küchenstuhl. Er wusste, dass er sich sehr weit vorgewagt hatte, in dem Bestreben, Morde zu verhindern. Schuld und Sühne hatten ihn getrieben und trieben ihn noch. Außerdem war ihm klar, dass er sich in einem klassischen Dilemma befand: Kriminaldirektor Germer war derzeit nicht von Hendriks Theorie zu überzeugen. Die Richtigkeit seiner Hypothese konnte also nur durch den Tod eines weiteren Menschen bestätigt werden, was Hendriks Schuldkonto erhöhte. Nur er selbst wusste, dass weitere Morde folgen würden, und nur er selbst hatte die Möglichkeit, die Frauen auf der Liste des Mörders zu retten. Zumindest war das seine eigene Sicht der Dinge. Diesem Dilemma konnte er nur durch eine präzise Vorhersage des nächsten Mordes entkommen.

Er schlürfte den Espresso, nahm sich ein Blatt Papier und schrieb auf, was er von den ermordeten Frauen bisher wusste. Zunächst listete er sie in der Reihenfolge ihrer Todeszeitpunkte auf:

1. Lotte Amelie Schneider, 28 Jahre, gestorben am Donnerstag, den 2. Oktober in Wetzlar, vom Zug überrollt – korrespondierend mit Charlotte Buff.

2. Elisabeth Constanze Müller, 68 Jahre, gestorben am Sonntag, den 5. Oktober in Offenbach, getötet durch eine Insulininjektion – Elisabeth »Lili« Schönemann.

3. Friederike Geraldine Meyer, 52 Jahre, gestorben am Montag, den 6. Oktober in Straßburg, gewürgt und ertrunken – Friederike Brion.

4. Wilhelmine Gertrude Becker, 77 Jahre, gestorben am Mittwoch, den 8. Oktober in Jena, betäubt und gegen einen Baum gefahren – Wilhelmine »Minchen« Herzlieb.

5. Marianne Hermine Schmidt, 62 Jahre, gestorben am Donnerstag, den 9. Oktober in Frankfurt a. M., erschossen – Marianne von Willemer.

Sofort war klar, dass das Alter der Frauen nichts mit der Reihenfolge zu tun hatte. Dann dachte er an das Eintreten von Goethes Herzdamen in dessen Leben. Auch dies ergab keinen Sinn, denn damit hätte die Reihenfolge Käthchen, Friederike, Lotte, Elisabeth und so weiter lauten müssen, wobei Käthchen für Anna Katharina Schönkopf in Leipzig stand. Das Geburtsjahr? Charlotte, Käthchen, Friederike, Lotte … er hörte auf zu schreiben, denn bereits der Beginn dieser Reihe war erfolglos.

Er füllte ein Glas mit Leitungswasser und trank es in einem Zug leer.

Geboren, gelebt, gestorben. Vielleicht ahmte der Mörder die Todesreihenfolge der berühmten Frauen nach. Hendrik ging zum Wohnzimmerregal und zog drei Bücher heraus. Es dauerte nicht lange, bis er die Todesdaten zusammengetragen hatte: Käthchen, Friederike, Christiane, Elisabeth … er brauchte sich keine Mühe mehr zu geben.

Nach dem zweiten Espresso wurde ihm klar, dass er sich bisher nur mit den Namen der bereits getöteten Frauen intensiv befasst hatte. Vielleicht konnte ihn die nähere Beschäftigung mit den anderen Frauengestalten um Goethe weiterbringen. Er sah auf die Uhr: 5.10 Uhr. Weiter! Friederike Oeser in Leipzig, die Tochter von Goethes Zeichenlehrer. Hendrik überlegte. Nein, Friederike Oeser war eine barmherzige Samariterin gewesen, hatte Goethe in den Tagen seiner schweren Erkrankung in Leipzig gepflegt, so lange, bis er in der Lage gewesen war, nach Frankfurt zurückzukehren. Eine Samariterin ohne echte Herzensnähe. Hendrik strich ihren Namen durch. Dann schweiften seine Gedanken ab nach Rom. »Faustina«, die viel Beschriebene, verlangte nach Präsenz auf seinem Blatt. Doch er zögerte. Viele Zeitgenossen Goethes sahen in ihr die Frauenfigur, mit der Goethe seine ersten sexuellen Erfahrungen gemacht hatte, und rätselten, welche real existierende Frau hinter dem Pseudonym stecken konnte. Constanza Roesler – die Tochter seines Wirts? Eine unbekannte italienische Schönheit? Eine Kurtisane? Oder sogar die Malerin Angelika Kauffmann? Für Hendrik war klar, dass Faustina in Anlehnung an Dr. Faust eine reine Kunstfigur war, die sich Goethe für die Römischen Elegien erst nach seiner Italienreise erdacht hatte. Und gerade in diese nachrömische Phase fielen seine sexuellen Umtriebe mit Christiane Vulpius, die sehr wahrscheinlich Goethes Fantasie bezüglich Faustina beflügelt hatten. Zumal ihn die Angst vor der Syphilis von römischen Eskapaden zurückgehalten hatte, insbesondere da er in Herzog Carl August ein diesbezügliches negatives Beispiel hatte. Der viel zitierten phonetischen Verwandtschaft zwischen »gen Italien« und »Genitalien« konnte Hendrik nichts abgewinnen.

Seine Gedanken streiften weiter. Die am Weimarer Theater gefeierte Sängerin Corona Schröter? Nein, ihr hatte Goethe zwar das Schlittschuhlaufen beigebracht, mehr aber nicht. Eine andere Situation ergab sich bei Maximiliane von La Roche, der Tochter der Sophie von La Roche und Mutter der Brentano-Geschwister. »Maxe« mit ihren intensiven braunen Augen wurde von Goethe sehr verehrt, was seinen Niederschlag im Werther fand. Allerdings nicht wirklich in dichterischer Weise, sondern mehr als beeindruckendes Merkmal der körperlichen Ausstrahlung. Sie musste Hendrik zumindest im Hinterkopf behalten. Fast befielen ihn Skrupel, da er sich so intensiv mit Goethes Liebesleben auseinandersetzte. Ein Kommentar des von ihm hoch geschätzten Kieler Professors Albert Meier fiel ihm ein, der einst bei einem Seminar die Meinung vertreten hatte, man solle Respekt vor Goethes Intimleben haben und weitere Nachforschungen auf diesem Gebiet unterlassen. Sozusagen ein historischer Datenschutzaufruf.

Hendrik war keinen Schritt weitergekommen. Draußen wurde es bereits hell, als er seine Aufzeichnungen ein letztes Mal durchsah. Dabei fiel ihm auf, dass »Käthchen« Schönkopf, Goethes erste große Liebe, mehrmals auf seinem Blatt erschienen war, demgegenüber aber keine korrespondierende Frauenleiche stand. Seine Gedanken glitten von einem Punkt zum nächsten, vollführten intellektuelle Berg- und Talfahrten, beschrieben geistige Serpentinen und befuhren mentale Schotterwege. James Joyce hätte seine Freude daran gehabt. Inmitten dieses Bewusstseinsstroms hefteten sich Hendriks Augen auf das neben ihm liegende Tablet. Er überlegte, ob er seine E-Mails kontrollieren sollte. Mestroff? Besser nicht. Ruhe bewahren. Mary McCartney, Pauls Mutter, hätte gesagt: »Let it be«. In Pauls Traum sprach sie »words of wisdom«, Worte der Weisheit. Doch Hendrik schaffte es nicht, Ruhe zu bewahren, es »sein zu lassen, wie es war«. Er griff nach dem Tablet. Keine Neuigkeiten von Mestroff, weder in den privaten E-Mails noch im beruflichen Account. Doch seine letzte Nachricht ruhte nach wie vor in Hendriks Uni-Inbox, er hatte sie nicht gelöscht.

Der Wecker zeigte 6.32 Uhr. Zeit, sich fertig zu machen für die Universität.

*

Gastvorlesung

Frankfurt a. M., Montag, den 20. Oktober, vormittags

Bevor Hendrik Wilmut in den Seminarraum ging, besuchte er Almuth Feller im Sekretariat, um sich für ihre Hilfe zu bedanken. Sie unterhielten sich einige Minuten. Hendrik hatte ihr Büro bereits wieder verlassen, als sein Blick auf das Schwarze Brett fiel: *Ersatz gesucht für einen erkrankten Kollegen: Gastvorlesung »Die literarische Entwicklung im 19. Jahrhundert am Beispiel von Goethes Die Wahlverwandtschaften und Friedrich Schillers Die Jungfrau von Orleans«, Mittwoch, 22. Oktober, um 14 Uhr an der Uni Leipzig.*

Hendrik kehrte um. »Frau Feller, haben Sie schon einen Kollegen für die Vorlesung in Leipzig gefunden?«

»Nein, Herr Wilmut, bisher nicht. Muss wahrscheinlich ausfallen.«

»Aha.« Er zögerte.

Almuth Feller setzte ein leuchtendes Filmlächeln auf. »Wollen *Sie* das nicht übernehmen? Die Wahlverwandtschaften haben Sie sowieso drauf und die Jungfrau ist nicht so schwierig zu bezwingen!«

Hendrik lachte. »Sie versuchen es ja mit allen Mitteln.«

»Die Dekanin wäre über einen freiwilligen Einsatz sicher erfreut. Die Partnerschaft mit der Uni Leipzig ist ihr sehr wichtig. Das könnte Ihr Konto wieder ausgleichen, Sie wissen schon!«

Schlagartig fiel Hendrik ein, dass es in Leipzig noch ein anderes Thema gab: Käthchen Schönkopf.

»Ich möchte meine Frau nicht über Nacht allein lassen«, sagte er.

Almuth Feller nickte. »Kann nicht jemand bei ihr bleiben? Ich würde das gerne übernehmen, aber Ihre Frau kennt mich ja nicht und außerdem ... meine Eltern brauchen mich.«

»Ich weiß. Geben Sie mir Zeit bis morgen, ich kläre das.«

Erneutes Lächeln. »Super, Herr Wilmut!«

Nach dem Seminar fuhr Hendrik mit der U-Bahn in die Innenstadt. Er tätigte einige Einkäufe am Roßmarkt, dann zog es ihn – wie so oft – in den Großen Hirschgraben. Im ehemaligen Wohnhaus der Familie Goethe konnte er am besten nachdenken. Die Frau an der Rezeption kannte ihn von seinen zahlreichen Besuchen. Sie nickte ihm freundlich zu, er bezahlte sein Ticket und betrat das Wohnhaus. Den breiten Treppenaufgang in die oberen Stockwerke hatte Goethes Vater einbauen lassen, als die beiden ehemals getrennten Häuser im Großen Hirschgraben renoviert und zu einem einheitlichen Gebäudekomplex umgebaut worden waren. Währenddessen hatte die Familie mit dem sechsjährigen Johann Wolfgang und seiner Schwester Cornelia am Hühnermarkt im Haus der Tante Melber gewohnt, das inzwischen originalgetreu inmitten der neuen Frankfurter Altstadt wiederaufgebaut worden war und das Struwwelpeter-Museum beherbergte.

Im zweiten Stock blieb Hendrik vor der großen astronomischen Uhr stehen, die schon den jungen Goethe fasziniert hatte. Nicht nur die Uhrzeit, auch das Datum sowie die Sonnen- und Mondphasen mit den Tierkreiszeichen konnten abgelesen werden. Im unteren Bereich befand sich eine Art Guckkasten mit einem Bären, der mit fortlaufender Reduzierung der Federkraft nach hinten fiel, bis er auf dem Rücken lag und damit anzeigte, dass der Federmechanismus der Uhr aufgezogen werden musste.

Ja, dachte Hendrik, auch Hannas Leben brauchte neue Federkraft. Und er selbst würde seinen Beitrag dazu leisten. Dazu musste er zunächst sein eigenes Innenleben aufräumen und vor allem verhindern, dass ein weiterer Mord geschah. Er hatte keine andere Wahl, als nach Leipzig zu fahren. Und der Weg dorthin führte über seine Mutter, die sich hoffentlich so lange um Hanna kümmern würde. Hedda Wilmut stand wie ein Fels in der Brandung zu ihm, das wusste er. Seine Gedanken pendelten zwischen Wollen und Dürfen, Können und Versagen. Wie vermochte er in Leipzig Verbindung zu Goethes dortigem Leben aufzunehmen? Ein Zitat aus dem Faust schob sich in Hendriks Gedanken: »Ein guter Mensch in seinem dunklen Drange ist sich des rechten Weges wohl bewusst!« Wie treffend Goethe so manches beschrieben hatte. Selbst nach über 200 Jahren strahlten solche Sätze noch eine verblüffende Wahrheit aus. War er sich des rechten Weges tatsächlich bewusst? Oder verdrängte er Wahrheit und Klarheit?

Hendrik verließ das Goethehaus und den Großen Hirschgraben. An der Ecke zur Weißadlergasse blieb er vor dem

Schaufenster der Chocolaterie Opitz stehen. Er nickte seinem Spiegelbild zu und öffnete die Ladentür.

»Was darf's denn sein?«, fragte die Verkäuferin.

Er hatte kaum Zeit gehabt, die herrlichen Pralinen in der Glastheke zu betrachten. »Ja, äh … ich nehme von diesem … Leipziger Allerlei!«

»Bitte?«

»Hiervon!« Er zeigte auf eine Schale mit verschiedenen braunen und weißen Trüffelpralinen.

»Aha, Sie meinen die Pralinenmischung ›Ajas Traum‹?«

Hendrik warf einen Blick auf das Schild neben der Schale. »Ja, ja, genau die meine ich. Zweimal ein Kilo, als Geschenk bitte …«

Die Verkäuferin sah ihn erstaunt an und hüstelte verlegen vor sich hin. »Entschuldigung, der Herr, ich verkaufe Ihnen gerne zwei Kilo Pralinen, aber solch große Geschenkverpackungen haben wir nicht, wenn ich das so … formulieren darf.« Sie lächelte ihn an.

Es dauerte einen Moment, bis Hendrik begriffen hatte, was sie damit ausdrücken wollte. »Ach, Sie meinen, das ist … zu viel?«

Sie nickte.

»Also gut«, sagte Hendrik. »Ich brauche zwei Geschenkpäckchen, jedes für eine Person.«

Eines der Pralinenpäckchen war für Mutter Hedda gedacht, das andere – natürlich – für Hanna. Die Verkäuferin nickte und hielt eine längliche goldbraune Verpackung mit einzelnen Fächern hoch. »Hier passen zehn Trüffelpralinen hinein. Da sind sie gut aufgehoben, und die Beschenkten können sie in aller Ruhe betrachten und aussuchen. Wäre das passend?«

»Ja, genau so hatte ich mir das vorgestellt«, antwortete Hendrik. »Wie viel passt denn da rein?«

»Ungefähr 150 Gramm«, sagte die Verkäuferin und er bemerkte, dass sie sich ein Lachen verkneifen musste.

»Danke!«, sagte Hendrik und versuchte seinerseits, nicht zu lachen. »Ich bin heute etwas durcheinander …«

»Nun ja«, meinte die Opitz-Angestellte, »immerhin haben Sie an die beiden Damen gedacht!«

Bisher hatte Hendrik zwar nur von zwei Personen gesprochen, aber sein Ansinnen war wohl recht eindeutig. Während die Verkäuferin die Pralinen vorsichtig einpackte, fragte Hendrik: »Sagen Sie, dieser Name, ›Ajas Traum‹, bezieht der sich auf Goethes Mutter?«

»Entschuldigung, der Herr, das weiß ich nicht. Da müssten Sie unseren Chef, Herrn Opitz, fragen.«

»Gut, das mache ich, vielen Dank!«

Bestückt mit zweimal 150 Gramm der in herbstlichem Geschenkpapier gekleideten Köstlichkeiten verließ er die Chocolaterie und machte sich auf den Heimweg.

Den Rest des Tages brauchte er, um sich in die »Jungfrau von Orleans« einzulesen. Beim Abendessen sprach er mit Hanna über Leipzig. Sie nickte. Er versicherte ihr, dass es nur um eine Übernachtung gehe und dass er mit seiner Mutter sprechen werde. Hanna nickte erneut. Hendrik war sich nicht sicher, ob ihr Nicken auch wirklich ein ehrliches »Ja« bedeutete. Mit der Zusage an Almuth Feller wartete Hendrik. Lange. Bis kurz nach Mitternacht.

Zum Glück gab es in Goethes Liebeshistorie keine Herzdame mit dem Namen Hanna.

*

Attentat

Leipzig, Mittwoch, den 22. Oktober, abends

Mit seiner Vorlesung war Dr. Hendrik Wilmut nicht ganz zufrieden, seine Zuhörer jedoch schon, und da sie ihm dies spiegelten, wurde er nachsichtig mit sich selbst. Danach überlegte er, wie er Käthchen Schönkopf nahekommen konnte. Erst jetzt merkte er, wie aberwitzig und aussichtslos sein Versuch war, in Leipzig irgendetwas zu finden, das ihn ermittlungstechnisch voranbrachte. Immerhin gab es zwei Örtlichkeiten, die man ansatzweise als Ausgangspunkte einer Recherche bezeichnen konnte: zum einen ihr Grab auf dem Alten Johannisfriedhof, zum anderen die Goethe-Statue auf dem Naschmarkt, an deren Sockel ihr Bildnis prangte. Über sie hinweg blickte der große Meister in Richtung der Mädler-Passage mit dem im Untergeschoss liegenden berühmten Lokal »Auerbachs Keller«. Er musste erkennen, dass er nicht mehr tun konnte, als im Nebel der Erkenntnis herumzustochern, und entschied sich für den Friedhof.

Um sich in Leipzig flexibel bewegen zu können, war er mit dem Auto gefahren. Das kam ihm jetzt zugute. Nach einer Viertelstunde parkte er vor dem Museum für Musikinstrumente und betrat fünf Minuten später den Friedhof. Es war 17.40 Uhr, sodass er noch 20 Minuten Zeit hatte, das Grab zu finden, bevor der Friedhof schloss. Er fragte eine ältere Frau, die ihm den Weg erklärte. Während er mit ihr sprach, beschlich ihn das Gefühl, beobachtet zu werden. Das Gelände war gut einsehbar, insofern machte er sich zunächst keine Sorgen und schlenderte zwischen den großen Bäumen hindurch. Vorsichtshalber ging er von Baum zu Baum, von Deckung zu Deckung, wodurch er ein wenig die Orientierung verlor. Endlich hatte er die in eine Mauer eingelassene Grabplatte der Familie Kanne-Sickel gefunden. Anna Katharina Schönkopf hatte einige Jahre nach ihrer Bekanntschaft mit Goethe den Juristen Dr. Christian Kanne geheiratet und war später in dessen Familiengrab beigesetzt worden. Viele Namen waren hier in Stein gehauen, unter anderem der des Familienmitglieds Dr. Johann Conrad Sickel.

War dort ein Schatten? Oder eine in Schwarz gekleidete Person? Jetzt wurde Hendrik nervös. Er blieb vor dem großen Grabstein stehen und ging in die Hocke, um sich unauffällig umschauen zu können. Kein Mensch zu sehen. Inzwischen hatte die Dämmerung eingesetzt. Vermutlich war es schon nach 18 Uhr, und er fragte sich, wie er den Friedhof wieder verlassen konnte. In diesem Moment hörte er ein peitschendes Geräusch. Ein Schuss – das war ihm sofort klar. Er warf sich flach auf den Boden, sein Herz schlug wild gegen den Brustkorb. Vorsichtig hob er den Blick: Direkt über seinem Kopf, unterhalb des Namens »Johann«, klaffte ein Loch im Stein. Ein tiefes, hässliches Einschussloch mit einem breiten Kranz. Der Schütze musste hinter ihm sein. Hendrik überlegte fieberhaft, wie er reagieren sollte. Hier konnte er nicht bleiben, hier war er ungeschützt. Er nahm all seinen Mut zusammen, sprang auf und stürzte sich hinter einen breiten Grabstein, der ihm Schutz bot. Er lauschte, versuchte, seinen Atem zu beruhigen. Es war fast dunkel geworden. Schritte. Kamen sie näher? Er zitterte. Die Schritte entfernten sich.

Hendrik hatte Angst. Ein Attentat aus dem Hinterhalt. Solche Angst hatte er noch nicht einmal am 13. September in Hannas Café gehabt, als Nadine Moser mit einem geladenen Gewehr direkt vor ihm gestanden hatte. Woher wusste der Schütze überhaupt, dass Hendrik in Leipzig war? Wie erstarrt lag er hinter dem Grabstein und wartete, konnte kaum denken. Das Zeitgefühl war ihm abhandengekommen.

Plötzlich erneut Schritte, sie kamen näher, der Strahl einer Taschenlampe schwankte suchend durch das Dunkel der Nacht. Eine Männerstimme: »Ist da jemand?«

Hendrik Wilmut rührte sich nicht.

»Ich bin's, der Friedhofswärter, auf meinem letzten Kontrollgang. Wenn Sie sich nicht melden, müssen Sie zwischen den Gräbern übernachten!«

Hendrik erhob sich. Er konnte nicht sprechen.

Der Mann musterte ihn. »Ich habe etwas gehört, klang wie ein Schuss, sind Sie verletzt?«

Hendrik schüttelte den Kopf. Der Friedhofswärter stellte keine weiteren Fragen und erwartete offensichtlich keine Erklärung. Vielleicht lag es daran, dass seine sonstigen Schützlinge keine Erklärungen mehr abgeben konnten. Langsam führte er Hendrik zum Ausgang des Friedhofs und schloss das Tor hinter ihnen.

»Kann ich noch etwas für Sie tun?«, fragte der Friedhofswärter.

»Zum Auto …«, sagte Hendrik.

Der Mann nickte und begleitete ihn zu seinem Wagen. Hendrik stieg ein, registrierte, dass ihm feuchtes Laub an den Schuhen klebte, seine Hand zitterte, er steckte umständlich den Schlüssel ins Zündschloss und startete den Motor. Sein linker Fuß rutschte von der Kupplung, der Wagen schoss nach vorne, fast hätte er seinen Retter touchiert. Der sprang zur Seite und schimpfte hinter ihm her.

Wohin? Am liebsten wäre Hendrik direkt nach Hause gefahren, in Hannas Schutzbereich. Aber solch eine lange Strecke konnte er sich in diesem Zustand nicht zumuten.

Außerdem hatte Almuth Feller für ihn ein Hotelzimmer gebucht. Zum Glück hatte er die Adresse bereits ins Navigationssystem eingegeben. »Nach hundert Metern bitte links abbiegen!«

»Danke!«, murmelte Hendrik. Dies war einer der Momente, in denen er dankbar war, nicht in der Goethezeit, sondern im 21. Jahrhundert zu leben.

Im Hotel angekommen, führte er ein kurzes Telefonat mit Hanna. Mutter Hedda war bei ihr, sie hatten einen langen Spaziergang unternommen, jetzt spielten sie Rommee und Hanna fühlte sich wohl. Von dem Attentat erzählte Hendrik nichts, was ihm schwerfiel. Nach dem Gespräch ließ er sich aufs Bett fallen. Er war kurz davor, einzuschlafen, als sein Tablet den typischen Ping-Ton abgab. Neue Nachricht. Er gähnte, tastete nach dem Gerät. Er wusste nicht, was ihn dazu trieb und wollte es auch nicht wissen.

Sie können froh sein, dass Sie noch leben! Mein unfähiger Mitarbeiter hat Sie verfehlt. Überweisen Sie das Geld, sonst sterben Sie!
Mit freundlichen Grüßen
Nikolaj Mestroff

Absender: info@lawminister1.by. Der Kerl hatte seine Absenderadresse geändert, um Hendriks Sperre zu umgehen – einfach eine 1 angehängt.

Hendriks Blutdruck sackte auf einen gefühlten Nullwert.

»Mit freundlichen Grüßen …« – welch ein Sarkasmus!

*

Konfrontation

Jena, Donnerstag, den 23. Oktober, vormittags

Kriminaldirektor Germer erhob sich von seinem Schreibtischstuhl. »Wilmut! Dass Sie sich hierhertrauen!«

Hendrik nickte. »Muss leider sein.«

»Na gut, dann sind die Fronten ja geklärt, was wollen Sie?«

»Ich komme aus Leipzig, dort, also … es wurde auf mich geschossen.«

Germer sah ihn prüfend an. »Setzen Sie sich.«

»Danke.«

Germer nahm ebenfalls wieder Platz und zog einen Notizblock heran. »Wo und wann?«

»Gestern Abend in der Dämmerung auf dem Johannisfriedhof.«

Der Kriminaldirektor setzte seine Tellerbrille ab, putzte sie umständlich und schob sie zurück auf seine Nase. »Nachts auf einem Friedhof. Klingt ein bisschen nach Horrorfilm, oder?«

Hendrik hatte sich fest vorgenommen, ruhig zu bleiben. »Darüber können Sie sich gerne lustig machen. Ich fand es weniger witzig.«

»Wann war das genau?«

»Kurz nach 18 Uhr.«

Germer nickte und notierte sich etwas. »Haben Sie das bei den Kollegen in Leipzig gemeldet?«

»Nein, ich wollte zuerst mit Ihnen sprechen, Jena liegt ja sowieso auf meinem Heimweg. Ich stand vor dem Grab von Käthchen Schönkopf, einer weiteren Goethe-Herzdame.«

Hendrik überlegte einen Moment, Germer von den

Mestroff-E-Mails zu berichten, entschied sich dann aber dagegen. Er wollte nicht von dem Attentat ablenken und möglicherweise eine neue Streitfront eröffnen. »Das zeigt ja wohl eindeutig, dass meine Theorie vom Serienmörder zutrifft«, schob er hinterher.

Germer straffte seinen Rücken. »Sie waren am Grab von Anna Katharina Schönkopf? Auf dem Alten Johannisfriedhof?«

»Ja, der Schuss ist in den Grabstein eingeschlagen.«

»Was wollten Sie dort?«

»Ich, na ja, ich war sowieso in Leipzig, wegen einer Gastvorlesung, da dachte ich …«

Germer blickte ihn streng an. »Da dachten Sie, Sie könnten sich mal ein bisschen in unsere Ermittlungen einmischen, oder wie?«

Hendrik beugte sich vor. »Ja, Herr Direktor, genau das dachte ich!«

Germers Gesicht lief rot an. »Haben Sie mit Ihrem Auftritt in Gießen nicht schon genug Unheil angerichtet?«

Hendrik antwortete nicht.

»Was war denn *nach* Ihrem angeblichen Friedhofserlebnis, haben Sie Leipzig sofort verlassen?«

Hendrik stockte. Was sollte diese Frage? Wollte Germer ihm eine Falle stellen?

»Äh … nein«, stotterte er. »Ich bin ins Hotel gefahren und von dort heute früh hierher, nach Jena.«

»Sie haben sich also den gesamten gestrigen Abend in Leipzig aufgehalten?«

»Ja, hab ich doch gesagt. Hören Sie, Germer, was soll das?«

»Das kann ich Ihnen sagen, Sie Dilettant. Gestern Abend um 20.25 Uhr wurde die 81-jährige Käthe Wagner in einem

Leipziger Altersheim erschossen aufgefunden. Kaliber .22, Kurzwaffe, mehr wissen wir noch nicht.«

»Wie bitte?« Hendrik fühlte eine Hitzewelle seinen Hals hinaufsteigen.

»Ja, da staunen Sie, Wilmut! Wenn Sie so schlau wären, wie Sie vorgeben, dann hätten Sie diesen Mord verhindern können. Besser gesagt, verhindern müssen!«

Hendrik schluckte. Er wollte zu einer Erwiderung ansetzen, doch er schaffte es nicht. Käthchen Schönkopf. Es hatte bisher keine korrespondierende Leiche zu dieser Herzdame gegeben. Das hatte er am Montag früh selbst festgestellt. Nun hatte sich das geändert. Aber wie hätte er das verhindern sollen?

Germer tippte etwas in seinen Computer.

»Ihre haarsträubende Geschichte von der Schießerei auf dem Friedhof glaube ich Ihnen sowieso nicht!«

»Was?« Hendrik war empört.

»Schauen Sie mal …« Germer drehte seinen Monitor zu Hendrik herum. »Das ist ein Bild von der Website der Stadt Leipzig. Hier sehen Sie eine Abbildung des Grabmals der Familie Kanne-Sickel. Das Foto ist fünf Jahre alt. Und nun schauen Sie sich das an!« Germer zeigte auf den Monitor.

Hendrik Wilmut traute seinen Augen kaum: Auf dem Bild erkannte er ein Einschussloch mit einem breiten Kranz, direkt unterhalb des Schriftzugs »Johann«.

»Wissen Sie was, Wilmut: Ich könnte einen Anfangsverdacht gegen Sie konstruieren, am Tod von Frau Wagner beteiligt gewesen zu sein. Leider reichen die Beweise dazu nicht aus.« Germer erhob sich, ging langsam auf Hendrik Wilmut zu und blieb dicht vor ihm stehen. »Wir werden Sie im Auge behalten. Und jetzt verschwinden Sie!«

Hendrik verließ Germers Büro. Er wähnte sich am absoluten Tiefpunkt. Doch da täuschte er sich gewaltig.

*

Ärger

Weimar, Donnerstag, den 23. Oktober, vormittags

Siegfried Dorst nahm das Telefon ab und meldete sich.

»Julian Täntzer hier. Guten Morgen, Herr Hauptkommissar!«

»Täntzer, ich bin nicht mehr im Dienst!«

»Ach ja, Entschuldigung, Herr Dorst. Ich habe eben einen Anruf von Kriminaldirektor Germer bekommen. Herr Wilmut war bei ihm.«

»Ach, du liebe Zeit! Das kann ja nichts Gutes heißen.«

»In der Tat«, sagte Täntzer. »Es gab richtig Ärger.« Dann berichtete er von den Ereignissen in Leipzig und dem Streitgespräch in Jena. »Das Ganze ist gerade mal eine Viertelstunde her.«

»Danke, Täntzer. Ich gehe davon aus, dass Hendrik gleich bei mir auftauchen wird.«

»Das denke ich auch. Bitte sagen Sie ihm, dass er sich ab sofort komplett raushalten muss. Ich kenne Germer, er macht Ernst, er telefoniert gerade mit KHK Volk und bittet ihn, Herrn Wilmut überwachen zu lassen.«

Dorst atmete tief ein und hörbar wieder aus. »Tatsächlich?«

»Ganz sicher. Auf Wiederhören, Herr Dorst!«

»Ach, Täntzer …«

»Ja?«

»Halten Sie mich bitte auf dem Laufenden, was den Fall Käthe Wagner in Leipzig betrifft.«

»Mache ich.«

*

Freunde

Weimar, Donnerstag 23. Oktober, vormittags

Hendrik parkte vor der Villa in der Windmühlenstraße. Er blickte hinauf zu den Fenstern der Dachgeschosswohnung. Weder Siggi noch Ella waren zu sehen. Während der Fahrt von Jena nach Weimar hatte er sich überlegt, dass Siggi wahrscheinlich über sein Gespräch mit Germer bereits informiert wäre. Aber das war ihm egal. Im Gegenteil, er hatte eine weitere Vermutung, die Siggi gar nicht gefallen würde. Auch die musste besprochen werden. Hier und jetzt.

Bevor er den Klingelknopf drückte, summte der Türöffner. Er stieg die Treppe hinauf.

»Hallo, Hendrik!«

»Hallo, Siggi. Ist Ella nicht da?«

»Sie arbeitet.«

»Ach ja …«

»Ich hab Spaghetti aufgesetzt, ist das okay?«

»Ja, danke. Du hast mich erwartet?«

»Ja. Täntzer hat angerufen.«

»Hm. Und?«

»Erzähl du lieber erst aus deiner Sicht.«

Hendrik nickte. »Ich war in Leipzig wegen einer Gastvorlesung. Da wollte ich mal auf dem Alten Johannisfriedhof vorbeischauen, wegen Käthchen Schönkopfs Grab, weißt du …«

»Kleinen Moment bitte. Seit wann weißt du von dieser Vorlesung in Leipzig?«

Hendrik hob die Hände. Seinem Freund konnte er nichts vormachen. »Seit vorgestern.«

»Du hast dich da … irgendwie an die Front geschoben?«

»Ja, ein Kollege ist krank, die Dekanin hat einen Ersatz gesucht. Ich habe mich …«

»… freiwillig angeboten?«

Hendrik sah aus dem Fenster. »Ja.«

»Okay, weiter?«

»Na ja, ich hatte also die Idee, Käthchens Grab zu besuchen. Und schon am Friedhofseingang hatte ich das Gefühl, beobachtet zu werden. Echt, das musst du mir glauben!«

»Gut, Hendrik, glaube ich dir. Und weiter?«

»Als ich endlich die Grabplatte gefunden hatte, bin ich extra in die Hocke gegangen, damit ich nicht zur Zielscheibe werde, da hat es auch schon gekracht.«

»Was war das für ein Geräusch? Wie klang es?«

»Erst ein Knall, direkt danach etwas Peitschenartiges, anders kann ich es nicht beschreiben. Ich hab mich auf den Boden geworfen und dann hab ich es gesehen.«

»Was?«

»Das Einschussloch.«

»Gut, offensichtlich ist das ja seit mindestens fünf Jahren dort.«

»Selbst wenn das so ist, in diesem Moment habe ich gedacht, es sei frisch.«

»Konntest du die Corona sehen, diesen Kranz um das Einschussloch herum, ob da Schmutz drauf war, wetterbedingte Rückstände oder Ähnliches?«

Hendrik hob die Stimme. »Meine Güte, Siggi, ich hatte

Angst, meinst du, in diesen Sekundenbruchteilen achte ich auf wetterbedingte Rückstände?«

Siggi nickte. »Ja, klar. Beruhige dich bitte. Wenn wir davon ausgehen, dass das Einschussloch alt ist, aber trotzdem jemand auf dich geschossen hat, und wenn wir aufgrund der professionellen Tötung von Marianne Schmidt annehmen, der Schütze sei ein Profi, bleibt nur eine Schlussfolgerung: Er hat dich absichtlich verfehlt.«

Hendrik horchte auf. »Wieso das denn? Und … warum?«

»Je nachdem, wie gut derjenige dich kennt, kann es sein, dass er dir entweder Angst einjagen wollte oder dich erst recht anstacheln möchte, weiterzuermitteln – warum auch immer.«

Hendrik dachte nach. »Ehrlich gesagt, das ist der erste sinnvolle Satz, den ich heute höre.«

Siggi goss die Nudeln ab, kippte Tomatensoße aus einer Flasche darüber, raspelte Käse und streute getrocknete Kräuter darauf.

»Guten Appetit!«

»Danke, Siggi. Du bist wahrscheinlich der Letzte, der noch zu mir hält.«

»Nach deinem Benehmen in Gießen ist das ja auch nicht so einfach.«

»Ja, ich weiß. Aber es geht doch um die Sache, um den Inhalt, und nicht so sehr um die Art und Weise, wie die Inhalte ausgedrückt werden, oder?«

Siggis Kahlschädel hatte sich leicht rötlich verfärbt. Er schüttelte den Kopf. »Nein, Hendrik, gerade du als Wortprofi solltest wissen, dass Form und Inhalt gemeinsam wirken, quasi als Gesamtkomposition. Da haben übersteigerte Emotionen nichts zu suchen, und schon gar nicht solche, die einem als Arroganz ausgelegt werden können.«

Hendrik musste zugeben, dass Siggi sich viel Mühe gab, seine Kritik freundlich auszudrücken. »Du hast ja recht. Nur ... das geht mir alles zu langsam. Erstens ist Geduld nicht gerade meine Stärke ...« Hendrik legte eine Sprechpause ein und stopfte sich eine Portion Nudeln in den Mund. Der Geschmack der Fertigsoße war gewöhnungsbedürftig.

»Und zweitens?«

»Na ja, Germer hat gesagt, ich hätte den Tod von Käthe Wagner verhindern müssen, und ich fürchte, das stimmt.«

»Nun mal langsam, Hendrik. Derzeit wissen wir nur, dass Frau Wagner erschossen wurde ...«

»Germer hat von Kaliber .22 und Kurzwaffe gesprochen«, unterbrach Hendrik. »Was heißt das?«

»Kaliber .22 müsste eigentlich 0,22 Zoll heißen, umgerechnet 5,6 Millimeter, landläufig als Kleinkaliber bezeichnet. Mit einer Kurzwaffe ist eine Pistole gemeint.«

»Aha!«

»Mehr wissen wir noch nicht. Bisher steht diese Tat also in keinem Zusammenhang mit den anderen Frauenmorden. Jedenfalls sehen das alle so – außer dir!«

Hendrik nickte.

»Germer ist von dir nicht sonderlich begeistert«, fuhr Siggi fort. »Das ist klar, dazu hast du selbst erheblich beigetragen. Also nimm das nicht so ernst, was er gesagt hat.«

»Doch, Siggi, ich nehme das sehr ernst. In der Nacht von Sonntag auf Montag bin ich aufgewacht und habe stundenlang über Goethes Herzdamen nachgedacht.«

»Ach, du liebe Zeit!«, warf Siggi ein.

»Und dabei ist mir aufgefallen, dass Käthchen Schönkopf zwar eine wichtige Rolle in Goethes Leben gespielt hat, denn sie war seine erste große Liebe, wir aber trotzdem keine passende – sorry! – keine korrespondierende Frauenleiche dazu hatten. Ich habe das irgendwie verdrängt … ich hätte wissen müssen, dass nach Jena eine Frau in Leipzig dran ist. Vielleicht habe ich diesen Mord durch meinen Besuch in Leipzig sogar irgendwie … verursacht.«

»Das ist doch Quatsch, Hendrik! Selbst *wenn* es ein Serientäter wäre, hätte genauso gut eine Frau in Weimar, Marienbad oder Rom dran sein können. Also mach dir nicht selbst Druck!«

»Du hältst es also auch für möglich, dass ein Serienmörder dahintersteckt?«

»Nein, Hendrik, das habe ich nur gesagt, um dich zu beruhigen.«

»Übrigens, Siggi, Marianne Schmidt wurde mit einer Kleinkaliberpistole erschossen. Käthe Wagner ebenfalls. Ich erhielt – sagen wir – einen Warnschuss. Das alles erinnert mich sehr an eine bestimmte Frau.«

Siggi legte die Gabel beiseite. »Du sprichst doch nicht etwa von Nadine Moser?«

»Doch. Genau die meine ich.«

Siggi sah ihn mit großen Augen an. »Die sitzt in Stadelheim und wartet auf ihren Prozess. Mehrfacher Mordversuch an Eddie, dir und Hanna. Die wird mindestens zehn Jahre kriegen.«

»Ich weiß. Trotzdem. Irgendetwas hat sie damit zu tun, das spüre ich.«

Siggi stand auf und begann, unruhig im Zimmer hin und her zu laufen. »Bist du jetzt verrückt geworden? Willst du sichere Fakten anzweifeln, nur um recht zu behalten?«

»Nein, ich will nur, dass wir über diese Variante nachdenken. Es wäre nicht das erste Mal, dass jemand Justizbeamten besticht und sich mit deren Hilfe zeitweise aus dem Knast entfernt.«

»Pass auf, Hendrik, dem Ermittler stellen sich immer drei klare Fragen, nämlich genau die, die Täntzer schon in Gießen gestellt hat: Gelegenheit? Mittel? Motiv? Zur Gelegenheit: Sie hätte sechs Mal einen Justizbeamten bestechen müssen, um dann jeweils von München nach Straßburg, nach Wetzlar, Frankfurt, Offenbach, Jena und Leipzig zu fahren. Das Ganze im Abstand von wenigen Tagen, das wäre aufgefallen! Und die Mittel? Dazu hätte sie sich K.-o.-Tropfen, einen Insulinapplikator und eine Kleinkaliberpistole besorgen müssen, zwischendurch verstecken, wieder holen – unmöglich! Außerdem sehe ich weit und breit kein Motiv.«

»Hm«, machte Hendrik. »Und da ist noch etwas. Ich bekomme seit einiger Zeit so komische E-Mails aus Weißrussland. Sie haben auf dieser und jener Website eine Bestellung getätigt, bezahlen Sie 400 Euro, sonst schicken wir unser Inkassounternehmen.«

»Hendrik, so was sind Spammails, das weißt du doch, hoffentlich hast du nicht darauf geantwortet?«

»Nein, hab ich nicht.«

»Gut, also einfach löschen, das war's!«

»Mensch, Siggi, du hast keine Ahnung, das war's eben nicht! Der Kerl hat gedroht, mich zu erschießen, und wie du weißt, hat er es bereits versucht. Da muss eine Verbindung bestehen. Woher wusste er zum Beispiel, dass ich auf dem Friedhof war?«

»Hendrik, das eine sind nervtötende Spammails, das andere konkrete Tötungsdelikte, das hat nichts miteinander zu tun. Nee, ehrlich, jetzt gehst du zu weit.«

Wilmut stand auf. »Stimmt, ich gehe sehr weit. Und ich dachte, du würdest diesen Weg mit mir gehen.«

Siggi schüttelte den Kopf. »Sorry … diesmal nicht. Dein

Weg ist falsch, und dein Verhalten animiert mich nicht, dir auf diesem falschen Weg zu folgen.«

»Es sieht aus, als sei mein letzter Verbündeter auch noch abgesprungen …«

Siggi hob die Schultern.

Die Wohnungstür fiel hinter Hendrik Wilmut ins Schloss. Nicht laut und krachend, nein, leise und traurig.

*

Traumbild

Kirchheim, Donnerstag, den 23. Oktober, nachmittags

Hendrik Wilmut fuhr wie in einem Tunnel, auch wenn es auf diesem Teilstück der A 4 keinen Tunnel gab. Weimar, Erfurt, Bad Hersfeld – immer weiter. Erst an der Baustelle am Kirchheimer Dreieck registrierte er, wo er war, nahm seine Umwelt auf, begann wieder zu sehen und zu hören. Leider zu spät. Es blitzte. Kein Gewitter, kein Regen, keine Wolken am Himmel. Dafür ein Radarmessgerät am Straßenrand. Er bremste, viel zu spät und viel zu heftig. Im Rückspiegel beobachtete er, dass sein Hintermann auf den Standstreifen ausweichen musste, um ihn nicht zu rammen.

Hendrik erschrak. Was für ein Tag. Es gelang ihm nicht, diesem steinigen Abschnitt seines Lebenswegs den Rücken zu kehren. Er nahm die nächste Ausfahrt, wollte eigentlich zur Raststätte, deren Zufahrt verpasste er jedoch, sah eine Tankstelle und ein Schnellrestaurant und schaffte es, auf dem dortigen Parkplatz ohne Schaden zum Stehen zu kommen. Er schloss die Zentralverriegelung seines Wagens, kippte die Sitzlehne nach hinten und schlief augenblicklich ein.

Wilmut träumte. Ein Bär erschien in seinem Traumbild. Ein Bär, der sich langsam immer weiter rückwärts neigte, bis er zu fallen drohte. Hendrik rief ihm zu, er solle aufpassen, aber der Bär hörte ihn nicht, obwohl Hendrik schrie, brüllte und mit den Armen fuchtelte. Dann fiel der Bär auf den Rücken. Er drehte sich langsam zur Seite. Aus seinem Genick lief Blut heraus. Viel Blut.

Hendrik schrie so laut, dass er davon erwachte. Albtraum, Tagtraum, echtes Leben oder falsches Leben? Er wusste es nicht. Hendrik stieg aus, lief mehrmals um den Wagen herum und sog gierig die frische Herbstluft ein. Wenig später fuhr er weiter.

*

Klarer Verstand

Weimar, Donnerstag, den 23. Oktober, abends

Siegfried Dorst saß schlecht gelaunt im Sessel und wusste nichts mit seiner Zeit anzufangen. Die Rentnerkrankheit hatte ihn befallen: Langeweile. Mürrisches Gemüt. Unzufriedenheit.

Als Ella von der Arbeit nach Hause kam, rief er, noch während sie im Flur stand: »Wo warst du denn so lange?«

»Arbeiten und einkaufen! Brot und Thüringer Leberwurst!«

Mit Thüringer Wurst konnte man ihn immer ködern.

»Und frische Knackwurst«, schob Ella hinterher.

Dorst raffte sich hoch und humpelte in die Küche. Sein Knie war nach dem Tennismatch in der vergangenen Woche wieder angeschwollen, deswegen hatte er heute nicht am Altherrendoppel teilnehmen können. Sie begannen zu essen, zunächst ohne ein Wort. Dann ploppte ein Kronkorken, er füllte zwei Biergläser. Sie stießen an.

»Prost!«, sagte er.

Sie grinste. »Prost! Was ist los?«

»Hendrik war hier.«

»Aha. Und ihr habt gestritten?«

Siegfried nickte. »Ja.«

»Verstehe«, sagte Ella. »Erzähl mal.«

Er berichtete von seinem Telefonat mit Täntzer und dem anschließenden Besuch Hendriks.

Ella legte die Stirn in Falten, fuhr sich mit der Hand durch ihre dunklen Locken und überlegte. Lange. Schließlich sagte sie: »Siggi, mal ganz ehrlich, ist das mit Nadine Moser wirklich so unwahrscheinlich?«

Er sah sie erstaunt an. »Ja, absolut. Sie ist in Untersuchungshaft, da sind die Bedingungen noch strikter als in der sogenannten normalen Haft. Besuch nur von engen Verwandten, also in ihrem Fall nur vom Vater. Und natürlich vom Anwalt. Selbst wenn es einen korrupten Justizbeamten gäbe, in dieser Häufigkeit so kurz hintereinander zu verschwinden, das ist unmöglich. Außerdem nach Frankfurt oder Leipzig hin und zurück, mit Aufenthalt dort, das macht man nicht an einem Tag. Und abends gibt es eine Anwesenheitskontrolle, Zelle für Zelle, da würde ein fehlender Häftling sofort auffallen.«

»Tja, dann denke ich, du hast alles richtig gemacht. Auch wenn auf Hendrik geschossen wurde, das ist natürlich eine schlimme Sache, aber man muss doch bei klarem Verstand bleiben. Irgendjemand muss ihm sagen, dass er sich gehörig verrannt hat. Und wenn nicht sein bester Freund, wer denn sonst?«

»Danke!« Siggi lächelte. »Er hat übrigens noch behauptet, ein paar seltsame Spam-Mails, die er aus Weißrussland bekommen hat, würden mit dem Fall der getöteten Frauen zusammenhängen.«

»Was?« Ella legte die Stirn in Falten.

»Das ist natürlich Quatsch!«

Ella nickte. »Ich möchte wirklich nicht verallgemeinern, aber ich habe schon mehrmals die Erfahrung gemacht, dass es bei Wessis recht schnell geht, die Schuld den Russen zuzuschieben. Und wenn nicht den Russen, dann eben den Weißrussen.«

*

Schön wär's

Frankfurt a. M., Freitag, den 24. Oktober, vormittags

Hendrik hatte ungewöhnlich lange geschlafen. Der Wecker zeigte 8.20 Uhr. Hanna lag nicht mehr neben ihm. Er sprang auf und suchte nach ihr. Sie stand auf dem Balkon und sah hinunter auf ihren Lieblingspark. Er trat hinaus, umarmte sie, hielt sie fest, und sie ließ es geschehen. Ein kleiner Fortschritt. Vom Spielplatz an der Bodenstedtstraße klangen Kinderstimmen zu ihnen herauf.

Nach einigen Minuten sagte Hanna: »Ich habe schon Kaffee gekocht.«

»Oh, wie schön«, meinte Hendrik. »Dann können wir ja zusammen frühstücken!«

»Ich hab keinen Hunger. Geh ruhig wieder rein.«

Er ließ sie los und kehrte zurück in die Wohnung. Geduld. Er hatte nie Probleme gehabt, ihr zuzuhören, stundenlang, kleine Zwischenfragen zu stellen, die sie zum Weiterreden animierten, sodass ihre Erzählung immer größer wurde, wie ein Wortschneeball, der rollte und rollte und zu einer

Erzähllawine wurde. Aber nichts zu hören und nichts zu sagen, das fiel ihm schwer, dafür fehlte ihm die Geduld. Und in diesen Tagen beanspruchte Hanna alle Geduld, die Hendrik in der Lage war, aufzubringen.

Auf dem Flurschrank lag ein Brief der Rehaklinik in Bad Homburg. Der Beginn der Rehamaßnahme war auf Donnerstag, den 30. Oktober, festgesetzt worden. Sie hatte nicht mit ihm darüber gesprochen.

Er setzte sich im Schlafanzug auf seinen Küchenstuhl, goss Kaffee ein, fügte Milch hinzu und überlegte, was Siggi wohl dazu sagen würde, wenn er wüsste, dass sein Freund Hendrik – wenn er überhaupt noch sein Freund war – vorhatte, am Montag nach München zu fahren.

»Was?« Siggi würde ihn völlig entgeistert ansehen. Dabei wäre sein blanker Kopf von einer durchsichtigen Röte überzogen.

»Ich muss mit ihr sprechen!«, hörte sich Hendrik selbst sagen.

Siggi würde aufspringen. »Mit Nadine? Bist du wahnsinnig?«

»Nein, ich bin bei klarem Verstand. Ich muss sie sprechen, Siggi. Ich muss versuchen, etwas aus ihr herauszubekommen.«

»Ich fasse es nicht!«

Hendrik sah Siggi vor sich, wie er ungläubig die Augenbrauen hochzog.

»Wie willst du denn was aus ihr rauskriegen? Meinst du, sie macht 'nen lockeren Small Talk mit dir? Ausgerechnet mit *dir*, ihrem Intimfeind?«

Das wäre der Moment, in dem Hendrik ihm etwas sagen würde, etwas, das er nur einem wahren Freund offenbaren konnte, der es für sich behielt, ohne dass der Geheimhaltungswunsch ausgesprochen wurde – selbst Hanna gegenüber, die das, was jetzt kam, in ihrem derzeitigen Zustand nicht ertragen würde.

»Sie wartet auf mich.«

»Was?«

Hendrik würde nicken und sagen: »Sie wartet auf mich. Ich weiß es, ich spüre es.«

Siggi würde ihn sicher entgeistert anstarren. Und dann wünschte sich Hendrik, dass er sagte: »Es … äh … scheint dir ja ernst zu sein.«

»Ja, Siggi, sehr ernst!«

»Hm, wie willst du eigentlich an sie rankommen? Sie sitzt in U-Haft, da kannst du nicht einfach so reinspazieren.«

»Ich werde die Adresse ihres Anwalts herausfinden. Der muss das irgendwie regeln.«

»Aha.« Siggis Schädel wäre inzwischen zu einer Art rotem Ballon geworden. Er würde nachdenken, und Hendrik würde ihm die nötige Zeit dafür lassen.

»Okay, Hendrik, aber nur unter einer Bedingung!«

»Und die wäre?«

»Ich fahre mit.«

Hendrik lächelte und murmelte vor sich hin: »Schön wär's!«

Zurück in der Wirklichkeit nahm er ein Knäckebrot aus dem Schrank, schmierte Butter und Marmelade darauf und trank seinen zweiten Kaffee dazu. Anschließend zog er sich an und griff zum Telefon. Er musste die Dekanin davon überzeugen, ihm zwei Tage freizugeben, Montag und Dienstag. Zunächst reagierte sie ablehnend auf seinen Dringlichkeitsappell, bis Hendrik ihr vorschlug, dass derjenige Kollege, den er in Leipzig vertreten hatte, ihn ja nun als Ausgleich während seiner Münchenreise vertreten konnte. Die Dekanin war einverstanden, vorausgesetzt, der Kollege sei inzwischen gesund, Almuth Feller solle das klären. Damit legte sie auf. Es war das letzte Mal, dass Hendrik ihre Gutmütigkeit so strapazieren konnte, das spürte er.

Er rief Almuth Feller an und fragte sie, wer denn ursprünglich die Gastvorlesung in Leipzig hätte halten sollen. Hendrik wollte ihn selbst anrufen und hatte Glück. Er war nach einer Gallenkolik so weit genesen, dass er Hendriks Vorlesungen am Montag und am Dienstag übernehmen konnte. Ein Seminar verschob Hendrik auf die folgende Woche. Es kostete ihn vier weitere Telefonate, um herauszubekommen, wer Nadine Mosers Pflichtverteidiger war. Als Nebenkläger durfte er das erfahren. Der Mann hieß Dr. Herbert Knies. Hendrik wählte die Nummer seiner Kanzlei und traf auf eine junge Sekretärin, die, wie sie sofort einräumte, erst seit wenigen Tagen dort arbeitete. Und so kurzfristig einen Termin, ach, du liebe Zeit … na ja, am Montag gegen Abend gebe es bei Dr. Knies eine Lücke von einer halben Stunde, von 17.30 Uhr bis 18 Uhr, da könne sie ihn eintragen, wenn ihm das recht sei. Natürlich war Hendrik damit einverstanden, und er bedankte sich.

Er sah, dass es bereits nach 9 Uhr war. Er würde wieder einmal zu spät zum wöchentlichen Dekanatsmeeting kommen. Den gestrengen Blick seiner Chefin spürte er schon jetzt auf der Haut brennen.

*

Verdacht

Weimar, Freitag, den 24. Oktober, vormittags

Das Telefon klingelte.

»Guten Morgen, Herr Dorst, Täntzer hier. Ich sollte Sie doch auf dem Laufenden halten.«

»Hallo, Herr Täntzer. Sie meinen den Fall Wagner?«

»Richtig. Käthe Katinka Wagner, um genau zu sein.«

»Und?«

»Sie wurde mit einer Kleinkaliberpistole erschossen. Aufgesetzter Genickschuss.«

»Was?« Siggi musste sich setzen.

»Ja. Im Gegensatz zu der Toten in Frankfurt – wie hieß die gleich?«

»Marianne Schmidt«, antwortete Dorst.

»Ja, im Gegensatz zu Frau Schmidt gibt es bei Käthe Wagner eine deutlich erkennbare Austrittsöffnung des Projektils. Ihr gesamtes Gesicht ist zerfetzt. Kaum mehr wiederzuerkennen.«

»Ach, du liebe Zeit!«

»So etwas habe ich noch nie gesehen, Herr Dorst, das … war ein ganz schöner Schock für mich!«

»Ja, glaube ich Ihnen.« Siggi dachte an den Fund einer Kinderleiche im Rhein, damals, als er noch für das BKA gearbeitet hatte. Am nächsten Tag waren ihm sämtliche Haare ausgefallen. Instinktiv strich er sich über seinen Kopf. »Wie geht es jetzt weiter?«, fragte er.

»Die Kollegen in Leipzig haben das Projektil gefunden und nehmen gerade Kontakt mit KHK Volk auf. Wenn es aus derselben Waffe stammt, na ja, dann wird die Theorie vom Serienmörder immer wahrscheinlicher.«

»Hm. Danke, Täntzer.« Siegfried Dorst legte auf. Er dachte an Hendrik. An wen sonst.

*

Sonntag

Während Richard wieder einmal am Wochenende arbeitete – diesmal war er froh, dass er keiner Frau erklären musste, warum das notwendig war –, kämpfte Siegfried Dorst mit dem Gedanken, dass er Hendrik Unrecht getan haben könnte. Es machte natürlich keinen Sinn, sich den Kopf zu zermartern, bevor der Schusswaffenerkennungsdienst seine Untersuchungen am Käthe-Wagner-Projektil nicht beendet hatte. Doch sein Unterbewusstsein ließ sich nicht beruhigen. Und schon gar nicht ein ganzes Wochenende lang.

Kriminaldirektor Germer hatte kein Problem damit. Er weigerte sich, wie ein Stier jedem roten Tuch nachzurennen, das der Torero Wilmut vor ihm schwenkte. Zumal er ihn sowieso nur für einen drittklassigen Amateurstierkämpfer hielt.

Hanna backte einen Kirschkuchen. Hedda Wilmut hatte ihr ein spezielles thüringisches Rezept geschickt, das sie nach eigener Aussage nur ganz besonderen Personen anvertraute. Mit einer Eierschecke als oberste Schicht. Nicht ganz einfach zu bewerkstelligen, aber sehr lecker.

Hendrik versuchte, sich die Wahrheit vor Augen zu führen, und fragte sich dabei, ob seine Wahrheit auch die wahre Wahrheit war.

4. WOCHE

Richard
Frankfurt a. M., Montag, den 27. Oktober, vormittags

Hauptkommissar Richard Volk telefonierte am Montag früh etwa zwei Stunden lang mit den Kollegen in Dresden, Wiesbaden, Jena und Erfurt. Es ging um die Frage, ob das hessische, das sächsische oder das thüringische LKA den Vergleich der Projektile von den Morden an Marianne Schmidt und Käthe Wagner durchführen sollte. Der Frankfurter Polizeipräsident wollte die Untersuchung in Hessen behalten, doch Volk votierte für Dresden, da die Kollegen des sächsischen LKA mehr freie Personalkapazität hatten und die Zeit drängte. Am Ende konnte Germer sich durchsetzen, wollte das Verfahren an sich ziehen und entschied, die Untersuchung in Erfurt durchzuführen. Anschließend sollten die Projektile ins BKA nach Wiesbaden gesandt werden, damit in der dortigen Tatortmunitionssammlung ermittelt werden konnte, ob die Waffe bereits bei anderen Verbrechen in Deutschland eingesetzt worden war. Manchmal nervten Richard Volk dieses Taktieren, dieses Vermitteln und Ausgleichen. Aber das gehörte wohl zu fast jedem Beruf.

Zwei Kuriere aus Leipzig und Frankfurt setzten sich Richtung Erfurt in Bewegung.

*

Dr. Herbert Knies

München, Montag, den 27. Oktober, nachmittags

Hendrik Wilmut mühte sich durch den Stau auf der Autobahn bei Nürnberg.

Mutter Hedda hatte ihm zugesagt, sich um Hanna zu kümmern, sodass Hendrik meinte, sie eine weitere Nacht allein lassen zu können. Zur Sicherheit rief er den Professor im Krankenhaus an und fragte, ob er Hanna dies zumuten könne. Der Professor hatte keine Einwände, im Gegenteil, er freute sich, dass Hanna mehr und mehr außerhalb ihrer Wohnung agierte. Im Übrigen, so ergänzte er, sei dies eine gute Voraussetzung für ihre Rehamaßnahme, bei der sie sich drei Wochen lang in einer ungewohnten Umgebung zurechtfinden müsse. Damit hatte er sich verabschiedet.

Endlich, in der Nähe von Nürnberg-Ost, gelang es ihm, der Schlange zu entkommen. Er war wieder einmal zu spät losgefahren und kämpfte wie so oft mit der Zeit, wohl wissend, dass er sich über den Münchener Autobahnring quälen musste, um nach Grünwald zu gelangen. Der Anwalt würde ihm zwar keine Abmahnung androhen, so wie die Dekanin es am vergangenen Freitag getan hatte, aber es konnte passieren, dass er ihn abblitzen ließ, wenn Hendrik nach 17.30 Uhr erschien. Unweit von Garching fragte er sich, ob die minimale Chance, von Nadine Moser etwas Hilfreiches zu erfahren, und der erhebliche Aufwand in einem sinnvollen Verhältnis standen. Natürlich war es zu spät, sich diese Frage kurz vor den Toren von München zu stellen. Und angesichts der in ihm wallenden Emotionen war es Unsinn, sein Tun überhaupt zu hinterfragen.

Endlich erreichte Hendrik die Villa des Anwalts. Er wurde von der jungen Frau, die ihm den Termin verschafft hatte, direkt in einen Besprechungsraum geführt und sofort erschien Nadines Rechtsbeistand. Ein mittelgroßer Mann mit Mittelscheitel und einer runden Brille mitten auf der Nase.

»Herbert Knies«, stellte er sich vor, und bevor Hendrik etwas sagen konnte, fuhr er fort: »Herr Wilmut, Sie sind 24 Minuten zu spät, ich habe eine halbe Stunde für Sie eingeplant, Ihnen bleiben folglich knapp sechs Minuten.«

Hendrik schluckte. »Äh ja, tut mir leid, der Verkehr auf der A 9 ist manchmal wirklich …«

»Noch fünf Minuten!«

Hendrik Wilmut zog die Schulterblätter nach hinten. Er musste hier etwas erreichen, unabhängig von der seltsamen Art dieses Mannes. »Ich möchte Sie bitten, mit Nadine Moser Kontakt aufzunehmen, ich muss sie in Stadelheim besuchen.«

»Aha.« Knies musterte ihn über den Rand seiner Brille. »Erstens muss Frau Moser dem zustimmen …«

»Sie wartet auf mich!«

»Woher wissen Sie das?«

»Das kann ich Ihnen nicht erklären, aber ich weiß es.«

Knies legte seine Stirn in Falten. »Meinetwegen. Trotzdem muss ich den Haftrichter um Erlaubnis fragen. Während der U-Haft herrscht prinzipiell Kontaktverbot. Außer für enge Familienangehörige und ihren Anwalt.« Damit tippte er sich auf die Brust. »Es ist nicht üblich, dass der Geschädigte – immerhin hat sie ja auf Sie geschossen …«

»Ich erinnere mich!«

»… noch vor der Hauptverhandlung Kontakt mit der Angeklagten aufnimmt.«

»Gut, fragen Sie den Haftrichter. Und ich möchte Sie bitten, dies möglichst schnell zu tun. Ich bin extra aus Frankfurt gekommen und warte hier in München in meinem Hotel. Ihre Sekretärin hat meine Kontaktdaten.«

»So weit, so gut, Sie hören morgen von mir!«, sagte Knies und sah auf die Uhr. »Sie haben eine Minute Restzeit!«

»Die schenke ich Ihnen, auf Wiedersehen!«

*

Albert Moser

Pullach, Montag, den 27. Oktober, abends

Hendrik hatte dasselbe Hotel gebucht, in dem er schon für seine Reise auf Goethes Spuren übernachtet hatte, ein Motel am Olympiapark. Er hatte sich dort wohlgefühlt. Jetzt merkte er, dass die Lage der Unterkunft für seine Ziele in Grünwald und Stadelheim denkbar ungünstig gewählt war. Da er nun gerade in Grünwald war, beschloss er spontan, Nadines Vater einen Besuch abzustatten. Albert Moser wohnte in Pullach auf dem Hof seiner verstorbenen Schwester.

Es war erst sechs Wochen her, dass er »Bertl« zuletzt gesehen hatte, in dieser Zeit schien er um Jahre gealtert zu sein. Eingefallene Wangen, krummer Gang, dünne Stimme. Er trug einen typisch bayrischen Trachtenjanker.

»Hendrik, schön, dass du vorbeischaust. Mir geht's nicht gut. Magst ein Bier?«

»Nein, danke, Bertl, ich muss noch fahren.«

Sie sprachen nicht direkt über die Vorgänge des 13. Septembers, doch Hendrik merkte, dass die Ereignisse dieses Tages zwischen ihnen standen wie eine gläserne Wand. Zuvor waren sie Freunde gewesen, aber konnte Hendrik mit dem Vater der Frau, die auf ihn geschossen hatte, befreundet bleiben? Er wusste es nicht.

»Ich bin gekommen, um zu fragen, warum Nadine das gemacht hat«, sagte Hendrik. »Weißt du etwas darüber?«

Moser antwortete nicht. Er sah ihn nur traurig an. Hendrik hatte den Eindruck, dass Albert Moser das gesamte Ausmaß der Übeltaten seiner Tochter gar nicht erfasst hatte. Oder nicht erfassen wollte. Langsam herantastend fragte Hendrik ihn nach Nadines Waffenschrank, den sie hier bei ihrer Tante gehabt hatte. Der sei leer, die Polizei habe ja alle Waffen beschlagnahmt, meinte Bertl, und ob Hendrik nicht doch ein Bier wolle. Hendrik verneinte erneut und fragte, ob sonst irgendetwas passiert sei, das mit den Waffen zu tun haben könnte. Na ja, murmelte Albert Moser vor sich hin, letzte Woche habe ihn der Daniel besucht, der Vorsitzende der Schießsportabteilung des TSV Pullach, den kenne er ja sowieso hier aus dem Ort, und außerdem habe er ihm bei der Homepage für seine Hotelkette geholfen. Und einmal sei noch eine Freundin von Nadine zu Besuch gekommen. »Ich saß gerade draußen auf der Bank unter dem Kastanienbaum, und die Freundin, die habe ich schon mal gesehen, das ist die mit den eckigen Augen. Wir haben draußen im Garten ein Bier getrunken.«

»Eckige Augen?«, fragte Hendrik erstaunt. »Was heißt das denn?«

»Ja, weißt, ich kann es nicht anders ausdrücken, du als Literaturmensch hast dafür sicher ein besseres Wort. Mein Gedächtnis lässt auch schon etwas nach. Ich hab sie sowieso schlecht verstanden, sie spricht einen seltsamen Dialekt.«

»Gut. Und der Daniel, hat der über den Waffenschrank gesprochen?«

»Ja, der schon«, antwortete Albert Moser. »Ich habe ihm gesagt, dass der Schrank leer ist, alles bei der Polizei, das konnte er kaum glauben. Aber warum willst du das denn alles wissen?«

»Ich versuche nur, die ganze Sache innerlich aufzuarbeiten«, antwortete Hendrik, »weißt du, ich brauche das einfach.«

»Verstehe. Magst nicht doch ein Bier?«

»Nein, danke, ich muss jetzt auch los, Bertl. Mach's gut!«

»Servus, Hendrik, dank dir für den Besuch. Und schau gern mal wieder vorbei!«

»Ja, das mache ich. Vielleicht.«

*

Nadine Moser

München, Dienstag, den 28. Oktober, vormittags

Am nächsten Morgen saß Hendrik Wilmut beim Frühstück in einem Café neben dem Hotel, als sein Smartphone klingelte. Er stand auf und verließ den Gastraum.

»Wilmut!«

»Dr. Knies hier. Folgendes: Ihr Besuchsantrag ist abgelehnt worden. Außer mir und einer Frau, die ich nicht kenne, darf niemand zu ihr. Im Übrigen ist es prinzipiell untersagt, dass ein Zeuge mit der Angeklagten vor der Hauptverhandlung spricht. Aber ausnahmsweise dürfen Sie mit ihr telefonieren, das haben Sie mir zu verdanken, ich kenne da entsprechende Leute. Meine Mandantin ist damit einverstanden. Das Gespräch wird allerdings kontrolliert werden, das heißt, jemand von den Justizbehörden hört mit. Und Sie dürfen nicht über die Vorgänge sprechen, die zu Frau Mosers Verhaftung geführt haben. Ich habe einen Gesprächstermin für Sie vereinbart, in anderthalb Stunden, um 10 Uhr, anders ging es nicht. Seien Sie pünktlich bei mir, ich muss Sie dort ankündigen.«

Bevor Hendrik etwas erwidern konnte, hatte Knies aufgelegt. Manchmal war es schwierig, mit den Leuten auszukommen, auf die man angewiesen war. Kopfschüttelnd ging er zurück ins Café, zahlte und lief zu seinem Auto. Dass er nicht mit Nadine über die Vorfälle am 13. September sprechen durfte, brachte sein Konzept ins Wanken. Er musste improvisieren.

Diesmal war der Verkehr ihm gnädig. Eine Viertelstunde vor dem Telefontermin klingelte er an der Eingangstür der Kanzlei.

Er musste 14 Minuten warten, dann erschien Herbert Knies.

»Kommen Sie in mein Büro!«, sagte er ohne Begrüßung. »Ich muss übrigens auch mithören, ist ja schließlich meine Mandantin. Und denken Sie daran: Sie dürfen nicht über die Delikte reden, die Grundlage der Anklage sind. Sonst bekomme ich Ärger.«

Er nahm den Hörer ab und wählte. Knies besaß ein Telefon älterer Bauart, bei dem der Hörer über ein Spiralkabel mit der Grundeinheit verbunden war. Der Anwalt erklärte einem Justizvollzugsbeamten, um was es ging. Sie warteten. Wenige Minuten später meldete sich der Beamte erneut und meinte, er übergebe den Hörer nun an Frau Moser. Knies schaltete den Lautsprecher ein.

Hendrik versuchte, sich an Nadine zu erinnern. Sportlich, gute Figur, kinnlange dunkle Haare, durchaus Sexappeal. Und ausgeprägte Rachegefühle. Gut, dass er den Hörer nicht halten musste, seine Hand hätte unweigerlich gezittert.

»Hallo?« Eine Frauenstimme.

»Ja, hallo, hier ist Hendrik.«

»Ach, sieh an!«, spöttelte Nadine Moser. »Ich wusste, dass du dich melden würdest. Was willst du?«

»Ich wollte … einfach mal mit dir reden.« Natürlich war das ein dummer Satz, aber etwas Sinnvolleres war ihm auf die Schnelle nicht eingefallen. Irgendwie musste er sie aus der Reserve locken.

»Ach, tatsächlich. Erst bringst du mich ins Gefängnis und jetzt kommst du angekrochen!« Ihr Tonfall war schroff.

»Ich war gestern bei deinem Vater.«

»Was?«

Hendrik merkte, dass Nadine beeindruckt war. »Er vermisst dich!«

»Na und? Du bist doch daran schuld! Aber dass ich hier drin sein muss, ist noch nicht einmal das Schlimmste. Dass Nadine nicht mehr mit Nadine sprechen kann, das ist schlimm!«

Hendrik hatte den Eindruck, dass sie verwirrt war, wollte das jedoch nicht äußern, denn er brauchte ihre Rückmeldung. »Willst du dich an mir rächen?«

Dr. Knies vollführte ein paar undefinierbare Handbewegungen.

»Rache … pah, du weißt überhaupt nicht, was Rache ist. Du kennst nur deine dämlichen Schuldgefühle, ja, da bleib mal dran, suhl dich in deinem schlechten Gewissen, ich kenne so etwas nicht, ich scheiß auf Schuldgefühle.«

»Und unsere gemeinsame Zeit?«, fragte Hendrik. Er musste sie aus der Reserve locken, selbst wenn er sich dabei zum Affen machte.

»Ach, plötzlich sprichst du von unserer gemeinsamen Zeit, das fällt dir ja früh ein. Die bestand übrigens aus genau fünf Stunden und 22 Minuten, mehr war es nicht! Ich hoffe, Hanna hat noch lange mit meinem schönen Wein zu kämpfen, wie geht es ihr?«

Hendrik schloss kurz die Augen, um sich zu sammeln. »Danke der Nachfrage, es geht ihr gut!«

»Ha, das glaube ich nicht, sonst wäre sie jetzt bei dir, stimmt's?«

»Verdammt, hör auf damit!«, rief Hendrik.

»Ha! Ich wusste es, du Schleimscheißer, du verdammtes Arschloch …«

Herbert Knies legte den Hörer auf. »Das reicht. Ich hatte Sie darauf hingewiesen, dass Sie nicht über die meiner Mandantin zur Last gelegten Tatbestände sprechen dürfen.«

Hendrik hätte dem Anwalt gern eine Ohrfeige verpasst. Aber Knies konnte nichts dafür, Nadine war das Ziel seiner Wut.

»Ich muss Sie noch etwas fragen, Herr Knies. Ist Nadine Moser während ihrer U-Haft irgendwann einmal aus der JVA … wie soll ich sagen … herausgekommen?«

»Herausgekommen? Was meinen Sie denn damit? Offiziell oder inoffiziell?«

»Beides«, antwortete Hendrik.

Knies schüttelte den Kopf. »Wirklich skurril, Ihre Gedanken. Wie soll sie das denn angestellt haben? Nein, weder offiziell noch inoffiziell. Ich kenne die Sicherheitsmaßnahmen in Stadelheim, bin ja regelmäßig dort. Völlig unmöglich. Klares Nein!«

»Okay, danke!« Hendrik drehte sich um und verließ ohne ein weiteres Wort die Kanzlei. Er stieg in sein Auto und schlug den Weg Richtung Norden ein.

*

Goetheherz

Weimar, Dienstag, den 28. Oktober, vormittags

Etwa zur selben Zeit an diesem Dienstag erhielt der pensionierte Kriminalhauptkommissar Siegfried Dorst eine E-Mail von Kriminalkommissar Julian Täntzer mit der Information, dass eine Sonderkommission Goetheherz gegründet worden war. Der Polizeipräsident hatte Kriminaldirektor Hans Germer zum Leiter dieser Soko bestimmt. Sonstige Mitglieder waren Täntzer selbst, Kriminaloberkommissarin Annett Weißmann aus Leipzig sowie Volk und Simon aus Frankfurt. Zudem ein Mitarbeiter des Bundeskriminalamts, der – falls nötig – die Kontakte nach Frankreich, Tschechien und Italien koordinieren sollte. Das Lagezentrum befand sich in der Kriminalpolizeiinspektion Jena. Nachdem Dorst dies gelesen hatte, brauchte er die ballistische Vergleichsanalyse aus Erfurt eigentlich nicht mehr anzuschauen. Er öffnete den Anhang trotzdem. Es handelte sich tatsächlich um Kaliber .22, ein Kleinkalibergeschoss. Mikroskopaufnahmen zeigten die Scharten, die der Lauf jeder Waffe in spezifischer Weise auf der Projektiloberfläche hinterlässt. Zusammen mit einer computertechnischen Simulation des Laufs bewiesen sie mit hoher Wahrscheinlichkeit, dass beide Projektile aus derselben Waffe abgefeuert worden waren.

Er dachte erneut an Hendrik. Eigentlich musste er ihn anrufen, sich für seine Fehleinschätzung entschuldigen. Er zögerte. Hendrik hätte ebenso einen Grund, sich zu entschuldigen. Recht zu haben rechtfertigte kein ungerechtes Verhalten. Zufällig fiel sein Blick auf den Kalenderspruch des Tages: »Gar manches ist vorherbestimmt, das Schicksal führt ihn in Bedrängnis. Doch wie er sich dabei benimmt, ist seine Schuld und nicht Verhängnis.« – *Wilhelm Busch, aus »Hans Huckebein – der Unglücksrabe«*.

Als Siegfried Dorst sich endlich dazu durchgerungen hatte, sein eigenes »Benehmen« auf den Prüfstand zu stellen, und Hendrik auf dem Mobiltelefon anrief, erklang eine altbekannte Stimme: »Dieser Teilnehmer ist vorübergehend nicht erreichbar, bitte versuchen Sie es erneut zu einem späteren Zeitpunkt!«

Wer war nun der Unglücksrabe? Siggi oder Hendrik?

*

Tomasz

Raststätte Fürholzen, Mittwoch, den 29. Oktober, vormittags

Die Sonne schien Hendrik ins Gesicht. Das war zunächst ein angenehmes Gefühl. Doch dann merkte er, dass sein Kopf wehtat. Besser gesagt: Er drohte zu platzen. Hendrik richtete sich auf, fast hätte er sich übergeben müssen.

»Du bist geweckt?«, fragte ein Mann direkt neben ihm.

»Was? Wer sind Sie?«

»Bin ich Tomasz aus Poznań. Bist du in meine LKW.«

»Was?« Hendrik sah sich um. Er lag auf der Pritsche eines Lastwagens im hinteren Teil des Führerhauses, in eine Decke gewickelt. Tomasz saß vor ihm auf dem Fahrersitz, seine Beine ruhten auf dem Beifahrersitz. Offensichtlich hatte er so geschlafen.

Hendrik fasste sich an die Stirn und fühlte einen Verband. »Meine Güte, ist mir schlecht!«

»Das ich glaube. Chast du Schlag bekommen, bumm, bumm!« Tomasz zeigte an seinem eigenen Kopf, an welcher Stelle Hendrik getroffen worden war.

»Eine Schlägerei?«

»Ja, chast du getrunken bis Abwinken, dort in Raststätte.« Tomasz zeigte durch die Scheibe hinüber zum Rasthof. »Dann du chast beleidigt Boxertyp, fährt Klopapier, chat kleine Hirn und viel Muskel. Chast ihn genannt Arschloch und Schleimscheißer. Er kennt gut deutsche Sprache, besser, als ich kenne. Deine Pech. Bumm, bumm! Arschloch ich kenne, aber was ist Schleimscheißer?«

Hendrik wollte lächeln, ließ seine Mundwinkel aber sofort wieder sinken, weil selbst diese kleine Bewegung seiner Gesichtsmuskeln höllisch wehtat. »Wo sind wir überhaupt?«

»An Raststätte, bei Nähe von Neufahrn.«

»Oh, da bin ich ja nicht weit gekommen. Was ist das für ein Dialekt, den du sprichst?«

Tomasz lachte. »Ist kein Dialekt, ist polnische Sprachengesang mit deutsche Worten!«

»Aha, Polnisch, wie heißt du?«

»Tomasz.«

Er winkte ihm zu. »Ich bin Hendrik, danke, dass du mir geholfen hast.«

»Ich mache gerne, Chendrik! Boxertyp ist ein böse Mann, chat mich auch geschlagen, wir uns um Parkplatz für LKW gestritten. Chabe Blut rausgelaufen aus Ohr wie Schwein.«

»Auweia, das tut mir leid. Und wie hast du mich aus seinen Fängen befreit?«

»Chabe ihm getreten in … zwischen Beine.«

»Oha. Das wirkt meistens. Du musst jetzt aber aufpassen, dass du ihm nicht noch einmal begegnest.«

»Ja, ich weiß. Er chat rotes LKW, ich nur noch chalte auf Parkplatz ohne rotes LKW.«

»Sehr gut. Wie kann ich mich bei dir bedanken, Tomasz?«

»Nicht bedanken, aber du reingehen in Raststätte und bezahlen Rechnung. Chabe ich Frau gesagt, du kommst cheute, wenn wach.«

»Oh ja, danke. Wie viel muss ich denn bezahlen?«

»320 Euro.«

»Ach du Schande!«

»Ja, viele Schnaps und eine Glas für alle.«

»Was? Lokalrunde?«

Tomasz nickte. »Und du waschen, chabe ich Schlüssel für Bad von Fernfahrer, komm!«

Hendrik schaffte es nur mit Tomasz' Hilfe zum Fernfahrerwaschraum. Dort sah er die ganze Bescherung: sein rechtes Auge blau unterlaufen, dick geschwollen, überall getrocknetes Blut, das Hemd vollkommen zerrissen, ein Turban auf dem Schädel.

»Woher kommt denn der Verband?«, fragte er.

»Chabe ich große Verbandskasten in mein LKW, immer!«

»Oh, Tomasz, ich danke dir!«

Hendrik reinigte sein Gesicht, richtete den Turban, knöpfte das Hemd zu und versuchte, aufrecht zu gehen. Jetzt merkte er, dass nicht nur sein Kopf etwas abbekommen hatte, sondern auch sein linkes Bein. Als er die Raststätte betrat – Tomasz zog es vor, draußen zu warten –, kam eine Frau um die 60 direkt auf ihn zu.

»Passen S' auf, Sie Möchtegernringkämpfer, wenn Sie sich noch einmal hier sehen lassen, zeig ich Sie an, ist das klar? Und jetzt bekomme ich 500 Euro von Ihnen!«

»Wieso 500?«

»Der Rest ist Trinkgeld für meine Madln von gestern Abend, was Sie zu denen alles gesagt haben, das möchte ich nicht wiederholen.«

»Okay, okay, ich kann aber nur mit EC-Karte bezahlen.«

»Passt scho, kommen S' mit!«

Während die Frau ihren EC-Kartenleser bediente, fragte sie: »Wer ist eigentlich Hanna? Und wer Nadine?«

»Äh, ja, die kenne ich – beide«, sagte Hendrik.

»Dann wird es Zeit, dass sie sich zwischen ihnen entscheiden«, sagte sie grinsend. »Nur mal so als kleiner Tipp einer erfahrenen Frau, die zum dritten Mal verheiratet ist. Und bevor Sie einer der beiden gegenübertreten, ist Duschen angesagt!«

»Hm«, machte Hendrik.

»Hier, geben Sie die Geheimzahl ein. Ach, und noch etwas: Diesen Siggi, den sollten Sie schleunigst zum Teufel jagen!«

Sie reichte ihm die EC-Karte zurück.

»Ich überleg's mir!« Er winkte ihr zu und verließ die Raststätte.

Tomasz wartete draußen vor der Tür. »Do widzenia, Chendrik, pass auf dich auf!«

»Tomasz!« Hendrik umarmte ihn. »Du warst meine Rettung!«

Der Pole lachte. »Vielleicht. Du an tiefe Punkt gestern. Cheute besser.«

Hendrik nickte.

»Für dich!«, sagte Tomasz und drückte ihm einen Autoschlüssel in die Hand. Es dauerte lange, bis Hendrik begriff, dass es sein eigener Autoschlüssel war.

*

Pizza Napoli

Frankfurt a. M., Mittwoch, den 29. Oktober, mittags

Kriminalhauptkommissar Richard Volk saß in einer Pizzeria im Frankfurter Nordend und hatte eine Pizza Napoli mit Sardellen, Kapern und Oliven bestellt. Eigentlich dürfte er drei Jahre lang überhaupt keine Pizza mehr essen, um von seinen 110 Kilogramm Lebendgewicht herunterzukommen, aber das war berufstechnisch unmöglich, denn bei einer Pizza kamen ihm die besten Ideen zu dem jeweiligen Fall.

Also doch ein Serienmörder. Wieder einmal hatte dieser verrückte Hendrik recht behalten! Jetzt mussten sie schnell handeln. Waren die Projektile bereits auf dem Weg nach Wiesbaden, um einen Vergleich mit Projektilen der BKA-Tatortmunitionssammlung durchzuführen? Richard schickte eine Nachricht an Kommissar Täntzer. Prompt erhielt er die Antwort: »Sind unterwegs.« Gut! Die Pizza wurde serviert, dazu ein Primitivo. So ließ es sich leben. Und nachdenken.

*

Quälende Fahrt

Autobahn A 3, Mittwoch, den 29. Oktober, mittags

Hendrik plagte sich über die Autobahn in Richtung Frankfurt am Main. Die Schmerzen pochten weiter in seinem Kopf, hatten sich aber nach zwei Tabletten von der Raststättenwirtin etwas gebessert. Mehrmals musste er auf einem Parkplatz anhalten, um sich ein paar Minuten auszuruhen. Hendrik hasste Autofahrten in solch einem desolaten

Zustand. Und wenn er schon einmal das Wort »hassen« benutzte, dann stand es schlecht um ihn. Denn normalerweise hasste er diesen Ausdruck.

Hendrik fiel ein, dass er Hanna noch nicht angerufen hatte. Sie wusste nicht, wo er war und wann er zurückkam. Sicher machte sie sich Sorgen. Er sah auf die Uhr: kurz vor zwölf. Auf einem kleinen Parkplatz hinter Nürnberg hielt er an und wählte die heimatliche Nummer. Nach geraumer Zeit nahm Hanna ab. Er entschuldigte sich, dass er gestern Abend nicht mehr angerufen hatte, und wollte gerade beginnen, eine wortreiche Ausrede zu erfinden, als Hanna meinte, es sei alles in Ordnung, er habe ja eine SMS geschickt. Hendrik schluckte, ging nicht näher darauf ein, sondern fragte, wie sie sich fühle. Ganz gut, sie habe gestern Abend mit seiner Mutter telefoniert, einen Fernsehfilm geschaut und sei dann schlafen gegangen. Nichts Besonderes. Hendrik registrierte, dass Hanna sich im Vergleich zu ihrer Zeit vor dem 13. September deutlich ruhiger verhielt. Statischer. Man konnte auch sagen: freudloser. Selbst ihr Dienstag, denn sie sonst gepflegt hatte als *ihren* Tag, an dem sie niemand stören durfte, nicht einmal Hendrik, den sie allein im Schwimmbad oder mit einer Freundin verbracht hatte – selbst dieser Dienstag war in Vergessenheit geraten. Schade. Hendrik versicherte ihr, dass er in spätestens drei Stunden zu Hause sei, und verabschiedete sich.

Sofort prüfte er seine gesendeten SMS. Da, eine Nachricht an Hanna Wilmut: »Bin ich so müde, übernachte auf Raststätte, du keine Sorgen machen!«

Tomasz, was für ein wundervoller Mensch! Wahrscheinlich hatte Hendrik in seinem Rausch erzählt, dass er Hanna anrufen müsse, war aber nicht mehr dazu in der Lage gewesen. Solch einen Filmriss hatte Hendrik noch nie gehabt und er wollte alles daransetzen, keinen zweiten zu erleben. Tomasz – er sah ihn vor sich stehen –, was hatte er am Morgen in seinem Lastwagen gesagt? Das sei kein Dialekt, sondern ein »polnischer Sprachengesang«. Konnte Nadines Freundin, die Bertl besucht hatte, nicht auch einen solchen fremden Klang in ihren Sätzen gehabt haben? Zum Beispiel einen italienischen? Nadine kannte sich in Italien gut aus. Andererseits hatte sich diese Freundin im Gegensatz zu Daniel vom TSV Pullach nicht für den Waffenschrank interessiert.

Hendrik rief Bertl an, um zu fragen, ob der seltsame Dialekt vielleicht ein italienischer Akzent gewesen sein könnte. Bertl verneinte, mit Italienisch kenne er sich aus, wenn überhaupt, dann eher Französisch. Das klang nicht überzeugend. Bevor er weiterfuhr, musste Hendrik sich ein paar Minuten ausruhen. Er kippte die Sitzlehne nach hinten, machte es sich so bequem wie möglich und schloss die Augen.

Eine Frau. Klein. Schmal. Alt. Sie versuchte, vor etwas davonzulaufen. Und sie hatte Angst. Todesangst. Sie stürzte, raffte sich auf, fiel erneut. Schließlich blieb sie liegen, die Augen aufgerissen. Blut floss unter ihren Wimpern hervor, lief übers Gesicht. Sie wollte um Hilfe rufen, öffnete den Mund, brachte aber keinen Ton heraus. Überhaupt war es ein Traum ohne Tonspur. Ein schallisolierter Albtraum. Endlich erkannte er, vor wem die alte Frau davonlief, vor wem sie Angst hatte: vor ihm selbst. Er, Hendrik Wilmut, er war der Verfolger, das Ungeheuer, der Bluthund.

Hendrik schreckte hoch. Er saß in seinem Auto. Von irgendwoher klingelte es. Er kannte diese Töne: sein Smartphone. Tastend fand er es und drückte auf den grünen Hörer.

»Hallo, hier ist Siggi! Ich wollte gern mit dir …«

»Hallo?« Jetzt war Hendrik wach.

»Ja, Hendrik, hier ist Siggi! Ich denke, wir sollten mal reden.«

»Jetzt nicht«, sagte Hendrik.

»Und wann …?«

»Später!« Damit drückte er auf den roten Hörer. Er konnte in diesem Moment nicht mit Siggi sprechen, unmöglich, er musste nachdenken.

Zum zweiten Mal hatte er solch einen schrecklichen Traum gehabt. Am Tag, nicht in der Nacht. Wer war die alte Frau aus seinem Traum? Käthe Wagner? Hätte er sie retten können, nachdem ihm aufgefallen war, dass es zu Käthchen Schönkopf kein entsprechendes Mordopfer gab? Niemand hatte ihm geglaubt. Vielleicht hätte er besser argumentieren müssen? Fast kam er sich selbst als Opfer vor. So wie Gretchen, die eigentliche tragische Gestalt in Goethes Faust, wie Hendrik fand. Sie war Opfer und Schuldige in einer Person. Verführt von Heinrich Faust mithilfe seines temporären Kompagnons Mephisto. Gleichzeitig Täterin als teils unwissende, teils unbeabsichtigte Mörderin ihres Bruders und ihres Kindes. Existierte ein schuldentechnisches Gleichgewicht? Wie eine Art Bilanz, ein Kontoausgleich am Lebensende? Schuldner gegen Gläubiger? Bisher gab es niemanden, der Hendrik etwas schuldig war. Fehlte das zu seiner inneren Ausgeglichenheit? Oder waren diese Erwägungen unmoralisch?

Hendrik stand allein auf einem Parkplatz im fränkischen Nirgendwo und starrte die Bäume an. Kein Mensch, kein Tier, kein Ziel. Er musste sein Leben in Ordnung bringen. Er hatte nur dieses eine. Ohne Generalprobe und ohne Wiederholungsmöglichkeit. Er suchte nach einer Oase in seiner Gedankenwüste.

Am liebsten hätte er Hanna angerufen und sie um Hilfe gebeten. Aber das konnte er ihr nicht zumuten. Die Zeitspanne, in der er Entscheidungen allein fällen musste, würde sich um einige Wochen verlängern. Immerhin – er konnte sich überlegen, was Hanna wohl sagen würde, falls er sie fragte. Hendrik nahm sein Smartphone ans Ohr, ohne gewählt zu haben. So simulierte er ein Gespräch mit Hanna. Er erklärte ihr, in welch desolatem Zustand er sich befand, der nicht nur sein körperliches, sondern auch sein mentales Gefüge betraf, dass er sich in einem Stadium der maximalen Erfolglosigkeit und der Entkettung seiner sozialen Bindungen wähnte. Dass er sich fühlte, als liefe er durch einen dunklen Tunnel, an dessen Ende das Licht nur eine Metapher für den Schein des Seins zu sein schien.

Hendrik wusste, sie hätte ihm zugehört, lange und geduldig. Mit der fast schon legendären Hanna-Ausdauer. Anschließend, so ging es ihm durch den Kopf, hätte sie ihn gefragt, wem er derzeit am meisten vertraue. Und was das Wichtigste sei, das er dieser Person sagen möchte. Ja, genau das hätte Hanna ihn gefragt.

Hendrik brauchte eine Weile, um sich diese beiden Fragen selbst zu beantworten. Dann wählte er Richard Volks Mobilnummer. Er erreichte ihn in einer Pizzeria, er hatte bereits bestellt und wartete auf seine Pizza. Guter Zeitpunkt. Glück gehabt. Hendrik erzählte ihm, dass er mit Nadine und Bertl gesprochen habe. Erstaunlicherweise fiel Richard nicht aus allen Wolken, erklärte ihn auch nicht für verrückt, sondern hörte ihm aufmerksam zu. Besonders die Person mit dem – möglicherweise – französischen Akzent interessierte ihn. Klar, daraus konnte man einen Zusammenhang mit dem Mord in Straßburg konstruieren.

Danach berichtete der Hauptkommissar von der Kleinkaliberpistole, mit der zwei der Morde begangen worden waren, und dass eine Soko gebildet worden sei. Er selbst werde am nächsten Tag nach Jena fahren, um an der konstituierenden Sitzung dieser Soko teilzunehmen.

Hendrik verspürte kein Triumphgefühl, obwohl das sicher niemanden gewundert hätte. Er fühlte eigentlich gar nichts, auch nicht, als Richard ihm erklärte, dass er bei Siggi und Ella übernachten werde. Nebenbei hörte er Richard mit dem Kellner sprechen. Offensichtlich war gerade seine Pizza gekommen und der Kellner fragte, ob Richard nach dem Essen einen Espresso nehmen wolle. Richard bejahte und verabschiedete sich, seine Pizza warte. Bei dem Gedanken an Essen rumorte es in Hendriks Magen. Einen Espresso hätte er jetzt allerdings gebrauchen können.

Ohne Kaffee fuhr er weiter. Eine Sonderkommission also. Endlich. Das hätten sie schon früher haben können. Die zweite Soko, bei der es um Nadine Moser ging. Diese Frau gehörte zu seinen Stachelschweinen, zu den Menschen, die ihn bei zu großer Nähe verletzten. Mit Stacheln, mit spitzen Pfeilen, die tief ins Innere eindrangen. Er musste sich von ihr fernhalten. Leider hatte Hendrik das viel zu spät erkannt. Nachträglich war er froh, Nadine am Vortag in München nicht gesehen, sondern nur gehört zu haben. Er betrachtete sich kurz im Innenspiegel. Das Auge wurde immer dicker und farbiger. Hanna würde schockiert sein. Trotzdem verspürte er nach dem Gespräch mit Richard ein leises Erwachen seiner inneren Kräfte.

Nach einer halben Stunde hielt er erneut. Diesmal an der Raststätte Würzburg. Der Dialekt, der auch ein Akzent sein konnte, spukte in seinem Kopf herum. Er rief noch einmal Albert Moser an, den Bertl, rezitierte am Telefon ein französisches Gedicht von Paul Verlaine und redete dann ein wenig in Deutsch mit französischer Sprachmelodie. Nun, meinte Bertl, das könnte durchaus der Tonfall von Nadines Freundin gewesen sein, aber er sei sich nicht sicher. Auch an ihren Namen konnte er sich nicht erinnern, sein Gedächtnis mache nicht mehr so richtig mit, meinte er. Wie denn übrigens der Abteilungsleiter des TSV Pullach, dieser Daniel, mit Nachnamen hieß, wollte Hendrik wissen. Das sei der Brunner Daniel, ja, den kenne er hier aus dem Ort. Es folgte die langatmige Schilderung von Daniel Brunners Hochzeit, bei der er als Bräutigam zu spät in der Kirche eintraf, weil ihm ein vorausfahrender Landwirt mit seinem Güllewagen aus Versehen eine große Ladung der übel riechenden Flüssigkeit in sein feines, offenes Cabrio gespritzt hatte. Sauber, dachte Hendrik. Immerhin, er war einen Schritt weiter gekommen. Vielleicht sogar zwei. Er hatte das Tal der Verlorenheit durchschritten. Dennoch wusste er, wer schuld war am Tod all der Frauen: er selbst – Hendrik Wilmut.

*

Daniel Brunner
Frankfurt a. M., Mittwoch, den 29. Oktober, mittags

Richard Volk nahm den finalen Schluck Primitivo, als Hendrik sich erneut meldete und den Namen Daniel Brunner durchgab. Während des letzten Falls hatte Richard Kriminaloberkommissar Donald Wanner vom Polizeipräsidium München kennengelernt. Er hatte durch seine Arbeit erheblich dazu beigetragen, dass Nadine Moser am 13. September gefasst werden konnte. Da Wanner ebenso wie Richard Volk aus Hessen stammte, hatten die beiden sich locker angefreundet. Richard versprach, sich darum zu kümmern. Sobald er zurück im Büro wäre, würde er Donald anrufen und ihn bitten, Daniel Brunner zu befragen. Es musste geklärt werden, warum er bei Albert Moser aufgetaucht war und ihn nach den Waffen gefragt hatte. War es nur die Sorge um die Sportwaffen des TSV Pullach? Wollte er verhindern, dass diese in fremde Hände gerieten? Oder hatte er ein ganz anderes Motiv?

Donald Wanner würde es herausfinden.

*

Hanna

Frankfurt a. M., Mittwoch, den 29. Oktober, abends

Hendrik betrat leise die Wohnung in der Bodenstedtstraße. Er sah durch die Wohnzimmertür, dass Hanna auf dem Balkon stand, schlich sich ins Bad und setzte sich auf den Rand der Badewanne. Durch die vielen Stopps auf den Parkplätzen und einen langen Stau bei Aschaffenburg hatte er fast sechs Stunden von Neufahrn bis nach Frankfurt gebraucht. Er nahm den Kopfverband ab, betrachtete die Platzwunde an seiner Stirn, die kleiner war als vermutet und inzwischen verkrustet. Er duschte, kämmte seine Haare, soweit das ohne große Schmerzen möglich war, klebte ein Pflaster auf die Wunde und zog sich frische Kleidung an. Er hatte keinerlei Erfahrung mit Schminke, versuchte trotzdem, das blaue Auge mit einer braunen Paste aus Hannas Schminkkoffer abzudecken.

Anschließend ging er hinaus auf den Balkon. Zum ersten Mal seit ihrer langen Schlafphase umarmte Hanna ihn, küsste ihn und schmiegte sich an seine Brust. Viele Minuten. Er genoss es. Sie betrachtete seinen Kopf und fragte, ob die Wunde schmerze. Zu Hendriks großem Erstaunen wollte sie nicht wissen, was passiert war. Rücksichtnahme? Desinteresse? Er konnte es nicht beurteilen.

Das Schminken müsse er aber noch lernen, meinte sie. Hendrik bildete sich ein, in ihrem bisher so ausdruckslosen Gesicht ein kleines Lächeln entdeckt zu haben. Ein Lächeln! Sein Herz jubelte. Hendrik fragte, ob er ihr beim Kofferpacken für die Reha in Bad Homburg helfen solle. Nein, Hanna hatte bereits alles gepackt. Sie aßen Hühnersuppe und Hendrik gelang es, bis zur Tagesschau wach zu bleiben.

*

Soko Goetheherz 1

Jena, Donnerstag, den 30. Oktober, vormittags

Gegen 11 Uhr am folgenden Tag traf Richard Volk in Jena ein. Er staunte. Wenn Kriminaldirektor Hans Germer etwas organisierte, dann tat er das offensichtlich gründlich. Die Soko hatte in der neuen Kriminalpolizeiinspektion Jena in der Carl-Pulfrich-Straße einen großzügigen Raum bezogen, der speziell für solche Zwecke bereitgehalten wurde. Acht Schreibtische mit Computerterminals und großen Bildschirmen, moderne Kommunikationstechnik, in der Mitte ein Besprechungstisch mit einer Hightech-Bildwand, auf der Daten von jedem Terminal dargestellt werden konnten.

Als alle anwesend waren, ging es Schlag auf Schlag. Richard bekam einen der Arbeitsplätze zugewiesen und hatte zehn Minuten Zeit, sich einzufinden. Als Erstes prüfte er die Stabilität des Schreibtischstuhls, um sicherzugehen, dass dieser sein Gewicht aushielt. Ihm gegenüber saß sein Frankfurter Mitarbeiter Pascal Simon, der bereits am Vortag eingetroffen war und telefonierte, neben ihm Täntzer, dahinter eine Frau mittleren Alters, die er nicht kannte, und ein Mann, ebenfalls um die 40, im grauen Anzug mit weißem Hemd und roter Krawatte. Auf der anderen Seite des Raums brüteten zwei Uniformierte an einem der Schreibtische über einem Papierstapel, zwei weitere Kollegen in weißen Kitteln starrten intensiv auf den Computermonitor. Richard ordnete Letztere vorläufig der Kriminaltechnik zu.

Germer rief mit lauter Stimme alle Soko-Mitglieder zum Besprechungstisch, die anderen sollten weiterarbeiten. Er rückte seine große Brille zurecht. »Guten Morgen, meine Damen und Herren. Ich bin Kriminaldirektor Hans Germer und für die nächsten Tage ihr Fachvorgesetzter. Ich habe der Soko den Namen ›Goetheherz‹ gegeben. Eigentlich gibt es die Bezeichnung Soko gar nicht mehr, offiziell sollen wir stattdessen die Abkürzung BAO für ›Besondere Aufbau-Organisation‹ verwenden. Mir wurde gesagt, man wolle unserer Arbeit damit einen professionelleren Anstrich geben, weg von dem Ausdruck Soko, den inzwischen jeder halbwegs talentierte Krimischreiber oder Drehbuchautor verwendet. Ich halte nichts davon und werde in den paar Jahren, die ich noch bis zur Pensionierung habe, weiter von einer Soko sprechen.« Er lächelte. Nun stellte er Kriminaloberkommissarin Annett Weißmann aus Leipzig vor. Sie war sportlich gekleidet und trug kurzes kastanienbraunes Haar. Richard fiel auf, dass sie sehr konzentriert, fast schon verbissen in den Akten blätterte. Der Krawattenmann hieß Alexander Fehling und war als Kriminalhauptkommissar beim BKA zuständig für die Kontaktaufnahme nach Frankreich, Tschechien und Italien – soweit dies notwendig sein sollte. Germer fasste die Ergebnisse des Gutachtens des LKA Erfurt zusammen und informierte die Kollegen, dass eine Anfrage bei der französischen Polizei lief. Mit einer Handbewegung erteilte er dem BKA-Kollegen das Wort.

Alexander Fehling erläuterte kurz, dass er über den BKA-Kontaktbeamten in Paris Zugang zu fast allen Informationen der französischen Polizei habe. Das Ansuchen zum Tod von Friederike Meyer sei an die SCTIP gegangen, den Dienst für internationale technische Zusammenarbeit, parallel habe sein Kollege auch die DCPJ, die Zentraldirektion der Kriminalpolizei, informiert. Wie man sich vorstellen könne, sei in Frankreich alles zentral organisiert. Ansonsten stehe er für Fragen oder jegliche weitere Hilfe zur Verfügung, an den Ermittlungen selbst werde er sich nicht beteiligen, das sei nicht Aufgabe des BKA. Die anderen nickten. Rundherum klingelten Telefone, Drucker piepsten, uniformierte Kollegen unterhielten sich gedämpft.

Germer wollte wissen, ob es zu den bisherigen Morden oder den Fallakten noch Fragen gäbe, bevor er auf die weitere Vorgehensweise zu sprechen kommen wollte. Richard attestierte ihm gedanklich eine gut organisierte, planvolle Besprechungsführung. Pascal Simon meinte, er könne gerne seine Verbindungen zur lokalen Polizei in Straßburg nutzen. Fehling hatte grundsätzlich keine Einwände, bat ihn aber, zunächst die offizielle Anfrage abzuwarten. Annett Weißmann meinte, sie habe den Akten entnommen, dass in Leipzig möglicherweise auf diesen Herrn Wilmut geschossen worden sei, ob ihre Kollegen in Leipzig das nicht vor Ort klären sollten. Richard stimmte ihr zu, Simon und Täntzer ebenso, sodass Germer mit einem gewissen Grummeln in der Stimme grünes Licht gab. Weißmann wechselte zu ihrem Schreibtisch und telefonierte. Sonstige Erkenntnisse der KTU waren nicht eingegangen, weder zu der Pistole noch zu der Insulinpatrone. Letztere war aus einer Apotheke in

Offenbach gestohlen worden, der Einbruch war aktenkundig, keine Fingerabdrücke, keine Schuhabdrücke – nichts.

Dann ging es um die weitere Vorgehensweise. Eine lange Diskussion entzündete sich an der Frage, ob man die Kollegen in Marienbad und Rom einschalten sollte, was einen erheblichen Mehraufwand bedeutete. Am Ende konnte aber niemand sagen, welche Frauen überhaupt noch auf der Liste des Serienmörders stehen könnten. Fehling schlug vor, über seine Kollegen in Tschechien und Italien wenigstens nachzufragen, ob in Marienbad und Rom ungeklärte Frauenmorde bekannt seien, ohne vorläufig irgendwelche lokalen Ermittlungen in Gang zu setzen. Die Idee kam gut an und wurde beschlossen. Richard überlegte, ob er Hendriks Erkenntnisse aus dessen Gespräch mit Albert Moser direkt einfließen lassen sollte, entschied sich aber dagegen – Donald Wanner brauchte sowieso noch Zeit für Brunners Befragung. Er stellte den Antrag, Hendrik Wilmut für den folgenden Tag als externen Experten einzuladen. Er sei der Einzige, der zu möglichen zukünftigen Opfern eine valide Einschätzung geben könne. Und seine Expertise habe er ja schon in vier anderen Fällen bewiesen. Da Germer weitere Morde befürchten musste, blieb ihm nichts übrig, als Richard Volks Antrag zuzustimmen. Wann Wilmut denn in Jena sein könne, wollte er wissen. Richard hob die Schultern und meinte, für den morgigen Mittag sei das sicher machbar. Germer fuchtelte aufgeregt mit seinen Händen herum, sodass ihm fast die Tellerbrille von der Nase fiel. Richard solle auch den ehemaligen Kollegen aus Weimar dazuholen, der sei der Einzige, der Wilmut in Schach halten könne. Richard nickte, wohl wissend, dass Siggi derzeit der Letzte war, der Hendrik »in Schach halten« konnte.

*

Hendriks Erkenntnis

Frankfurt a. M., Donnerstag, den 30. Oktober, mittags

Während die Soko Goetheherz zum ersten Mal tagte, saß Hendrik Wilmut im Wartezimmer seines Hausarztes. Er wollte sich vorsichtshalber untersuchen lassen, eventuell musste die Wunde am Kopf fachmännisch behandelt werden. Bis zu seiner Vorlesung am Nachmittag sollte das erledigt sein. Während er wartete – es waren noch sieben Patienten vor ihm –, dachte er über die Art und Weise nach, mit der der Mörder seine Opfer aussuchte, die Viktimisierung, wie er inzwischen gelernt hatte. Hendriks bisherige Gedanken dazu waren ins Leere gelaufen. Der Mörder ging nicht nach dem Geburtsdatum der historischen Stellvertreterinnen vor, nicht nach dem Alter, das sie erreicht hatten, und nicht nach deren Todeszeitpunkt. Selbst solch simpel anmutende Systematiken wie eine alphabetische Reihenfolge oder das chronologische Auftreten der Frauen in Goethes Lebenslauf hatte er geprüft – nichts. Er kam nicht weiter.

Nur zu leicht ließ er sich ablenken und dachte an das Gespräch mit Nadine Moser. Er hatte sich auf dem Smartphone ein Gedächtnisprotokoll erstellt: »Rache … du weißt überhaupt nicht, was Rache ist.«

Da hatte sie recht. Rache in Form von Vergeltungsmaßnahmen war Hendrik fremd. Es sei denn, man zählte verbale Spontanreaktion dazu. Oder passives Nicht-Verzeihen-Können.

»Du mit deinen dummen Schuldgefühlen, suhl dich doch in deinem schlechten Gewissen, ich kenne so etwas nicht.«

Auch mit den »dummen Schuldgefühlen« hatte sie recht, die plagten ihn ganz erheblich. Dass ihr selbst solche Empfindungen fremd waren, betrachtete Hendrik als glatte Lüge oder einen Wesenszug, den ein Psychiater wohl als pathologisch eingestuft hätte. Er wunderte sich, dass sie ihn in der kurzen Zeit ihres Kennenlernens so treffend analysiert hatte. Und genau dazu passte ihre dritte Bemerkung: »Unsere gemeinsame Zeit … die bestand aus genau fünf Stunden und 22 Minuten, mehr war das nicht!«

Hendrik überlegte. Es ging um einige Tage in München und Trient während seiner Reise mit Eddie, dem Taxifahrer, auf Goethes Spuren nach Italien. Sollten das tatsächlich nur knapp fünfeinhalb Stunden gewesen sein? Und dann diese seltsame Ausdrucksweise. Unversehens schoss ihm eine Idee durch den Kopf. Er nahm einen Zettel, notierte Jahreszahlen und rechnete. Ja, das passte. Er kontrollierte seine Rechnung. Es passte immer noch. Er war dennoch skeptisch, überprüfte die Zahlen erneut, wollte sicher sein, dass er keinen Fehler gemacht hatte, nahm den Taschenrechner seines Smartphones zu Hilfe. Erneut das gleiche Ergebnis. Ja, jaaa – endlich!

Hendrik schloss die Augen und ließ den Moment auf sich wirken. Er hatte die Systematik gefunden! Ironischerweise hatte ihm ausgerechnet Nadine Moser geholfen, die Reihenfolge der grauenhaften Mordserie zu entschlüsseln.

Bilder zogen an ihm vorüber. Ein Kopf, der äußerlich unversehrt schien, innen jedoch durch einen Schusskanal zerstört war. Eine Leiche im schmutzigen Wasser eines Hafenbeckens. Eine junge Frau, vom Zug überrollt und in Stücke gerissen. Zwei ältere Frauen, liebenswerte Omatypen, die eine in ihrem Wagen an einem Baum zerschellt, die andere mit zerfetztem Gesicht.

Er öffnete die Augen: Es blieben mehrere Frauen übrig, die in Gefahr waren. Sein Smartphone klingelte. Im Wartezimmer saßen außer ihm inzwischen nur noch drei Personen, alle waren nach ihm gekommen. Zwei davon sahen ihn missbilligend an, als er das Gespräch annahm. Richard. Er übermittelte eine Einladung von Kriminaldirektor Germer zur Sitzung der Soko Goetheherz am folgenden Tag. Bevor Hendrik etwas fragen konnte zur Arbeit und zur Zusammensetzung der Soko, erklang über den Lautsprecher im Wartezimmer die Stimme seines Arztes: »Herr Wilmut, bitte kommen Sie in Sprechzimmer 1. Herr Wilmut, bitte!«

»Ich komme«, sagte Hendrik.

»Na wunderbar!«, antwortete Richard.

»Ich habe nicht dich gemeint, sondern meinen Arzt!«, rief Hendrik ins Telefon und verließ das Wartezimmer. Die anderen Patienten schüttelten den Kopf. »Ich muss erst mit Hanna sprechen, ich bringe sie heute Nachmittag nach Bad Homburg.«

»Zur Reha?«

»Ja.«

»Na also, das passt doch gut!«

»Ja schon, ich möchte es trotzdem mit ihr besprechen.« Er stand vor der Tür zu Sprechzimmer 1. »Und jetzt muss ich zum Arzt rein, ich melde mich wieder!«

»Aber warum …?«

Hendrik legte auf.

Der Arzt diagnostizierte eine leichte Gehirnerschütterung, verordnete ihm ein stärkeres Schmerzmittel und schrieb ihn krank bis einschließlich kommenden Mittwoch. Er sollte Ruhe halten und sich schonen. Die Wunde wurde fachgerecht gesäubert und mit einem Spezialpflaster abgedeckt.

Zu Hause scannte er die Krankmeldung ein, schickte den einen Abschnitt an Almuth Feller und den anderen an die Krankenkasse. Für die Dekanin schoss er ein Selfie, auf dem sein blaues Auge besonders gut zu erkennen war, und sandte es hinterher.

Während des Mittagessens berichtete er Hanna von Richards Anruf. »Ehrlich gesagt, ich weiß nicht, ob ich nach Jena fahren soll. Einerseits passt es terminlich gut zu deiner Reha, andererseits ist Bad Homburg nicht weit entfernt von Frankfurt, ich könnte dich oft besuchen … falls du willst.«

Hanna überlegte. »Du warst in Leipzig, dann in München. Es sieht so aus, als hättest du etwas zu klären. Etwas Wichtiges. Und ich denke, das musst du allein regeln, ohne mich. Zumal ich mit mir selbst genug zu tun habe. Wenn du mich in der ersten Woche nicht besuchst, ist das okay. Ich brauche sowieso … Abstand.«

»Von mir?«

»Von meinem bisherigen Leben und meinen Gewohnheiten, von dieser Wohnung und … ja, da bin ich ehrlich: Du gehörst auch dazu.«

Hendrik nickte. Er hätte beleidigt sein können oder zumindest verärgert. Doch er verstand sie und fühlte sogar eine gewisse Erleichterung, da Hanna dabei war, ihr Leben wieder selbst in die Hand zu nehmen. »Gut. Eine Woche. Aber wir telefonieren, okay?«

»Einverstanden! Mein Eigenleben schließt übrigens die Fahrt nach Bad Homburg ein, ich habe ein Taxi bestellt.«

Hendrik erschrak. Manchmal war Hanna sehr konsequent. Er half ihr, den Koffer zu schließen, und trug ihn hinunter auf die Straße. Pünktlich um 15 Uhr kam das Taxi, sie verabschiedeten sich mit einem langen Kuss.

Fünf Minuten später saß er allein in der Küche und trank einen Espresso. Und einen zweiten. Sein Kopf brummte, seine Glieder schmerzten. Sein Körper hatte die Eskapaden von der Raststätte noch nicht verarbeitet. Vor 30 Jahren hätte ihm das nichts ausgemacht. Sein Smartphone klingelte. Er sah aufs Display. Siggi. Er hielt sich die Ohren zu und ließ es klingeln, bis die Mailbox ansprang. Irgendwann würde er mit ihm sprechen. Aber jetzt war es dafür zu früh. Hendrik wusste selbst, dass er in letzter Zeit schlecht verzeihen konnte. Erneut dachte er an früher. Als junger Mann war es ihm leichtgefallen, die Fehler anderer zu vergeben oder einfach zu ignorieren. Mit zunehmendem Alter gelang ihm das immer weniger. Nicht nur das, er neigte manchmal sogar dazu, Menschen nach einer Verfehlung abzuschreiben, hinter sich zu lassen. So wie Goethe es getan hatte, wenn er einen neuen Lebensabschnitt begann. Der große Meister hatte dies oft als intellektuelle Häutung beschrieben, eine äußerst misslungene Entschuldigung, wie Hendrik fand. Verfiel er nun selbst diesem emotionalen Radikalismus? Er spürte die Anstrengungen der letzten Tage, schleppte sich zur Couch, legte sich nieder und glitt noch im selben Moment in den Schlaf. Erneut träumte er, diesmal jedoch von Tomasz.

*

Frau Fischer
Weimar, Freitag, den 31. Oktober, vormittags

Jeder, der bei ihr tankte, merkte, dass sie ihr Geschäft verstand. Routinierte Handgriffe, die Zapfsäulen im Blick behaltend, dabei stets freundlich und entspannt. Wie immer wurde sie auch an diesem Freitag von einem jungen Mann unterstützt, der bei hohem Kundenaufkommen die zweite Kasse bediente, ansonsten die Regale auffüllte und bei Spezialkunden die Scheiben reinigte. Ihre Helfer waren meistens Studenten der Bauhaus-Universität, die damit ihr BaföG aufbesserten. Heute war Markus bei ihr, ein angehender Bauingenieur, der an der Uni eine kleine private Jobvermittlung aufgebaut hatte und alle ihre Hilfskräfte organisierte. Er war gerade dabei, die Scheiben am Fahrzeug des ehemaligen Weimarer Oberbürgermeisters zu reinigen, der in Tröbsdorf wohnte und regelmäßig hier in der Erfurter Straße tankte. Als Markus in den Verkaufsraum zurückkehrte, hielt er sein Smartphone in der Hand. »Frau Fischer, es tut mir leid, Jannik musste für die Spätschicht leider absagen, er hat sich beim Fußball das Sprunggelenk verletzt, kann kaum laufen. Ich versuche, jemand anderes zu erreichen.«

»Ist gut«, sagte Frau Fischer. »Das wäre wichtig, ausgerechnet am Freitagabend.«

Markus nickte und fing an, in seinen Kontakten nach einem geeigneten Ersatz zu suchen.

Freitags waren gegen Abend viele junge Leute unterwegs. Sie tankten, um ihr Wochenende in Erfurt oder Leipzig einzuläuten. Oder sie kauften alkoholische Getränke zum sogenannten »Vorglühen«. So bekam der Begriff »Tankstelle« eine doppelte Bedeutung. Einige fuhren mit alten, klapprigen Volkswagen und Škodas vor, tankten für 10 Euro und fragten, wie weit sie damit wohl kämen. Frau Fischer antwortete mit großem Wohlwollen, denn die jungen Leute hätten ihre Söhne und Töchter sein können, die Kinder, die sie sich immer gewünscht hatte.

Markus führte zwei Telefonate. Dann schüttelte er den Kopf. »Noch nichts.«

»Versuch es bitte weiter, du weißt, dass ich in dieser Jahreszeit, wo es früher dunkel wird, nicht gern allein hier stehe. Hauptsächlich aus Sicherheitsgründen.«

»Ich weiß, wird schon klappen, keine Sorge!«

In diesem Moment betrat der Ex-Bürgermeister den Verkaufsraum und steckte Markus einen Fünfeuroschein zu. »Danke, junger Mann, Sie haben mir zu mehr Durchblick verholfen!«

Alle drei lachten und Frau Fischer registrierte, dass sie sich wohlfühlte. Sie hatte den richtigen Platz im Leben gefunden.

*

Soko Goetheherz 2

Jena, Freitag, den 31. Oktober, mittags

Hendrik Wilmut war mit dem Zug gefahren, um sich zu schonen, so wie sein Arzt es ihm aufgetragen hatte. Da das Gästezimmer bei Siggi und Ella belegt war, was seinem momentanen Gefühlschaos entgegenkam, hatte er sich in der familiengeführten Pension Erlenhof in Kromsdorf, unweit von Weimar, eingebucht. Mit der Wirtin hatte er sich um 19 Uhr verabredet. Während der Zugfahrt rief er seine Mutter an, um sich bei ihr für Hannas Betreuung in den vergangenen Wochen zu bedanken. Sie freute sich über seinen Anruf. Nun sei Hanna ja in der Rehaklinik und, so betonte Hendrik, wolle dort zumindest in der ersten Woche keinen Besuch empfangen. Hedda Wilmut schien zu verstehen, was er ihr sagen wollte.

Gegen 11.30 Uhr betrat er das Gebäude der Kriminalinspektion Jena in der Carl-Pulfrich-Straße. Es war ein beeindruckender Bau, der, wie er später erfuhr, auf Basis der ehemaligen Gießerei des Zeiss-Kombinats entstanden war. Die breite konvexe Dachform und die großen Glasflächen vermittelten einen angenehmen Eindruck. Hendrik stellte sich auf eine weniger angenehme Begrüßung des Kriminaldirektors ein. Nachdem der Polizeibeamte am Empfang seinen Personalausweis kontrolliert hatte, benachrichtigte er Germer. Nach wenigen Minuten kam der Mann mit der Tellerbrille die Treppe hinunter. Er blieb vor Hendrik stehen, ohne ihm die Hand zu reichen. Sie sahen sich in die Augen, soweit das möglich war, denn Germer war einen Kopf kleiner als Hendrik.

»Also, Wilmut, wir beide werden wohl keine Freunde mehr, doch eine sachliche Zusammenarbeit sollten wir hinkriegen. Ich möchte nur eins klarstellen: Als Goethespezialist sind Sie willkommen, aber die Entscheidungen treffen wir, im Zweifelsfall ich als Leiter der Soko. Können wir uns darauf einigen?«

»Okay, Herr Germer, Sie haben recht, Freunde werden wir nicht mehr werden. Sachliche Zusammenarbeit ist in Ordnung. Entscheidungen durch die Polizei ebenso. Allerdings müssten Sie akzeptieren, dass ich eine andere Denkstruktur und eine andere Arbeitsweise habe als Sie und Ihre Kollegen. Und es wäre nicht das erste Mal, dass verschiedene Ansätze zur Lösung führen.«

»Abgemacht«, sagte Germer mit einem süßsauren Lächeln und reichte ihm die Hand. Hendrik schlug ein.

Als sie den Sondereinsatzraum betraten, rief der Kriminaldirektor: »So, wir können!« Er zeigte auf einen freien Stuhl. »Herr Wilmut, hier bitte!«

Hendrik bemerkte sofort, dass er neben Siggi sitzen sollte. Er nickte ihm kurz zu, dann rückte er drei Plätze weiter neben Richard. Hans Germer stellte die Kollegen vor, die Hendrik noch nicht kannte, anschließend gab er Hauptkommissar Fehling ein Zeichen.

»Wie gestern besprochen, habe ich die Kontaktbeamten des BKA in Tschechien und Italien gebeten, die dortigen Kollegen nach offenen Fällen von Frauenmorden mit Tötungsdatum minus ein Jahr bis heute zu suchen. Und zwar in Marienbad, Franzensbad, Teplitz und Rom.«

Hendrik nickte anerkennend. Das waren die Orte außerhalb der heutigen deutschen Grenzen, in denen sich Goethe häufig aufgehalten hatte. Bei dieser Soko war ein anderer Zug in der Ermittlungsarbeit, als er das bisher kennengelernt hatte.

»Um es kurz zu machen: keine offenen Fälle. In den tschechischen Bädern wurde in diesem Zeitraum keine einzige Frau ermordet. In Rom gab es vier Fälle, zwei sind eindeutig der organisierten Kriminalität zuzuordnen, einer ist das Ergebnis eines Familienstreits und einer war ein Raubmord. Drei der Täter sind gefasst, einer ist identifiziert und wird per Haftbefehl gesucht.«

»Danke, Fehling«, sagte Germer. »Haben wir etwas aus Frankreich?«

»Nicht viel, aber immerhin. Aus einem Schützenverein in der Nähe von Colmar wurde im April dieses Jahres eine Kleinkaliberpistole gestohlen. Die französischen Kollegen haben bislang keinen Hinweis auf den oder die Täter. Bisher ist die Waffe bei keinem Verbrechen verwendet worden oder sonst in Erscheinung getreten. Es ist die einzige Straftat im Elsass, bei dem eine KK-Pistole verschwand, was natürlich noch lange nicht heißt, dass dies etwas mit unserem Fall zu tun hat.«

»Danke. Über die Folgen sprechen wir später, zunächst möchte ich alle Fakten hören. Frau Weißmann, bitte!«

Annett Weißmann erhob sich und betätigte eine Fernbedienung. Auf dem großen Bildschirm am Ende des Besprechungstisches erschien ein Foto: die Grabplatte der Familie Kanne-Sickel. Hendrik wollte am liebsten aufstehen, mehr vor Aufregung als mit der Absicht, sich einzumischen, unterdrückte den Impuls jedoch.

»Herr Wilmut, diesen Stein kennen Sie«, sagte Annett Weißmann. Hendrik nickte.

»Nach dem Soko-Beschluss von gestern haben meine Kollegen in Leipzig großartige Arbeit geleistet. Sie haben die direkte Umgebung des Grabsteins genau untersucht. Das Einschussloch, beziehungsweise das Loch im Grabstein, das aussieht wie eine Einschussöffnung, befindet sich dort seit mindestens fünf Jahren, das ist bekannt und damit irrelevant. Doch daneben …« Sie betätigte die Fernbedienung, eine efeubewachsene beige Wand erschien. »… daneben, in der Wand, in der die Grabplatte eingelassen wurde, fanden wir diese – die echte – Einschussöffnung. Das Material ist sehr weich, meine Kollegen mussten die Mauer weiträumig eröffnen, um dieses Projektil sicherzustellen.« Erneuter Bildwechsel, ein Foto des Projektils erschien. »Die Schussrichtung stimmt mit Herrn Wilmuts Angaben überein, der Schütze stand wahrscheinlich hier in der tiefen Gabelung eines Baumstamms.« Man sah die Aufnahme eines Baums mit einem nahe dem Erdboden geteilten Stamm. »Hülsen haben wir an der vermutlichen Abschussstelle nicht gefunden, aber Schuhabdrücke. Sie wurden sichergestellt und befinden sich in der Auswertung.«

Hendriks Respekt wuchs.

»Wir gehen also davon aus«, fuhr Annett Weißmann fort, »dass tatsächlich auf Herrn Wilmut geschossen wurde, die entsprechenden mikroskopischen Aufnahmen des Projektils sind zu Vergleichszwecken bereits unterwegs zum thüringischen LKA.«

»Danke, Frau Weißmann«, sagte Germer. »Gute Arbeit. Nun zu Herrn Wilmut. Falls sich bestätigt, dass das Projektil vom Friedhof in Leipzig mit derselben Waffe abgefeuert wurde wie die beiden Projektile, die Frau Schmidt und Frau Wagner getötet haben, müssen wir Sie unter Polizeischutz stellen.«

»Wozu das denn?« Hendrik war verwirrt. Und gleichzeitig empört.

»Ich denke, diese Frage ist überflüssig. Und wie besprochen, die Entscheidungen treffe ich. Nun zu Ihrer Beratertätigkeit. Wir haben Sie als Goetheexperten eingeladen, um eine möglichst exakte Voraussage treffen zu können, ob weitere Frauen in Gefahr sind und wenn ja, welche. Sie haben das Wort.«

»Danke.« Hendrik hatte sich vorgenommen, kurz und knapp zu antworten. »Ich habe lange überlegt und gerechnet. Gestern im Wartezimmer meines Hausarztes bin ich auf die Lösung gekommen. Übrigens, ich war dort wegen meines kleinen Unfalls.« Er zeigte auf sein Auge. »Das hat jedoch nichts mit unserem Fall zu tun. Ich hatte lediglich eine Meinungsverschiedenheit mit einem Preisboxer.«

Einige der Polizisten grinsten.

»Es geht um die Zeit, die die historischen Namenspatinnen unserer Opfer gemeinsam mit Goethe verbracht haben. Ich habe es hier notiert.« Er hielt einen Zettel hoch.

Julian Täntzer reichte ihm einen Tabletcomputer und einen Displaystift. »Sie können alles aufschreiben, ich schalte Sie auf den Monitor!«

»Sehr gut, danke!« Hendriks Laune stieg um eine weitere Stufe. Er schrieb »Lotte Schneider« und »Wetzlar« auf das Tablet, alles erschien umgehend auf dem Monitor. »Ausgehend vom Tötungszeitpunkt ist das unsere erste Tote.«

Einige blätterten in ihren Unterlagen, keine Einwände. Sandra Prager hätte sicher Einspruch dagegen erhoben, dass Frau Schneider überhaupt mitgezählt wurde, aber sie war nicht anwesend.

»Mit Charlotte Buff in Wetzlar war Goethe nur drei Monate liiert.« Er schrieb »3 M« dahinter. »Als Zweites wurde Elisabeth Müller in Offenbach getötet, Goethes Verlobung mit Elisabeth Schönemann am selbigen Ort hielt acht Monate.« Er schrieb auch das auf. »Als Nächstes Friederike Meyer, korrespondierend mit Friederike Brion, Nähe Straßburg: neun Monate.« Seine Hand zitterte, als er »9 M« niederschrieb. »Wilhelmine Herzlieb in Jena ein Jahr, Marianne von Willemer in Frankfurt 14 Monate und Käthchen Schönkopf in Leipzig zwei Jahre. Das entspricht also genau der Reihenfolge der Taten unseres Serienmörders.«

Zunächst herrschte Stille im Raum. Schließlich klopfte Täntzer anerkennend auf den Tisch und alle anderen folgten.

»Das macht Sinn«, sagte Richard Volk. »Aber wir haben eine Präventivaufgabe: Welche Frauen könnten folgen?«

»In Deutschland sind noch zwei Frauen übrig: Charlotte und Christiane, beide in Weimar. Falls Sie Marienbad und Rom ausschließen – ich meine, das gehört zu haben –, dann bleibt nur meine Geburtsstadt Weimar!«

Germer blickte ihn erstaunt an. »Sie sind gebürtig aus Weimar?«

»Ja.«

»Ich dachte immer, Sie seien ein reinrassiger Wessi?«

»Nein, ich bin eher so eine Art Wossi. Ich weiß allerdings nicht, was das mit meinen Ausführungen zu tun hat.«

»Nichts natürlich«, antwortete Germer. »Wir Ostdeutschen neigen leider dazu, alles in Ossi- und Wessi-Verhalten aufzuspalten, auch wenn das diskutierte Thema überhaupt nichts damit zu tun hat.«

»Ja, eine gewisse dahingehende Neigung gibt es vielleicht. Ich würde das allerdings nicht verallgemeinern.«

»Also gut, haben Sie sonst noch etwas, Wilmut?«

»Ja. Ich komme gerade aus München und habe dort mit Nadine Moser telefoniert und mit ihrem Vater Albert Moser persönlich gesprochen.« Hendrik sah aus dem Augenwinkel, dass Siggi seinen Kugelschreiber demontiert hatte und nicht wieder zusammenbekam. »Sind Ihnen diese beiden Personen ein Begriff?«

»Ja«, antwortete Germer, »stehen in den Akten. Frau Moser hat auf Sie geschossen. Und mit *der* haben Sie gesprochen?«

»Ja, ich wollte sie sogar besuchen, hat aber nicht geklappt, der Sprechschein wurde abgelehnt, die Hauptverhandlung steht ja noch aus. Ich durfte zumindest mit ihr telefonieren. Und sie hat seltsame Dinge gesagt. Ich habe ein Gedankenprotokoll erstellt und eben gerade an Herrn Täntzer geschickt.« Hendrik wandte sich dem Genannten zu.

Der nickte, rief seine E-Mails auf und legte Hendriks Protokoll auf den großen Bildschirm.

»›Nadine kann nicht mehr mit Nadine sprechen.‹ Die Bedeutung dieses Satzes ist unklar. Vielleicht ist Nadine Moser inzwischen ein wenig verwirrt. Was sie über Rache und Schuld sagt, sehen Sie im zweiten Abschnitt. Rache ist ein mögliches Motiv. Dann kommt die Passage zu unserer sogenannten Gemeinsamkeit während meines Italienaufenthalts im September, dadurch kam ich auf die Idee mit der Reihenfolge der Opfer.«

»Nun, das klingt zwar interessant«, sagte Germer, »aber wieso glauben Sie, dass es einen Zusammenhang zwischen

Nadine Moser und unseren Herzdamen geben könnte? Sie gehört doch zu einem anderen Fall, oder?«

»Das erläutere ich noch. Jedenfalls habe ich auch mit ihrem Vater gesprochen, Albert Moser. Er berichtete, dass er in der letzten Woche Besuch von zwei Personen hatte. Zum einen von Daniel Brunner, dem Vorsitzenden der Schießsportabteilung des TSV Pullach, der nach dem Waffenschrank von Nadine Moser fragte. Zum anderen von einer Freundin seiner Tochter, die sich zwar nicht nach den Waffen erkundigt hat, aber möglicherweise einen französischen Akzent hat.«

»Was meinen Sie mit ›möglicherweise‹?«, fragte Kriminaloberkommissarin Weißmann.

»Albert Moser kennt zwar Deutsch und Italienisch, mit Französisch hingegen ist er nicht vertraut. Als ich für ihn ein französisches Gedicht rezitiert habe, hatte ich zumindest den Eindruck, er habe den Tonfall wiedererkannt.«

»Und was schließen Sie daraus?«, fragte der Kriminaldirektor.

»Zunächst einmal nichts. Das überlasse ich Ihnen.« Hendrik war stolz auf sich. Er konnte sich auch zurücknehmen. »Ich wollte es einfach nur erwähnen, weil wir ja eine Tote in Frankreich haben.«

Germer nickte und vollführte eine joviale Handbewegung.

Richard Volk meldete sich. »Dazu kann ich etwas beitragen. Hendrik hat mir von den beiden Besuchern bei Albert Moser schon gestern berichtet, und ich habe den Kollegen KOK Wanner in München gebeten, Daniel Brunner zu befragen. Ich kenne Wanner von dem Nadine-Moser-Fall. Vor einer halben Stunde habe ich das Protokoll der Befragung erhalten. Brunner hat ausgesagt, er habe die

Waffen von Nadine Moser gesucht, das Biathlongewehr und eine KK-Pistole, beide liegen in unserer Asservatenkammer in Frankfurt, so lange, bis die Hauptverhandlung abgeschlossen ist. Er sagt, die Waffen gehören dem Verein, nicht Nadine Moser, und stellen ja einen gewissen Wert dar. Außerdem wolle er verhindern, dass sie in falsche Hände gelangen. Brunners Aussage erscheint mir so weit plausibel. Weiterhin hat der Kollege Wanner ihn zu Nadine Moser befragt, die ja lange Zeit Mitglied im TSV Pullach war. Sie sei eine sehr erfolgreiche Schützin gewesen. Auf die Frage nach Kontakten innerhalb des Vereins berichtete Brunner, dass sie in jungen Jahren, ungefähr mit 16, einen Freund gehabt habe, einen aus der Schießsportabteilung, das sei dann aber schnell auseinandergegangen. Danach sei dieser Junge sauer gewesen und habe das Gerücht verbreitet, sie sei mehr an Frauen interessiert als an Männern.«

»Na, das ist ja Unsinn!«, warf Hendrik ein. Er vermied es, Siggi oder Richard anzusehen. Beide wussten, dass Nadine ihm in Italien den Kopf verdreht hatte.

Richard fuhr fort: »Brunner wusste nicht, ob sich dieses Gerücht jemals bestätigt hat oder ob es lediglich eine Trotzreaktion des Jungen gewesen war.«

»Lohnt es sich eventuell, diesen ehemaligen Freund von Frau Moser direkt zu befragen?«, wollte Pascal Simon wissen.

Richard schüttelte den Kopf. »Das geht nicht, er starb vor acht Jahren bei einem Verkehrsunfall.«

Hendrik musste das alles erst einmal aufnehmen und verdauen.

Julian Täntzer meldete sich. »Ich verstehe ehrlich gesagt nicht, warum diese Nadine Moser für unseren aktuellen Fall so wichtig ist, die sitzt doch hinter Gittern, was soll sie da machen? Sie kann sich ja nicht klonen!« Er lachte.

Siggi sprang auf. »Das ist es Täntzer, sehr gut! Die ganze Zeit habe ich Hendrik für verrückt erklärt, weil er meinte, Nadine könnte sich aus dem Gefängnis geschmuggelt haben, aber das brauchte sie gar nicht.« Er trat aufgeregt von einem Fuß auf den anderen. »Sie hat eine Komplizin, möglicherweise diese Freundin, die mit dem französischen Akzent!«

Hendrik überlegte. Gar nicht schlecht, diese Idee.

»Kann sein«, sagte Germer. »Da ist allerdings eine reine Vermutung. Wir können nichts beweisen. Wir haben ja noch nicht einmal den Namen dieser Freundin!«

Dann ging es plötzlich Schlag auf Schlag.

Hendriks Smartphone klingelte. Er sah auf das Display. »Das ist Nadine Mosers Anwalt«, sagte er. »Da gehe ich mal ran, könnte interessant sein für uns alle!«

Täntzer gab ihm ein Zeichen, dass er das Gespräch auf die Multimediaanlage legen könne, Hendrik nickte und nahm ab.

»Wilmut!«, klang es durch den Raum.

»Hier ist Dr. Herbert Knies. Herr Wilmut, Sie werden sich vielleicht wundern, dass ich Sie anrufe, aber ich wollte Ihnen sagen, wer die Frau ist, die meine Mandantin besuchen durfte. Das hat mich interessiert, weil der verantwortliche Richter bei ihr nicht gemeckert hat, und ich habe mich schon lange gefragt, warum.«

»Aha, ja, das ist gut, Herr Knies, und wer ist sie, diese geheimnisvolle Frau?«

»Ihre Frau!«

»Was, meine Frau?«

»Nein, Nadine Mosers Frau. Die beiden sind verheiratet. Deswegen durfte sie rein. Und ich habe sogar ihren Namen. Sie ist Französin und heißt ebenfalls Nadine. Nadine Dubois.«

Stille.

»Herr Wilmut?«

»Äh, ja, Herr Knies, meinen Sie, der Name Nadine Dubois ist ihr echter Name?«

»Ich denke schon. Vor dem ersten Besuch in der Haftanstalt muss sie sich ausweisen, ihre Personaldokumente werden überprüft, Abgleich mit dem Standesamt wegen der Eheschließung, das ist ein Routineablauf.«

»Gut, Herr Knies, vielen Dank für Ihren Anruf, das hilft uns weiter, auf Wiederhören!«

Plötzlich wurde Hendrik einiges klar. Nadine Moser hatte ihn in Italien benutzt, um den Ermittlungsstand gegen ihren Vater herauszubekommen. Nur deswegen hatte sie ihm schöne Augen gemacht. Natürlich kratzte das an seinem männlichen Selbstverständnis, das musste er zugeben. Allerdings *nur* vor sich selbst.

»Herr Wilmut?« Germer sah ihn an.

»Ja, ich denke, damit ist klar, was der Satz mit Nadine und Nadine bedeutet. Keine Verwirrung. Sie ist sauer auf mich, weil sie ihre Freundin … also ihre Frau nicht mehr oder nur noch begrenzt sehen kann.«

»Gut, das wäre ein Motiv, *Sie* umzubringen, aber doch nicht all die Frauen.«

Hendrik hob die Schultern.

»Motiv hin oder her«, sagte Germer, »wir müssen die Frau schnellstens finden. Fehling, bis wann können Sie Infos zu Nadine Dubois aus Frankreich bekommen?«

»Ich versuch's, wird aber einige Stunden dauern, vielleicht auch erst morgen früh.«

»Könnte Simon …?«

Fehling nickte.

»Simon, Ihre Frankreichkontakte sind gefragt!«

»Sofort?«

»Ja natürlich«, rief Germer leicht verärgert. »Auf was wollen Sie denn warten?«

Simon sprang zu seinem Schreibtisch und griff zum Telefonhörer.

»Ich müsste auch dringend mal telefonieren«, sagte Hendrik.

Richard zeigte ihm den Arbeitsplatz, an dem er sich zuvor eingerichtet hatte. »Geh dahin!«

»Viertelstunde Pause!«, befahl Germer. »Wer besorgt Brötchen?«

Täntzer hob die Hand.

Hendrik setzte sich so, dass ihn nicht jeder hören konnte, und wählte Albert Mosers Nummer.

»Bertl, hier ist Hendrik!«

»Ach, Hendrik, wie geht es dir?«

»Ganz gut, pass auf, warum hast du mir nicht erzählt, dass Nadine keine Männer liebt, sondern Frauen?«

»Ach ja, das ist so eine Sache …«

»Nein, Bertl, das ist nicht ›so eine Sache‹. Das ist ja nichts Schlimmes, nur … wir kennen uns so gut, da hätte ich schon erwartet, dass du mir so etwas sagst!«

»Hendrik, ich mag dich, aber das geht dich nichts an. Außerdem sagt man das als Vater nicht einfach so frei heraus. Wenn ich ehrlich bin, hätte ich lieber einen Schwiegersohn gehabt statt einer Schwiegertochter.«

»Ja, entschuldige, du hast ja recht. Seit wann weißt du es denn?«

»Schon lange, seit ihrer Pubertät. So mit 14 bis 15. Ich habe es sofort akzeptiert. Schließlich geht es ja darum, dass meine Tochter glücklich ist, oder? Ihre Mutter war da anders, sie war stocksauer, wollte es nicht verstehen. Das war der Hauptgrund, dass sie sich ständig gestritten haben, und auch der Grund für …«

»… den Schubser vom Balkon?«

»Du weißt davon?«

»Ja. Nadine hat mir selbst erzählt, dass ihre Mutter vom Balkon gestürzt ist. In ihrem Beisein. Tut mir leid, das alles, Bertl. Danke für deine Aufrichtigkeit. Und noch etwas: Wie gut kennst du den Daniel Brunner?«

»Ganz gut. Schau, er wohnt hier seit seiner Kindheit, ist schon lang im Sportverein, bei den Fußballern und den Schützen, und er hat mir einen geschäftlichen Internetauftritt gemacht.«

»Okay, danke, Bertl!«

»Wozu willst du das alles eigentlich wissen?«

Hendrik überlegte. Nein, Informationen aus der Soko durfte er nicht weitergeben. »Tut mir leid, das darf ich dir nicht sagen, später vielleicht mal. Mach's gut!«

»Jo mei, was für eine Geheimniskrämerei. Also gut, servus!«

So langsam begann Hendrik die gesamte Tragik von Nadine Mosers Leben zu begreifen. Von der eigenen Mutter beschimpft und ausgelacht, ebenso vom ersten Freund, die Mutter musste dafür sterben, der Freund womöglich auch. Vom Vater verstanden und unterstützt. Endlich eine Frau gefunden, die sie liebte, in Frankreich, weit weg von der bayerischen Idylle. Sie geheiratet. Dann versucht, Vaters Geschäftsidee zu retten, dabei weitere Straftaten begangen, von Hendrik und Richard hinter Gitter gebracht, wodurch sie mit ihrer Frau nicht mehr zusammenleben konnte – Rache! Ja, Rache könnte ihr Motiv sein. Aber was hatte Nadine Mosers Hass auf Hendrik mit den ermordeten Frauen zu tun? Es gab noch einiges zu klären.

»Wir machen weiter!«, rief Germer.

Auf dem Tisch stand eine große Platte mit belegten Brötchen, dazu drei Kannen Kaffee, Milch und Zucker. Hendrik hatte Hunger, er griff zu. Der Polizeikaffee war passabel, die Milch war leider nur H-Milch, aber er würde es überleben.

»Simon?« Germers Befehle wurden immer kürzer.

Der Angesprochene hatte einen Zettel vor sich liegen. »Ich habe noch einmal mit Jean-Pierre Clément telefoniert, Capitaine de Police. Die gesuchte Nadine Dubois ist im Elsass bekannt. Sie war Mitglied in einem Straßburger Schützenverein, wir können also davon ausgehen, dass sie schießen kann. Sie wurde mehrmals aktenkundig, zweimal wegen illegalen Waffenbesitzes, einmal hat sie als Jugendliche mit einem Gewehr rumgeballert und jemanden leicht verletzt. Danach wurde sie aus dem Schützenverein ausgeschlossen. Ob sie die Pistole in Colmar gestohlen hat, konnte nicht nachgewiesen werden, Clément sagt, sie gehörte zu den Verdächtigen. Warum das nicht in den offiziellen Akten steht, weiß er nicht. Auf jeden Fall ist die Waffe registriert, und wir könnten die Projektile von den Morden in Frankfurt und Leipzig zu Vergleichszwecken nach Straßburg schicken. Bei einer Übereinstimmung hätten wir die Tatwaffe identifiziert. Damit würde auch die Wahrscheinlichkeit steigen, dass Dubois die Pistole gestohlen hat.«

Simon sah Fehling an, der hob die Schultern.

»Gut, veranlassen Sie das«, sagte Germer.

»Okay, geht klar«, antwortete Pascal Simon. »Weiter, was die Fahndung betrifft: Es gibt zwar ein Bild von ihr in den Akten, aber das ist mehr als zehn Jahre alt. Und Clément hat darauf hingewiesen, dass sie gern ihr Äußeres verändert, die Haare, die Kleidung, alles. Außerdem benutzt sie zwei Alias-Namen: Catherine de Caniche und Denise de La Rochet. Ich vermute, dass sie sich Adelsnamen ausgesucht hat, weil sie mit ihrem ›Dubois‹ nicht zufrieden ist. Das ist einer der häufigsten Nachnamen in Frankreich, ähnlich wie in Deutschland Müller, Meyer, Schmidt und so weiter. Passt außerdem in gewisser Weise zu den Opfernamen, die, wie Herr Dorst in Gießen schon festgestellt hat, alle aus den Top Ten der deutschen Nachnamen stammen.«

»Danke, Simon«, sagte Germer. »Damit haben wir einen Namen und einen rudimentären Lebenslauf, was uns fehlt, ist ein Fahndungsfoto.«

»Da kann ich helfen!«, sagte Hendrik, während er auf seinem Smartphone herumtippte. »Ich habe ein Foto von ihr!«

»Wie bitte?« Alle starrten ihn an.

Hendrik hatte das Bild gefunden und leitete es an Julian Täntzer weiter. »Richard, weißt du noch, wie wir im Le Patron in Frankfurt essen waren?«

Richard beugte sich vor. »Du meinst die Bedienung?«

»Genau, soweit ich mich erinnere, stand auf ihrem Namensschild Denise de La … irgendwas.«

»Sicher?«

»Nein, aber wir werden es gleich sehen, ich habe das Bild an Täntzer geschickt.«

»Woher hat sie gewusst, dass wir dort aufkreuzen würden?«, fragte Richard.

»Ich vermute, sie hat mir den Gutschein für das Essen in den Briefkasten geworfen. Dann, im Restaurant, da hat sie uns in ein kurzes Gespräch verwickelt, erinnerst du dich?«

»Ja, sie hat sogar nach deinem Namen gefragt, vielleicht um sicherzugehen, dass du es wirklich bist.«

»Richtig«, sagte Hendrik. »Und damit ist eins klar … besser gesagt, ich gehe davon aus …«

Richard nickte wohlwollend.

»… dass sie es auf mich abgesehen hat. Sie will sich an mir rächen, in Nadine Mosers Auftrag sozusagen.«

Täntzer war noch damit beschäftigt, das Bild von Nadine Dubois alias Denise de La Rochet auf die Bildwand zu bringen.

»Das kann ja sein«, sagte Germer. »Ich möchte trotzdem an meine Frage von vorhin erinnern: Wie soll die Tötung all dieser Frauen eine Rache an Ihnen sein? Das passt doch nicht zusammen!«

»Ja, stimmt«, sagte Annett Weißmann.

Hendrik hob die Schultern. »Ich weiß selbst nicht, worauf das Ganze hinausläuft. Doch ich werde es herausfinden!«

»*Wir* werden es herausfinden, Herr Wilmut!«, sagte Germer streng.

»Ja, natürlich!«, murmelte Hendrik. Ihm war klar, dass die Antwort auf die Motivfrage bei ihm lag. Bei ihm allein.

»Vielleicht hat sie es ja gar nicht direkt auf Hendrik abgesehen«, sagte Siggi. »Denn wenn sie im Schützenverein war, hätte sie Hendrik aus der Entfernung, die Frau Weißmann …«

»Annett bitte!«

»Danke. Also, aus der Entfernung, die auf Annetts Bildern erkennbar war, hätte die Schützin Hendrik treffen müssen. Aber offensichtlich wollte sie nicht.«

»Was schließen Sie daraus, Herr Dorst?«, fragte Germer.

»Zunächst einmal nur, dass sie Hendrik nicht erschießen, sondern irgendwie anders bestrafen will.«

»Hm«, machte Germer. »Herr Wilmut?«

Im selben Moment erschien das von Hendrik übertragene Foto auf dem großen Bildschirm. Man sah Richard

Volk, der sich genüsslich über seine Dorade beugte, im Hintergrund die Bedienung, die über den Fotografen hinwegsah, vermutlich zu einem anderen Gast, der hinter Hendrik saß. Denise de La Rochet alias Catherine de Caniche alias Nadine Dubois war deutlich zu erkennen. Jetzt, in der Großprojektion, verstand Hendrik, was Albert Moser gemeint hatte. Nicht die Augen waren eckig, sondern der Kopf. Wenn man die teils durch die Haare verdeckte Kopflinie optisch weiterführte, dann entstand eine Schädelform mit einer ungewöhnlich rechteckigen Anmutung. Zugleich wurde die Wirkung des intensiven Blicks durch die kräftigen, über der Nasenwurzel sich berührenden Augenbrauen verstärkt. Das Gesicht erinnerte Hendrik an eine bekannte Malerin, deren Name ihm jedoch nicht einfallen wollte. Und die rechte Augenbraue war unterbrochen durch eine Unregelmäßigkeit, eine Warze oder eine kleine Narbe, das war nicht eindeutig zu erkennen.

»Können Sie bitte mal das Namensschild vergrößern?«, fragte Hendrik.

Täntzer drehte am Mausrad und verschob den Ausschnitt auf das Namensschild. »Denise de La Rochet«.

»Das geht sofort in die Fahndung!«, rief Germer und winkte hektisch einen der Uniformierten herbei, der sich von Täntzer die notwendigen Informationen holte.

»Auch international?«, fragte Fehling.

»Selbstverständlich!«, antwortete Germer mit einem zunehmend ungeduldigen Unterton.

In solchen Situationen reflektierte Hendrik oft zentrale, auf die realen Umstände bezogene Sätze aus Goethes Werken. Germers Zwischentöne und seine wirre Gestik erinnerten ihn mehr und mehr an die Figur des Faust im gleichnamigen Bühnendrama und seine literarisch viel beleuchtete

»faustsche Ungeduld«, die »nichts reif werden ließ« und Faust letztendlich ins Verderben führte. Hans Germer als moderner Heinrich Faust?

»Aber Herr Kriminaldirektor …«, begann Pascal Simon.

»Meine Güte«, unterbrach ihn Germer. »Nun lassen Sie endlich den ›Kriminaldirektor‹ weg, ich kenne meinen Dienstgrad selber.«

Hendrik beobachtete Simon, der sich nicht beeindrucken ließ.

»Okay, Herr Germer. Wir haben auf der Polizeischule gelernt, dass 82 Prozent aller Serienmörder männlich sind.«

»Hm, gut, da ist was dran. Was haben Sie noch gelernt?«

»Dass ungefähr 78 Prozent zwischen 16 und 36 Jahre alt sind.«

»Fehling, wie alt ist Nadine Dubois?«, rief Germer.

Keine Antwort.

»Fehling?«

Der BKA-Mann saß gerade am Computer, um die internationale Fahndung einzuleiten, suchte nebenbei in der Akte und rief dann »39« zum Besprechungstisch herüber.

»Gut«, sagte Germer. »Bei einer Wahrscheinlichkeit von 78 Prozent passt das noch. Weiter?«

»Ebenfalls 78 Prozent der Täter haben ein Elternhaus mit psychosozialen Auffälligkeiten. Okay, darüber wissen wir nichts. 82 Prozent haben ein auffallendes Sexualverhalten oder psychische Störungen. Homosexualität wird heute selbstverständlich nicht mehr als ungewöhnlich gesehen, über psychische Probleme wissen wir nichts. In 89 Prozent bestand keine Beziehung zum Opfer, passt hier. Mehr fällt mir jetzt nicht ein … ach doch, 80 Prozent wohnen in der Großstadt, das wäre in unserem Fall Straßburg, und 81 Prozent leben in der Nähe des Tatorts.«

Siggi hob die Hand. »An dieser Stelle möchte ich gern einhaken. Ihre Prozentzahlen sind korrekt, Simon, jedoch gilt bei der operativen Fallanalyse immer das Primat der Einzelfallanalyse, das heißt, jeder Fall muss separat betrachtet werden. Viele Statistiken unterliegen der sogenannten Pareto-Regel: 80 zu 20. Diese 80 Prozent haben natürlich ein Gewicht, dennoch bleibt ein Restwert von 20 Prozent. Und der ist nicht zu vernachlässigen. Zudem gilt das Primat der Chronologie. Die bisherigen Abläufe lassen den Schluss zu, dass er oder sie weitermachen wird. Und immer brutaler agiert.«

»Gut, Herr Dorst, danke. Ich fasse zusammen: Sehr wahrscheinlich ist Nadine Dubois die Täterin, wir müssen jedoch in Betracht ziehen, dass sie nur eine Hilfsperson ist und ein Mann die Attentate durchgeführt hat. Das Motiv ist unklar, hat aber in gewisser Weise mit Herrn Wilmut zu tun. In jedem Fall brauchen wir Nadine Dubois so schnell wie möglich hier in diesem Raum. So weit klar. Zur weiteren Vorgehensweise: Wir haben immer noch nicht geklärt, welche Frauen der Täter oder die Täterin – wie soll ich es ausdrücken …? – als weitere Opfer vorgesehen haben könnten. Herr Wilmut?«

»Ja, da sind wir wegen meiner Geburtsstadt und der Ossi-Wessi-Spalterei nicht weitergekommen.«

Germer grinste. »Ach ja. Apropos, würden Sie mir denn auch zustimmen, dass viele Wessis die persönliche Lebensleistung der Ossis nicht kennen oder nicht anerkennen?«

Hendrik staunte. Noch einmal hatte Germer vom wichtigsten Thema abgelenkt. Zugunsten eines West-Ost-Diskurses, der hier nichts verloren hatte. Es schien ihm jedoch wichtig zu sein. »Ja, dem stimme ich zu. Das ist meines Erachtens sogar das zentrale Problem der Ost-West-Beziehung.«

Germer nickte anerkennend.

»Wobei das natürlich von dem tatsächlichen individuellen Lebenslauf abhängt«, ergänzte Hendrik.

»Wie meinen Sie das?«

»Ein Serienmörder bleibt ein Serienmörder, egal ob er einen westdeutschen oder einen ostdeutschen Lebenslauf hat.«

»Das ist richtig. Und ich nehme an, dass Sie den Serienmörder in diesem Fall symbolisch verstehen, es könnte sich auch um andere … Menschen handeln, oder?«

»Völlig korrekt«, sagte Hendrik.

Sollten sie doch noch Freunde werden?

»Zurück zu den Namen!«, befahl Germer.

Hendrik blätterte in seinen Unterlagen. »Charlotte und Christiane in Weimar. Das ist so weit klar. Die Frage ist, ob wir Tschechien und Italien einbeziehen oder nicht.«

Germer machte eine ausholende Handbewegung über den Besprechungstisch: »Ihre Meinung, meine Damen und Herren?«

Nach einer zehnminütigen Diskussion wurde beschlossen, die beiden ausländischen Orte vorläufig auszuklammern, da es als sehr wahrscheinlich galt, dass Nadine Dubois – immer vorausgesetzt, sie war tatsächlich die Mörderin – sich dort bewegte, wo sie sich auskannte und wohlfühlte, wo sie die Landessprache und die kulturellen Gepflogenheiten beherrschte. Das beschränkte ihr »Tätigkeitsfeld« auf Deutschland und Frankreich.

»In Ordnung«, sagte Germer. »Das ist keine hundertprozentige Schlussfolgerung, darüber sollten wir uns klar sein. Immerhin ist es eine pragmatische Vorgehensweise, die wir verfolgen werden, solange die Vergleichsergebnisse mit der Waffe aus Colmar noch nicht zur Verfügung stehen. Eine weitere solche Entscheidung – die letzte heute – steht bislang aus. Nach welchen Frauen suchen wir in Weimar? Täntzer, rufen Sie die zehn häufigsten deutschen Nachnamen auf!«

Julian Täntzer tippte flink etwas in seine Tastatur. Dann erschien eine Liste auf dem großen Monitor:

1. Müller
2. Schmidt
3. Schneider
4. Fischer
5. Weber
6. Meyer
7. Wagner
8. Becker
9. Schulz
10. Hoffmann

»Sechs Namen von der Liste müssen wir leider schon streichen, sie wurden vom Mörder – oder der Mörderin – bereits … eliminiert«, sagte Täntzer, während er die Namen durchstrich. Das Bild änderte sich entsprechend:

~~1. Müller~~
~~2. Schmidt~~
~~3. Schneider~~
4. Fischer
5. Weber
~~6. Meyer~~
~~7. Wagner~~
~~8. Becker~~
9. Schulz
10. Hoffmann

»Bleiben Fischer, Weber, Schulz und Hoffmann.«

Germer nickte. »Bitte auch hier daran denken, dass noch weitere Möglichkeiten existieren. Schäfer, Bauer, Koch und so weiter. Trotzdem suchen wir zunächst nach Frauen in Weimar, die mit Vornamen Charlotte oder Christiane heißen und mit Nachnamen Fischer, Weber, Schulz oder Hoffmann. Zwei mal vier ergibt acht Kombinationen. Bis morgen früh möchte ich eine Liste der infrage kommenden Frauen haben. Mit Adresse, Familienstand, Beruf, Telefonnummer, Aufenthaltsort und überhaupt – alles! Darum kümmern sich Täntzer und Simon. Frau Weißmann, Sie machen den Kollegen vom LKA in Erfurt Dampf, wir brauchen den Abgleich mit der französischen Waffe bis morgen früh. Erklären Sie denen, dass Sie von mir befugt sind, die Untersuchung sonst nach Dresden zu vergeben.

Annett Weißmann fuhr sich durch ihre kastanienbraunen Haare. »Na großartig! Ich soll Kollegen aus dem LKA eines anderen Bundeslandes unter Druck setzen?«

»Eben deswegen. Sie haben keinen Stallgeruch!«

Weißmann roch demonstrativ an ihrem Ärmel. »Habe ich sowieso nicht!«

Da musste sogar Germer kurz lachen. »Herr Volk, Sie und Herr Wilmut überlegen, was Nadine Mosers Motiv sein könnte, die Herzdamen umzubringen, oder besser gesagt, umbringen zu lassen. Das ist wichtig, und Sie beide kennen Frau Moser am besten.«

Richard Volk nickte.

»Herr Dorst, Sie haben ja begonnen, eine Fallanalyse nach dem BKA-Modell zu erstellen. Bitte fahren Sie damit fort, präzisieren Sie Ihre Ergebnisse. Ich selbst werde das strategische Ganze im Auge behalten und prüfen, ob wir nichts vergessen haben. Nächstes Treffen morgen um 11 Uhr hier. Morgen ist Samstag, hat jemand ein Problem damit?«

Alle schüttelten den Kopf. Simon meldete sich. Germer sah auf. »Sie etwa?«

»Nein, mit dem Samstag habe ich kein Problem. Nur … mir ist noch etwas eingefallen. Frauen morden sehr selten aus reiner Mordlust, auch nicht aus sexuellen Motiven. Frauen morden, um ein existierendes Problem zu beseitigen. Und in über 80 Prozent aller dokumentierten Fälle hatte dieses Problem mit Eifersucht zu tun.«

»Hm«, machte Germer. »Herr Wilmut?«

Hendrik wusste nicht, was der Kriminaldirektor beabsichtigte. Eine Finte? Ein Angriff? »Was meinen Sie?«

»Na, das ist doch wohl klar. Sie sind ein seriöser älterer Herr …«

»Ich bin was?« Hendrik riss die Augen auf.

»Ein seriöser älterer Herr, so wie ich auch. Es gibt nicht wenige Frauen, die auf diesen Typ Mann stehen!«

Hendrik Wilmut schluckte. »Nein«, sagte er. »Da war nichts!«

»Na ja«, brummte Siggi.

Hendrik musste sich beherrschen, nicht die Fassung zu verlieren. »Ist ja klar, dass du mich wieder in die Pfanne haust!«

Kriminaldirektor Hans Germer hob beide Handflächen in Richtung der Streithähne. »Es ist schon spät, wir klären das besser morgen. Also, an die Arbeit!«

Hendrik verließ hastig den Meetingraum, um Siggi auszuweichen. So langsam ging ihm sein Freund gehörig auf die Nerven. Siggi hatte ihn öffentlich angegriffen, seine Worte in Zweifel gezogen. Unter »Freundschaft« verstand Hendrik etwas anderes.

Ein Taxi brachte ihn zur Pension Erlenhof in Kromsdorf. Auf dem Weg dorthin telefonierte er mit Hanna. Sie hatte ihren ersten Tag in der Kurklinik gut hinter sich gebracht.

Eingangsuntersuchung, Arztgespräch, Platz im Speisesaal, Mitpatienten – das Übliche. Hanna war zufrieden und freute sich auf die Anwendungen am folgenden Tag. Hendrik hoffte, beim Erlenwirt eine Thüringer Rostbratwurst zu ergattern, vielleicht noch eine Flasche Ehringsdorfer Urbräu, dann wäre der Tag für ihn gerettet. Am nächsten Tag war er mit Richard um 9 Uhr zum Frühstück in der Pension verabredet. Gut ausgeschlafen wollten sie über Germers Auftrag sprechen: Was könnte Nadine Mosers Motiv sein?

Selbst Wochen später fragte sich Hendrik immer wieder, warum er nicht bereits an diesem Freitag erkannt hatte, dass seine Mitarbeit bei der Soko Goetheherz weit über eine Beratertätigkeit hinausging, dass er selbst zur zentralen Figur geworden war – und mehr noch –, dass er die Lösung des Falls bereits in sich trug.

*

Frau Fischer und Tobi

Weimar, Freitag, den 31. Oktober, abends

Eine Stunde nach Beginn der Spätschicht war Tobias in die Tankstelle gestürmt. »Sorry, Frau Fischer, früher ging es nicht, ich hatte noch ein Seminar!«

»Kein Problem, Hauptsache, du bist da!« Sie kannte Tobias, er war ein zuverlässiger Mensch und hatte ihr schon mehrmals kurzfristig ausgeholfen. Ihre Unruhe legte sich.

Der Nachmittag verlief unspektakulär, am frühen Abend übernahm Tobias die zweite Kasse bis gegen 20 Uhr, schließlich ebbte der Ansturm der jugendlichen Wochenendfahrer ab. Draußen war es ungemütlich und dunkel, nur die

Zapfsäulen wurden von den Scheinwerfern hell erleuchtet, es regnete, der Herbstwind heulte. Im Fernseher hinter ihr lief das Heute-Journal.

»Tobi, füllst du bitte die Cola im rechten Kühlschrank auf?«

»Geht klar, Frau Fischer!« Damit verschwand er in den angrenzenden Vorratsräumen.

Ein älterer Mann betrat den Verkaufsraum, gut gekleidet, er fuhr einen silbernen Mercedes A-Klasse, das hatte sie durch die Scheibe beobachtet.

»Guten Abend, der Herr, welche Säule hatten Sie denn?«, fragte sie routinemäßig, obwohl sie wusste, dass es Säule drei war.

»Äh, ja, die da vorne links«, sagte der Kunde.

»Silberne A-Klasse, Diesel?«

»Ja, genau!«

»Gut, also die drei, das wären 63,50 Euro.«

Er reichte ihr die EC-Karte, sie steckte sie in den Kartenleser. »Ihre Geheimzahl, bitte!«

Er tippte etwas ein, das Terminal zeigte »Bitte warten«, dann »Falsche Geheimzahl«.

»Kein Problem«, sagte Frau Fischer, »versuchen Sie es noch einmal!«

Zum Glück stand niemand hinter dem Herrn, der Betrieb hatte inzwischen deutlich nachgelassen. Sie warf einen Blick auf die Uhr. 21.52 Uhr. In wenigen Minuten hatte sie Feierabend. Sie würde es sich mit einer Riesentüte Kartoffelchips und einer Flasche Cola auf der Couch gemütlich machen. Wo blieb denn nur Tobi?

Es piepste erneut. Wieder die falsche Geheimzahl. Der alte Herr hob die Schultern. »Tut mir leid, irgendwie habe ich die Zahlen vergessen.«

»Denken Sie doch mal an einen blauen Bären!«, sagte Frau Fischer.

Der Mann sah sie überrascht an. »Wieso das denn? Wir wissen doch beide, dass es keine blauen Bären gibt!«

»Ja, sicher, das dient nur dazu, die falschen Gedanken loszulassen und das Gehirn für die richtigen freizugeben.«

Der ältere Herr lächelte. »Sehr gut! Jetzt weiß ich auch, was ich falsch gemacht habe. Seit letzter Woche habe ich eine neue EC-Karte, daran habe ich nicht gedacht.«

Er zog einen kleinen Zettel aus seinem Portemonnaie, starrte darauf und tippte die Ziffern ein. »Zahlung erfolgt.«

»Jetzt hat es geklappt«, sagte sie. »Vielen Dank und schönen Abend noch!«

»Herzlichen Dank, Frau …?«

»Fischer, Hendrike Fischer.«

»Danke, Verehrteste!«

Sein gesamtes Verhalten erinnerte sie an einen Gentleman alter Schule, der im Begriff war, ihr einen Heiratsantrag zu machen. Aber auch das war wohl mehr Wunschdenken ihrerseits.

»Mein Name ist Carl Heinrich Iffländer«, sagte der Herr, verbeugte sich und entschwand in das raue Herbstwetter.

Tobias war immer noch nicht zurück.

»Tobi?«, rief sie nach hinten in den Gang. Keine Antwort. Irgendetwas stimmte hier nicht. Im Verkaufsraum war kein Kunde mehr, an den Zapfsäulen stand außer dem silbernen Mercedes nur ein roter Audi. Der Fahrer hatte gerade erst begonnen, zu tanken. Hendrike Fischer griff ihr Schlüsselbund, verschloss die Eingangstür und ging nach hinten.

Ein schmaler Gang führte zum rückwärtigen Personaleingang, der bis auf die wenigen Momente am Tag, in denen sie kam oder ging, immer geschlossen war. Nur sie selbst besaß einen Schlüssel. Mit schnellen Schritten ging sie auf die Tür zu. Ihre Absätze warfen einen harten Ton an die Wände. Sie drückte die Klinke herunter. Abgeschlossen. Alles in Ordnung.

Langsam drehte sie sich um und sah zurück in den Gang. War wirklich alles in Ordnung? Sie horchte. Von vorn vernahm sie ein Klopfen und Hallo-Rufe. Der Audi-Fahrer. Er musste warten. Dann bemerkte sie, dass die Türen zu den beiden Vorratsräumen nur angelehnt waren. Ungewöhnlich. Im ersten Raum lagerte die Cola. Mit zittriger Hand schob sie die Tür auf. Es roch. Eklig. Sie wusste sofort, dass sie diesen Geruch nie wieder aus der Nase bekommen würde. Tobias lag auf dem Boden, neben seinem Kopf eine große Blutlache.

»Tobi!«, schrie sie und näherte sich dem jungen Mann. Sie bewegte vorsichtig sein Bein. Er reagierte nicht. Seine Augen waren geschlossen.

Der Audi-Fahrer klopfte erneut an die Scheibe.

»Nein«, flüsterte Hendrike Fischer und schlug die Hände vors Gesicht. Im selben Moment hörte sie ein Geräusch aus dem Flur. Panik schoss in ihr hoch. Sie drehte sich um. Nichts. Konnte sie einfach stehen bleiben und warten? Sie wagte einen Schritt in Richtung Tür. Noch einen. Langsam schob sie ihren Kopf hinaus in den Flur. Alles, was sie in diesem Augenblick wahrnahm, war ein dunkler Handschuh, der eine Waffe hielt. Ein dichter, scharfer Blitz schoss durch ihren Kopf.

*

Hendriks Motivsuche

Kromsdorf, Samstag, den 1. November, morgens

Der kleine Ort Kromsdorf wurde durch die Ilm zweigeteilt in die Ortsteile Nord und Süd. Der nördliche Teil war durch einen Bahndamm von der Stadt Weimar getrennt, der südliche Teil durch einen kleinen Wald. Obwohl die Kromsdorfer schon immer eine starke Bindung zur Stadt Weimar hatten, fuhren sie mit dem Autokennzeichen »AP« für Apolda umher. Um die Verwirrung zu vervollständigen, wurde der Landkreis »AP« als »Kreis Weimarer Land« betitelt. Hendrik hatte diese Konstruktion noch nie verstanden. Zudem war Kromsdorf vor Kurzem in dem künstlich geschaffenen Gemeindeverband »Ilmtal-Weinstraße« aufgegangen. Hendrik hatte dies am Freitagabend von der Erlenhof-Wirtin erfahren. Sie hatte sich sehr darüber aufgeregt, aber seine Gedanken waren so von Goethes Herzdamen belegt gewesen, dass er nicht richtig zugehört hatte. Als er am Samstag vor dem Frühstück nach seiner Meinung zu diesem seltsamen Konstrukt gefragt wurde, konnte er nichts Sinnvolles dazu beitragen. Er wand sich heraus, indem er behauptete, vor dem ersten Kaffee noch keine politischen Diskussionen führen zu können und dass er dringend seine Frau anrufen müsse. Das wurde klaglos akzeptiert.

Er wählte Hannas Nummer, sie ging nicht ans Telefon, wahrscheinlich war sie bei einer Kur-Anwendung.

Kurz darauf erschien Richard. Sie setzten sich in eine Ecke des Frühstücksraums, in der Hoffnung, sich dort in Ruhe unterhalten zu können. Dies war zunächst aber kaum möglich, denn viele Urlauber bevölkerten den engen Raum, Fahrradfahrer, die sich über den Ilmtal-Radweg unterhielten, und Weimarbesucher, die überlegten, wie sie an Karten für den Rokokosaal der Anna-Amalia-Bibliothek kamen. Die Wirtin versicherte ihren Gästen, dass die Hühner, von denen ihre Frühstückseier stammten, ebenso glücklich waren wie sie selbst, sodass Hendrik und Richard je zwei Spiegeleier bestellten. Der Kaffee war hervorragend und sie genossen das Frühstück. Hendrik war froh, dass Richard nichts von seinem Abend bei Siggi und Ella erzählte. Stattdessen begutachtete er Hendriks blaues Auge, das inzwischen abgeschwollen war, während seine Wange eine komplette Regenbogenfärbung zeigte. Auf Nachfrage berichtete Hendrik, dass die Schmerzen nachgelassen hätten.

Kurz vor 10 Uhr waren alle Urlauber auf der Straße und Hendrik gab der Wirtin den Hinweis, dass sie bei ausreichender Kaffeeversorgung ein wichtiges Gespräch führen müssten. Die Tür wurde geschlossen, und sogar der kleine Enkelsohn der Wirtsleute schien sich an den Wunsch nach Ruhe zu halten.

»Also, Hendrik«, begann Richard, »Germer hat die Frage gestellt, welches Motiv Nadine Moser haben könnte, all die Frauen umzubringen oder umbringen zu lassen. Hast du eine Idee? Irgendeine Mutmaßung?«

Hendrik hob die Schultern. »Nein!«

Richard wartete. »Bei dir geht mehr über die Intuition. Hast du ein Bauchgefühl, so dumpf und verborgen es auch sei, das uns einen kleinen Ansatz bringen könnte?«

»Ein dumpfes Bauchgefühl? Was sollen wir damit anfangen?«

»Drüber reden zum Beispiel!«

»Ich weiß nicht …«

»Also, was ist es?«

»Na ja, Germer … äh, nein, Simon war es, der gestern darüber gesprochen hat, dass Frauen, die morden, meistens versuchen, damit Konflikte aus dem Weg zu räumen. Und dass dabei oft Eifersucht im Spiel ist.«

»Stimmt.«

»Und nun habe ich überlegt, ob Nadine Moser … also nur mal theoretisch …«

Richard nickte.

»… meinetwegen eifersüchtig sein könnte, deswegen Hanna vergiftet hat und nun diejenigen Frauen umbringt, mit denen ich mich aus wissenschaftlichem Interesse beschäftige: Goethes Herzdamen. Andererseits – da sie eher Frauen als Männern zugeneigt ist, hat sie gar keinen Grund zur Eifersucht. Dann wäre das Motiv Rache naheliegend. Ich habe dazu beigetragen, sie zu inhaftieren, dadurch kann sie nicht mehr bei ihrer Frau sein. An ihrer Festnahme waren außer mir aber viele andere Menschen beteiligt – du, Siggi, Eddie, zahlreiche Münchener Polizisten und so weiter.«

»Das mit der Eifersucht würde ich auch ausschließen«, antwortete Richard. »Seit ihrer Jugend ist sie der gleichgeschlechtlichen Liebe zugeneigt, sicher, es gibt bisexuelle Menschen, aber dies scheint bei Nadine Moser nach allem, was wir wissen, nicht der Fall zu sein. Sie hätte sich sonst nicht dermaßen heftig mit ihrer Mutter gestritten. Ihre Rachegelüste sind so stark, dass sie ihre eigene Mutter und vielleicht sogar den Jungen vom Schießsport getötet hat. Außerdem hat sie die Rachegedanken in dem Telefonat mit dir deutlich zum Ausdruck gebracht, ich habe mir dein Gedankenprotokoll gestern Abend noch einmal durchgelesen. Auch die Fixierung ihrer Rache auf dich ist einleuchtend, denn du hast sie am Ende zur Strecke gebracht. Am 13.September.«

Hendrik nickte.

»So weit ist das für mich schlüssig«, fuhr Richard fort. »Nur: Warum wurden all diese Frauen getötet? Da sehe ich keine Verbindung zu dir. Gut, über den großen Meister Goethe, aber wie sollte dir das schaden?«

»Keine Ahnung, Richard.«

Hendrik hasste Lügen. Noch mehr hasste er es, selbst lügen zu müssen. Und erst recht, Richard zu belügen. Es war allerdings unumgänglich. Denn er hatte tatsächlich eine Ahnung, wie alle Vorgänge dieses Falles zusammenhängen könnten, doch diesmal würde er seine Vermutung erst dann kundtun, wenn sie mit genügend Fakten unterlegt war. Eine ähnliche Situation wie in Gießen wollte er kein zweites Mal heraufbeschwören.

*

Soko Goetheherz 3

Jena, Samstag, den 1. November, vormittags

Hendrik hatte am Vortag einen Besucherausweis erhalten, mit dem er das Gebäude der Kriminalpolizeiinspektion Jena betreten konnte. Von Wochenende war hier nichts zu merken, es herrschte eine professionelle Betriebsamkeit wie an jedem Werktag. Er ging direkt in den Sondereinsatzraum, setzte sich neben Richard und hoffte, dass Siggi, der noch nicht anwesend war, sich möglichst ans andere Tischende setzte. Langsam trudelten die Kollegen ein, Hände wurden geschüttelt, vielstimmige Guten-Morgen-Grüße ausgetauscht, Papiere geordnet, Smartphones und Tablets gesichtet. Germer stürmte herein, er schien bereits voll im Arbeitsmodus zu sein, Siggi folgte ihm, sah sich um, strich über seinen Kopf und setzte sich neben Germer, genau gegenüber von Hendrik. Bisher fehlten Fehling und Täntzer.

»Guten Morgen«, sagte Germer. »Weiß jemand, wo Täntzer ist?«

Die am Tisch Sitzenden blickten ratlos in die Runde. Aus dem Hintergrund rief ein Uniformierter: »Der hat einen Einsatz, schon seit vergangener Nacht. Soweit ich weiß in der Erfurter Straße.«

»Aha …« Germer hob erstaunt die Augenbrauen. »Und warum weiß ich davon nichts?«

Der Uniformierte zuckte mit den Schultern. »Keine Ahnung.«

»Na gut …«, sagte Hans Germer zögernd. »Übrigens, KHK Fehling ist auf dem Weg zurück in seine Dienststelle in Wiesbaden, um von dort die Fahndung nach Nadine Dubois zu koordinieren. Er hat in seinem Fuchsbau mehr technische Möglichkeiten, direkten Zugriff auf alle Datenbanken und erweiterte TKÜ. Das hilft uns mehr, als wenn er hier in Jena sitzt.«

Hendriks fragender Blick veranlasste Germer zu einer Erläuterung. »TKÜ bedeutet Telekommunikationsüberwachung.« Er sortierte seine Papiere. »So, ich gebe eine Zusammenfassung des Falls, womit meine selbstgestellte Aufgabe, die Gesamtstrategie im Auge zu behalten, erfüllt wäre. Falls jemand wichtige Einwände hat, bitte sofort melden. Also: Wir haben sieben tote Frauen, sechs davon wurden nachweislich ermordet. Die siebte Frau – das ist der Wetzlarer Fall – steht möglicherweise mit der Mordserie in Verbindung, uns fehlt jedoch der Beweis dafür. Hinzukommt als weitere Straftat der Anschlag auf Herrn Wilmut. Vor etwa einer Stunde erhielt Frau Weißmann die Bestätigung aus Erfurt, dass auch das auf dem Johannisfriedhof in Leipzig gefundene Projektil mit derselben Waffe abgefeuert wurde.«

Hendrik atmete tief durch. Also doch.

»Drei der Taten wurden also mit derselben Waffe ausgeführt, sodass wir von einer Tatserie und einem gemeinsamen Täter oder einer Täterin ausgehen müssen. Alle sieben toten Frauen stehen namentlich und örtlich mit Goethes Herzdamen in Verbindung. Ein wichtiges Bindeglied ist die von Herrn Wilmut angeführte Reihenfolge der Taten entsprechend der Dauer der jeweiligen Beziehung mit Goethe. Weiterhin deutet die Analyse des Tatgeschehens auf dem Johannisfriedhof in Leipzig darauf hin, dass Herr Wilmut absichtlich verschont wurde, sodass er auf eine andere Art und Weise … ich würde mal sagen … bestraft werden soll. Dies ist jedoch nur eine Hypothese. Wir haben zwei Verdächtige. Nadine Moser, die in Stadelheim einsitzt, und ihre Ehefrau Nadine Dubois, französische Staatsbürgerin. Die statistische Wahrscheinlichkeit, dass eine Frau als Serienmörderin auftritt, ist gering, doch wir Polizisten wissen, dass Statistik auf der Straße keine Rolle mehr spielt. Auch Herr Dorst hat dies bestätigt mit seinem Primat der Einzelfallanalyse. Beide Verdächtige haben eine hohe Affinität zu Kleinkaliberwaffen. Nadine Moser ist wegen gefährlicher Körperverletzung und versuchten Mordes angeklagt und wartet auf ihre Hauptverhandlung. Weiterhin besteht der Verdacht, dass sie ihre Mutter und ihren ehemaligen Jugendfreund ermordet hat.«

Hendrik staunte. Der Rückschluss auf die Ermordung ihres Jugendfreundes war Germer gegenüber nie ausgesprochen worden, aber natürlich konnte er kombinieren.

»Auch Nadine Dubois neigt erwiesenermaßen zur Gewalttätigkeit. Beide Frauen waren Mitglied in einem

Schützenverein, haben also Erfahrung im Umgang mit Schusswaffen. Nadine Dubois hat Albert Moser, den Vater von Nadine Moser, am … na ja, egal, das Datum steht in den Akten … besucht, hat mit einem – wahrscheinlich französischen – Akzent gesprochen, sich allerdings nicht verdächtig verhalten. Dann haben wir als Zeugen – möglicherweise als Verdächtigen – diesen Daniel Brunner aus Pullach, der nach dem Waffenschrank fragte, dafür aber eine Begründung angegeben hat. Diese Sache hat keine hohe Priorität, trotzdem müssen wir sie aufklären. Habe ich noch etwas vergessen?«

Richard meldete sich. »Ja, Nadine Dubois hat sich ins Restaurant Le Patron in Frankfurt eingeschlichen, sehr wahrscheinlich um uns, hauptsächlich Herrn Wilmut, auszuspionieren.«

»Ach ja, stimmt, das ist wichtig. Denn dies ist einer der Gründe, warum Herrn Wilmut in diesem Fall eine spezielle Rolle zukommt.«

Hendrik straffte den Rücken.

»Frau Dubois spioniert ihm nach, er wird bei dem Anschlag verschont, Frau Moser hat ihm gegenüber eindeutige Rachegelüste geäußert und er hatte in Italien eine unklare, jedoch wohl nicht sehr ernst zu nehmende Beziehung zu ihr.«

Hendrik schnappte nach Luft. Er konnte Germer diese Aussage nach Siggis unseliger Bemerkung nicht übelnehmen. Im Gegenteil, Germer hatte die Tatsachen sogar recht diplomatisch verpackt.

»Herr Dr. Wilmut, es sollte Ihnen klar sein, dass Sie hier nicht nur als Goetheexperte sitzen, sondern für uns auch ein wichtiges Puzzleteil zur Lösung des Falls sind.«

Hendrik konnte nichts sagen, er nickte nur.

»Wir wissen aber noch nicht, wo das Puzzleteil Wilmut genau hingehört. Denn die Motivlage ist bisher unklar. Sonstige Anmerkungen?«

Keine Handzeichen.

»Gut, dann Frau Weißmann, bitte!«

»Guten Morgen«, sagte Annett Weißmann. »Ja, wie schon von Herrn Germer erwähnt, haben wir inzwischen den waffentechnischen Bericht aus Erfurt bekommen. Ich fasse zusammen: Das Projektil vom Johannisfriedhof in Leipzig wurde mit hoher Wahrscheinlichkeit von derselben Waffe abgefeuert, mit der auch Elisabeth Müller und Käthe Wagner getötet wurden. Ich sage absichtlich ›mit hoher Wahrscheinlichkeit‹, denn das Projektil vom Friedhof ist, wie schon erwähnt, in eine Mauer eingedrungen, es wurde also mit Fremdspuren verunreinigt. Die beiden Gegenstücke aus Frankfurt und dem Leipziger Altersheim waren gut zu analysieren, sie steckten in relativ weichen Materialien, einerseits im Vinylboden, andererseits in einer Gipswand. Für unsere Ermittlungen reicht diese Wahrscheinlichkeit, für einen gerichtsverwertbaren Beweis benötigen wir die Tatwaffe. Auf jeden Fall ist Herr Wilmut stark gefährdet.«

Alle sahen Hendrik an.

Er zuckte mit den Schultern. »Kein Problem, ich komme schon klar damit!«

»Das kann ich nicht verantworten«, erwiderte Germer. Sie müssen geschützt werden.«

Hendrik holte Luft, um etwas zu sagen.

»Keine Widerrede, Sie erhalten Polizeischutz, ab sofort!«

Richard hob die Hand. »Solange wir hier in der Soko zusammenarbeiten, kann ich das übernehmen, danach können Sie neu entscheiden.«

Der Mann mit der Tellerbrille schien seiner Mimik nach

nicht viel von diesem Vorschlag zu halten, stimmte nach kurzem Überlegen dennoch zu: »In Anbetracht unserer dünnen Personaldecke ist das eine passable Lösung. Wo sind Sie untergebracht, Herr Wilmut?«

»In einer Pension in Kromsdorf.«

»Erlenhof?«

»Ja, genau.«

»Sie auch, Herr Volk?«

»Nein …« Richard schien weiterreden zu wollen, unterbrach sich aber selbst.

»Klären Sie bitte mit dem Erlenhof, ob die noch ein Zimmer frei haben, am besten das Nachbarzimmer.«

»Geht klar!«, antwortete Richard.

Hendrik ertappte sich dabei, wie er zu Siggi hinüberschaute, der sich jedoch nichts anmerken ließ.

»Frau Weißmann, war's das?«, fragte Germer.

»Nicht ganz. Meine Kollegen von der KTU in Leipzig haben den bereits erwähnten Schuhabdruck vom Johannisfriedhof untersucht. Sie wissen schon, den in der Nähe des Baums, von dem aus auf Herrn Wilmut geschossen wurde. Es ist ein Sneakerprofil Größe 44.«

»Was für ein Profil?«, fragte der Kriminaldirektor.

»Sneaker … diese Sportschuhe.«

»Na also, sagen Sie's doch gleich. Größe 44 für eine Frau?«

»Ich habe da eine großartige Webseite gefunden, auf der man die Verteilung der Schuhgrößen bei deutschen Frauen nachsehen kann«, antwortete Annett Weißmann. »Füße in Größe 43 und höher liegen zusammen bei unter drei Prozent. In Frankreich wird es ähnlich sein.«

»Hm«, brummte Germer. »Da haben wir wieder unser Problem mit der Statistik. Lassen wir mal so stehen. Weiter geht's. Simon, zwei mal vier macht acht, was haben Sie herausgefunden?« Man konnte Germer nicht vorwerfen, dass er unnötig Zeit verstreichen ließ.

Pascal Simon hatte sich auf Täntzers Platz gesetzt, der immer noch frei war, und eine Excel-Liste auf den Monitor gelegt: »Okay, Julian und ich, also KK Täntzer und ich, Wir hatten acht Namenskombinationen und haben über das Einwohnermeldeamt tatsächlich acht Frauen ausfindig gemacht. Wobei es keine Charlotte Weber in Weimar gibt, dafür aber zwei Charlotte Hoffmann. Die folgenden Frauen entfallen: Charlotte Schulz, eine Rentnerin, befindet sich seit 1. September in einem Langzeiturlaub auf Mallorca. Wir haben sie angerufen, sie ist aktuell noch dort, war in der Zwischenzeit auch nicht in Deutschland und plant ihre Rückkehr nicht vor Weihnachten.« Er deutete mit dem Cursor auf die nächste Zeile der Excel-Tabelle. »Zweitens Christiane Fischer, ebenfalls Rentnerin. Sie ist letztes Jahr nach Bad Liebenstein umgezogen. Sie hat uns telefonisch bestätigt, dass es ihr gut geht und sie vorläufig nicht vorhat, nach Weimar zu kommen. Wir haben sie gebeten, uns zu verständigen, falls sie es sich anders überlegen sollte. Immerhin wohnt ihr Sohn in Weimar. Und drittens Christiane Weber, eine selbstständige Kauffrau, die mit ihrem Geschäft Anfang des Jahres nach Australien ausgewandert ist.«

»Ist sie noch dort?«, fragte Annett Weißmann. »Manchmal kommen die Ausgewanderten ja recht schnell wieder zurück, besonders wenn das Geschäft …«

»Entschuldigung, Annett, Frau Webers Schwester hat uns bestätigt, dass sie sich weiterhin in Australien aufhält.«

»Alles klar!«

»Gute Arbeit!«, sagte Richard Volk.

»Danke!« Simon zeigte auf den Monitor, bevor er weitersprach. »Wie Sie an dieser Tabelle sehen, bleiben fünf Frauen übrig, die haben wir rot markiert. Charlotte Fischer ist Tankstellenpächterin, zu ihrer Tankstelle in der Erfurter Straße haben wir gestern Abend einen Streifenwagen geschickt.«

»Wo?«, fiel ihm der Kriminaldirektor ins Wort. »In der Erfurter Straße?«

»Ja.«

Alle am Tisch verstanden, warum Germer gefragt hatte. Hendrik wusste, dass die Erfurter Straße lang war, aber erneut meldete sich sein Unterbewusstsein und erinnerte ihn daran, dass es keine Zufälle mehr in seinem Leben gab. Täntzer war von seinem Nachteinsatz in der Erfurter Straße bisher nicht zurückgekehrt. Nein, dachte er, nein, ich will das nicht, nicht noch eine Tote auf meinem Gewissenskonto.

»Wir haben die Kollegen angewiesen, bis zum Geschäftsende dort zu bleiben und Frau Fischer anschließend nach Hause zu bringen«, sagte Simon.

Einige nickten. Hendrik schöpfte Hoffnung.

Simon zeigte wieder auf seine Tabelle. »Mit den beiden Frauen namens Charlotte Hoffmann ist es seltsam, beide sind am Carl-Kästner-Gymnasium, die eine als Lehrerin, die andere als Schülerin. Die Lehrerin heißt mit Zweitnamen Anastasia, die Schülerin Leandra. Charlotte Leandra befindet sich derzeit auf Klassenfahrt in Berlin, sie wohnt in der Moskauer Straße, alles Weitere sehen Sie in der Tabelle. Ihre Eltern haben wir noch nicht informiert, das wollten wir erst besprechen. Ist ja etwas knifflig, die würden sich sicher große Sorgen machen. Charlotte Anastasia habe ich gestern Abend gegen 23 Uhr in ihrer Wohnung in der Wilhelm-Wagenfeld-Straße besucht.«

Germer zeigte auf Pascal Simon: »Waren Sie in dieser … unfranzösischen Aufmachung nachts um elf bei der Lehrerin?«

Simon sah ihn überrascht an: »Ja. Wieso?«

»Sie laufen ja immer rum wie …«

»Das ist er von Frankfurt so gewohnt«, warf Richard ein, »da muss man so gekleidet sein, um nicht sofort als Bulle erkannt zu werden.«

»Aha, und diese komische rote Mütze gehört auch dazu?«

»Ja«, sagte Richard knapp.

Germer brummte etwas Unverständliches und gab Pascal Simon ein Zeichen, fortzufahren.

»Jedenfalls ist die Lehrerin geschieden und möchte auf keinen Fall ›ständig einen Mann an ihrer Seite haben‹, so ihr Originalton. Selbst als ich ihr anbot, eine Frau als Personenschützerin zu organisieren, hat sie das abgelehnt. Dabei habe ich es zunächst belassen. Nummer vier ist Christiane Schulz, Bibliothekarin, sie arbeitet in der Weimarer Stadtbibliothek. Während ich bei der Lehrerin war, ist Julian zu ihr gefahren, sie wohnt in einer Straße mit einem seltsamen Namen … in der Tabelle können Sie es sehen, in der ›Großmutterleite‹. Christiane Schulz war im Gegensatz zu der Lehrerin sehr besorgt und bat dringend um Polizeischutz. Das hat zunächst der KDD übernommen …«

Er flüsterte Hendrik zu: »Das ist der Kriminaldauerdienst.« Hendrik nickte.

»Wie es weitergeht, müssen wir klären.«

»Moment mal, Simon«, unterbrach Germer. »Haben Sie Täntzer danach noch mal gesehen?«

»Nein, er hat mir sein Gesprächsprotokoll per E-Mail geschickt. Ich habe es erst heute früh gelesen. Von seinem Einsatz letzte Nacht weiß ich nichts.«

»Gut, danke, weiter!«

»Zuletzt haben wir Christiane Hoffmann. Sie arbeitet an der Rezeption des Hotel Giraphe. Ich habe sie angerufen, sie hatte Spätschicht und wollte ausnahmsweise im Hotel übernachten, um gleich die Frühschicht zu übernehmen, weil sich jemand krankgemeldet hat. Insofern war sie zunächst einmal in einem gewissen Sicherheitsstatus und … na ja …«

»Was meinen Sie?«, fragte Germer.

»Wenn man es genau nimmt, können wir nicht alle fünf Frauen rund um die Uhr beschützen. Dazu müssten wir sie einsperren.«

Germer nickte. »Da haben Sie recht.«

Die Tür flog auf und knallte krachend gegen einen Stuhl. Augenblicklich herrschte Stille. Nur ein Kollege im Hintergrund telefonierte. Julian Täntzer stand im Raum. Man sah ihm an, dass er in der vergangenen Nacht kaum geschlafen hatte. Seine Augen flackerten, das Jugendliche war aus seinem Blick gewichen. Er hob die Hand und ließ sie wieder fallen. »Ich … komme … aus der Erfurter Straße. Tankstelle!« Er schluckte.

»Nun reden Sie schon, Täntzer!«, rief Germer.

Hendrik stand auf. Er ging auf Julian Täntzer zu, legte ihm den Arm um die Schultern und führte ihn zu seinem eigenen Platz. Dort reichte er ihm ein Glas Wasser. Täntzer kippte es in einem Zug herunter. Hendrik warf Germer einen strafenden Blick zu und setzte sich auf Simons angestammten Platz. Neben Siggi. Keiner wagte, etwas zu sagen, selbst der Kriminaldirektor nicht. Täntzer klammerte sich mit beiden Händen an den Tisch. So fest, dass seine Knöchel weiß hervortraten.

»Hendrike Fischer!«, sagte er.

Hendriks Innenleben erfuhr einen weiteren Hoffnungsschub.

»Sie ist tot. Schuss in die Stirn. Wahrscheinlich eine KK-Pistole. Kurz vor 22 Uhr in ihrer Tankstelle.« Er goss sich Wasser ein und trank.

»Merde!« Das war Pascal Simon. Er zeigte auf den großen Monitor. Sein Cursor stand auf der Excel-Zelle »Charlotte Fischer«. Dadurch war der Kommentar hinter der Zelle sichtbar geworden: »Zweitname Hendrike.«

Hendrik Wilmut schoss hoch. Er musste weg aus diesem Raum, weg aus der Verantwortung, die wie ein marodes Gebäude über ihm zusammenzubrechen drohte. Siggi wollte ihm helfen, Hendrik stieß ihn von sich, taumelte in Richtung Ausgang, schaffte es aber nicht, zwei Männer hielten ihn fest, dann verließen ihn seine Sinne.

*

Hanna und Paula

Bad Homburg, Samstag, den 1. November, vormittags

Zur selben Zeit befand sich Hanna Wilmut auf dem Balkon ihres Zimmers in der Bad Homburger Kurklinik. Wie so oft in den vergangenen Tagen hatte sie ihren Bademantel fest um sich geschlungen und sah den Kindern im Kurpark zu. Die müde Herbstsonne stand über den Dächern der Bad Homburger Innenstadt. Immerhin lichtete sich der Morgennebel. Hanna hatte bereits eine Kneippanwendung und eine Massage hinter sich. Auf dem Spielplatz weinte ein kleines Mädchen. Es hatte die Geschwindigkeit der Rutsche unterschätzt, war beim Landen nach vorne geschleudert worden und auf die Knie gefallen. Das Mädchen weinte bitterlich. Zunächst maß Hanna der Szene keine große Bedeutung zu, so etwas passierte häufig, doch als nach einigen Minuten weder Mutter noch Vater auftauchten, um dem Kind zu helfen, fasste sie einen Entschluss. Sie ging in ihr Zimmer, zog sich Jeans, Pullover und Schuhe an, steckte ihr Handy ein, nahm den Zimmerschlüssel und lief die Treppe hinunter. Als sie den Spielplatz erreichte, war das verletzte Mädchen verschwunden. Hanna setzte sich auf eine Bank und dachte nach. Wenige Minuten später begann sie zu frieren, denn sie hatte vergessen, eine Jacke anzuziehen. Sie stand auf und sah sich suchend um.

»Hallo, Hanna!« Die Stimme kam aus Richtung der Klinik. »Ist dir nicht kalt? Heute hat der November begonnen.«

Es war Paula, die junge Frau, die ihren Platz neben Hanna im Speisesaal hatte. Sie stammte aus Hanau.

»Hallo, Paula, ja, ich habe meine Jacke vergessen, ich wollte gerade …«

»Da vorn ist ein kleines Café, nur zwei, drei Minuten zu Fuß. Kommst du mit?«

Hanna zögerte. Dann traf sie erneut eine Entscheidung. »Ja, danke, ich komme mit!«

Kurz vor dem Café klingelte ihr Mobiltelefon.

*

Hendriks Blutdruck

Jena, Samstag, den 1. November, mittags

Als Hendrik wieder zu sich kam, lag er im Sanitätsraum des Polizeigebäudes auf einer Liege. Der Polizeiarzt legte ihm eine Blutdruckmanschette an und pumpte sie auf. Nach kurzer Zeit sagte er: »110 zu 70, ziemlich niedrig, bleiben Sie noch eine Weile liegen. Wie fühlen Sie sich?«

»Geht so«, antwortete Hendrik. Doch das war geprahlt. Er fühlte sich schwach und ausgepumpt. Leer. Mehr als leer. Wenn einer seiner Studenten diese Vokabel gebraucht hätte, wäre er eingeschritten, denn zu »leer« gibt es keine Steigerungsform. Aber Gefühle lassen sich manchmal nur mit grammatikalisch inkorrekten Ausdrücken beschreiben.

Eine Hand legte sich von hinten auf seine Schulter, eine ihm bekannte Stimme sagte: »Soll ich dich in die Pension bringen?«

Im ersten Moment drängte es ihn, die Hand abzuschütteln, dann merkte er, dass die Zuwendung guttat. »Nein, Siggi, danke. Ich möchte hierbleiben. Es ist zu wichtig. Gebt mir eine halbe Stunde.«

»Gut, Hendrik. Ich sage Bescheid.« Damit verließ Siggi den Raum.

Der Arzt hantierte auf der Arbeitsfläche mit Gläsern und Spritzen, schließlich sagte er: »Herr Wilmut, soweit ich das erkennen kann, haben Sie keine organischen Probleme. Ihre Pupillen sind normal, Ihre Herzfrequenz ebenso, Hals und Ohren sind in Ordnung, der Blutdruck ist dabei, sich zu normalisieren. Dennoch sollten Sie eine ausführliche Kontrolluntersuchung durchführen lassen, Blutwerte, EKG, Ultraschall, die ganze Palette. Vermutlich liegen Ihre Probleme aber im psychosomatischen Bereich. Das wissen Sie ja sicher …« Er lächelte. Nicht schadenfreudig, nicht mitleidig, sondern wissend. »Ich habe Ihnen Vitamin B angemischt, das sollten Sie trinken.« Er reichte Hendrik ein Glas mit einer hellrot schimmernden Flüssigkeit.

»Sie kennen solche … Situationen?«, fragte Hendrik und trank das Glas leer. Komplett leer. Na ja, dachte er, so einige wenige Moleküle blieben ja immer noch übrig …

»Ja«, unterbrach der Polizeiarzt seine Gedanken. »Ich kenne solche Situationen. Ein Kollege vernachlässigt aus dienstlichen Gründen seine Familie, ein anderer wird angegriffen, vielleicht sogar verletzt, oder er muss von der Schusswaffe Gebrauch machen. Manche bekommen auch psychische Probleme, weil sie falsch reagiert haben oder glauben, falsch reagiert zu haben. Im Polizeidienst passiert so etwas schnell.«

Hendrik nickte. Die Polizisten würden seinen Kollaps nachvollziehen können, das half ihm, sich aufzurichten.

»Hier ist meine Karte!«, sagte der Arzt. »Falls Sie mich noch einmal brauchen. Normalerweise sitze ich drüben im Präsidium, Am Anger. Heute war ich turnusmäßig bei den Kripokollegen. Scheuen Sie sich nicht, mich anzurufen. So lange Sie für uns arbeiten, kann ich Sie betreuen. Auf Wiedersehen!«

Hendrik winkte ihm zum Abschied zu. Der Polizeiarzt hatte sein »Auf Wiedersehen!« so klingen lassen, als meine er es wörtlich. Dazu die Visitenkarte und der Hinweis auf seinen üblichen Aufenthaltsort. Hendrik steckte die Karte ein, stand auf und lief ein wenig im Sanitätsraum umher. Das ging recht gut. Er dachte an Hanna. Seine Sehnsucht war so stark, dass er trotz aller Vernunftüberlegungen ihre Mobilnummer wählte.

»Hallo, Schatz, wie geht es dir?«, fragte Hanna.

Hendrik spürte Wärme in seinem Innern. Und Zuversicht. Hannas Zuversicht. »Ganz gut«, sagte er. »Ziemlich viel zu tun.« Er widerstand dem Verlangen, ihr von dem Fall zu erzählen. Oder vom Polizeiarzt. Oder von Siggi.

»Ich gehe mit Paula im Kurpark spazieren«, sagte Hanna, »und gleich wollen wir zusammen einen Kaffee trinken!«

»Gut!« Hendrik stockte. »Wer ist denn Paula?«

»Eine Essfreundin«, antwortete Hanna, und Hendrik hörte ein Lachen aus Hannas Umgebung. Er fragte nicht, was sie mit »Essfreundin« gemeint hatte. Vielleicht eine spezielle psychosomatische Therapieform. »Okay, Schatz, mach das. Aber pass bitte auf dich auf, ja?«

»Klar! Hast du eigentlich schon den Pachtvertrag für das Café gekündigt?«

»Äh, nein, hab ich ehrlich gesagt vergessen …« Er konnte ihr schlecht sagen, dass er damit warten wollte, bis ihre Entscheidung ausgereift war. Und wer sollte nach welchen Kriterien festlegen, wann dieser Zeitpunkt gekommen war?

»Macht ja nichts«, sagte Hanna. »Dann schreibe *ich* die Kündigung.«

»Äh, Schatz, ich meine … bist du sicher?«

»Ja, Hendrik, ich bin ganz sicher. Ich habe lang genug darüber nachgedacht. Draußen, auf dem Balkon.«

»Hm, gut!«, sagte Hendrik. »Das klingt überzeugend.«

Sie lachte. »Wie läuft es bei euch?«

»Zäh, es wird noch dauern, ein paar Tage voraussichtlich.«

»Ich weiß zwar nicht, was ihr dort macht in Jena, und ehrlich gesagt möchte ich es auch nicht wissen. Aber setz dich nicht unter Druck. Ich komme hier klar. Und jetzt muss ich auflegen, mir wird kalt.«

»Danke. Ich melde mich wieder. Gruß an Paula!«

»Danke, adieu!« Sie hauchte ihm einen Kuss hinterher. So wie früher – vor dem 13. September.

*

Siggi und Täntzer

Jena, Samstag, den 1. November, mittags

Siegfried Dorst kehrte zurück in den Sondereinsatzraum. »Herr Wilmut braucht eine halbe Stunde, dann kommt er wieder. Ich hätte ihn in die Pension gebracht, doch er sagt, es sei ihm wichtig, hierzubleiben.«

»Hm, gut!«, sagte Germer. »Wir sollten die Details zu dem Attentat auf Charlotte Fischer besprechen, bevor er zurückkommt. Offensichtlich fühlt sich Herr Wilmut für ihren Tod und den von Frau Wagner verantwortlich. Das ist unnötig, aber leider habe ich ein wenig dazu beigetragen.«

Dorst blickte ihn erstaunt an. Das war der einzige selbstkritische Satz, den er von Hans Germer jemals gehört hatte. Der Kriminaldirektor erwiderte seinen Blick nicht, sondern sah Julian Täntzer an. Der saß immer noch auf Hendriks Platz, goss sich Wasser ein und trank. Er schien sich erholt zu haben und fing an, zu berichten.

»Also, Folgendes in Kürze: Als unser Streifenwagen um 22.05 Uhr an der Tankstelle in der Erfurter Straße ankam, trafen die Kollegen auf einen Audi-Fahrer, der getankt hatte und an die Scheibe klopfte, weil die Tür zum Verkaufsraum verschlossen war. Er hatte die 110 angerufen. Die Hintertür war ebenfalls verschlossen, ein Fenster zu den Vorratsräumen stand offen. Während die Kollegen das Gebäude kontrollierten, bemerkten sie ein Fahrzeug auf dem Parkplatz der Tankstelle, das mit quietschenden Reifen davonfuhr. Ein kastenförmiger schwarzer Wagen, kein SUV, eher eine Familienkutsche, so wie ein VW Sharan. Das Kennzeichen konnten sie nicht erkennen, einer der Kollegen meinte, es sei gelb gewesen. Wegen der Dunkelheit war er sich nicht sicher.«

Annett Weißmann tippte etwas in ihre Computertastatur.

»Da die Frau in der Tankstelle laut dem Audi-Fahrer zuvor noch lebendig an der Kasse gestanden hatte, entschieden die Kollegen von der Schutzpolizei auf ›Gefahr im Verzug‹ und brachen die Hintertür auf. Sie fanden Frau Fischer tot im Flur liegend. Schuss in die Stirn, ihr Hirn klebte überall an den Wänden.« Er legte eine kurze Pause ein und nahm einen weiteren Schluck Wasser. Jeder im Raum versuchte, das grauenhafte Bild schnell wieder loszuwerden. Täntzer würde es wohl nicht gelingen. »Im Nebenraum lag ein junger Mann, er wurde niedergeschlagen, Schädelbruch, er wird aber durchkommen. Der Rettungshubschrauber hat ihn nach Erfurt gebracht. Laut Personalausweis heißt er Tobias … irgendwas, 'tschuldigung, den Nachnamen hab ich vergessen. Jedenfalls ein Student von der Uni, wahrscheinlich als Hilfskraft angestellt. Ich wurde angerufen, als ich gerade von Christiane Schulz aus der Großmutterleite kam. Hast du das erzählt, Pascal?«

Der Angesprochene nickte. »Ja.«

»Habe die ganze Nacht kein Auge zugemacht«, fuhr Täntzer fort.

»Und warum haben Sie mich nicht informiert?«, fragte Germer.

Siegfried Dorst hatte den Eindruck, dass er in seinen gewohnten Chefmodus zurückgefallen war.

Täntzer stand auf und beugte den Oberkörper vor. »Vielleicht schauen Sie mal auf Ihr Mobiltelefon, Herr Kriminaldirektor!« Die letzten beiden Worte hatte er bewusst in die Länge gezogen.

Germer erstarrte. Er nahm sein Smartphone aus der Hosentasche. »Oh, es steht noch auf Flugmodus.« Seine Gesichtsfarbe wechselte von einem aufgeregten Rot in ein fahles Weiß. »Von gestern Abend, ich war mit meiner Frau im Theater …« Er wischte auf dem Bildschirm herum, offensichtlich um den Flugmodus auszuschalten. Alle hörten das standardmäßige Tonzeichen, das einen entgangenen Anruf signalisiert. Bing, Bing, Bing. Dreimal hintereinander. Germer pustete seine Atemluft hörbar in den Raum. »Tut mir leid, Täntzer!«

Dorst kannte Germer schon lange, hatte auch während seiner aktiven Dienstzeit mit ihm zusammengearbeitet. Doch noch nie hatte er je eine Entschuldigung von ihm vernommen.

»Niemand ist perfekt!«, sagte Täntzer und setzte sich wieder. »Ich denke, ich hatte alles im Griff. Wir haben sofort die Kameraaufzeichnung der Tankstelle geprüft, das Auto mit dem vermutlich gelben Kennzeichenschild ist natürlich nicht drauf. Dafür aber ein silberner Mercedes A-Klasse, sein Kennzeichen war gut zu erkennen. Er gehört einem älteren Herrn, Carl Heinrich Iffländer, ich habe ihn heute früh um 4 Uhr aus dem Bett geklingelt. Er konnte nichts dazu beitragen, war schon weg, als der Mord passierte, und den schwarzen Wagen hat er nicht bemerkt. Er erlitt einen Schock, ich musste ihn ins Weimarer Krankenhaus bringen lassen.«

Dorst war klar, dass Täntzer eine schlimme Nacht hinter sich hatte. Am liebsten hätte er ihn ins Bett geschickt. Doch er war nicht sein Vater, nur sein Mentor. Er warf ihm einen aufmunternden Blick zu.

»Danke, Täntzer«, sagte Germer. »Sonstige Hinweise auf den Täter? Oder die Täterin?«

»Das Fenster zu den Vorratsräumen ist nur 60 mal 60 Zentimeter groß und befindet sich in etwa zwei Metern Höhe. Derjenige oder diejenige muss also sehr schlank und sportlich sein, um dort hindurchzupassen.«

»Nadine Dubois ist schlank. Sehr schlank. Und groß!«, sagte Richard. »Ich habe mich schon damals gewundert, warum eine solch leptosome Frau in einem Restaurant arbeitet. Der Patron hat sie wohl wegen ihrer Weinkenntnis und vielleicht auch wegen ihres französischen Akzents eingestellt.«

Annett Weißmann hob die Hand. »Ich habe mal nachgesehen, welche europäischen Länder gelbe Kennzeichenschilder haben. Die Niederlande, Großbritannien – allerdings nur am Heck, Luxemburg und Frankreich. Bei den Franzosen allerdings nur bei Fahrzeugen, die vor dem 15. April 2009 zugelassen wurden.«

»Danke, Frau Weißmann«, sagte Germer. »Wo ist eigentlich Fehling?« Sofort beantwortete er seine eigene Frage. »Ach ja, den habe ich ja nach Wiesbaden zurückgeschickt. Simon, könnten Sie da noch mal …?«

»Klar, ich habe auch die private Mobilnummer von Jean-Pierre Clément, falls er heute, am Samstag, nicht im Dienst sein sollte.«

»Sehr gut! Klären Sie, ob ein entsprechendes Fahrzeug auf Nadine Dubois zugelassen ist oder auf irgendeine Weise mit ihr in Verbindung steht. Ist die KTU noch vor Ort?«

»Ja, die überprüfen alles auf DNA-Spuren, insbesondere das Fenster, durch das der Täter oder die Täterin eingestiegen sein muss. Bisher keine verwertbaren Reifenspuren, keine Schuhabdrücke, keine Zeugen in den umliegenden Häusern.«

»Okay, jetzt wäre Zeit für eine Mittagspause«, sagte Germer. »Aber zuvor müssen wir den Schutz der übrig gebliebenen Frauen organisieren, das hat Vorrang!«

Täntzer sah auf den Monitor. »Da wir den Vornamen Charlotte nun streichen müssen, bleiben nur zwei Frauen übrig, Christiane Schulz und Christiane Hoffmann. Christiane Schulz, die Bibliothekarin, wird vom KDD geschützt, sie wird sich heute bei der Arbeit abmelden und zu Hause bleiben.«

»Gut«, sagte Richard, »dann bleibt noch Christiane Hoffmann im Hotel Giraphe.«

»Wir müssen sie dort rausholen«, sagte Germer. Im Giraphe ist zu viel Publikumsverkehr, total unübersichtlich, da können wir sie nicht schützen.«

»Ich mach das«, sagte Täntzer.

»Nicht ausgerechnet du!«, rief Annett Weißmann. »Nach dieser Nacht …«

»Doch. Ich kenne das Hotel, meine Schwester hat dort mal gearbeitet.«

»Also gut«, sagte Germer. »Ich fahre mit und übernehme den Kontakt zur Hotelleitung.«

»Ja, super!« Täntzer schien erleichtert.

»Aber danach schlafen Sie sich erst mal richtig aus!«

»Okay, mache ich.«

Germer sah in die Runde. »Ich darf Sie bitten, nach der Mittagspause die restlichen Punkte zu besprechen. Herr Volk, übernehmen Sie die Leitung?«

»Geht klar«, sagte Richard. »Wir treffen uns um 14 Uhr hier wieder. Siggi, schaust du bitte nach Hendrik?«

Siegfried Dorst nickte und machte sich auf den Weg zum Sanitätsraum.

*

Hendrik allein

Jena, Samstag, den 1. November, mittags

Nachdem Hendrik Wilmut sein Telefonat mit Hanna beendet hatte, sah er auf dem Display seines Smartphones, dass eine neue E-Mail eingegangen war. Oft schickte Hanna ihm nach einem Telefongespräch einen kurzen Gruß oder ein rotes Herz. Doch die Nachricht war alles andere als eine Liebesbezeugung. Im Gegenteil. Sie kam von Mestroff: »Sie haben über die Website www.dealer.by einen illegalen Download des Songs ›Spanish Harlem‹ getätigt und sind uns dafür den Betrag von 5 Euro schuldig. Hinzukommt eine Strafgebühr von 400 Euro, zusammen 405 Euro.« Und so weiter, den Rest kannte er. Diesmal blieb Hendrik ruhig. Die E-Mail schien eine automatisch generierte Nachricht zu sein, immer wieder fast derselbe Text, selbst nach der letzten Drohung, es würden Menschen sterben. Siggi hatte ihm ja ins Gewissen geredet, dass diese Spammails nichts mit dem Fall Goetheherz zu tun hatten. Sicherheitshalber rief Hendrik im Internet den Text von »Spanish Harlem« auf, um jegliche Verbindung auszuschließen. Es ging um eine Rose, die in Spanish Harlem wuchs, direkt durch den »concrete«, den Beton. Mit der Rose war wohl sinnbildlich eine Frau gemeint. Nun ja, schöne Geschichte, Spanish Harlem war ein Teil von Manhattan, wahrscheinlich ein Problembezirk, der besungene Mann nahm die Blume mit nach Hause und pflanzte sie in seinen Garten. Hendrik erkannte keine Verbindung zu sich selbst oder dem aktuellen Fall.

Es klopfte.

»Ja, bitte!«

Siggi trat ein. »Hallo, Hendrik, wir treffen uns zum Mittagessen in der Kantine. Kommst du mit?«

Hendrik sah ihn an. »Ja, ich komme.«

»Geht es dir besser?«

»Ja, danke.«

»Wir … also … ich würde mich gern mal in Ruhe mit dir unterhalten, heute Abend?«

Hendrik nickte. »Meinetwegen.« Der Gedanke, sich mit Siggi auszusprechen, behagte ihm überhaupt nicht. Solche Streitigkeiten mussten erst eine Weile in ihm ruhen, bis sie aufgearbeitet werden durften. Und »eine Weile« konnte manchmal sehr lang sein. Unter Umständen mehrere Wochen. Er steckte sein Smartphone ein und verließ den Sanitätsraum. Auf dem Weg in die Kantine berichtete Siggi ihm von den neuesten Entwicklungen bezüglich Christiane Schulz und Christiane Hoffmann. Vor der Tür trafen sie Richard, Annett Weißmann und Pascal Simon. Schulterklopfen, Aufmunterung, Gesundheitstipps. Hendrik fühlte sich als vollwertiges Teammitglied.

Angesichts des Todes von Charlotte Fischer war Hendrik weitgehend der Appetit vergangen. Er nahm lediglich einen kleinen Salat mit einem Brötchen und beobachtete, dass es den meisten ähnlich erging. Hendrik trug sein Tablett zu einem freien Tisch und setzte sich, die anderen folgten ihm.

Nach dem Essen bot Richard an, eine Runde Kaffee auszugeben, das gesamte Team nahm an. Als er mit fünf Kaffeetassen auf einem Tablett zurückkam, waren alle anderen Tische bereits abgeräumt. Richards Vorschlag, das Meeting gleich hier fortzuführen, wurde allgemein begrüßt. Er stellte fest, dass noch zwei Themen offen waren: ein Update der Fallanalyse und die Motivlage bezüglich Nadine Moser und Nadine Dubois.

»Siggi, magst du anfangen?«

»Okay. Zunächst möchte ich darauf hinweisen, dass die operative Fallanalyse kein Wundermittel ist, dennoch kann sie möglicherweise zur Lösung des Falls beitragen. Außerdem ist das Verfahren immer nur in Teamarbeit möglich, zu den Ergebnissen haben also eine Menge Leute beigetragen, auch ihr alle. Dadurch haben wir zwei neue Erkenntnisse gewonnen. Erstens: Seit gestern Abend geht es um mindestens sieben Verbrechen. Sechs gesicherte Morde, den Anschlag auf Hendrik Wilmut und eventuell ein weiteres Tötungsdelikt in Wetzlar. Wie wir alle wissen, ist kein einheitlicher Modus Operandi bei den Morden feststellbar. Vor den Zug gestoßen, tödliche Insulindosis, gewürgt und ertränkt, K.-o.-Tropfen mit anschließendem Unfall, zweimal Genickschuss, einmal Schuss in die Stirn. Aber: Wenn wir die Reihenfolge nach Hendriks Systematik zugrunde legen, dann sehen wir, dass die ersten fünf Morde verdeckt ausgeübt wurden. Das heißt, wir sollten möglichst spät darauf kommen, dass es sich um Mord und nicht um natürliche Todesfälle handelte. Dank der sorgfältigen Arbeit von Dr. Bergen und aller Kripokollegen ist dies schiefgegangen. Dennoch bleibt festzuhalten, dass Frau Wagner und Frau Fischer im Gegensatz zu den anderen Opfern blutig und grausam ermordet wurden. Für uns als Ermittler war also sofort klar: Hier wurde eine Art öffentlicher Hinrichtung durchgeführt. Bisher kann ich nur feststellen, dass dieser Unterschied zwischen Mord 1 bis 4 und Mord 5 und 6 existiert, den Grund dafür kenne ich nicht.«

»Interessant!«, sagte Richard. »Hendrik, hast du eine Idee dazu?«

»Nein«, antwortete Hendrik. Die nächste Lüge.

Siggi fuhr fort. »Zweitens hat sich nach zahlreichen Telefonaten und E-Mails ergeben, dass nicht nur bei Frau Schmidt und Frau Müller die Knochen der rechten Handwurzel zertrümmert wurden, sondern auch bei Frau Meyer, Frau Becker und Frau Wagner. Im Fall Lotte Schneider wurde im Obduktionsbericht nichts dergleichen vermerkt. Sandra Prager hat mir den Bericht zugeschickt. Auch hier kann ich keinen Grund nennen, nur die Tatsache, dass es so ist. Immer die rechte Hand. Die Autopsie von Frau Fischer müssen wir abwarten.«

»Die Knochen wurden zertrümmert, was heißt das genau?«, fragte Annett Weißmann. »Unfall? Fremdeinwirkung? Abwehrverletzung?«

»Die Rechtsmediziner in Leipzig, Jena und Straßburg sagen, es könne sich nur um Fremdeinwirkung handeln. Zum Beispiel einen Schlag mit einem schweren Gegenstand, etwa einem Stein. Keine Abwehrverletzung. Der Schlag erfolgte auf den Handrücken.«

»Prä- oder postmortal?«, fragte Pascal Simon.

»Das konnte leider nicht eindeutig geklärt werden. Allein diese Tatsache der Unsicherheit spricht meiner Erfahrung nach für eine Verletzung in direktem Zusammenhang mit der Tötung, kurz zuvor oder kurz danach. Für mich als Fallanalytiker ist das eine sich wiederholende Eigenart, die keine letalen Folgen hatte, also mit dem Tötungsprozess als solchem nichts zu tun hat. Wir sprechen hier von einer Signatur.«

»Was bedeutet das?«, fragte Hendrik.

»Wir bezeichnen so ein täterspezifisches Merkmal, eine Art Kennzeichnung, ähnlich der Signatur auf den Bildern eines Künstlers.«

Hendrik spürte eine Gänsehaut auf seinen Unterarmen und war froh, dass seine Ärmel sie verdeckten. Die rechte Hand. Mit ihr wurde gegessen, gestreichelt, gegrüßt und geschrieben. Bei den meisten Menschen jedenfalls.

Simon holte frischen Kaffee. »Eine Kleinigkeit habe ich auch noch beizutragen«, sagte er, während er die Kaffeetassen verteilte. »Jean-Pierre Clément hat in seinen Akten keinen Zusammenhang zwischen Nadine Dubois und einem in Frankreich registrierten Fahrzeug gefunden. Ich habe zusätzlich mit KHK Fehling in Wiesbaden telefoniert. Er prüft das Gleiche erneut auf dem offiziellen Weg.«

Hendrik war enttäuscht. Er merkte jedoch, dass die Polizisten solche ins Nichts verlaufenden Ermittlungsstränge gewohnt waren, alle nahmen Simons Information emotionslos hin.

Dann berichtete Richard von seinem Gespräch mit Hendrik während des Frühstücks in Kromsdorf. Sein Resümee war, dass das Motiv sehr wahrscheinlich in Nadine Mosers Rachegefühlen zu finden war, wobei der Zusammenhang mit den getöteten Frauen unklar blieb.

»Und genau das ist jetzt die wichtigste Frage«, meinte Siggi. »Was haben die Herzdamen damit zu tun? Es hängt irgendwie mit dir zusammen, Hendrik. Das Ganze zielt auf dich ab, ich weiß bislang nur nicht, in welcher Form. Irgendetwas musst du doch darüber wissen ...«

Wenn Hendrik mit Siggi allein gewesen wäre, hätte er all die Schimpfwörter, die ihm gerade die Kehle zuschnürten, ausgespuckt, um frei atmen zu können. »Natürlich, bei dir bin ich mal wieder der Schuldige. Was hast du eigentlich gegen mich?«

Siggi schüttelte den Kopf. »Ich habe gar nichts gegen dich, ich versuche lediglich herauszubekommen, was Nadine Mosers Motiv sein könnte, und das hat nun mal mit dir zu tun.«

»Ach ja, wer sagt das denn?«

»Germer hat es bereits gesagt und wir haben es auch besprochen ...«

»Wir? Wer ist denn *wir*?«

»Na ja, Ella und ich.«

In diesem Moment wurde Hendrik klar, wer sein wirklicher Gegner war. Nicht Siggi, sondern dessen Freundin Ella.

»Ich dachte, ihr seid Freunde«, sagte Annett Weißmann.

»Sind wir eben nicht …«, schnaubte Hendrik. Er wurde von einem Klingelton unterbrochen.

Es war Richards Mobiltelefon, er nahm ab und hörte zu. Das Gespräch beschränkte sich auf wenige Sätze, denn er legte schnell wieder auf. Richard hob die Augenbrauen.

»Das war Germer. Sie haben Christiane Hoffmann nicht im Hotel Giraphe angetroffen. Sie befragen gerade die Angestellten.«

»Ist sie verschwunden?«, fragte Weißmann.

»Sieht so aus. Germer hat sie jedenfalls in die Fahndung gegeben. Und …«

»Ja?«

»Das Lagezentrum wird nach Weimar verlegt. Ich soll das organisieren.« Er nahm einen Schluck Kaffee. »Also gut, ich denke, wir sollten keine Zeit verlieren. Die Kriminalpolizeistation Weimar wird uns unterstützen.«

»Die Kripo Weimar besteht nur aus KK Täntzer«, sagte Siggi. »Der Rest ist normale Schutzpolizei.«

»Okay, dann hoffe ich, dass die Kollegen freie Kapazitäten haben, um uns zu helfen. Ich habe hier die Adresse, Am Kirschberg 1, wer weiß, wo das ist?«

Hendrik wollte gerade die Hand heben, als Siegfried Dorst dazwischenrief: »Klar, hinter dem Atrium, Einfahrt von der Friedrich-Ebert-Straße. Die haben aber wenig Platz.«

»Egal«, sagte Richard, »du zeigst mir den Weg, damit wir keine Zeit verlieren. Ich möchte alle Soko-Mitglieder bitten, an Bord zu bleiben, wir brauchen Sie! Folgende Aufgabenverteilung: Pascal, wir beide kümmern uns als Erstes um Daniel Brunner. Frau Weißmann, Sie fahren bitte zu Christiane Schulz in diese … Großmutterstraße.«

»Großmutterleite!«, korrigierte Annett Weißmann.

»Ja, genau. Wir brauchen ein Teammitglied vor Ort, zur

Sicherheit. Sie kennen alle Details, instruieren Sie die Kollegen vom KDD.«

»Mache ich.«

»Ihr wisst alle, um was es geht!«

Hendrik bemerkte, dass Richard in das allgemeine Handwerker-Duzen verfallen war.

»Wir müssen wenigstens eine der Frauen retten«, sagte Richard Volk. »Christiane, Goethes Ehefrau. Es kann Christiane Schulz sein oder Christiane Hoffmann. Fifty-fifty. Los geht's!«

Erst als Hendrik mit den Kaffeetassen auf dem Weg zur Geschirrrückgabe war, fiel ihm auf, dass alle eine Aufgabe bekommen hatten, nur er selbst nicht. Er setzte das Tablett ab und drehte sich um. Völlig allein und losgelöst stand er in der Polizeikantine. Kein Mensch an den Tischen, kein Klappern aus der Küche.

Das Taxi nach Kromsdorf fuhr wieder durch das Isserstedter Holz. Als Hendrik den mit rot-weißem Band abgesperrten Baum erblickte, der Wilhelmine Becker zum Verhängnis geworden war, wurde ihm schlagartig bewusst, dass der von Germer so vehement geforderte Polizeischutz für »Dr. Wilmut« im Laufe des Mittags der ermittlungstechnischen Betriebsamkeit zum Opfer gefallen war. Nervös tastete er nach seinem Zimmerschlüssel.

*

Annett Weißmann

Weimar, Samstag, den 1. November, nachmittags

Kriminaloberkommissarin Annett Weißmann hatte in ihren neun Dienstjahren schon einige brenzlige Situationen überstanden. Vier- oder fünfmal hatte sie sich mittels körperlicher Gewalt wehren müssen. Das fand sie nicht schlimm, fast schon normal, denn dafür war sie ausgebildet worden. Außerdem unterstützte ein trainierter Körper einen widerstandsfähigen Geist. Einmal war sie in Leipzig von einem Drogenabhängigen durch einen Messerstich verletzt worden. Zunächst hatte sie das geschockt, doch nach einer vierwöchigen Rekonvaleszenz passte ihr die Uniform wieder wie angegossen. Kurz danach war sie zur Kriminalpolizei gewechselt. Eine gute Entscheidung. Ihr scharfer Verstand und ihre körperliche und mentale Ausdauer hatten sie schnell zu einer Allzweckwaffe der Leipziger Kripo werden lassen. Deswegen war sie nach Thüringen abkommandiert worden. Doch noch nie war sie für den Personenschutz einer Bürgerin oder eines Bürgers verantwortlich gewesen. Bei mehr oder weniger prominenten Menschen war dies Aufgabe des BKA. Bei minderschweren Fällen fuhr mehrmals am Tag ein Streifenwagen vor dem betreffenden Gebäude entlang – eine halbherzige Maßnahme, die hauptsächlich der Beruhigung der gefährdeten Person diente.

Das Wetter meinte es gut mit den Menschen im mittleren Thüringen. Der Nebel hatte sich gehoben und die flache Herbstsonne wärmte das Gemüt. Während der Autofahrt über Isserstedt und Umpferstedt versuchte Annett Weißmann sich an das zu erinnern, was sie vor zehn Jahren auf der Polizeischule zum Thema Personenschutz gelernt hatte. Bevor ihre Erinnerung lebendig wurde, erreichte sie die Stadtgrenze von Weimar. Auf dem Display ihres Navigationssystems sah sie, dass sie den Lindenberg befuhr. Kurz nach einem Wäldchen wurde sie aufgefordert, rechts abzubiegen in die Webichtallee. Neben der Straße verlief eine Bahnstrecke, sie hörte einen Zug vorbeirauschen.

»Nach 50 Metern links abbiegen in den Krausweg.« Sie setzte den Blinker und bog ab. Kurz darauf: »Sie haben Ihr Ziel erreicht.« Vor ihr lag die Großmutterleite. Gediegene Einfamilienhäuser. Sie orientierte sich kurz und parkte in der Nähe der Kreuzung zum Zelterweg. Dann rief sie die Dienstnummer des KDD an und bat den Diensthabenden, sie bei den beiden Kollegen anzumelden.

Frau Schulz wohnte in einem frei stehenden Haus. Von ihrer Internetrecherche wusste Annett, dass sich dahinter ein Garten erstreckte, der an die Grundstücke im Krausweg grenzte. Sie klingelte. Eine Kollegin in Uniform öffnete vorsichtig ein Fenster im ersten Stock.

»Annett Weißmann«, rief sie ihr von unten zu.

»Halten Sie bitte Ihren Dienstausweis vor die Kamera«, kam es von oben.

Erst jetzt bemerkte sie das Kameraauge neben der Klingel. Sie zeigte ihren Ausweis. Die Tür wurde einen Spalt breit geöffnet. Der zweite Kollege erschien, er trug Zivilkleidung und verlangte mit einer Handbewegung ihren Dienstausweis. Erst nachdem er ihn ausführlich betrachtet und das Bild mit der leicht gealterten Wirklichkeit verglichen hatte, bat er Annett Weißmann herein.

»Sorry, wir müssen vorsichtig sein. Und wir wurden besonders vor Frauen gewarnt.« Er grinste. »Ich bin KK Boris Gaube.«

Annett musterte ihn mit der gleichen Sorgfalt, mit der er zuvor ihren Ausweis kontrolliert hatte. Typ Schwiegersohn, treue Augen, dünnes Haar, grauweißer Schal. »Das ist in Ordnung«, sagte sie. »Die Verdächtige ist tatsächlich eine Frau. Ich bin KOK Annett Weißmann.«

»Hallo, Annett!«

»Hallo, Boris!«

»Die Kollegin oben ist PK Lisa Lenker. Sie wurde mir zugeteilt, ist noch jung, etwas aufgeregt, na ja, wird schon. Frau Schulz macht einen ruhigen Eindruck, sie liest viel und kocht guten Kaffee für uns. Aber sie will nicht aus dem Haus gehen, solange der Mörder frei rumläuft. Oder die Mörderin.«

»Okay, können wir die Sicherungsmaßnahmen im Erdgeschoss und im Keller ansehen?«, fragte Annett.

»Klar. Das Haus ist an sich gut geschützt. Sicherheitsschlösser, im Keller stabile Querriegel vor den Türen und vergitterte Fenster. Wir gehen mal runter.«

Er zeigte ihr die neuralgischen Punkte. »Lediglich die Tür zur Garage ist nicht besonders stabil, auch das Garagentor nicht. Wir haben dort eine Infrarotkamera mit Alarmfunktion installiert, ebenso auf der Terrasse hinter dem Haus.«

Annett Weißmann nickte. »Sehr gut. Wo ist der Kontrollmonitor?«

»Oben im Flur auf dem Sideboard.«

»Großartig! Woher habt ihr denn so schnell die Kameras bekommen?«

»Die wurden aus Jena geschickt. Kriminaldirektor Germer hat das organisiert.«

Annett hob den Daumen. Sie stiegen die Treppe hinauf ins Erdgeschoss.

»Wie du gesehen hast, führt die Haustür in einen kleinen Vorraum mit einer zweiten Tür, also keine Durchschussgefahr in den Hauptflur. Deswegen haben wir hier den Kontrollmonitor aufgestellt.«

Sie nickte anerkennend. Boris Gaube machte einen professionellen Eindruck.

Er löste seinen Schal und band ihn mit wenigen schnellen Handgriffen neu zu einem kunstvollen Knoten. Annett staunte. »Achtgeben müssen wir auf die Fenster im Erdgeschoss«, fuhr er fort. »Einige sind von außen gut erreichbar, eines zum Beispiel über die Terrasse. Deswegen steht dort die zweite Infrarotkamera. Ich habe einen Plan gezeichnet vom Erdgeschoss, schau!«

Er reichte ihr einen Zettel. Die Zeichnung war kein Kunstwerk, aber Annett konnte alles erkennen: den großen Flur, eine Küche, ein Gästezimmer und eine separate Toilette. Die kritischen Stellen hatte Boris mit einem Kreuz markiert. Darum würde sich Annett später kümmern.

»Gute Arbeit! Dann lass uns mal hochgehen.«

Als sie in den ersten Stock kamen, erläuterte Boris ihr die Raumaufteilung. »Da ist das Wohnzimmer, dort drüben das Bad und das Arbeitszimmer von Frau Schulz. Es ist groß, man könnte es auch als Bibliothek bezeichnen. Von dort geht ein kleiner Balkon in Richtung Garten.«

»Was ist über uns?«

»Dachboden, Lagerplatz für Koffer, Winterkleidung und Ähnliches. Eine Abstellkammer mit Stahltür. Kein Zugang von außen, hier ist die Bodentreppe, kann man ausklappen.«

»Gut, das geht klar!«

Christiane Schulz war eine korpulente Frau, Annett schätzte sie auf Mitte 60. Auf den ersten Blick schien sie mit ihrem Lehnsessel verschmolzen zu sein. Doch unvermittelt sprang sie auf, überraschend agil, hielt ein Buch, in dem sie offenbar gerade gelesen hatte, in der linken Hand und begrüßte Annett Weißmann mit einem festen Händedruck der rechten.

»Sie können gerne Christiane zu mir sagen!«, meinte sie.

Auf Annetts innerem Bildschirm blitzte das Gesicht ihres Lehrers an der Polizeischule auf. »Vielen Dank, Frau Schulz, wenn diese Sache vorbei ist, dann gerne, aber momentan bin ich dienstlich hier, und wir sind angehalten, uns professionell zu verhalten. Bitte nicht persönlich nehmen!«

Außerdem fiel Annett ein, dass es noch eine zweite Christiane gab, die ebenso in Gefahr war. Sie musste jeglicher Verwechslung vorbeugen. Doch das brauchte Frau Schulz nicht zu wissen.

Christiane Schulz sah über ihre Brille hinweg zu Boris Gaube hinüber. »Hm, das hat Herr Gaube auch gesagt. Lisa war da etwas zugänglicher …«

Annetts Blick wanderte automatisch zu Lisa Lenker, deren Kopf einer Glühbirne ähnelte. Sie streckte ihr die Hand hin. »Hallo, ich bin Annett!«

»Hallo«, kam es dünn zurück.

Frau Schulz legte ihr Buch auf einen kleinen Glastisch. »Ich hoffe, Sie sind wenigstens Kaffeetrinkerin?«

»Sogar leidenschaftlich!«, antwortete Annett lächelnd.

»Gut, dann gehe ich mal runter in die Küche.«

»Ich begleite dich … äh … ja …«, stotterte Lisa Lenker.

»Ich schaff das schon allein, Lisa, danke!«

Boris Gaube gab Polizeikommissarin Lisa Lenker einen Wink mit dem Kinn.

»Ich bleibe trotzdem bei dir«, rief sie. »Ich muss ja auf dich aufpassen!«

Boris verdrehte die Augen und rückte seinen Schal zurecht.

»Sei nicht zu streng mit ihr«, meinte Annett Weißmann. »Wie alt ist sie?«

»23, frisch von der Polizeischule, für solch eine Aufgabe eigentlich nicht geeignet, aber du kennst ja unsere Personalsituation.«

»Ja, allerdings, in Leipzig ist es nicht anders. Pass auf, solange Frau Schulz unten ist, erkläre ich dir die genaue Situation, anschließend könnt ihr Feierabend machen. Ich bleibe über Nacht hier. Morgen früh löst du mich bitte ab und bringst eine andere Kollegin mit. Etwas mehr Erfahrung wäre schon gut.«

Boris Gaube nickte und Annett Weißmann begann, ihm die Details der drei Soko-Sitzungen zu erläutern. Sie hoffte, nichts Wichtiges vergessen zu haben. Nebenbei fiel ihr Blick auf das Buch, das Frau Schulz mit einem Lesezeichen versehen auf den kleinen Glastisch neben ihrem Sessel gelegt hatte. »Christiane und Goethe« von Sigrid Damm. Interessant, dachte sie. Christiane liest über Christiane.

*

Julian Täntzer
Weimar, Samstag, den 1. November, nachmittags

Kriminalkommissar Julian Täntzer hatte das duale Studium an der Polizeihochschule Meiningen als Zweitbester seines Jahrgangs abgeschlossen. Da er aus Apolda stammte, wollte er gerne in Mittelthüringen bleiben. Nicht nur wegen der Thüringer Bratwurst, die nach seiner Überzeugung nur von den Wurstmachern zwischen Jena und Erfurt so interpretiert wurde, wie er es liebte, nein, auch wegen des Landstrichs, der sich leicht hügelnd zwischen der Saale und dem Erfurter Becken erstreckte, den er seit seiner Jugend liebte und fast jedes Wochenende auf dem Fahrrad durchstreifte. Natürlich waren auch seine Freunde und Verwandten, die alle in der Nähe der Glockenstadt Apolda wohnten, ein wichtiges Argument. Gern hätte Julian Täntzer eine junge Frau aus der Region gefunden, die sich ihm anschloss, doch bisher waren die sich anbahnenden Romanzen alle an seinen unregelmäßigen Arbeitszeiten gescheitert.

Nach seiner Ausbildung war Täntzer der Kriminalinspektion Jena und damit Kriminaldirektor Germer zugeteilt worden. Der hatte ihn sofort nach Weimar geschickt, wo er innerhalb von nur vier Wochen von Kriminalhauptkommissar Siegfried Dorst eingearbeitet worden war – viel zu kurz. Allerdings verstand er sich mit Dorst so gut, dass dieser ihn auch nach seinem Ausscheiden aus dem Dienst häufig am Kirschberg besuchte und ihm wertvolle Ratschläge gab. Diese betrafen ausschließlich ermittlungstechnische Fragen, nicht die internen Prozesse der Polizeiarbeit, denn Letztere waren im Laufe der vergangenen Jahre komplett digitalisiert worden, was Siegfried Dorst erhebliche Probleme bereitet hatte. Julian Täntzer in seiner jugendlichen Erfahrungswelt hatte damit keine Schwierigkeiten. Seit nunmehr einem Jahr leitete er die Kriminalpolizeistation Weimar und fungierte in Personalunion als sein einziger Mitarbeiter. Zu Beginn hatten ihn die meisten Kollegen der Schutzpolizei wegen seiner äußerlichen Erscheinung als »Milchgesicht« eingestuft und nicht ernst genommen. Inzwischen hatte er sich bewährt und die Kollegen unterstützten ihn, soweit ihr Tagesgeschäft dies zuließ. Bisher hatte er nur relativ kleine Fälle bearbeitet, mehrere Körperverletzungen, einen Betrugsfall und ein Tötungsdelikt, das sich schnell als familiäre Affekthandlung herausgestellt hatte. Er erledigte seine Arbeit sauber und korrekt, schrieb sachlich formulierte und logisch zusammenhängende Berichte, die von seinen Vorgesetzten und vor Gericht problemlos akzeptiert wurden. Germer war mit ihm anscheinend zufrieden, auch wenn er das nicht zeigen konnte. Oder nicht wollte. Nun stand Julian Täntzer vor seiner ersten echten Bewährungsprobe.

Während der Fahrt von Jena nach Weimar unterhielt er sich mit Germer über das Hotel Giraphe, das als Haus No. 1 in der Stadt galt. Täntzer parkte auf dem Platz der Demokratie, von den Weimarern immer noch Fürstenplatz genannt, zwischen dem Reiterstandbild des Herzogs Carl August und den beiden Streifenwagen, die dort Stellung bezogen hatten. Es war kalt geworden, ging wohl auf die Frostgrenze zu. Die Sonne hatte sich bereits hinter den Ettersberg gesenkt, und die Straßenlaternen warfen ihr dürftiges Licht auf den feuchten Asphalt.

Germer forderte die uniformierten Kollegen zur Zurückhaltung auf, bis sie gebraucht wurden. Dann schritt er weit ausholend in Richtung Nordseite des Marktplatzes, sodass Täntzer Mühe hatte, ihm zu folgen. Als sie das Gebäude des Hotels erreichten, verlangsamte der Kriminaldirektor seine Schritte, vermutlich, um den Eindruck eines hektischen Polizeieinsatzes zu vermeiden.

Sie betraten das Giraphe und liefen zielstrebig auf die Rezeption zu. Dort waren zwei Angestellte mit Gästen beschäftigt, sodass die beiden Polizisten, nur mühsam ihre Ungeduld beherrschend, warten mussten. Eine junge Frau telefonierte, sie nahm offensichtlich eine Reservierung entgegen. Julian Täntzer wusste sofort, dass die Rezeptionistin nicht Frau Hoffmann sein konnte, dazu war sie viel zu jung. Er raunte Germer diese Erkenntnis zu, der nickte. Ihr deutlich älterer Kollege klärte mit einem vor ihm stehenden Gast die Details seiner Rechnung. Endlich zahlte dieser, während das Datum der Reservierung immer noch diskutiert wurde.

»Was kann ich für Sie tun?«, fragte der Rezeptionist in einem geschäftsmäßig freundlichen Tonfall. Sein Namensschild wies ihn als »Herr Roth« aus.

»Wir hätten gern Frau Christiane Hoffmann gesprochen!«, sagte Germer, und Täntzer merkte, dass es seinem Chef schwerfiel, von der Rolle des Bestimmers in die eines kommunikativen Ermittlers zu wechseln.

Roth stutzte. »Frau Hoffmann … hat zurzeit keinen Dienst.«

»Sie steht aber auf dem Dienstplan.«

»Kann sein, dann ist der eben … geändert worden.«

»Sagen Sie mir bitte, wo ich sie finden kann.«

»Wer möchte das denn wissen?«

Germer zog seinen Dienstausweis hervor und legte ihn ohne jeglichen Kommentar auf den Tresen.

Der Mann hinter der Rezeption hob die Augenbrauen. »Tja, ich weiß nicht, ob ich Ihnen das sagen darf, Sie wissen schon, Datenschutz …«

Germer steckte seinen Ausweis wieder ein. »Wo finde ich Ihren Chef?«

Roth zuckte zusammen, und seine junge Kollegin, die ihr Telefonat inzwischen beendet hatte, sah interessiert zu den Männern herüber. Auf ihrem Namensschild stand »Auszubildende«.

»Den Hoteldirektor?«, fragte Roth.

»Ja, genau!«

»Äh, also, ich weiß nicht, ob der im Haus ist …«

»Er ist im Haus«, sagte Germer. »Ich habe vor einer Stunde mit seiner Assistentin telefoniert.«

Täntzer sah den Kriminaldirektor erstaunt an. Germer hatte seine Hausaufgaben gemacht.

»Ich habe ihn vorhin noch gesehen!«, warf die Auszubildende ein, was ihr einen mehr als unfreundlichen Blick des älteren Kollegen einbrachte.

»Also?«, fragte Germer.

»Erster Stock rechts, zweite Tür links.«

»Täntzer, Sie übernehmen hier, ich informiere Volk«. Damit eilte Germer zur Treppe.

Julian Täntzer lehnte sich über den Tresen und raunte dem Rezeptionisten zu: »Herr Roth, wir müssen uns dringend unterhalten, in Ruhe und ausführlich und sofort.«

»Meine Güte, ich kann doch jetzt nicht weg!«

»Doch, können Sie. Ihre Auszubildende macht das gut, und derzeit ist nicht viel Betrieb.«

Der Mann rief seiner Kollegin zu: »Nicole, ich bin mal kurz im Büro, wenn es ein Problem gibt, sagen Sie Bescheid!«

»Mache ich, Chef!«

»Und denken Sie an die Reisegesellschaft aus Dortmund!«

»Okay, geht klar!«

»Und vergessen Sie nicht, dass Zimmer 11 bis 13 renoviert werden, also …«

»Ich weiß, Herr Roth!« Ihr Ton zog leicht an.

»Können wir?« Täntzers Stimme wurde ebenfalls schärfer.

»Ja, ich komme ja schon«, sagte der Rezeptionschef und ging voraus in das hinter dem Empfang liegende Büro. »Man muss auf die jungen Dinger aufpassen.«

»Man kann ihnen aber auch etwas zutrauen«, sagte Täntzer, während er eintrat. Er dachte dabei an sein erstes Jahr in der Polizeistation Weimar.

Roth sah ihn prüfend an. »Ich glaube kaum, dass Sie in Ihrem Alter das beurteilen können!«

Julian Täntzer hatte nicht vor, sich auf eine Diskussion über Jugend und Alter einzulassen, dazu war keine Zeit. »Wollen wir uns setzen?«, fragte er.

Missmutig deutete Roth auf eine kleine Sitzgruppe. Beide nahmen Platz.

»Es tut mir leid, Herr Roth, aber wir haben einen dringenden Fall zu bearbeiten, deswegen komme ich gleich zur Sache. Wo ist Christiane Hoffmann?«

»Hat sie was mit diesem dringenden Fall zu tun?«

»Würden Sie bitte einfach meine Frage beantworten?«

»Meine Güte, sind Sie unhöflich …«

»Entschuldigung, ich bin nicht unhöflich, allenfalls ungeduldig, und das aus gutem Grund, also: Wo – ist – Christiane – Hoffmann?«

»Ja, ich hab Ihre Frage schon verstanden, bin ja nicht taub oder dumm. Sie müssen nicht alles wiederholen!«

Täntzer schwieg.

»Ja nun, was ist denn jetzt?«, fragte Roth.

»Ich warte auf Ihre Antwort.«

»Woher soll ich das denn wissen …? Keine Ahnung, wo sie ist.«

Julian Täntzer stand auf. »Passen Sie auf, Herr Roth, nur weil Sie mich für zu jung halten, um Ihnen Fragen zu stellen, können Sie hier nicht mauern. Sie sind Frau Hoffmanns Chef, und wenn Sie nicht wissen, wo Ihre Mitarbeiterin ist, dann muss ich daraus schließen, dass Sie Ihre Aufgabe nicht im Griff haben …«

»Na, hören Sie mal, junger …«

»Nein, *Sie* hören mir zu. Frau Hoffmann ist möglicherweise in Gefahr, und wenn Sie nicht sofort den Mund aufmachen, nehme ich Sie mit auf die Wache und führe eine offizielle Vernehmung mit Ihnen …«

»Aber ich muss …«

»Sie müssen gar nichts, ich werde Ihrem Chef klarmachen, dass Sie sich unkooperativ verhalten haben, dann kann er Ihnen die ausgefallene Arbeitszeit vom Lohn abziehen. Abgesehen davon, dass ich Sie anzeigen werde, weil Sie durch Zurückhalten von Informationen das Leben von Frau Hoffmann gefährden. Das kann Ihnen als unterlassene Hilfeleistung ausgelegt werden.«

Roth wurde blass und blässer. Er räusperte sich umständlich. »Ähm, also … sie ist verschwunden. Eigentlich hätte sie jetzt Dienst.«

»Wie bitte? Sie hatte gestern Spätdienst, hat im Hotel übernachtet, um direkt die Frühschicht übernehmen zu können, und hängt danach noch eine Spätschicht dran? Drei Schichten hintereinander?«

»Nein, dazwischen war ja die Nachtschicht, die übernimmt unser Nachtportier. Manchmal macht sie so was.«

»Wie lange gehen denn diese drei Schichten, von/bis?«

Roth zögerte.

»Verdammt, reden Sie endlich! Meine Geduld ist nicht unbegrenzt!«

»Die Frühschicht beginnt um 6 Uhr und geht bis 14 Uhr, die Spätschicht von 14 bis 22 Uhr, jeweils 8 Stunden.«

»Das heißt, sie sollte heute 16 Stunden am Stück arbeiten?«

»Na ja, ausnahmsweise …«

»Wer hat diese Ausnahme gefordert? Sie oder Frau Hoffmann?«

»Also, ich hatte eigentlich …«

»… einen Termin?«

Roth nickte.

»Passen Sie auf, wenn Sie jetzt nicht klar und ohne Ausflüchte antworten, werde ich die Gewerkschaft und das Ordnungsamt informieren. Von wegen Arbeitszeitkonto. Ist das klar!«

»Ja, ist klar«, antwortete Roth.

»Gut. Wann haben Sie Christiane Hoffmann zuletzt gesehen?«

»Wann ich sie zuletzt gesehen habe?«

»Hören Sie endlich auf, meine Fragen mit Gegenfragen zu beantworten, Sie sind ja weder taub noch dumm!«

»Ja, das stimmt. Ich habe sie zuletzt gestern Abend um 22 Uhr gesehen.«

»Heute gar nicht?«

»Nein, sonst hätte ich nicht ›gestern‹ gesagt.«

»Gut. Wissen Sie, wann sie das Hotel heute verlassen hat?«

»Laut Nicole gegen 12 Uhr. Kurz nach zwölf hat Nicole mich angerufen und gesagt, dass sie Hilfe braucht, ich habe deshalb meinen Termin abgesagt und bin hierhergefahren.«

»Wann kamen Sie im Hotel an?«

»Ungefähr um 13 Uhr. Ich wohne in Mellingen.«

»Wie heißt Nicole mit Nachnamen?«

»Heckland.«

»Na, geht doch. Hat sie Ihnen gesagt, warum Christiane Hoffmann so schnell verschwunden ist?«

»Nein. Christiane hat ihr keinen Grund genannt. Hat einfach gesagt, es täte ihr leid, sie müsse sofort weg. Näheres sollten Sie besser Nicole fragen.«

»Mache ich. Hat Frau Hoffmann ein Auto?«

»Ja, sie wohnt in Tröbsdorf, manchmal fährt sie mit dem Auto, bei gutem Wetter mit dem Fahrrad.«

»Aha, sportlich. Und gestern, wie kam sie gestern?«

»Keine Ahnung.«

»Haben Sie das KFZ-Kennzeichen?«

»Das hat Frau Eisenlohr, die Assistentin des Hoteldirektors, sie vergibt die Parkplaketten.

»Gut. Hat Frau Hoffmann Familie? Einen Freund?«

»Soweit ich weiß, lebt sie getrennt und hat eine Tochter, die in München wohnt. Ansonsten hat sie wohl einen Freund, ganz komischer Typ, er war mal hier und hat sie abgeholt.«

»Was meinen Sie mit ›komischer Typ‹?«

»Na ja, wenn ich Christiane nicht kennen würde, hätte ich ihn für einen Zuhälter gehalten. Dicke Goldkette, Cowboystiefel, gegelte Haare, Hemd offen bis in den Schritt.«

»Hm, danke. Kennen Sie seinen Namen?«

»Nur den Vornamen: Dani. Dandy würde besser passen.«

»Okay. War Frau Hoffmann bisher zuverlässig?«

»Absolut zuverlässig. Sie ist ja auch immer mal wieder eingesprungen, wenn jemand ausfiel.«

»Oder einen Termin hatte?«

»Ja, so wie ich. Kontrolluntersuchung nach überstandener Krebserkrankung.«

Julian Täntzer erschrak. »Entschuldigung. Das wusste ich nicht.«

»Sie sind ja noch jung, da denkt man an so was nicht.«

Täntzer musste sich konzentrieren. »Hat Frau Hoffmann ein Mobiltelefon?«

»Ja, ich gebe Ihnen die Nummer.« Er zog sein Handy aus der Jacketttasche, ein gutes altes Nokia. Er klappte es auf und diktierte die Telefonnummer.

Julian speicherte sie sofort in seinem Smartphone. »Wir haben's gleich, ein paar Minuten noch bitte!« Er rief die Einsatzzentrale in Jena an und gab Christiane Hoffmanns Mobilnummer durch. Sie wurde den Fahndungsdaten zugefügt. Dann schickte er die Nummer an Richard Volk mit der Bitte, von der neuen Einsatzzentrale am Weimarer Kirschberg aus eine Handyortung vorzunehmen.

»So, Herr Roth, jetzt möchte ich Sie bitten, mit uns zusammenzuarbeiten. Frau Hoffmann ist in Gefahr, mehr kann ich Ihnen nicht sagen. Wichtig ist, dass Sie keinerlei Informationen zu Christiane Hoffmann weitergeben, egal wer Sie danach fragen sollte, weder Adresse noch Telefonnummer. Bitte informieren Sie Ihre Mitarbeiter darüber. Ist das machbar?«

»Natürlich, Herr …«

»Täntzer. Wie der Tangotänzer, nur mit tz.«

»Ich tanze lieber Foxtrott.«

Sie lachten.

»Weiterhin, Herr Roth, möchte ich Sie bitten, mich anzurufen, sobald sich jemand nach Frau Hoffmann erkundigt. Wenn es möglich ist, versuchen Sie den Namen desjenigen herauszubekommen. Muss aber nicht sein.«

»Mache ich, Herr Täntzer. Kann das gefährlich werden?«

»Ehrlich gesagt, ja.«

»Jemand will sie umbringen?«

»Sie können sich vorstellen, dass ich darüber nicht reden darf. Die Situation ist jedenfalls ernst.«

Roth nickte. »Ich unterstütze Sie so gut wie möglich, Christiane ist meine beste Mitarbeiterin, ich hoffe, dass ihr nichts passiert!«

»Sehr gut, danke. Jetzt schicken Sie mir bitte Nicole Heckland herein, es dauert nicht lange.«

Roth erhob sich, ging hinaus und redete leise mit seiner Mitarbeiterin. Täntzer nutzte die Zeit, um Germer anzurufen und ihm mitzuteilen, dass er Frau Hoffmanns Mobiltelefon orten wolle, und bat ihn, Hauptkommissar Volk bei der richterlichen Genehmigung zu helfen. Das sei kein Problem, meinte Germer und berichtete, dass der Hoteldirektor kooperieren werde, er allerdings darum gebeten habe, möglichst wenig Aufsehen zu erregen, was Germer ihm halbherzig zugesichert habe. Von Frau Eisenlohr, der Assistentin des Hoteldirektors, habe er die Liste aller Mitarbeiter bekommen. Ob auch Frau Hoffmanns Kfz-Kennzeichen darauf stehe, fragte Täntzer. Germer meinte, er werde das klären.

Nachdem er aufgelegt hatte, erschien Nicole Heckland. Täntzer begrüßte sie.

»Frau Heckland, ich muss mich beeilen. Wann haben Sie Christiane Hoffmann zuletzt gesehen?«

»Kurz vor 12 Uhr. Da meinte sie plötzlich, sie müsse dringend weg. Ich hab gesagt, sie soll wenigstens für Ersatz sorgen, ich wollte nicht allein die Rezeption übernehmen, da sagte sie nur, ich solle den Chef anrufen, und schon war sie weg. Also, ich fand das echt …«

»Sorry, wir müssen weitermachen. Ist vor dieser Flucht irgendetwas passiert? Ein bestimmter Gast? Ein Telefonat? Sonst etwas?«

Sie überlegte. »Na ja, wie Sie das so sagen, direkt davor hat sie mit Frau Eisenlohr telefoniert.«

»Mit der Assistentin des Direktors?«

»Genau.«

»Okay, sonst noch etwas Ungewöhnliches?«

»Nein.«

»Kennen Sie ihren Freund?«

»Dani, ja, flüchtig.«

»Ich nehme an Daniel?«

»Ich denke schon.«

»Herr Roth beschrieb ihn als reichlich … extravagant, wie sehen Sie das?«

»Ach, ich fand ihn ganz in Ordnung. Er hat so einen tollen dunklen Vollbart, eigentlich attraktiv, wenn ich das Mal so sagen darf.«

»Dürfen Sie. Wie hat Frau Hoffmann das Hotel verlassen? Ruhig? Hektisch? Normal?«

»Hektisch, eindeutig. Sie ist schon manchmal etwas chaotisch, aber immer nur, wenn es um Dani geht. Hat sogar ihre Handtasche vergessen, nur ihr Handy hat sie mitgenommen.«

»Frau Heckland, es sieht so aus, als sei Christiane Hoffmann in Gefahr, deswegen muss ich Sie bitten, mir die Handtasche auszuhändigen. Vielleicht finden wir darin einen Hinweis, der uns weiterhilft.«

Sie sah Julian Täntzer unsicher an. »Ich weiß nicht, ob das geht. Ich habe die Handtasche extra weggeschlossen.«

»Frau Heckland, Sie wollen doch sicher nicht schuld sein, wenn Frau Hoffmann etwas zustößt, oder? Sie bekommen selbstverständlich eine Empfangsquittung.«

»Also gut …« Sie stand auf und ging zur gegenüberliegenden Wand. Dort befand sich eine Reihe von Schließfächern, sie nahm ihr Schlüsselbund und öffnete eines der Fächer. »Hier ist sie.« Zögernd reichte sie Täntzer eine schwarze Lederhandtasche. Er öffnete sie. Außer einem dünnen Kalender und einer Haarbürste entdeckte er nichts Interessantes. »Danke, Frau Heckland. Sie können die Handtasche wiederhaben, wir brauchen vorerst nur den Kalender.«

Sie lächelte erleichtert. »Das ist gut!« Dann verdunkelte sich ihr Gesicht. »Was meinen Sie mit ›vorerst‹?«

»Nun, es kann sein, dass wir die Bürste im äußersten Fall noch benötigen. Bitte halten Sie die Handtasche unter Verschluss.«

Sie sah ihn verständnislos an. Plötzlich schien sie zu begreifen, was Täntzer mit dem Ausdruck »im äußersten Fall« meinte. Tränen liefen ihre Wangen hinab.

Täntzer hob entschuldigend seine Hände. »Tut mir leid,

dass ich das sagen muss, wir Polizisten müssen immer auf alles vorbereitet sein, das verstehen Sie doch sicher, oder?«

Sie nickte.

Julian reichte ihr ein Papiertaschentuch. »Ist Frau Hoffmann gestern mit dem Auto gekommen?«

»Ja, es war zu kalt fürs Fahrrad.«

»Danke, Frau Heckland, das war's«, sagte Julian Täntzer und verabschiedete sich. Er musste unbedingt mit Frau Eisenlohr sprechen.

*

Rakso

Kromsdorf, Samstag, den 1. November, spätnachmittags

Als Hendrik in der Pension Erlenhof ankam, saßen die Wirtsleute mit ihren Kindern und Enkeln im Gastraum.

»Hallo, Herr Wilmut«, rief die Wirtin gutgelaunt. »Wollen Sie eine Tasse Kaffee mit uns trinken? Es gibt auch hausgemachten Thüringer Kuchen.«

Hendrik zögerte. Er hörte die Kinder fröhlich lachen. »Danke, ich will nicht stören.«

»Sie stören nicht, wir feiern den Geburtstag unseres jüngsten Enkels, die Hauptperson hält allerdings einen ausgedehnten Mittagsschlaf.«

»Äh, wirklich, wie alt wird denn der Kleine?«

»Ein Jahr. Er heißt Rakso, ein alter turkmenischer Name. Ich finde ihn ja nicht so toll, aber unsere Tochter wollte das so.«

»Rakso, soso … den Namen habe ich noch nie gehört. Außer als …« Er wollte gerade sagen »als Putzmittel«, konnte sich jedoch zurückhalten.

»Ich habe den Namen vorher nur als Glasreiniger gekannt!«, sagte die Wirtin.

Hendrik lachte. »Gut, dann nehme ich Ihre Einladung gerne an. Thüringer Kuchen erinnert mich an meine Großmutter.«

Hendrik betrat den Gastraum und begrüßte alle Anwesenden. Zwei Töchter, zwei Schwiegersöhne und zwei Enkelkinder. Dazu der Erlenwirt und ein Nachbar. In der Mitte des Tischs türmten sich Massen von Kuchen auf fünf oder sechs Platten.

»Meine Güte, Sie haben ja viel gebacken!«, entfuhr es ihm.

Die jüngere Tochter lachte. »Ja, zum ersten Geburtstag backen wir immer so viel Kuchen, dass das Gewicht des Kinds aufgewogen wird. Ich habe Rakso wohl gut ernährt …«, sie zeigte auf ihre Brust, »er wiegt inzwischen zehn Kilogramm.«

»Zehn Kilo Kuchen, du meine Güte!«

Alle lachten. »Greifen Sie zu! Wir haben zwölf verschiedene Sorten, da müssen Sie durch!«

»Zwölf?« Hendrik lachte. »Das werde ich wohl kaum schaffen.«

»Doch, doch, sind alles Blechkuchen, die schneiden wir in kleine Stücke, zwei Fingerbreit, dadurch können Sie alle Sorten probieren. Schneewittchenkuchen ist besonders zu empfehlen!«

»Aha, den kenne ich von meiner Großmutter, vielen Dank!«

Am Ende des Nachmittags hatte Hendrik alle Sorten zweimal probiert und vier Tassen Kaffee getrunken. Schneewittchenkuchen, Mohnkuchen mit Streuseln, Quarkkuchen mit Aprikosen, Bienenstich, Susannenkuchen und so weiter und so fort.

Endlich gesellte sich das Geburtstagskind zu ihnen. Nach wenigen Momenten, in denen Rakso den unbekannten »Onkel« gemustert hatte, wollte er auf seinen Schoß klettern und bei ihm Kuchen essen. Seine Mutter versuchte, das zu verhindern, doch Hendrik ließ es zu. Es war ein gutes Gefühl, solch einen kleinen Kerl bei sich zu haben, der ihm offensichtlich vertraute. Auch wenn Hendriks Hose anschließend mit Fettflecken übersät war.

»Ist nicht meine Schuld«, erklärte die Mutter des Kleinen. »Sie wollten das so!«

Als das Wort Schuld fiel, wurde Hendrik rasant in seinen Alltag zurückgeworfen. Die Familie, besonders der kleine Rakso, hatte ihn kurzzeitig in eine unbeschwerte Parallelwelt entführt. Er trank seinen letzten Schluck Kaffee.

Der Erlenwirt schien Hendrik anzusehen, dass er einen innerlichen Kampf austrug, gab ihm ein Zeichen zu warten, ging wortlos in den Keller und kehrte mit einer Flasche Kümmelschnaps zurück. Er stellte zwei Gläser auf den Tisch und warf Hendrik einen fragenden Blick zu. Offensichtlich war er kein Mann der großen Worte. Hendrik nickte. Und es war ihm egal, ob der Schnaps nach so viel Kuchen und Kaffee das geeignete Mittel war, ihn wieder aufzubauen. Sie stießen an und warfen den Kopf in den Nacken. Beim zweiten Schnaps trank Raksos Vater mit.

»Ich heiße Silvio«, sagte er. »Was ist los mit Ihnen? Probleme?«

Hendrik nickte.

»Können wir helfen?«

»Nein!«

»Nun erzählen Sie schon, bleibt alles hier im Raum!«

»Ich hab Blödsinn gemacht.«

»Hm«, machte Silvio. »Und jetzt – schlechtes Gewissen?«

Hendrik nickte.

»Ich bin zwar kein großer Philosoph, aber über die Frage, wie man abends ohne schlechtes Gewissen einschlafen kann, habe ich schon oft nachgedacht.« Silvio sah Hendrik an. »Sie kennen ja sicherlich den bekannten Satz ›Tue nichts, was du nicht zugleich willst, dass es dir selbst geschieht!‹ Oder so ähnlich. Dieser Satz ist völliger Unsinn.«

Vielleicht hatten die beiden Schnäpse Hendriks Denkvermögen beeinträchtigt, jedenfalls verstand er nicht, was daran unsinnig sein sollte.

Raksos Vater fuhr fort: »In diesem Fall dürfte ja kein Richter einen Verbrecher verurteilen. Und kein Lehrer dürfte seinen Schülern Hausaufgaben geben. Stimmt's?«

Hm, dachte Hendrik, da ist etwas Wahres dran. Weiter kam er nicht mit seinen Gedanken, denn der dritte Schnaps stand vor ihm. Hendrik erinnerte sich an die Raststätte Fürholzen und schob das Glas weit von sich. Silvio sprach nun von einem ostpreußischen Philosophen – nach dessen Lehre man nur so handeln dürfe, dass dieses Handeln gleichsam zum Gesetz werden könne. Auch diesen Satz fand er unmöglich. Das sei ja total überspannt und einem normalen Menschen, einem *Menschen*, so betonte er, völlig unangemessen. Sein Schwiegervater stimmte ihm zu und meinte, dass es nach diesem Satz ja ein Gesetz geben müsse, dass jeder Mann am Samstagnachmittag drei Schnäpse zu trinken habe. Nun, dachte Hendrik, das war stark vereinfacht, aber im Grunde korrekt. Und dann warf er sein eigenes Lebensmotto in die Runde: »Lebe, wie du, wenn du stirbst, wünschen wirst, gelebt zu haben!« Allgemeine Zustimmung. Schwiegersohn und Schwiegervater nickten im Gleichtakt, ohne ein Wort zu sagen. Sogar der kleine Rakso unterstützte ihn mit »Bavo, bavo!«-Rufen.

Hendrik bedankte sich bei den Wirtsleuten und ging auf sein Zimmer. Plötzlich wurde ihm klar, dass er sein eigenes Lebensmotto fast vergessen hätte, erst durch dessen Erwähnung in der basisphilosophischen Familienrunde war es ihm wieder klar vor Augen getreten. Selbst wenn es ein Schuldkonto gab, so wie bei einer Bank mit plus und minus, mit Debitoren und Kreditoren: Er selbst musste dafür sorgen, dass er am Ende seines Lebens zurückschauen konnte und zufrieden war mit dem, was er getan und gelassen hatte, wie er mit seinen Fehlern umgegangen war und mit seiner Schuld. Denn beides existierte, in jedem menschlichen Leben, auch in seinem. Selbst wenn der ein oder andere Posten durch den Schuldner Hendrik Wilmut nicht mehr persönlich zu tilgen war, so musste er doch etwas tun, um diese moralische Anleihe zurückzuzahlen. Er war ein kreativer Mensch, er würde sich etwas einfallen lassen. Seine eigene innere Schuldenwaage musste ins Gleichgewicht gebracht werden. Und: Er musste darauf achten, dass niemand die Waage mittels böswilliger Schulderzeugung in Schieflage brachte. Mit diesem Gedanken legte er sich ins Bett und schlief friedlich ein.

*

Siegfried Dorst

Weimar, Samstag, den 1. November, spätnachmittags

Wie schon angedeutet, herrschte in der Polizeiinspektion am Kirschberg enormer Platzmangel. Dorst schlug vor, Volk und Simon ein Übergangsbüro im Dachgeschoss einzurichten. Dort gab es einen Raum, der ursprünglich als Sport- und Fitnessraum geplant worden war, aber kaum benutzt wurde, weil es im Winter zu kalt und im Sommer zu heiß war. Der Dienstgruppenleiter stimmte dem Vorschlag zu. Er kannte Siegfried Dorst noch aus ihrer gemeinsamen Dienstzeit und bat ihn, sich um die Büroausstattung für die beiden Frankfurter Kollegen zu kümmern. In der Mitte des Raums stand eine Tischtennisplatte, die die Kollegen als Schreibtisch nutzen konnten. Jeder hatte genug Platz, fein säuberlich durch ein Netz abgegrenzt. Simon meinte, er habe hier mehr Schreibtischfläche als in Frankfurt. Richard Volk stimmte ihm zu. Ein Telefonanschluss existierte hier oben nicht, doch die Mobiltelefone funktionierten einwandfrei. Dorst organisierte zwei Schreibtischunterlagen, Stifte, Papier und zwei Kaffeetassen mit Thüringen-Emblem. Nach etwa zehn Minuten erschien er mit einem Zivilmitarbeiter der Polizeiinspektion. Sie trugen je einen großen Monitor herein, die Simon und Volk an ihre Laptops anschlossen. Der Zivile erklärte ihnen, wie sie sich ins Dienstnetzwerk einloggen konnten, und schon waren sie arbeitsbereit. Aufgrund der milden Witterung ließ es sich hier oben gut aushalten, ihre Jacken mussten sie allerdings anbehalten.

Richard ließ keine Zeit verstreichen. »Pascal, gehen Sie bitte runter in die Wache und versuchen Sie, gemeinsam mit den Kollegen das Handy von Frau Hoffmann zu orten.«

»Haben wir schon eine richterliche Genehmigung?«

»Die kommt gleich, fangen Sie schon mal an!« Und an Siggi gewandt sagte er: »Ich habe das Okay von Kriminaldirektor Germer, das reicht mir!«

Siegfried Dorst nickte. Er war froh, dass er sich um solche Alltagsprobleme nicht mehr kümmern musste. Wie ein Großvater, der einen schönen Tag mit seinen Enkeln verbrachte, sie am Abend aber wieder abgeben konnte, ohne den Streit ums Zähneputzen ertragen zu müssen.

Siggi bot Richard an, ihm eine grobe Orientierung von Weimar und dem Umland zu geben.

»Gute Idee!«, antwortete Richard Volk. Er setzte sich an seinen Rechner und rief den Stadtplan von Weimar auf.

Dorst zeigte ihm die wichtigen Örtlichkeiten zum aktuellen Fall: ihren eigenen Standort am Kirschberg in der Nordvorstadt, das Hotel Giraphe im Zentrum, die Tankstelle von Charlotte Fischer in Weimar-West und das Haus von Christiane Schulz in der Großmutterleite am östlichen Ende der Stadt. Er schlug vor, dass Richard sich zudem einige wichtige Orientierungspunkte in Weimar einprägen sollte, was ihm sicher nicht schwerfallen würde, da er aus Frankfurt andere Dimensionen gewohnt war: Schillers und Goethes Wohnhäuser im Zentrum, der Ilmpark mit Goethes Gartenhaus, die Weimarhalle, daneben das neue Bauhaus-Museum und im Nordwesten der Ettersberg mit der Gedenkstätte Buchenwald. Auch die Verkehrsverbindungen waren wichtig: Die Zufahrt nach Weimar von Süden über die Berkaer Straße, der Bahnhof mit der Carl-August-Allee und die Bundesstraße 7, über die Richard aus Richtung Osten gekommen war. Sie führte an der Polizeiinspektion vorbei, zunächst nach Norden, beschrieb dann einen Bogen um Weimar herum, tangierte den Stadtteil Tröbsdorf – ach ja, dort wohnte Christiane Hoffmann – und führte westwärts bis nach Erfurt.

Kommissar Täntzer stürmte die Treppe herauf. »Wir haben sie. Christiane Hoffmann. Sie ist zu Hause.«

»In Tröbsdorf?«

»Genau.«

»Das glaube ich nicht«, sagte Richard Volk. »Viel zu einfach.«

Dorst nickte. Auch ihm kam das seltsam vor. »Vielleicht hat sie nur ihr Handy dort liegen gelassen.«

»Auf jeden Fall müssen wir hin«, rief Richard. »Pascal, Sie fahren, auf geht's!«

Siegfried Dorst sah ihn fragend an.

»Nein, Junge, das geht nicht, das weißt du. Vielen Dank für deine Hilfe. Mach Feierabend!« Damit rauschte Richard davon.

Siggi dachte an Ella und nickte. Sie würde es schätzen, wenn er nicht zu spät nach Hause kam. Außerdem konnte er auf diese Weise seine geliebte Sportschau sehen. Er hatte die Türklinke schon in der Hand, als er entdeckte, dass Richards Laptop noch lief. Vom Monitor leuchtete ihm das Symbol der polizeiinternen Datenbank POLAS entgegen. Keiner seiner ehemaligen Kollegen würde an einem Samstagnachmittag hier oben auftauchen. Er gab einen Namen ein. Die Datenbank fand keinen Eintrag. So weit, so gut. Dann der zweite Name: Treffer! Verstoß gegen das Betäubungsmittelgesetz, eingetragen durch das Polizeipräsidium München. Zwei Jahre auf Bewährung. Interessant. Er klickte auf mehrere Menüpunkte, aber es gelang ihm nicht, den detaillierten Vorgang oder das zugehörige Urteil zu finden. Er klappte den Laptop zu. Und er dachte an Hendrik. Ob der wohl auch an ihn dachte?

*

Frau Eisenlohr

Weimar, Samstag, den 1. November, abends

Julian Täntzer sprang die Treppe hinauf in den ersten Stock des Hotel Giraphe. Dort lief er fast in seinen Chef hinein.

»Wo ist Frau Eisenlohr?«, fragte er aufgeregt.

Germer zeigte in Richtung Aufzug. »Sie geht gerade nach Hause …«

Täntzer rannte los. »Frau Eisenlohr?«

Eine Dame in ihren Fünfzigern drehte sich um. Auftoupierte Haare – wasserstoffblond. Businesskostüm – dunkelblau. Lippenstift – grelles Pink.

»Hallo, ich bin Kriminalkommissar Täntzer, ich habe eine Frage an Sie!«

»Ihr Kollege hat mich schon lang genug aufgehalten, jetzt habe ich Feierabend!« Sie drückte den Rufknopf des Aufzugs.

Germer war inzwischen dazugekommen. »Dann fahren wir mit Ihnen in die Tiefgarage«, sagte er. »Da wollen Sie doch sicher hin, oder?«

»Meinetwegen.«

Die Aufzugtür öffnete sich, alle drei stiegen ein, Frau Eisenlohr drückte auf minus 1.

»Was haben Sie heute um kurz vor zwölf am Telefon mit Frau Hoffmann besprochen?«, fragte Täntzer.

Der Aufzug fuhr los.

»Keine Ahnung, meinen Sie, ich kann mich an jedes Telefongespräch erinnern, das ich heute geführt habe?«

Täntzer legte den roten Schalter um. Der Aufzug kam quietschend zum Stehen.

»Was soll das denn?«, rief Frau Eisenlohr.

»Der Aufzug klang irgendwie seltsam«, sagte Täntzer. »Ich denke, der braucht mal eine Ruhepause. Und Sie können die Gelegenheit nutzen, Ihre Erinnerung aufzufrischen. Sie werden ja nicht so oft die Rezeption anrufen. Schließlich müssen die Telefonleitungen für Kunden frei bleiben.«

Frau Eisenlohr legte ihren Kopf mitsamt der Hochfrisur erst nach rechts, dann nach links.

»Also, *was* haben Sie besprochen?« Germer machte Druck.

Die Frau griff sich an den Hals. »Na ja, es … also, es ging um Sie!«

»Um mich?«, fragte Germer.

»Nicht um Sie persönlich, um die Polizei, die kommen sollte.«

»Ach!« Germers ironischer Unterton war nicht zu überhören. »Nachdem ich uns angekündigt habe, hatten Sie also nichts Besseres zu tun, als Frau Hoffmann darüber zu informieren. Warum haben Sie das getan?«

»Ach, wissen Sie, wir sind befreundet und ich bin manchmal …«

»… eine Schwatztante?«, fragte Täntzer.

Sie blickte zu Boden. »Ja.«

Täntzer und Germer sahen sich erstaunt an.

»Dann ist Frau Hoffmann ja …«

»… vor *uns* geflohen!«

Germers Mobiltelefon piepste. Er tippte auf das Display und las eine Nachricht.

Täntzer hob fragend die Augenbrauen.

»Eine Info von Herrn Dorst. Christiane Hoffmann ist vorbestraft, Verstoß gegen das Betäubungsmittelgesetz, Genaueres müssen wir noch ermitteln.«

»Können wir bitte endlich mal weiterfahren?«, fragte Frau Eisenlohr.

Täntzer konnte seinen Ärger kaum unterdrücken. »Sie wollen ablenken, Sie wussten davon, dass Frau Hoffmann mit Drogen zu tun hatte!«

»Nein, das wusste ich nicht. Hat sie mir nicht gesagt und ich habe keinen Zugriff auf die Personalakten. Und jetzt möchte ich nach Hause, die Sportschau fängt gleich an.«

Täntzer überlegte. Er legte die Hand an den roten Schalter. »Okay. Wenn Sie befreundet sind, wissen Sie aber sicher den vollen Namen von Christiane Hoffmanns Freund?«

»Sie meinen Dani?«

»Ja.«

»Der heißt Brunner. Dani ... oder von mir aus Daniel Brunner.«

»Wie bitte?« Julian Täntzer konnte kaum glauben, was er da hörte. »Wie lange kennt Frau Hoffmann ihn schon?«

»Weiß nicht genau, paar Jahre. Sie sind zusammen aus München hergezogen.«

»Verdammt!«, sagte Germer.

»Können Sie bitte ...?«, fragte Frau Eisenlohr und zeigte auf den Schalter.

Täntzer legte den roten Hebel wieder nach oben, der Aufzug fuhr an. Frau Eisenlohr stieg im ersten Untergeschoss aus, Täntzer und Germer nahmen die Treppe hinauf ins Erdgeschoss.

»Dorst schreibt, dass die Hoffmann in München zu zwei Jahren auf Bewährung verurteilt wurde«, sagte Germer. »Sie hatte Angst vor uns, vielleicht läuft da wieder was mit Drogen.«

»Ja, möglich. Und bei solch einer Strafe war das keine Kleinigkeit, vielleicht hat sie gedealt. Ich kläre das morgen. Und suche Daniel Brunner.«

»Gut, hier ist Frau Hoffmanns Kfz-Kennzeichen«, sagte Germer und reichte Täntzer einen Zettel. »Und informieren Sie mich morgen Nachmittag über den Stand der Ermittlungen. Genau um 15.30 Uhr.«

»Mache ich.«

Sie gingen zurück zum Fürstenplatz. Die Uniformierten warteten immer noch. Germer gab Täntzer die Hand und sagte: »Ich lasse mich von den Kollegen nach Hause bringen. Gute Nacht. Ich finde, wir beide sind ein gutes Team!«

Julian Täntzer lächelte. »Ja, das sind wir!«

Es war das erste Lob, das er jemals von seinem Chef bekommen hatte. Und typischerweise war es über das »wir« gleichzeitig mit einem Lob für Germer selbst verbunden.

*

Sonntag

Als Hendrik erwachte, rief er als Erstes Hanna an, um ihr zu sagen, dass er noch einige Tage in Weimar bleiben müsse. Sie unterhielten sich lange, und Hendrik kam es vor, als sei der 13. September aus dem Kalender gefallen. Bis Hanna berichtete, dass sie von der Klinik aus per E-Mail den Pachtvertrag für das Café gekündigt habe. Hendrik war zurück in der Wirklichkeit und fragte sich, welcher beruflichen Spur Hanna wohl in Zukunft folgen würde. Doch er sprach die Frage nicht aus. Das Telefonat dauerte eine halbe Stunde, und Hendrik hatte das Gefühl, dass Hanna wieder nah bei ihm war. Den Rest des Tages verbrachte er damit, nachzudenken, warum alles so gekommen war, wie es gekommen war. Ob er eine Wahl gehabt hatte oder nicht.

Kriminaldirektor Germer verbrachte einen ruhigen Sonntag im heimischen Wohnzimmer und wartete darauf, dass es 15.30 Uhr wurde. Dann sollte es Kaffee, Thüringer Kuchen und Neuigkeiten geben.

Siegfried Dorst versuchte, Ella gegenüber das seltsame Verhalten von Hendrik zu rechtfertigen. Er tat das halbherzig, ohne eigene Überzeugung.

Annett Weißmann hatte eine weitgehend schlaflose Nacht hinter sich. Gefühlte 20 Mal war sie aufgewacht, weil sie etwas gehört hatte. Eine Krähe auf dem Dach, eine Nachbarin mit Hund und Frau Schulz, die dreimal die Toilette aufsuchte. Zur Krönung schlich deren Katze gegen 4 Uhr morgens durch die Katzenklappe herein, weder Boris noch Frau Schulz hatten Annett informiert, dass es überhaupt eine Katze in diesem Haushalt gab. Zum Glück hatte die Kamera sie bereits auf der Terrasse erfasst, sodass Annett Weißmann ihre Waffe zurück ins Holster stecken konnte. Als gegen 9 Uhr die Ablösung eintraf, legte sie sich wieder auf das Klappbett im Gästezimmer und schlief augenblicklich ein.

Hanna war mit Paula zu einem Spaziergang an der Saalburg verabredet.

Julian Täntzer schlief sich zunächst aus, um die durchgearbeitete Nacht an der Erfurter Straße zu kompensieren. Gegen 12 Uhr saß er mit einer Jumbotasse Kaffee in seinem Büro am Kirschberg und stellte über POLAS fest, dass Christiane Hoffmann wegen Drogenhandels und Drogenbesitzes in »nicht geringer Menge« verurteilt worden war. Ihre Bewährungszeit hatte ursprünglich zwei Jahre betragen, war dann um zwei weitere Jahre verlängert worden und lief erst am 5. Dezember aus. Damit war klar, dass sie sich auf keinen Fall etwas zuschulden kommen lassen durfte. Täntzer hoffte, dass er – oder seine Kollegen – sie fanden, bevor die Mörderin sie aufspürte. Auch Daniel Brunner entdeckte er in der Datenbank, er wohnte in Weimar-Nord und war vorbestraft wegen Hehlerei und Drogenhandels. Schwerpunkt Speed und Crystal. Das Urteil des Landgerichts München lag seiner Akte bei. Täntzer sandte Hauptkommissar Volk ein Foto von Brunner zwecks Abgleich und Identifizierung. In Christiane Hoffmanns Kalender entdeckte Täntzer Brunners Telefonnummer und ermittelte über die Rückwärtssuche dessen Adresse in der Weimarer Stauffenbergstraße, die mit der in POLAS hinterlegten Adresse übereinstimmte. Umgehend schickte er einen Streifenwagen dorthin, doch Brunner war nicht aufzufinden. Auch sein Fahrzeug, ein gelber Ford Mustang, wurde nicht gesichtet. Täntzer schrieb ihn ebenfalls zur Fahndung aus. Um Punkt 15.30 Uhr informierte er Germer darüber, dass es nichts Neues gab. Weder Nadine Dubois noch Christiane Hoffmann oder Daniel Brunner waren aufgegriffen worden.

Richard Volk sandte das Bild von Daniel Brunner umgehend an Kriminaloberkommissar Donald Wanner, der mit seiner Familie einen ruhigen Tag am Starnberger See verbrachte und sein Diensthandy ausgeschaltet hatte.

Pascal Simon hatte sich ausgeklinkt, er musste sich nach all den Sitzungen bewegen und seine Herzfrequenz hochziehen. Nach einer Stunde im Hallenbad und 2.000 Metern flottem Freistilschwimmen war er zufrieden mit sich und der Welt.

Der Student Tobias erwachte auf der Intensivstation des Klinikums Erfurt. Als Erstes rief er nach Hendrike Fischer. Aber sie konnte ihm nicht antworten. Nie mehr.

Carl Heinrich Iffländer fuhr mit seinem silbernen Mercedes A-Klasse zur Tankstelle in der Erfurter Straße und legte vor dem Eingang eine rote Rose ab.

Hedda Wilmut respektierte den Wunsch von Hanna, in der ersten Woche keinen Besuch zu empfangen – jedenfalls grundsätzlich. Andererseits wusste sie von ihren eigenen Reha-Aufenthalten, dass der Sonntag ein schwieriger Tag war, denn in der Klinik passierte nichts und man kam ins

Grübeln. Ihr Rheuma hielt still an diesem Sonntag, und sie bestellte ein Taxi nach Bad Homburg.

Sandra Prager überlegte, ob sie Richard Volk anrufen sollte, einfach nur so, privat. Doch sie traute sich nicht.

Almuth Feller hingegen hatte sich bereits getraut. Mittlerweile saß sie mit Dr. Sebastian Bergen bei Kaffee und Kuchen in einem Café am Rande des Bad Nauheimer Kurparks und schenkte ihm das ein oder andere Lächeln. Kein aufregendes Rendezvous, aber besser als kein Rendezvous.

5. WOCHE

Soko Goetheherz 4

Weimar, Montag, den 3. November, morgens

Hendrik Wilmut verließ sein Zimmer in der Pension. Fast zeitgleich öffnete sich die Nebentür, so als hätte sein Zimmernachbar auf ihn gewartet. Hendrik stand neugierig im Flur, um zu sehen, wer aus der Tür trat. Es war Richard Volk. Sie grinsten sich an und gingen in den Frühstücksraum. Richard berichtete von seinem Besuch in Tröbsdorf, bei dem Simon und er Frau Hoffmann nicht angetroffen hatten. Die Fahndung nach Christiane Hoffmann lief bereits. Richard entschuldigte sich bei Hendrik, dass er ihn am Samstag einige Zeit allein gelassen hatte. Damit dachten beide, das Thema sei erledigt. Doch da kannten sie Hans Germer schlecht.

Kaum hatte sich die Soko Goetheherz um den Tischtennistisch versammelt, fragte Germer, warum Volk am Samstag ohne Wilmut nach Tröbsdorf gefahren sei. Hendrik wunderte sich, woher der Kriminaldirektor überhaupt davon wusste, aber offensichtlich hatte er Informanten, und alles im Griff zu behalten war ja sein Job.

Richard Volk entschuldigte sich und erklärte, dass er wegen der Ortung von Christiane Hoffmanns Handy den Schutz von Hendrik Wilmut kurzfristig vergessen hatte. Das war eine klare Aussage, ohne Ausflüchte, und ebenso klar war Germers Reaktion.

»Herr Volk, ich wünsche, dass Sie Herrn Wilmut ab sofort nicht mehr aus den Augen lassen, so lange, bis ich Sie von dieser Aufgabe entbinde. Haben wir uns verstanden?«

»Geht klar, Herr Kriminaldirektor!«

Einen Moment lang stutzte Germer ob der wiederholten Nennung seines Dienstgrads, schien sich dann jedoch entschieden zu haben, das Thema zu wechseln. Immerhin war Richard Volk ein erfahrener Polizeibeamter und ihm nur temporär unterstellt.

»Frau Weißmann, ich habe mit Ihrem Chef in Leipzig geklärt, dass Sie noch diese Woche hierbleiben können. Sie sind weiterhin verantwortlich für unsere zweite Baustelle. Christiane Schulz. Gibt es da neue Erkenntnisse?«

»Nein«, sagte Annett Weißmann. »Alles ruhig. Die Kollegen vom KDD aus Jena leisten gute Unterstützung.«

»Wer?«, fragte Germer.

»KK Gaube und PK Lenker.«

»Lenker? Die ist doch neu bei uns, oder?«

»Ja.«

»Ich kümmere mich darum.«

»Danke.«

»Täntzer!« Germer klopfte mit dem Kugelschreiber auf die Tischtennisplatte. »Berichten Sie vom Stand der Personenfahndungen.«

Julian Täntzer blätterte in seinen Papieren. »Die Suche nach Christiane Hoffmann hat bisher nichts ergeben. Sie hat ihr Haus in Tröbsdorf überstürzt verlassen, die Tür stand offen, ihr Smartphone lag auf dem Küchentisch neben einer noch halb gefüllten Kaffeetasse. Ihr Auto befand sich weder in der Tiefgarage des Hotel Giraphe noch vor ihrem Haus. Frau Hoffmann ist 45 Jahre alt, sie ist geschieden und hat eine Tochter, Annika Hoffmann, die bei ihrem Vater in München lebt.« Täntzer erläuterte ihre Vorstrafen und nannte diese als Grund dafür, dass ihrem Ex-Mann das Sorgerecht für die gemeinsame Tochter zugesprochen worden war.

»Mit ihrem Ex-Mann habe ich heute früh telefoniert. Weder er noch Annika können Angaben zu Christiane Hoffmanns Aufenthaltsort machen. Er ist nicht gut auf Daniel Brunner zu sprechen, angeblich habe er Christiane in die Drogenszene gezogen. Ich habe Herrn Hoffmann gebeten, sich zu melden, falls ihm einfällt, wo sich seine Ex-Frau aufhalten könnte. Frau Hoffmanns Kfz-Kennzeichen haben wir mit in die Fahndung gegeben, das Fahrzeug ist auf sie persönlich zugelassen. Wir gehen davon aus, dass sie vor *uns* geflohen ist, weil sie sich noch innerhalb der Bewährungsfrist befindet.«

»Könnte Brunner mit ihr abgehauen sein?«, fragte Pascal Simon.

»Möglich«, sagte Täntzer. »Brunner ist 35 Jahre alt, damit zehn Jahre jünger als seine Freundin. Er wurde in Vilshofen in Bayern geboren und kam mit Frau Hoffmann vor zwei Jahren nach Weimar. Hier ist er bisher nicht straffällig geworden.«

»Haben Sie schon die Kollegen vom Rauschgift befragt?«, wollte Annett Weißmann wissen. Sie hatte dicke schwarze Ringe unter den Augen.

»Äh, nein, bisher nicht.«

»Ich kümmere mich gleich darum!«, sagte Germer.

Hendrik wunderte sich über diese kollegiale Äußerung. Auch die anderen hoben erstaunt den Kopf. Siggi war noch nicht aufgetaucht. Hendrik war froh darüber, obwohl er wusste, dass es eigentlich nicht richtig war.

»Und nun zu Nadine Dubois«, fuhr Täntzer fort. »Zu ihr kann Pascal etwas sagen.«

»Richtig, wir haben hier leider nicht so einen tollen Bildschirm wie in Jena, aber ich zeige das mal auf Julians PC-Monitor.« Simon drehte das Display so, dass alle es einsehen konnten. »Wie bekannt, wurde am Tatort in der Erfurter Straße von unserer Streifenwagenbesatzung ein dunkles Fahrzeug ähnlich einem VW Sharan mit einem gelben Kennzeichen beobachtet.« Er zeigte auf den Monitor. Ein typisches Radarfallenfoto erschien. »Diese Aufnahme stammt von der Geschwindigkeitsüberwachung in Gelmeroda. Das ist ein südlicher Stadtteil von Weimar, den man durchquert, wenn man von der A 4 kommt. Das Fahrzeug fuhr in Richtung Innenstadt. Der Fahrer oder die Fahrerin trägt, wie man sieht, eine Sonnenbrille. Das Gesicht ist nicht gut zu erkennen, als Beweisfoto für eine Ordnungswidrigkeit ist es kaum zu gebrauchen. Aber hier …« Ein zweites Bild erschien, auf dem das komplette Fahrzeug zu erkennen war. »Ein schwarzer Renault Espace mit französischer Zulassung. Das könnte sie sein. Und es gibt *noch* eine Verbindung: Das Kennzeichen wurde letzte Woche in einer kleinen Stadt im Elsass gestohlen, und genau dort wurde die ermordete Friederike Meyer geboren.«

»Ach«, entfuhr es Richard Volk. »Wie heißt denn der Ort?«

»Moment bitte …« Simon wischte auf seinem Smartphone mehrmals hin und her. »Hier steht es: Sessenheim.«

»Wie bitte?« Hendrik sprang auf.

»Was ist los?«, fragte Germer.

»In diesem Dorf traf sich Goethe mit seiner Friederike Brion.«

Richard Volk gab ein paar Zeichen in seinen Laptop ein. »Ich hab sie hier: Friederike Brion. Goethe schreibt aber von Sesenheim, mit nur einem ›s‹?«

»Ja, ja«, antwortete Hendrik. »Damals existierte keine einheitliche Rechtschreibung und mit der Bezeichnung von Ortsnamen war Goethe schon immer schlampig. Jedenfalls wenn es um reale Orte ging.«

»Kann das Zufall sein?«, fragte Germer.

Niemand antwortete.

»Moment mal«, sagte Hendrik. »Darf ich das erste Bild noch mal sehen?«

Täntzer blätterte zurück.

Hendrik starrte auf das Foto. Er entdeckte etwas, das ihm bekannt vorkam. Eine Form. Ein Rechteck. »Das ist sie!«, rief er. »Seht mal, dieser Kopf, diese fast schon … rechteckige Kontur der Kopflinie, das ist sie. Das ist Nadine Dubois alias Denise de La Rochet alias Catherine de Caniche.«

Hendrik suchte nach der Narbe in der rechten Augenbraue, aber die war von der Sonnenbrille verdeckt.

Simons Mobiltelefon klingelte. Er nahm ab. »Jean-Pierre, bonjour!« Er hörte eine Weile zu und nickte mehrmals. »Oui, oui, merci beaucoup, salut!«

Er sah die anderen wortlos an.

»Nun reden Sie schon!« Das war Germer.

»Die Kollegen in Straßburg haben übers Wochenende eine Sonderschicht eingelegt. Die Projektile von unseren Morden in Frankfurt und Leipzig wurden eindeutig mit der in Colmar gestohlenen Waffe abgefeuert. Jean-Pierre und seine Leute haben Vergleiche mit Projektilen erstellt, die im Schützenverein verwahrt wurden. Das machen die dort so, aus Sicherheitsgründen. Damit ist zwar noch nicht eindeutig bewiesen, dass Dubois die Schützin ist, aber ich denke, die Wahrscheinlichkeit ist sehr hoch.«

Für einige Sekunden herrschte Stille in dem Raum unter dem Dach der Polizeiinspektion am Weimarer Kirschberg.

»Sie kommt uns näher!«, sagte Richard.

Hans Germer stand langsam auf. Wie so oft nahm er seine Tellerbrille ab, um sie ausführlich zu reinigen. Alle starrten ihn an. Als er meinte, seine Brille sei nun endlich sauber, sagte er: »Wir müssen sehr wachsam sein. Selbstschutz steht an erster Stelle, der Schutz der beiden Frauen … ebenso. Täntzer und Simon, Sie passen gut zusammen, Sie sind ab sofort ein Team. Ihre Aufgabe ist es, die aktuellen Ereignisse zu koordinieren und sich um die Fahndung zu kümmern. Informieren Sie alle Kollegen in Thüringen über Nadine Dubois und ihr Fahrzeug. Sorgen Sie dafür, dass die Hotels und Pensionen in Weimar und Umgebung unterrichtet werden. Falls Sie Unterstützung oder sogar ein SEK benötigen, rufen Sie mich sofort an, ich regle das. Frau Weißmann, Sie gehen bitte zurück zu Christiane Schulz. Es ist nicht auszuschließen, dass die Täterin eine Christiane als Ersatz für die andere nimmt, falls diese nicht auffindbar ist. Ich weiß, dieser Job ist langweilig und anstrengend, aber wichtig. Wir bleiben über Funk in Verbindung. Herr Volk und Herr Wilmut, Sie begleiten mich auf Staatskosten zum Mittagessen. Wir treffen uns …«, er sah auf seine Armbanduhr, »… um exakt 12.45 Uhr im Versilia am Frauenplan. Gute Pizza. Außerdem ein gemütliches Kellergewölbe, in dem wir uns in Ruhe unterhalten können.«

Hendrik ahnte, was Germer mit diesem Termin bezweckte. Es war so weit. Er musste sich offenbaren.

*

Christiane Hoffmann

Weimar, Montag, den 3. November, mittags

Wie so oft bewegte sich in einem Fall zunächst nichts, dann plötzlich alles. Julian Täntzer saß mit Pascal Simon in seinem Büro, um den Aktionsplan für den Nachmittag zu besprechen, als ein Kollege der Schutzpolizei anrief und erklärte, er habe Christiane Hoffmanns Auto gefunden. Es stand auf dem Parkplatz am Schlosspark Belvedere. Täntzer bat den Kollegen, das Fahrzeug zu sichern und zu warten, bis er kam. Er gab Simon einen Wink, doch der telefonierte gerade mit Hauptkommissar Volk, wobei mehrmals der Name Brunner fiel. Kaum war auch dieses Telefonat beendet, eilten die beiden Polizisten zu Täntzers Dienstwagen – los ging die Fahrt Richtung Belvedere. Simon überraschte Täntzer mit der Nachricht, dass es in ihrem Fall zwei Männer mit dem Namen Daniel Brunner gab. Das hatte der Münchner Kriminaloberkommissar gemeldet. Das Foto des Weimarer Daniel »Dani« Brunner, das er von Volk bekommen hatte, zeigte keinerlei Ähnlichkeit mit dem Schützenverein-Brunner, den er zuvor befragt hatte. Der eine stammte gebürtig aus Deggendorf und hatte Albert Moser nach dem Waffenschrank seiner Tochter gefragt. Der andere kam aus Vilshofen. Beides waren Orte in Ostbayern, wo der Name Brunner sehr geläufig war. Der Ältere von ihnen wohnte derzeit in Pullach, war 45 Jahre alt, hatte volles Haar und trug keinen Bart. Daniel, der Jüngere, war 35, hatte kaum Haare, dafür einen dichten dunklen Vollbart und war vor drei Jahren gemeinsam mit Christiane Hoffmann von München nach Weimar umgezogen. Noch wussten die Kommissare nicht, was das bedeutete. Auf jeden Fall hatten sie es mit zwei Personen desselben Namens zu tun. Sehr wahrscheinlich gab es keine Verbindung zwischen ihnen. Während Täntzer noch darüber nachdachte, rief ein Kollege der KTU aus Jena an und teilte mit, dass er am geöffneten Fenster der Tankstelle einige Haut- und Blutpartikel habe sicherstellen können. Es sei anzunehmen, so meinte er, dass die Täterin beim Einstieg eine leichte Verletzung an einem Bein erlitten habe. Täntzer nickte zufrieden. Sie hatten verwertbares DNA-Material. Sobald sie die Mörderin gefasst hatten, konnte ein gerichtsverwertbarer Vergleich angestellt werden. Er fragte zurück, warum der Kollege von der KTU so selbstverständlich von einer Frau als Täterin ausgehe. Der KTU-Mann antwortete, dass er das Geschlecht der betreffenden Person aus den vorliegenden DNA-Strängen habe bestimmen können. Julian Täntzer bedankte sich und versuchte, sich an den DNA-Kurs im Laufe seiner Ausbildung zu erinnern. Das hätte er wissen müssen.

Sie durchquerten den Stadtteil Ehringsdorf und bogen auf den Parkplatz vor dem Café Schlossterrasse ein. Täntzer rief Germer an, um ihm die Neuigkeiten mitzuteilen, dann stiegen sie aus.

Zwei Uniformierte begrüßten sie.

»Ich bin POK Strozek«, sagte der männliche Teil des Duos. »Das ist PK Rohde. Frau Hoffmanns Wagen ist dieser hier, der VW Polo. Er ist unverschlossen, sogar der Zündschlüssel steckt.«

Täntzer überlegte. Frau Hoffmann hatte nicht nur die Haustür offen stehen lassen, sondern auch die Autotür. War sie vor jemandem geflüchtet? War ihr die Mörderin schon dicht auf den Fersen? Lebte Christiane Hoffmann noch?

Während er mit den Kollegen der Schutzpolizei sprach, überprüfte Pascal Simon das Navigationssystem des VW

Polo. Nach wenigen Minuten kehrte er zurück und zeigte eine Adresse, die er auf seinem Smartphone notiert hatte.

»Kennt jemand diese Anschrift?«

»Ja, allerdings«, antwortete Strozek. »Die unterliegt der Geheimhaltung. Das Weimarer Frauenhaus.«

»Oh …«, entfuhr es Simon. »Diese Adresse hatte sie zuletzt eingegeben.« Er wusste aufgrund von beruflichen Erfahrungen, dass die Standorte der Frauenhäuser geheim gehalten wurden, um gewalttätigen Männern den Zugang zu erschweren.

»Vielleicht versteckt sie sich ja gar nicht vor uns«, meinte Täntzer. »Auch nicht vor Nadine Dubois, sondern vor Daniel Brunner?«

»Von Nadine Dubois weiß sie eventuell noch gar nichts«, ergänzte Simon.

Die beiden Streifenpolizisten erhielten den Auftrag, zum Frauenhaus zu fahren, um festzustellen, ob Christiane Hoffmann sich dort aufhielt.

»Sie wissen ja Bescheid«, mahnte Täntzer. »Gehen Sie bitte behutsam vor. Sagen Sie der Leiterin des Frauenhauses, dass wir Frau Hoffmann suchen, um sie zu schützen. Falls sie dort ist, können wir abbrechen, dann ist sie in Sicherheit. Falls nicht, müssen wir weitermachen. Am besten gehen *Sie* rein, Frau Rohde!«

»Mache ich«, sagte die Polizeikommissarin. An ihren Kollegen gewandt ergänzte sie: »Komm, lass uns los!«

POK Strozek nickte. »Wir melden uns dann gleich!«

Täntzer und Simon gingen zu Christiane Hoffmanns Wagen und öffneten den Kofferraum. Eine Reisetasche vollgepackt mit Kleidung und Waschutensilien, Schminkzeug, Bürste und Föhn.

»Sieht aus, als wollte sie in den Urlaub fahren.«

»Oder eine Weile im Frauenhaus untertauchen.«

»Stimmt.«

Sie durchsuchten die Seitenfächer des Kofferraums, das Handschuhfach und die Staufächer der Seitentüren – nichts. Bis Pascal Simon das äußere Reißverschlussfach der Reisetasche öffnete.

»Schau mal!«, rief er. Vorsichtig zog seine behandschuhte Hand eine dünne graue Strickjacke hervor. Darauf befand sich ein großer Blutfleck.

»Verdammt!«, rief Täntzer.

»Ist das Frauen- oder Männerkleidung?«, fragte Simon.

Julian Täntzer hob sie hoch. »Linksgeknöpft, eine Frauenjacke.«

»Ach, du kennst dich aus?«

»Ich habe zwei Schwestern, eine ältere und eine jüngere.«

»Wow, gut. Ich bin leider ein Einzelkind.«

Geschwister zu haben war für Julian Täntzer immer eine Selbstverständlichkeit gewesen, er hatte das nie als Privileg betrachtet. Im selben Moment klingelte sein Smartphone. »PK Rohde hier. Frau Hoffmann ist nicht im Frauenhaus. Sie hatte sich für gestern angemeldet, ist aber nicht erschienen.«

»Danke, Frau Rohde. Kommen Sie bitte zu uns zurück, Sie müssen den Wagen von Frau Hoffmann sichern, bis er von der KTU abgeholt wird.«

Täntzer legte auf und wählte sofort wieder. Kriminaldirektor Germer saß noch beim Mittagessen im Versilia. Julian Täntzer schilderte ihm in kurzen Worten die Situation. »Frau Hoffmann ist höchstwahrscheinlich verletzt. Ich brauche einen Suchtrupp, wir müssen den gesamten Belvedere Park durchsuchen. Und das Blut an der Jacke muss dringend untersucht werden.«

»Bekommen Sie alles, Täntzer, bleiben Sie in Belvedere und sorgen Sie dafür, dass die Touristen dort verschwinden, bevor unser Suchtrupp anrückt!«

An die Touristen hatte Julian Täntzer noch gar nicht gedacht. Er war froh, dass Pascal Simon ihm zur Seite stand. Sie einigten sich, dass Pascal den Englisch sprechenden Teil der ausländischen Besucher übernahm und Julian den russischsprachigen Teil.

*

Hendriks Bekenntnis

Weimar, Montag, den 3. November, mittags

Kaum hatten sie im Restaurant Versilia Platz genommen und die Pizza bestellt, kam Germer zur Sache.

»Passen Sie auf, Wilmut, Sie führen mit Herrn Dorst anscheinend eine Art … Freundschaftskrieg.«

Hendrik wollte etwas sagen, aber Germer hielt ihn mit einer Geste zurück.

»Das ist Ihre Privatsache. Trotzdem – ich kann es mir nicht leisten, dass dadurch die Effektivität der Soko Goetheherz beeinträchtigt wird. Deswegen habe ich Herrn Dorst gebeten, heute von zu Hause aus für uns weiterzuarbeiten. Homeoffice, sozusagen.« Er lächelte.

Hendrik kam aus dem Staunen kaum heraus, auch Richard schien verblüfft zu sein.

»Diese Sache müssen Sie mit Herrn Dorst direkt klären, ich kann Ihnen nur den privaten Tipp geben: Kümmern Sie sich so schnell wie möglich darum. Nun zu unserem Fall: Sie, Herr Wilmut, wissen oder haben zumindest einen Verdacht, auf welche Weise Nadine Moser sich an Ihnen rächen will. Und ich …«, er machte eine dramaturgische Pause, »… ich will wissen, was es ist. Und zwar hier und jetzt!«

Hendrik sah den Kriminaldirektor an, unsicher, dann traf sich sein Blick mit dem von Richard – der nickte ihm zu.

»Na gut.« Hendrik zögerte. Germer wartete. »Äh, also … ich habe den Verdacht schon länger. Doch seit unserem verbalen Schlagabtausch in Gießen bin ich mit unbewiesenen Theorien vorsichtig geworden.«

»Hm«, machte Germer und setzte einen Gesichtsausdruck auf, der Verständnis signalisierte.

»Ich habe seit einem Unfall, bei dem ich am Steuer saß und meinen Cousin und Freund verlor, ein … na ja, ein starkes Schuldbewusstsein. Vielleicht habe ich mich auch zu sehr … hineingesteigert.« Er holte tief Luft und gab beim Ausatmen seine Unsicherheit an das Kellergewölbe ab. Fast hätte er die Kerze in der Mitte des Tisches ausgeblasen. »Der Staatsanwalt erhob keine Anklage wegen des Unfalls, hat mich sozusagen freigesprochen, ich mich selbst hingegen nicht. Das trage ich seit Langem mit mir herum. Vor ein paar Wochen habe ich einem anderen Freund geholfen, Eddie heißt er. Auf ihn wurden zwei Mordanschläge verübt, Sie kennen den Fall: Nadine Moser. Eddie wurde gerettet, aber meine Frau wäre fast an einem vergifteten Wein gestorben. Sie lag zwei Wochen im …«

Hendrik unterbrach sich selbst.

»Koma?«, fragte Germer.

Hendrik nickte. »Wieder kamen die Schuldgefühle hoch. Der Kernpunkt für unseren Fall nun ist …« Er stockte erneut.

»Lass dir Zeit!«, sagte Richard.

»Nadine Moser, sie kennt meine Anfälligkeit in dieser Hinsicht, und ich vermute, dass sie das ausnutzt, um sich an mir zu rächen. Sie will mich damit unter Druck setzen, mich quasi – wie soll ich sagen? – niederringen. Vielleicht sogar zerstören. Keine Ahnung, wie sie sich das genau vorstellt. Und weil sie nicht selbst agieren kann, hat sie ihre Frau, diese Nadine Dubois, geschickt, um all die unschuldigen Frauen zu liquidieren. Meine Güte, sieben Frauen sind wegen mir bereits umgekommen und ich konnte es nicht verhindern, das ist doch Wahnsinn!«

»Ist gut, Hendrik!« Richard legte ihm die Hand auf den Arm. »Du bist nicht der Schuldige, allenfalls der passive Auslöser.«

Hendrik konnte den beiden Männern ihm gegenüber nicht mehr in die Augen sehen. Zu stark wütete es in seinem Innern.

»Hm«, brummte Germer und rückte seine Brille zurecht. »Herr Wilmut, wir müssen hier Klarheit schaffen. Sie meinen also, Frau Moser will Ihnen diese Morde auf Ihr Schuldkonto schieben und Sie damit psychisch und eventuell auch physisch zugrunde richten. Ist es das?«

»Aber Herr Germer!«, sagte Richard empört.

»Lass nur!«, warf Hendrik ein. »Er hat recht. Genau das ist der Punkt. Ich habe es nur nicht geschafft, es so klar auszusprechen.«

»Klingt ziemlich abgedreht«, sagte Germer. »Um ehrlich zu sein, ich glaube nicht an diese Theorie. Zu unwahrscheinlich. Zu wenig Beweise. Aber falls es tatsächlich wahr ist – ich bin bei Ihren Geschichten inzwischen vorsichtig geworden –, dann habe ich sogar einen Anteil daran. Wegen meines Verdachts, Sie seien am Tod Käthe Wagners in Leipzig beteiligt gewesen. Diese Anschuldigung war natürlich unsinnig, damals wie heute.«

Hendrik bemerkte, dass Germer ein gewisses Verständnis für seine Situation aufbrachte. Eine förmliche Entschuldigung hätte ihm gutgetan. Doch die erhielt er nicht.

»Gut«, sagte der Kriminaldirektor. »Die Fakten, die wir inzwischen haben, passen zu Ihrer Vermutung, dass Nadine Dubois die Täterin ist. Das Foto aus dem Restaurant in Frankfurt, die weibliche DNA-Probe von der Tankstelle, die französische Waffe und das französische Fahrzeug. Dass Nadine Moser die Auftraggeberin ist, kann ich derzeit nur als Hypothese annehmen. Und ihr Motiv? Na ja …«

Richard schlug vor, drei Tassen Espresso zu bestellen, Germer stimmte zu.

Hendrik hatte sich wieder gefangen. »Damit ist doch eigentlich klar, dass die beiden mich nicht umbringen, sondern durch die Tötung der letzten Herzdame bestrafen wollen. Mein Personenschutz wäre damit …«

»Auf keinen Fall!«, fiel Germer ihm ins Wort. »Das ist zu früh. Serienmörder haben zwar eine gewisse Systematik, einen Modus Operandi, aber es gibt genügend Beispiele, bei denen dieser Handlungspfad verlassen wurde. Entweder um Zwangssituationen zu beseitigen, kurz vor der Entdeckung zum Beispiel, oder wegen hervorbrechender Emotionen. Volk, Sie bleiben an Wilmut dran!«

Richard nickte knapp.

»Auch diese Sache mit der Rechtshand«, fuhr Germer fort, »das muss keine notwendige Bedingung für sie oder ihn sein. Kann sie auch mal vergessen haben oder die Gelegenheit fehlte oder das Werkzeug.«

Der Kaffee wurde serviert, und Hendrik fiel auf, dass er seit drei oder vier Tagen keinen Espresso zu sich genommen hatte. Ohne Entwöhnungserscheinungen. Manchmal kannte er sich selbst nicht mehr.

Richard hob den Kopf. »Moment mal, Herr Germer, was haben Sie eben gesagt?«

»Was meinen Sie?«

»Irgendetwas Seltsames mit der rechten Hand!«

»Die zertrümmerten Knochen der rechten Hand …«

»Sie haben ›Rechtshand‹ gesagt«, warf Hendrik ein. Er hatte diesen verunglückten Ausdruck sofort wahrgenommen.

»Na und?«, fragte Germer in Richards Richtung.

»Ich habe da eine Idee. Sag mal, Hendrik, ist Nadine Moser Rechtshänderin?«

Hendrik überlegte. Er sah Nadine vor sich, am Schreibtisch in München, der Kugelschreiber lag rechts, an der Bar im Hotel in Trient, die Zigarette mit dem Kamel, ebenfalls in der rechten Hand. »Ja, das ist sie.«

»Okay, Hendrik, du ebenso. Hanna auch?«

Hendrik bestätigte.

»Ihr alle schreibt mit der rechten Hand. Vielleicht geht es ums Schreiben, um das, was dich erfolgreich gemacht hat. Deine Kernkompetenz, die will sie symbolisch … treffen!«

Germers Mobiltelefon klingelte. Er hörte zu, dann sagte er: »Bekommen Sie alles, Täntzer, bleiben Sie in Belvedere und sorgen Sie dafür, dass die Touristen dort verschwinden, bevor unser Suchtrupp anrückt!« Er legte auf und berichtete Hendrik und Richard von Täntzers Erkenntnissen. »Es kann sein, dass Christiane Hoffmann von ihrem Freund Daniel Brunner entführt wurde. Sieht aus, als hätten sie einen handfesten Streit gehabt.«

Er winkte den Kellner heran. »Il conto, per favore!«

Auf dem Weg hinaus zum Frauenplan klingelte erneut Germers Handy. »Hallo, Frau Weißmann, was gibt's?«

Hendrik und Richard ließen ihn in Ruhe telefonieren und liefen zurück zur Polizeiinspektion. Hendrik dachte nach. Kurz vor dem Kirschberg sagte er: »Das mit der rechten Hand, Richard, das ist eine … interessante Idee!«

*

Ronny Trommler

Weimar, Montag, den 3. November, mittags

Kriminaloberkommissarin Annett Weißmann war, um einem Lagerkoller zu entgehen, über Mittag ins Gasthaus Waldschlösschen gegangen. Sie hatte sich eine Auszeit von zwei Stunden erbeten, in der Boris Gaube und Lisa Lenker bei Frau Schulz blieben. Leider hatte sich keine erfahrene Kollegin gefunden, die Lisa hätte ersetzen können, der Personalbestand war zu gering. Im Notfall konnte Boris sie per Funkgerät erreichen.

Annett bestellte Rouladen mit Thüringer Klößen. Während sie wartete, wollte sie sich über die Geschehnisse in ihrer Heimatstadt informieren und landete auf der Webseite des Leipziger Abendblatts. Sie überflog die Schlagzeilen und hielt plötzlich inne:

»Käthe Wagner – ist ihr Mörder ein Literaturwissenschaftler aus Frankfurt am Main?«

Sie las den Artikel und entdeckte nach wenigen Zeilen den Namen, den zu lesen sie befürchtet hatte: »… der unter Verdacht stehende Hendrik W. aus Frankfurt a. M.«

Annett Weißmann griff sofort zum Telefon. Ihr Leipziger Kollege Kommissar Jablonski freute sich, sie zu hören.

»Jabo, pass auf, schau dir bitte den Artikel von heute im Abendblatt zu Käthe Wagner an. Ich brauche unbedingt den Namen des Journalisten, er ist mit RT abgekürzt. Der Kerl spinnt. Wir suchen hier einen Serienmörder, besser gesagt eine Serienmörderin, und der stört uns da mit irgendwelchen … haltlosen Spekulationen. Hendrik Wilmut ist bestimmt nicht der Täter.«

Er versprach, ihr so bald wie möglich Bescheid zu geben.

Die Roulade schmeckte hervorragend, es gab viel leckere Soße dazu, und die Klöße waren eine Sensation. Diese Gaststätte musste sie sich merken. Auf dem Rückweg in die Großmutterleite rief ihr Leipziger Kollege zurück. »Der Mann heißt Ronny Trommler. Ich kann dir seine Telefonnummer in der Redaktion schicken, aber bevor du ihn telefonisch vorwarnst und er womöglich abhaut, fahre ich lieber gleich hin und überrede ihn zu einem Interview und einem schlechten Kaffee in unserem Büro, oder?«

»Ja, mach das. Danke, Jabo, bist eine echte Hilfe!«

»Bis bald, Annett!«

Als sie zu Christiane Schulz zurückkam, hatte sich diese soeben ein Fertiggericht in der Mikrowelle aufgetaut. Ob sie etwas davon abhaben wolle, fragte sie. Annett verneinte, sie habe gerade eben gegessen. Frau Schulz bedauerte das, denn – so meinte sie – die Frosti-Gerichte seien sehr lecker, und heute gebe es Rouladen mit Original Thüringer Klößen. Annett Weißmann konnte kaum hinsehen.

Dann rief sie Germer an und berichtete ihm von dem Artikel in der Leipziger Zeitung und von Ronny Trommler.

»Verdammt, was für ein Idiot!«, schnaubte Germer. »Das mit Herrn Wilmut ist natürlich Unsinn. Solch ein Störfeuer können wir jetzt überhaupt nicht gebrauchen. Der Polizeipräsident hält mich für verrückt, dass ich einen potenziell Verdächtigen an dem Fall mitarbeiten lasse!«

»Klar, mein Chef und unser Präsident ebenso. Ich schlage vor, dass meine Kollegen in Leipzig den Trommler mal vorladen und ein paar Takte mit ihm reden.«

»Na schön, aber viel haben Sie nicht in der Hand. Seine Quelle wird er nicht preisgeben.«

»Vielleicht schon. In dem Artikel wird nämlich die zertrümmerte rechte Hand der Opfer erwähnt. Und das ist Täterwissen. Da muss er uns schon erklären, woher er das weiß!«

»Sehr gut, Weißmann. Ihr Chef hat uns die richtige Frau geschickt. Haben Sie einen vertrauenswürdigen Kollegen in Leipzig, der das übernehmen kann?«

»Ja, habe ich. Jabo … also KK Jablonski.«

»Hört sich gut an, bleiben Sie mit ihm in Verbindung.«

*

Hannas Schock

Bad Homburg, Montag, den 3. November, nachmittags

Hanna hatte den Sonntagsbesuch ihrer Schwiegermutter genossen. Hedda Wilmut war nicht lange geblieben, eine Stunde höchstens, sie hatten im Café der Klinik einen Cappuccino getrunken und sich unterhalten.

Es ging vorwiegend um Hendrik. Immer wieder kamen Details zur Sprache, die Hanna noch nicht kannte. Diesmal drehte es sich um Hendriks Verhältnis zu seinem Vater. Die beiden fanden nie wirklich ins Gespräch. Als Kind traute der Vater ihm wohl keinen ebenbürtigen Gedankenaustausch zu, später war Hendrik nicht interessiert daran, beschäftigte sich mit anderen, jugendspezifischen Dingen, und als beide merkten, dass eine Aussprache gutgetan hätte, war es zu spät. Vater Wilmut verstarb, als Hendrik 16 Jahre alt war. Hanna half dieser Gedankenaustausch mit Hedda Wilmut, er bewegte sie und erklärte einige Verhaltensweisen ihres Mannes, wenn auch nicht alle.

Nachdem sie sich von ihrer Schwiegermutter verabschiedet hatte, ruhte sie sich eine halbe Stunde aus. Solche Themen strengten nicht nur emotional, sondern auch körperlich an. Später war sie mit Paula zu einer Shoppingtour in der Bad Homburger Innenstadt verabredet.

Sie stand pünktlich um 15 Uhr vor der Klinik, diesmal allerdings in eine dicke Winterjacke gehüllt. Es war kalt geworden am Rande des Taunus. Die Temperatur war fast bis zum Gefrierpunkt gesunken, die niedrig stehende Sonne schien auf die mit Raureif bedeckten Bäume im Kurpark. Hanna genoss das wunderschöne Bild. Paula tauchte erst zehn Minuten nach der verabredeten Zeit auf, ihre Anwendungen hatten etwas länger gedauert. Sie durchquerten den Kurpark und streiften in der Louisenstraße durch verschiedene Boutiquen. Paula zeigte Hanna junge Mode und überredete sie, zwei Teile anzuprobieren, die Hanna selbst nie ausgewählt hätte. Eines davon – eine Bluse mit Paillettenapplikationen – kaufte Hanna tatsächlich, und Paula freute sich unbändig über ihren Erfolg. Zur Belohnung spendierte Hanna ihr eine Tüte weiße Trüffelpralinen. Paula meinte, so etwas Leckeres habe sie noch nie gegessen.

Hanna war gut gelaunt und die frische Luft beflügelte sie. Auf dem Rückweg kamen sie an einem Kiosk vorbei. Paula kaufte sich ein Päckchen Kaugummi, während Hanna die Schlagzeilen der Zeitungen überflog. Der Artikel traf sie wie ein Hammerschlag: »Ist Hendrik W. ein Mörder?« Untertitel: »Bekannter Frankfurter Literaturwissenschaftler wird verdächtigt, eine Rentnerin in Leipzig ermordet zu haben«.

Im Artikel selbst berief sich der Redakteur auf das Leipziger Abendblatt. Hanna konnte den weiteren Text kaum aufnehmen, registrierte nur, dass die tote Frau Käthe Wagner hieß, dann sagte sie: »Nein!«

Paula sah sie erstaunt an.

»Nein! Er war es nicht!«

*

Brunners Vernehmung

Weimar, Montag, den 3. November, nachmittags

Sie trafen sich wieder an der Tischtennisplatte. Germer, Volk, Täntzer, Simon und Hendrik Wilmut. Es war kalt im ungeheizten Dachgeschoss der Polizeiinspektion Weimar, kälter als am Tag zuvor. Alle hielten den Reißverschluss ihrer Winterjacken geschlossen, Pascal Simon profitierte von seiner roten Mütze, die er wie immer auf dem Kopf trug.

Zunächst informierte Germer die anwesenden Kollegen über den Artikel im Leipziger Abendblatt und fügte hinzu, dass der Journalist Täterwissen hatte und deswegen umgehend befragt werden müsse.

Hendrik blieb ruhig. Er wusste, dass dies Teil von Nadines Racheaktion war. Sie wollte ihn nicht töten, sondern bei lebendigem Leib grillen. Vielleicht rechnete sie sogar damit, dass er sich selbst tötete. Aber den Gefallen würde er ihr nicht tun. Hauptsache, Hanna erfuhr nichts davon.

Germer sah mehrmals zu ihm herüber. Er schien erstaunt zu sein, dass Hendrik recht gelassen reagierte.

Dann sprudelten die Neuigkeiten herein wie Tischtennisbälle, die einer nach dem anderen auf der Platte herumhüpften.

Zunächst wurde Brunners Handy geortet, er befand sich in der Nähe der Orangerie am Schloss Belvedere. Die Polizisten, die dort das Gelände durchkämmten, hatten kein Problem, seinen gelben Ford Mustang zu finden, und nahmen Brunner fest, als er gerade aussteigen wollte. Er wurde in die Polizeiinspektion gebracht.

Annett Weißmanns Kollege aus Leipzig meldete sich, er hatte den Journalisten Ronny Trommler in der Vernehmung und würde sich melden, sobald es etwas Brauchbares gab.

Der Suchtrupp in Belvedere hatte zwar Daniel Brunner gefunden, aber nicht Christiane Hoffmann. Alle Gebäude waren durchsucht worden, das Schloss, die Nebengebäude, das Musikgymnasium, die Orangerie. Sie blieb verschwunden. Jetzt kam das Außengelände an die Reihe.

Die KTU meldete sich, das Blut an der Jacke aus Christiane Hoffmanns Wagen stammte von einer Frau, B negativ – eine seltene Blutgruppe. In ihrem Haus in Tröbsdorf hatten sie einen Blutspendeausweis mit eben dieser Blutgruppe auf den Namen Christiane Apollonia Hoffmann gefunden.

»Heißt Frau Hoffmann so mit Zweitnamen? Apollonia?«, fragte Hendrik.

»Ja«, sagte Täntzer. »Wahrscheinlich der Name ihrer Mutter oder Großmutter, klingt bayerisch. Moment mal …« Er tippte in atemberaubender Geschwindigkeit auf seiner PC-Tastatur herum. »Sie stammt gebürtig aus … Vilshofen!«

»Vilshofen?«, wiederholte Hendrik. »Dort wurde doch auch Daniel Brunner geboren. Also unserer hier, der jüngere, der meistens Dani genannt wird.«

»Stimmt, vielleicht kannten sie sich von dort. Hat das irgendwelche Konsequenzen für uns?«

»Bisher nicht«, sagte Germer. »Dennoch sollten wir es im Hinterkopf behalten.«

Dann meldete sich erneut Kommissar Jablonski vom Leipziger Präsidium und berichtete Erstaunliches: Ronny Trommler hatte sich zunächst standhaft geweigert, seinen Informanten oder seine Informantin zu nennen. Erst als Jablonski angedroht hatte, ihn aufgrund seines Täterwissens in Untersuchungshaft zu nehmen, war er endlich bereit gewesen, auszupacken. Er hatte die Fake News von einem unbekannten Auftraggeber übermittelt bekommen, diesen jedoch nie persönlich getroffen. Alles wurde telefonisch abgewickelt. Um das Ganze zu katalysieren, hatte ihn derjenige mit 10.000 Euro »unterstützt«, wie er sich ausdrückte. Das Geldpaket war in einem Papierkorb auf dem Alten Johannisfriedhof in Leipzig hinterlegt worden. Das Einzige, was Trommler definitiv sagen konnte: Sein Informant war ein Mann.

Hendrik war verwirrt, und er merkte, dass es den anderen ähnlich erging. Der Friedhof passte ins Bild, aber ein Mann als Auftraggeber, das ergab keinen Sinn. Warum sollte Nadine eins oder Nadine zwei solch brisante Informationen an einen Mittelsmann weitergegeben haben? Das könnte gefährlich für sie werden. Ein Puzzleteil, für das es keinen Platz zu geben schien.

»Chef!«, rief Täntzer.

»Ja?«, murmelte Germer.

»Ich muss wieder raus nach Belvedere, mich um die Suche kümmern. Pascal bleibt hier in der Wache und koordiniert die Fahndung, die Kollegen kennen ihn inzwischen alle.«

Germer nickte gedankenversunken. Täntzer eilte die Treppe hinunter.

»Ich muss nach Jena«, brummte der Kriminaldirektor. »Der Präsident will mich sprechen.«

»Gut«, sagte Richard Volk. »Dann vernehme ich Brunner, einverstanden?«

»Okay, natürlich ohne Herrn Wilmut!«

»Selbstverständlich.«

Nachdem Germer verschwunden war, erhob sich Richard und gab Hendrik ein Zeichen, ihm zu folgen. »Komm mit, du kannst durch die Scheibe zusehen, aber bitte verhalte dich ruhig!«

Daniel Brunner war schon rein äußerlich ein widersprüchlicher Mensch. Für Hendrik war es schwer, sich ein Bild von ihm zu machen. Er wusste, dass Brunner 35 Jahre alt war, doch mit den dünnen Haarstoppeln auf dem Kopf, dem dichten dunklen Vollbart und dem breiten Rücken sah er älter aus. Er trug trotz des Winterwetters ein T-Shirt, beide Oberarme zeigten einen gut definierten Bizeps und waren komplett tätowiert. Brunners Kleidung war eher unauffällig: Lederjacke, Jeans, Winterstiefel. Das Gesicht mit fahlem Teint und der aufgeweckte Blick standen im Gegensatz zum Rest seiner Erscheinung. Eine fast chimärenhafte Mischung aus Macho und scheuem Kind. Hendrik war gespannt auf sein Verhalten, besonders auf seine Sprache. Er machte es sich hinter der Scheibe mit einem Kaffee bequem.

Richard ließ Daniel Brunner warten, wahrscheinlich eine Vernehmungstaktik, vermutete Hendrik. Brunner schien das nicht zu stören. Er saß lässig zurückgelehnt auf seinem Stuhl. Als Richard nach zehn Minuten mit einer Kaffeetasse in der Hand hereinkam, blaffte er ihn jedoch an: »Mann, ich hab nicht den ganzen Tag Zeit, hoffentlich wird's bald.«

Er sprach einen bayerischen Dialekt, möglicherweise Niederbayerisch, das konnte Hendrik nicht mit Bestimmtheit sagen.

Richard setzte sich. »Guten Tag, Herr Brunner, ich bin Kriminalhauptkommissar Volk, und ich bin sicher, dass

Sie den ganzen Tag Zeit haben werden. Es geht nämlich um Mord.«

»Was ist los? Sie sind wohl blöd, Mann! Wollen Sie mir was anhängen, oder wie?«

»Herr Brunner, *Sie* werden nicht des Mordes verdächtigt, trotzdem geht es um Mord. Wir können uns jetzt einigen, dass wir uns einigermaßen höflich unterhalten und uns nicht beleidigen, dann sind wir schneller fertig und das Ganze verläuft angenehmer.« Er nahm einen Schluck Kaffee. »In diesem Fall könnte ich mich auch dafür einsetzen, dass Sie einen Kaffee bekommen, eben ist nämlich die Kanne gerade leer geworden.« Damit deutete er auf seine eigene Tasse. »Ansonsten kann ich auch anders ...«

»Meinetwegen ...«

Richard griff zum Telefonhörer und orderte eine Kanne Kaffee. »So, wir fangen an. Was wollten Sie an der Orangerie?«

»Das geht Sie nichts an!«

»Bei Mord geht mich alles was an. Ich höre?«

»Mann, dort ist eine öffentliche Toilette, musste mal pissen«, sagte Brunner und grinste. »Das ist ja wohl nicht verboten, oder?«

»Herr Brunner, ich würde Ihnen dringend raten, mich nicht zu verarschen. Kein Mensch fährt extra nach Belvedere zum Pinkeln. Also?«

»Na ja, ich war eigentlich mit Christiane dort verabredet, aber sie kam nicht.«

»Wo genau waren Sie verabredet?«

»Am Eingang der Orangerie.«

»Wie bitte, wo?«

»Mann, hören Sie schlecht? O-R-A-N-G-E-R-I-E!«

»Okay, jetzt hab ich's verstanden. Warum steht Frau Hoffmanns Auto dann auf dem Parkplatz vor dem Café, genau am entgegengesetzten Ende des Parks?«

»Weiß ich doch nicht.«

»Also waren Sie am Café verabredet?«

»Kann sein.«

»Nein, kann nicht sein, eben haben Sie zweimal gesagt, Sie waren an der Orangerie verabredet, einmal haben Sie es mir sogar buchstabiert.«

»Sie sind ein …«

»Vorsicht, sonst gibt's keinen Kaffee!«

»Wo bleibt der überhaupt?«

»Ich ruf noch mal an.« Richard nahm erneut den Telefonhörer zur Hand und reklamierte den Kaffee. »Kommt gleich. Wo ist Frau Hoffmann?«

»Das wüsste ich auch gern, habe ja gesagt, sie ist nicht aufgetaucht.«

»Wann haben Sie sie zuletzt gesehen?«

»Samstag.«

»Wann genau und wo? Lassen Sie sich nicht alles aus der Nase ziehen!«

»Ist ja gut. Irgendwann um die Mittagszeit, bei ihr zu Hause.«

»Haben Sie gestritten?«

»Schmarrn. Wir streiten nie.«

»Glaube ich nicht. Ging es um Stoff?«

»Nein, sie näht nicht.«

Richard griff zum Telefonhörer. »Ich bestell den Kaffee wieder ab …«

»Ist ja gut, Mann. Es ging um Sex. Ich wollte poppen und sie nicht.«

»Glaube ich auch nicht.«

»Ihre Sache!«

»Gut, dann rufe ich mal die Kollegen vom Rauschgift in Jena an, mal hören, was die so über Sie haben.«

Daniel Brunner lehnte sich zurück und wartete.

»Sie werden verdächtigt, Frau Hoffmann entführt zu haben«, sagte Richard Volk betont langsam.

»Scheiße, was soll das denn? Entführung? Das kann gar nicht sein, sie gehört zu mir, das ist so klar wie Knödelbrühe, da kommt niemand dazwischen, klar?«

»In Thüringen heißt das Kloßbrühe.«

»Von mir aus. Ich brauche Christiane, sie ist meine … also, sie gehört zu mir! Da passt kein Blatt zwischen uns, klar?«

Volk nickte. »Gut, das Ganze wird immer klarer!«

Hendrik drehte sich von der Scheibe weg und schüttelte den Kopf. Er verstand nicht, was Richard meinte.

»Hallo, Herr Wilmut!« Pascal Simon gesellte sich zu ihm in den Beobachtungsraum. Die Hosenbeine seiner Jeans schleiften im Fersenbereich auf dem Boden und sahen aus, als hätte eine Wanderratte daran genagt.

»Gibt's was Neues?«, fragte Hendrik.

»Nein, nach wie vor keine positive Meldung vom Suchtrupp. Wie geht es mit Brunner voran?«

»Er ist störrisch, aber Richard macht das gut. Ich verstehe seine Vernehmungstaktik allerdings nicht so ganz.«

»Ich bin gespannt«, sagte Simon grinsend und sah durch die Scheibe.

»Wo bleibt eigentlich mein Kaffee?«, nörgelte Brunner.

»Bevor Sie mir nicht gesagt haben, was am Samstag in Tröbsdorf passiert ist, kriegen Sie gar nichts, klar?«

»Sie haben gar keinen Kaffee bestellt, Sie …«

»Vorsicht! Frau Hoffmanns Haustür stand offen, als wir kamen, also W-A-S … I-S-T … P-A-S-S-I-E-R-T?«

»Sie ist abgehauen, mit Gepäck, ich weiß nicht, wohin.«

»Und Sie sind ihr nicht nachgefahren?«

»Nein!«

»Glaube ich nicht!«

»Was Sie glauben, ist mir egal.«

»Da bin ich nicht sicher. Ich glaube nämlich, dass Sie heute Nacht unser Gast sein werden. In einer verdammt unbequemen Zelle!«

»Das können Sie nicht machen!«

»Doch, können wir. Außerdem suchen wir ganz Belvedere nach Frau Hoffmann ab.«

Ein leichtes, kaum wahrnehmbares Lächeln huschte über Brunners Gesicht.

»Gut, dann weiß ich Bescheid«, sagte Richard. »Hat sie wenigstens eine Winterjacke dabei?«

»Klar, hat sie mitgenommen, außerdem ihre gepackte Reisetasche mit all dem Kram.«

»Die lag im Auto, jetzt ist sie bei uns im Labor.«

Brunner verschlug es für einen Moment die Sprache. Hendrik bemerkte, dass er sich sehr zusammennehmen musste, um keine Emotionen zu zeigen.

»Und es geht weiter, Herr … Brunner! In der Tasche befand sich eine graue Strickjacke, darauf war Blut mit Frau Hoffmanns Blutgruppe. Wollen Sie weiter behaupten, es gab keinen Streit … Dani?«

Brunner war für einen kurzen Moment irritiert, fing sich jedoch schnell wieder. »Sie hat mich mit einem Messer angegriffen, dabei hat sie sich selbst geschnitten!«

Richard sprang auf. »Frau Hoffmann hat *Sie* angegriffen? Was für ein Bullshit! Sie haben *Frau Hoffmann* angegriffen und sie hat sich gewehrt!«

Brunner lächelte arrogant.

Richard Volk überlegte.

»Wir sind erst einmal fertig, Herr Brunner. Sie müssen noch eine Weile warten. Ich lasse Ihnen Wasser bringen. Dann können Sie gehen.«

Hendrik wunderte sich. Was bezweckte Richard damit? Zunächst war er Brunner ziemlich hart angegangen, jetzt wurde er zunehmend weicher. Taktik? Auch Simon hob die Schultern.

Als Richard Volk aus dem Vernehmungsraum kam, sagte er: »Ich habe einen Verdacht und eine Strategie, die birgt allerdings Risiken. Ich brauche Germers Zustimmung. Wo ist er?«

»Bei seinem PP«, sagte Simon.

Hendrik sah ihn fragend an.

»Bei seinem Polizeipräsidenten.«

»Ach ja«, meinte Richard. »Egal, ich muss ihn anrufen. Pascal, passen Sie auf, dass unser Mann nicht abhaut!«

»Geht klar«, sagte Pascal Simon.

Nach einer Viertelstunde kehrte Volk zurück. »Er ist einverstanden. Ich hab alles organisiert, muss aber noch etwas Zeit schinden.«

Er öffnete die Tür zum Vernehmungsraum. »Herr Brunner, Sie müssen jetzt zur erkennungsdienstlichen Behandlung, danach können Sie gehen!«

»Mann, Sie haben doch schon meine Fingerabdrücke und all den Quatsch.«

»Sie können alternativ gerne über Nacht bei uns bleiben!«

»Ist ja gut …«, murmelte Brunner, bevor ein Uniformierter ihn abholte.

»Puh«, machte Richard. »Ich brauch erst mal ’nen frischen Kaffee. Gibt’s hier irgendwo ’nen Automaten?«

»Schon«, sagte Simon. »Aber die Brühe schmeckt nicht. Julian hat eine Espressomaschine in seinem Büro. Ich gehe voraus.«

Hendrik war erstaunt über die relativ gute Qualität des Espressos. Richard wollte soeben mit seinem Bericht beginnen, als Täntzer hereinstürmte.

»Ihr macht es euch ja gemütlich in meinem Büro!«

Die Angesprochenen lachten.

»Germer hat verfügt, dass die Suche abgebrochen wird«, sagte Täntzer, während er sich selbst einen Espresso durchlaufen ließ.

»Ja«, antwortete Richard. »Das habe ich veranlasst, er war einverstanden.«

Die anderen sahen ihn erstaunt an.

»Folgendes: Ich bin mir ziemlich sicher, dass Brunner seine Freundin Christiane Hoffmann … quasi entführt hat. Er ist von ihr besessen, will sie ›behalten‹, will sie bei sich haben. Das ist so eine Art Übergriffigkeit, vielleicht Stalking oder ein anderes pathologisches Verhaltensmuster. Insofern nicht ungefährlich. Trotzdem bin ich überzeugt, dass er ihr nichts tun wird. Er hat mir versichert, dass sie ihre Winterjacke bei sich hat. Als ich sagte, dass wir ihre Reisetasche haben, musste er sich sehr beherrschen, er macht sich Sorgen um sie. Ich habe ihn gehen lassen, damit er uns zu ihr führt. Dazu brauche ich einen erfahrenen Polizisten, der ihn beschattet.«

»Puh«, machte Täntzer. »Wir haben sowieso schon zu wenig Kollegen und einen erfahrenen …«

»Ist schon geklärt. Siggi übernimmt das. Siegfried Dorst. Mehr Erfahrung geht nicht.«

»Und das hat Germer genehmigt?«, fragte Täntzer.

»Ja, hat er. Ich konnte ihn überzeugen. Im Beisein seines Präsidenten, er weiß Bescheid. Siggi soll ihn ja nur beobachten und uns informieren, natürlich darf er als Pensionist nicht eingreifen. Und das Ganze hat noch einen Vorteil: Solange Frau Hoffmann in ihrem Versteck ist, wird Nadine Dubois sie nicht finden. Wenn wir Christiane Hoffmann dann haben, können wir sie beschützen.«

»Hm«, machte Hendrik. »Riskantes Spiel. Was ist, wenn Brunner mit ihr abhaut?«

»Nicht schön, allerdings immer noch besser, als der Killerin in die Hände zu fallen, oder?«

»Das ist wahr«, meinte Täntzer. »Ich habe inzwischen die Info der Kollegen vom Rauschgift bekommen, Germer hat sie mir geschickt. Bei denen liegt nichts gegen Brunner vor.«

»Das wusste ich schon«, sagte Richard. »Er hat so locker darauf reagiert, als ich beim Rauschgift anrufen wollte, das kann er sich nur leisten, wenn er sicher ist, dass ihm von dieser Seite kein Ungemach droht.«

»Nicht schlecht!«, sagte Täntzer anerkennend.

»Ich habe noch eine Frage, Richard.« Hendrik sah ihn neugierig an. »Wen hast du eigentlich während der Vernehmung wegen des Kaffees angerufen?«

»Niemanden. Ich weiß gar nicht, an wen ich mich hier wenden müsste, um Kaffee zu ordern.«

*

Hannas Verzweiflung

Bad Homburg, Montag, den 3. November, nachmittags

Hanna Wilmut fror. Ihr Nervensystem war kurz davor, zu blockieren. »Nein!«, sagte sie vor sich hin, während sie mit Paula durch den Kurpark stapfte. »Nein, das kann nicht sein!«

»Was meinst du?«, fragte Paula.

Doch Hanna antwortete nicht. Sie erreichten die Klinik.

»So etwas würde Hendrik nie tun!«, flüsterte Hanna.

»Wie bitte?«

Hanna konnte immer noch nicht antworten.

»Niemals!«, hauchte sie in die kalte Winterluft. Dann fiel ihr ein, dass es Stresssituationen gab, die zu Notwehrreaktionen führen konnten. Aber eine alte Frau – nein! Hendrik war kein gewaltbereiter Mann, versuchte immer, Konflikte mit Worten zu lösen. Worte waren seine beste Waffe, sein Friedensinstrument. Sicher, auch er war nur ein Mensch. Wer wusste das besser als sie selbst. Stopp! Hanna wollte an dieser Stelle nicht weiterdenken.

Sie waren im Foyer der Klinik angekommen. Paula verabschiedete sich und Hanna war froh, allein zu sein. Die Dämmerung fiel langsam auf Bad Homburg nieder. Zwei Stunden lang saß sie in ihrem dunklen Zimmer und dachte nach. Es konnten auch drei Stunden gewesen sein. Irgendwann nahm sie ihr Smartphone und suchte nach dem Zeitungsartikel. Vielleicht hatte sie sich ja getäuscht … sie fand ihn, genau so, wie sie ihn in Erinnerung hatte. Sie musste Hendrik anrufen. Noch zögerte sie. Was sollte sie ihn fragen? Hast du jemanden umgebracht? Bist du ein Mörder? Sie legte das Telefon wieder zur Seite.

Das würde ein schweres Telefonat werden, aber er war ihr Ehemann, ihr Geliebter, ihr Ein und Alles. Nicht für jeden Menschen lohnte sich solch ein schwieriges Gespräch, doch für Hendrik lohnte es sich.

Sie griff erneut zu ihrem Handy und wählte.

»Hier ist die Mailbox von Hendrik Wilmut, bitte hinterlassen Sie eine Nachricht!«

Sie blieb stumm und legte auf.

*

Hendriks Auszeit

Weimar, Montag, den 3. November, abends

»Ich brauche mal eine Auszeit!«, sagte Hendrik. Er musste über sich und seine Rolle bei dem Fall nachdenken.

»Moment!« Richard wurde laut. »Du weißt genau, dass Germer das anders verfügt hat. Ich soll dir nicht von der Seite weichen!«

»Interessiert mich nicht, Germer ist schließlich nicht mein Vorgesetzter. Und deiner auch nicht.«

»Aber du weißt schon, dass du mich damit ziemlich in Bedrängnis bringst?«

»Sag einfach, ich sei dir entwischt.«

»Klingt nicht gerade professionell.«

»Sorry!« Hendrik nahm seinen Mantel, zog den Schal fest um den Hals und verließ das Polizeigebäude. Fast hätte er mehr Widerstand von Richards Seite erwartet. Umso besser. Er sog die klare Luft ein, es tat gut. Dann lief er vom Kirschberg hinunter in die Innenstadt und war überrascht, dass um 17 Uhr bereits die Dämmerung einsetzte. Es war einer der Tage, an denen er mit Wehmut erkannte, dass der Herbst fast unmerklich entschwunden war, um dem Winter das Land zu überlassen. Winter – die Jahreszeit, die er am wenigsten mochte. Was sicher auch daran lag, dass er kein Winterurlauber, geschweige denn ein Wintersportler war. Einmal hatte er versucht, sich auf Langlaufskiern fortzubewegen – eine grausame Erfahrung! Er hatte den Boden unter den Füßen verloren. Hanna hatte ihn aufgefangen …

Hanna! Hoffentlich hatte sie nichts von dem unseligen Zeitungsartikel mitbekommen. Das konnte sie zurückwerfen. Hendrik befand sich gerade vor dem Atrium, einem großen Einkaufszentrum. Er nahm sein Smartphone aus der Tasche. Favoriten. Hanna. Ihr Bild füllte das Display. Was wollte er ihr sagen? – »Du, Schatz, ich werde verdächtigt, eine Frau umgebracht zu haben, aber das ist nicht wahr. Wirklich, bitte glaube mir!« – Sollte er das wirklich sagen? Nein. Zum ersten Mal seit langer Zeit fehlten ihm die richtigen Worte.

Er steckte das Smartphone wieder ein und entschied sich, abzuwarten. Jetzt hatte er Hunger. Es war eigentlich zu früh zum Abendessen, doch wer sollte ihn daran hindern? Hendrik betrat das massive Gebäude, das vor tausend Jahren als Jubelhalle für einen geistesgestörten Diktator erbaut worden war. Man hatte nach der Wende versucht, es durch kostengünstige Veränderungen der Fassade leichter und moderner aussehen zu lassen. Hendrik begab sich zum Asia-Imbiss und bestellte knusprige Ente mit Kantonsoße.

Ein weiteres Mal warf er einen Blick auf sein Smartphone. Und erneut steckte er es zurück in seine Hosentasche.

Die Ente war fertig, er nahm das Tablett und suchte sich einen ruhigen Platz an der rückwärtigen Wand. Als er seinen Blick über die Sitzgruppen schweifen ließ, fiel ihm ein Mann ins Auge, halb verdeckt, mit dem Rücken zu ihm. Er trug eine rote Mütze. Aha, so hatte Richard das Problem gelöst. Zumindest konnte Hendrik in Ruhe essen. Sonst hatte ihm die Kantonsoße immer geschmeckt, heute fand er sie fad und gab reichlich Sambal Oelek dazu. Sein Teller war erst zur Hälfte geleert, als er erneut unruhig wurde und die Stäbchen beiseitelegte.

Vielleicht sollte er seine Mutter anrufen, nur mal so, um zu fragen, ob es Hanna gutging. Er wählte.

»Hallo, Junge!« Hedda Wilmut klang fröhlich und zuversichtlich.

»Hallo, Mutter, ich wollte mal fragen, ob …«

»Ja bitte?«

»Also, ob …« Er zögerte.

»Ob es Hanna gutgeht?«

»Ach, Mutter, wenn ich dich nicht hätte!«

»Woher soll ich das wissen, ich darf sie ja nicht besuchen.«

»Ja schon, du hast es aber trotzdem getan, oder?«

Beide lachten.

»Ja, ich war gestern bei ihr. Es geht ihr gut. Wir haben uns lange unterhalten, hautsächlich über dich.«

»Über mich? Da gibt es ja nicht viel zu reden.«

»Haha! Im Gegenteil. Keine Sorge, es war nicht so schlimm, wir lieben dich ja beide.« Normalerweise hätte ihn solch ein Liebesbekenntnis aufgebaut – heute nicht.

»Hat sie etwas gesagt von einem Zeitungsartikel?«

»Nein. Um was geht es denn darin?«

Hendrik bemerkte schlagartig, dass es sehr schwierig war, seiner Mutter zu erklären, dass er angeblich unter Mordverdacht stand. Mindestens so schwer wie bei seiner Ehefrau. Zum Glück hatte er seiner Mutter nicht gesagt, dass der Zeitungsbericht von ihm selbst handelte, sonst hätte sie danach recherchiert.

»Tut mir leid, Mutter, das darf ich nicht sagen, ist Gegenstand der aktuellen Ermittlungen. Ich verspreche, dir alles zu berichten, sobald der Mö…, also … sobald der Fall gelöst ist. Okay?«

»Meinetwegen.« Sie schien ein wenig sauer zu sein.

»Dann bekommst du alles aus erster Hand!«

Sie verabschiedeten sich.

Hendrik schob den Teller weit von sich und verließ das Atrium. Draußen vor dem Gebäude blieb er stehen, sah sich um, wusste nicht, wohin er sich wenden sollte.

Eine Stimme ertönte von hinten: »Herr Wilmut, kommen Sie, ich bringe Sie in die Pension!«

Hendrik drehte sich nicht um. »Ja, ist gut, Herr Simon, danke!«

Pascal Simon hielt ein Taxi an, sie stiegen ein. Während der zehnminütigen Fahrt redeten sie kein Wort. Der Fahrer setzte Hendrik direkt vor der Pension Erlenhof ab.

»Ich bleibe hier und passe auf Sie auf, bis KHK Volk kommt«, sagte Simon. »Das ist eine Anweisung von ihm.«

»Danke!«, murmelte Hendrik. Mehr war nicht zu sagen. Mehr *wollte* Hendrik Wilmut nicht sagen. Denn seine Gedanken kreisten um Hanna.

Bei der Erlenhofwirtin kaufte er eine Flasche Ehringsdorfer Urbräu.

»Meine Güte«, meinte die Wirtin, während sie das Wechselgeld abzählte. »Seit ein paar Tagen habe ich lauter französische Eurostücke in der Kasse, aber ist ja egal, ob Merkel oder Macron, bezahlen kann man mit beiden!« Sie lachte laut über ihren vermeintlichen Witz.

Hendrik blieb das Lachen im Hals stecken. »Haben Sie denn einen Gast aus Frankreich?«, fragte er.

»Ja, ja, habe ich, von ihr kommen die Geldstücke wahrscheinlich.«

Von ihr. Eine Frau. Aber es gab viele französische Frauen. Ungefähr 33 Millionen.

»Entschuldigung, es würde mich interessieren, wie die Dame heißt, vielleicht kenne ich sie … also möglicherweise.«

Die Wirtin warf ihm einen prüfenden Blick zu. »Tut mir leid, Herr Wilmut, das darf ich Ihnen nicht sagen. Und ich denke, das wissen Sie auch, oder?«

Hendrik nickte. Er nahm seine Bierflasche und ging hinauf in den zweiten Stock. Ins Zimmer »Ettersberg«. Er war froh, dass er nicht im Nebengebäude wohnte, denn dazu hätte er den nur spärlich beleuchteten Hof überqueren müssen. Hendrik schloss die Zimmertür und drehte den Schlüssel von innen zweimal um. Dann schickte er Richard eine Nachricht. Als er seinen eigenen Text las, begann er zu zittern: »Eine Französin in der Pension. Ist sie das?«

*

»Roter Hering«

Weimar, Montag, den 3. November, abends

Julian Täntzer hatte Richard Volk im Dachgeschoss des Polizeigebäudes zurückgelassen und saß wieder an seinem eigenen Schreibtisch im Erdgeschoss. Er schaltete das Licht ein, draußen war es bereits dunkel. Er war müde und überlegte, ob seine Anwesenheit in der Polizeiinspektion heute noch notwendig war. Kaum hatte er diesen Gedanken durch seinen Kopf gleiten lassen, klingelte sein Telefon. Er sah auf das Display. Der Dienstgruppenleiter.

Er nahm ab. »Täntzer!«

»Hallo, Julian, eben kam ein Notruf über die 110, im Bauhaus-Museum hat sich eine Frau in der Toilettenkabine eingeschlossen. Sie behauptet, von einer schwarz gekleideten Person verfolgt worden zu sein, hat ziemliche Panik, ich habe schon drei Streifenwagen hingeschickt.«

»Ist die Frau denn in akuter Lebensgefahr?«

»Wissen wir nicht. Ich wollte dich auf jeden Fall informieren. Die Frau heißt Charlotte Schäfer.«

Täntzer warf das Mobilteil des Telefons auf den Schreibtisch und griff nach seiner Jacke. Am liebsten hätte er jetzt sein BMX-Rad geschnappt, damit wäre er schneller am Bauhaus-Museum gewesen als mit dem Auto. Doch zunächst rannte er die Treppe hinauf ins Dachgeschoss.

»Wo ist Pascal?«, schrie er.

Volk hob den Kopf. »Unterwegs, mit Hendrik. Warum?«

»Eine Frau ist überfallen worden, sie heißt Charlotte Schäfer!«

Richard Volk riss seinen Schal von der Stuhllehne. Täntzer rannte die Treppe hinunter, Volk deutlich langsamer hinterher, die Stufen knarrten unter seinem Gewicht. Sie trafen sich auf dem Parkplatz, Täntzer hatte den Motor schon gestartet, Blaulicht aufs Dach, los ging's.

»Im neuen Bauhaus-Museum«, sagte Täntzer. »Sie hat sich in der Toilette eingeschlossen.«

Volk nickte. »Schäfer. Kommt in der Hitliste an Position 11, direkt hinter Hoffmann. Haben wir was übersehen?«

»Sieht so aus«, brummte Täntzer.

Durch die Friedensstraße benötigten sie nur einige Minuten bis zum Stéphane-Hessel-Platz. Die Streifenwagen standen vor dem hell angestrahlten Museumskubus, die Kollegen von der Schutzpolizei hatten sich rund um das Gebäude verteilt.

Täntzer war schon oft daran vorbeigefahren, hatte das neue Bauhaus-Museum auch bereits besucht, doch immer wieder wunderte er sich über die massive, einem Bunker ähnliche Bauweise des Museumsgebäudes, das sich in diesem Punkt nicht von den nahegelegenen Hitler-Protzbauten unterschied. Er wusste, dass genau dies die Strategie der Architektin gewesen war: Außen an die Nazi-Bauten erinnernd, innen komplett den durch Hitler vertriebenen Bauhaus-Menschen gewidmet.

Polizeikommissarin Rohde empfing die beiden Kriminalbeamten. »Das Museum ist seit einigen Minuten geschlossen«, sagte sie. »Kurz zuvor hat sich Frau Schäfer bei der 110 gemeldet. Die Angestellten sind noch drin, sie haben sie schreien gehört. Eine schwarz gekleidete Person haben wir bisher nicht gesehen.«

»Okay!« Täntzer stürmte hinein, Volk hinterher.

Am Empfang standen drei Museumsangestellte. »Sie ist im dritten Stock!«, sagte ein Mann und zeigte auf die große Treppe.

Täntzer sah auf die Hinweise: »Ausstellung – Exhibition – Toilette +3«. Er sprintete los.

»Ich prüfe die Lage hier unten!«, hörte er Richard Volk hinter ihm rufen. Gut, der Kollege würde ihn von unten sichern, Täntzers Tempo die Stufen hinauf hätte Volk sowieso nicht folgen können. Oben zeigte ein Uniformierter nach rechts, fast hätte Täntzer eine Vitrine mit einer Wagenfeld-Leuchte umgerannt. Dann erreichte er die Toilettentür, schmal, grau, daneben zwei Feuerlöscher, links ein großes Fenster mit Blick über die Nordstadt. Eine Frau in Museumsuniform stand davor.

»Julian Täntzer, Kriminalpolizei.«

Sie nickte. »Sie können vorsichtig hineingehen in den Vorraum, die Kabine ist abgeschlossen, sie hat furchtbare Angst!«

»Wie viele Kabinen gibt es denn?«

»Nur eine.«

Er zog langsam die Tür auf und trat ein. »Hallo, Frau Schäfer, hier ist die Polizei, ich bin Julian!«

Keine Reaktion.

»Ich schiebe jetzt meinen Ausweis unter der Kabinentür durch, damit Sie sehen, dass ich wirklich ein Polizist bin!«

Noch immer keine Antwort. Er tat, was er angekündigt hatte, und wartete.

»Julian?«

»Ja, Frau Schäfer?«

»Sie können nicht reinkommen.«

»Okay, aber Sie könnten rauskommen.«

»Nein, das geht nur eine Frau etwas an.«

»Verstehe. Eine Mitarbeiterin des Museums wird sich gleich um sie kümmern. Sie ist eine nette Frau. Vorher hätte ich noch ein paar wichtige Fragen. Können Sie denjenigen beschreiben, der Sie verfolgt hat?«

»Recht groß und – wie soll ich sagen? – beweglich, sportlich.«

»Wie groß sind Sie selbst, Frau Schäfer?«

»1,77 Meter.«

»Gut, danke. War es ein Mann oder eine Frau?«

»Eine Frau!«

»Sicher?«

»Ja, ganz sicher!«

»Hat sie irgendetwas gesagt?«

»Nein, aber passen Sie auf, sie hat eine Pistole!«

»Gut, danke, Frau Schäfer. Schieben Sie bitte meinen Ausweis wieder raus, die Museumsmitarbeiterin hilft Ihnen sofort!«

Ping – eine Nachricht. Von Hauptkommissar Volk. »Sie ist hier unten!«

Täntzer griff nach seinem Ausweis und rannte los. Auf der Treppe rutschte er aus, fast wäre er gestürzt.

»Sie ist draußen!«, rief Richard Volk, beide rannten hinaus.

Täntzer kannte die Gegend. Wenn Dubois es geschafft hatte, das Gebäude zu verlassen, würde sie versuchen, sich im Weimarhallenpark abzusetzen. Dort gab es nur wenig Beleuchtung, und man konnte sich gut verstecken. Alle anderen Seiten des Bauhaus-Museums waren von hell erleuchteten Straßen und Plätzen gesäumt. Er sprintete den Weg in Richtung Galerie Eigenheim entlang. An einer scharfen Linkskurve wartete er kurz, vor sich die kleine Villa der Galerie im Dunkel liegend. Mondschein, diffuses Laternenlicht.

»Polizei, stehen bleiben!«, kam es von rechts. Die Kollegen der Schutzpolizei. Ein Schuss. Täntzer kannte den Klang, ein Warnschuss in die Höhe. Er öffnete das Holster und zog seine Dienstpistole heraus. Den Finger nicht am Abzug, sondern neben der Waffe. So war es Vorschrift. Ein wieselflinker Schatten, direkt auf ihn zusteuernd.

Kriminalkommissar Täntzer positionierte sich, wie er es beim Schießtraining gelernt hatte: fester Stand, die Füße schulterbreit auseinander, leicht in die Knie gehend, die linke Hand unter der Waffe.

»Polizei! Stehen bleiben oder ich schieße!« Wie oft hatte er diese Ansprache geübt, jetzt klang sie seltsam, wie in einem zweitklassigen Western. Der Schatten bog ab in Richtung Schwanseebad. Auf die Beine zielen, Abzug durchziehen, nicht zu schnell, die Dienstwaffen hatten einen langen Abzugsweg, um Unfälle zu vermeiden. Keine Skrupel, es handelte sich um eine mehrfache Mörderin.

Er zögerte.

»Schießen Sie!«, rief Richard Volk aus dem Hintergrund.

Julian Täntzer drückte ab.

Ein Knall, ein Schrei, hoch, kreischend, der Angstschrei einer Frau. Er ließ die Waffe sinken. Im Gebüsch des Weimarhallenparks sah er die schwarze Silhouette verschwinden. Er hatte Nadine Dubois verfehlt.

*

Catherine de Caniche

Kromsdorf, Montag, den 3. November, abends

Hendrik schreckte hoch. Es klopfte an seiner Zimmertür. Im Fernsehen lief die Tagesschau. Er war wohl im Sessel eingeschlafen. Wer mochte das sein? Erneut ein Pochen. Nicht direkt hinter die Tür stellen, dachte er, stand auf, sprang ins Bad und rief von dort: »Wer ist da?«

»Ich bin's, Richard!«

Hendrik erkannte die Stimme. Er atmete tief durch und ließ ihn eintreten. Richard Volk klopfte ihm auf die Schulter. »Wir müssen reden!«

Hendrik schloss die Tür und schaltete den Fernseher aus.

»Sie ist es tatsächlich«, sagte Richard. »Die Wirtin hat mir ihren Namen gesagt, nachdem ich ihr erklärt habe, dass die Frau gefährlich sein könnte. Und natürlich hat mein Dienstausweis geholfen. Sie nennt sich hier Catherine de Caniche.«

Hendrik nickte. »Ihr zweiter Alias. Ziemlich blöder Name.«

»Wieso?«

»Katharina von Pudel.«

Richard lachte auf.

»Wenn das mal keine Absicht ist«, sagte Hendrik.

»Was meinst du damit?«

»Sie jagen mich, die beiden. Klingt so, als sei ich der Stellvertreter Goethes. Und der hasste Pudel.«

»Verstehe. In ihr Zimmer wollte die Wirtin mich ohne Durchsuchungsbeschluss allerdings nicht lassen. Ich weiß nur, dass Nadine Dubois derzeit nicht im Haus ist. Für mich ist das logisch, sie hat nämlich vor einer Stunde eine Frau überfallen, im Bauhaus-Museum. Die Frau konnten wir retten, Täntzer hat Dubois dabei angeschossen. Leider hat er sie nicht richtig erwischt, sie ist entkommen. Immerhin haben wir eine Blutprobe von ihr, die wird mit derjenigen von der Tankstelle verglichen.«

»Wie hieß denn die Frau?«, fragte Hendrik.

»Charlotte Schäfer.«

»Wie bitte? Sie hat eine Frau namens Charlotte überfallen? Schäfer kann ja sein, aber sie hat doch bereits eine Charlotte umgebracht, Charlotte Fischer. Bisher hat sie keinen Namen zweimal ins Visier genommen.« Eine dunkle Ahnung stieg in ihm hoch. Er dachte an Christiane Schulz. Eine Bücherfrau. Ein bibliophiles Wesen, das in Gefahr war.

Richard Volk lief aufgeregt im Zimmer umher. »Du meinst, das könnte eine Finte gewesen sein? Ein roter Hering?«

»Ganz sicher.«

»Verdammt, du hast recht! Wir haben zu … reflexartig reagiert. Dass sie dabei angeschossen wurde, hat sie sicher nicht geplant. Umso schlimmer, angeschossenes Wild ist gefährlich. Ich muss Annett Weißmann warnen, wahrscheinlich wollte Dubois uns von Christiane Schulz ablenken. Und ich muss Siggi fragen, wo Brunner ist. Bleib du in deinem Zimmer und schließ dich ein, ich glaube kaum, dass sie im verletzten Zustand hierherkommt. Wenn sie jemand sähe, würde es zu viele Fragen geben. Ihr Auto ist nicht auf dem Parkplatz der Pension. Wenn irgendetwas sein sollte, ruf mich an!«

Kaum hatte Richard den Satz beendet, war er auch schon verschwunden.

Hendrik setzte sich wieder in den Sessel. Die kurze Szene mit Richard war – einem Zeitraffer ähnlich – an ihm vorbeigerauscht. Er dachte nach, versuchte, die Geschehnisse zu begreifen, in seine inneren Schubladen einzuordnen. Nach wenigen Minuten stand er auf und trat ans Fenster. Sein Innenleben straffte sich, er zog die Schultern zurück. Im fahlen Lichtschein der Laterne zogen Nebelschwaden durch den Hof, der Dunkelheit einerseits entronnen, in die Dunkelheit andererseits flüchtend. Eine Stimmung wie beim Hund von Baskerville. In Kromsdorf gab es zwar kein Moor, aber eine Ilmniederung, nicht weit vom Erlenhof entfernt. Hendrik kannte die Nebelstimmung an der Ilm, in den Weihnachtsferien bei seinen Großeltern hatte er sie geliebt. Besonders wenn er mit der jungen Hanna an seiner Seite durch den Ilmpark geschlendert war, vorbei an der Kegelbrücke, die alten Bäume als Schattenriss aus dem Nebel auftauchend. Es waren dieselben Bäume wie heute. Hendrik fand den Gedanken beruhigend: die Natur als Konstante des Lebens.

Er wusste, dass er nicht untätig warten konnte. Er würde sich ein Taxi bestellen. Und das sollte ihn in die Großmutterleite bringen.

*

Siggis Auftrag

Weimar, Montag, den 3. November, früher am Abend

Zwei Stunden zuvor hatte Daniel »Dani« Brunner nach seiner erkennungsdienstlichen Behandlung die Polizeistation Am Kirschberg verlassen und fuhr die Bundesstraße 7 ostwärts. Er bog rechts ab in die Bodelschwinghstraße und nahm in Oberweimar die Taubacher Straße an der Ilm entlang. Siggi hielt sich in passendem Abstand hinter ihm, Brunners gelber Ford Mustang war leicht zu erkennen. Siggis eigener dunkelblauer Kleinwagen verlor sich im Grau der einsetzenden Dämmerung.

Siegfried Dorst spürte eine freudige Aufregung. Endlich wieder eine Aufgabe: eine Beschattung. Er hatte Ella nicht darüber informiert, denn eigentlich war dies eine polizeiliche Aktion, die sogar eine richterliche Genehmigung voraussetzte, außer bei »Gefahr im Verzug«. Und da Ella eine Staatsangestellte bei der Thüringer Polizeiverwaltung war, meinte er, es sei besser, sie nicht in diese Angelegenheit einzuweihen.

In der Nähe der Kipperquelle bog Brunner rechts ab. Dumpfe Erinnerungen wurden in Siggi wach. Hier hatte er mit Hendrik während ihres ersten gemeinsamen Falls eine unangenehme Begegnung mit einem Menschen namens Bardo gehabt. Eine gewisse Wehmut erfasste ihn. Er hatte mit Hendrik schon so manche Meinungsverschiedenheit ausgestanden. Meistens war es dabei um sachliche Fragen gegangen. Sollte ihre Freundschaft an einer persönlichen Kontroverse scheitern? Oder war der Grund des Streits eher in der subjektiven Fortentwicklung zweier Freunde zu suchen, einer Veränderung, die keinem der beiden bewusst war?

Seinen Gedanken nachhängend hätte er Daniel Brunner fast verloren, gerade noch sah er ihn in den Hainweg einbiegen. Sie passierten die Ehringsdorfer Brauerei und erreichten am Ende der Straße einen Parkplatz. Es war dunkel, nur wenige Fahrzeuge standen dort. Drei Seiten des Geländes waren wie ein riesiges dunkles »U« von Wald umgeben, an der vierten Seite zeichneten sich im schwachen Licht der Straßenlaternen mehrere Fabrikhallen ab. Dorst wusste, dass sich hier ein Chemiewerk befand. Er schaltete das Fahrlicht aus und rollte langsam auf den Parkplatz. Brunner hielt an der vom Fabrikgelände entfernten Seite und stieg aus. Dorst beobachtete ihn. Es wirkte, als mache er sich für eine Wanderung fertig. Siggi war überrascht. Er griff nach seiner Winterjacke, suchte Handschuhe, Mütze und Schal – vergeblich, all dies lag zu Hause. Brunner lief einen Waldweg entlang, der die Verlängerung des Hainwegs darstellte. Wo wollte der Kerl nur hin? Siegfried Dorst musste sich sputen, er schritt kräftig aus, sein Knie schmerzte. Im Wald war es fast vollständig dunkel, Siegfried Dorst verlor seine Zielperson dennoch nicht aus den Augen, denn Brunner hatte eine Taschenlampe bei sich, mit der er den Weg beleuchtete. Siggi seinerseits kämpfte mit der Dunkelheit, stolperte über Wurzeln und Steine, einmal stürzte er und musste sich zusammennehmen, um nicht laut aufzuschreien. Er fiel auf das sowieso schon lädierte Knie, raffte sich sofort wieder auf und lief weiter. Sein Kahlkopf schmerzte vor Kälte. Dann erreichten sie ein offenes Feld, der Mondschein erleichterte die Orientierung. In westlicher Richtung lag ein schwach beleuchtetes Gebäude. Er überlegte kurz, versuchte, sich anhand der Straßenführung zu orientieren. Er hob den Kopf. In einiger Entfernung sah er durch den Nebel blinkende rote Lichter: der Funkturm

Weimar Belvedere. Bei dem Bauwerk vor ihm musste es sich um die Orangerie am Schloss Belvedere handeln. Richard hatte berichtet, dass Brunner hier zuletzt aufgegriffen worden war. Er hatte sich also nicht ohne Grund in diesem Bereich aufgehalten. Diesmal hatte Brunner weiter entfernt geparkt, wahrscheinlich, um mit seinem auffälligen Wagen nicht entdeckt zu werden. Wollte er zu Christiane Hoffmann? Die Polizisten hatten den gesamten Park und alle Gebäude durchsucht, wo also sollte Frau Hoffmann sein?

Plötzlich war Brunner verschwunden. Vielleicht hatte er auch nur seine Taschenlampe ausgeschaltet. Dorst näherte sich dem Gebäude. Ja, jetzt erkannte er es: die Orangerie. Er lief langsam an einer runden, fensterlosen Mauer entlang. Der Ostflügel der Orangerie. In einigen Metern Entfernung prangte ein Hinweisschild: »Öffentliche Toilette«. Aber wo war Brunner?

Er hörte ein leises Kratzen hinter sich. Sofort wusste er, was dies bedeutete, doch bevor er sich umdrehen konnte, spürte er einen explodierenden Schmerz im Kopf.

*

Hendriks Alleingang

Weimar, Montag, den 3. November, abends

Etwa zur selben Zeit wartete Hendrik Wilmut in der Pension Erlenhof, bis sein Smartphone aufgeladen war. Was immer an diesem Abend passieren würde, ein funktionsfähiges Mobiltelefon konnte wichtig sein. Er wählte seine Kleidung nach dem Zwiebelprinzip, mehrere Schichten übereinander, jederzeit bereit, eine Schale abzulegen oder hinzuzufügen. Die oberste Lage war dunkelblau, dazu eine schwarze Mütze und dunkelbraune Handschuhe. Damit würde er keinen Modewettbewerb gewinnen, aber die praktischen Vorteile überwogen. Als die Ladeanzeige seines Smartphones bei 93 Prozent war, zog er das Kabel, verschloss sorgfältig sein Zimmer und ging hinunter zur Rezeption.

Er bat die Wirtin, ein Taxi zu bestellen. Sie wirkte nachdenklich, fragte, ob er etwas wüsste über diese Französin. Hendrik versuchte, sie zu beruhigen. Die Polizei sei auf der Suche nach ihr, falls sie dennoch in der Pension auftauchen sollte, solle sie sich neutral verhalten und sich nichts anmerken lassen. Die Wirtin meinte, sie habe die Mobilnummer von Hauptkommissar Volk, der sei ja ein toller Polizist, den rufe sie dann an. Hendrik nickte, der Taxifahrer hupte, er verabschiedete sich. Im Taxi fragte sich Wilmut, was die Wirtin wohl mit »toller Polizist« gemeint hatte, da sie das eigentlich nicht einschätzen konnte. Menschen, die gutes Essen schätzten, waren im Gastgewerbe beliebt, und solche positiven Urteile weiteten sich häufig auf andere Eigenschaften der jeweiligen Person aus.

Auf dem Weg durchs Webicht, dem kleinen Wald zwischen Kromsdorf und Weimar, erhielt Hendrik eine Nachricht von seiner Mutter. »Habe mit Hanna telefoniert, sie war so komisch und hat auch von einem Zeitungsartikel gesprochen, so wie du, um was geht es denn da bei euch? Gruß Mutter.«

Verdammt, sie wusste es! Das Taxi fuhr in die Tiefurter Allee ein, bog dann links ab in die Großmutterleite. Er musste mit Hanna reden. Hendrik bat den Fahrer, ihn an dem Spielplatz auf halber Länge der Straße abzusetzen. Er bedankte sich und zahlte. Der Taxifahrer gab ihm seine Karte, falls er später abgeholt werden wolle. Hendrik stieg aus. Kein geeigneter Zeitpunkt für ein Krisengespräch mit seiner Frau. Das Telefonat musste wohl oder übel warten, auch wenn er sich dabei äußerst unwohl fühlte.

Hendrik Wilmut kannte die Gegend. Als Kind hatte er hier einige Zeit zugebracht, während sein Großvater eine Gleisbaustelle in der Nähe betreute. Auf dem Spielplatz freundete er sich mit Martin an, dem Sohn eines SED-Parteikaders. Auch später noch, als die Baustelle längst aufgelöst war, trafen sie sich, vorwiegend in den Sommerferien, wenn Hendrik seine Großeltern in Weimar besuchte. Eines Tages merkte Martins Vater, dass sein Sohn Kontakt zu einem Jungen aus dem Westen hatte. Danach sahen sie sich nie wieder.

Hendrik bewegte sich vorsichtig in Richtung Süden, in Richtung des Hauses von Christiane Schulz. Kaum Nebel, es war kein Gewässer in der Nähe. Der Mond warf seinen von der Sonne geliehenen Schein vom Himmel. An der Kreuzung zum Krausweg bog er rechts ab. Nach etwa 20 Metern schlüpfte er links in einen schmalen Weg hinein. Der Pfad war gerade so breit, dass ein Junge hindurchlaufen konnte. Martin und er hatten diese kleine Gasse geliebt. Heute, als Erwachsener, musste er sich hindurchzwängen, Zweige streiften sein Gesicht, stellenweise kam er nur seitlich gehend voran. Endlich erreichte er die Rückseite des Gartens von Frau Schulz.

Hendrik versuchte, die Gartentür zu öffnen. Sie war verschlossen. Er kletterte darüber. Das Haus hockte dick und breit im Dunkel der Nacht. Aus dem Erdgeschoss drang kein Lichtschein. Im Obergeschoss zeichneten sich die Fenster von zwei spärlich beleuchteten Räumen ab. Er wartete. Im Grunde wusste er gar nicht, was er hier wollte. Aber wie so oft hatte er das Gefühl, an dieser Stelle zu dieser Zeit gebraucht zu werden. Lange geschah nichts, weder im Haus noch im Garten. Trotz der fünf Zwiebelschalen begann er zu frieren. Er lehnte an einen Baum und ließ seine Gedanken schweifen.

Hendrik sah auf die Uhr und nahm sich vor, alle zwei Minuten einen Scannerblick von links nach rechts durch den Garten wandern zu lassen. Dazwischen konzentrierte er sich auf verdächtige Geräusche. Zehn Minuten, zwölf Minuten, vierzehn Minuten. Dunkelheit. Leere. Aktionsvakuum.

Ein Rascheln von rechts. Er kniff die Augen zusammen. Ein kleines Tier im Gebüsch? Oder war da ein Schatten, der sich langsam über den Rasen in Richtung der Gartenhütte bewegte? In der Tat, es war die Silhouette eines Menschen, groß, schmal, wendig.

*

Annetts Tränen

Weimar, Montag, den 3. November, nachts

Kriminaloberkommissarin Annett Weißmann war über die Finte im Bauhaus-Museum informiert worden und hatte daraufhin verfügt, dass Boris Gaube und Lisa Lenker vorläufig im Haus an der Großmutterleite bleiben sollten, obwohl sie um 19 Uhr Feierabend gehabt hätten. Annett patrouillierte durch das dunkle Erdgeschoss. Lediglich der Kamera-Überwachungsmonitor und eine kleine Notbeleuchtung spendeten etwas Licht. Alles ruhig. Sie ging in die Küche und goss sich ein Glas Wasser ein. Kaum hatte sie zum Trinken angesetzt, schlug der Bewegungsmelder auf der Terrasse an. Sie griff an ihr Holster, das Wasserglas fiel um, sie sprintete in den Flur. Im selben Moment polterte es nahe der Terrassentür und ein Gegenstand rollte über den Teppich. Annett kannte den Geruch: Tränengas. Sie rannte die Treppe hinauf. »Achtung, Tränengas!«

Einen Moment überlegte sie, was zu tun war. Zuerst Hilfe anfordern. Sie nahm das Funkgerät vom Gürtel und gab den Code für einen lebensgefährdenden Angriff durch. Dann stürmte sie ins Wohnzimmer. Das Gas trieb ihr Tränen in die Augen. Boris Gaube riss das Fenster auf. Frau Schulz und Lisa Lenker waren nirgends zu sehen.

»Wo ist Frau Schulz?«, rief sie.

In diesem Moment flog eine weitere Tränengaspatrone durchs Fenster. Boris hustete, er hielt sich den Schal vor den Mund. »Raus hier!«

»Auf den Balkon!«, schrie Annett Weißmann.

Sie liefen ins Arbeitszimmer hinüber. Kaum hatte Boris die Balkontür geöffnet, fiel der erste Schuss. Das Projektil schlug in die Hauswand ein. Annett und Boris warfen sich zu Boden. Sie lagen auf der Türschwelle, zwischen Skylla und Charybdis, hier Tränengas, dort Schüsse.

*

Hendrik gegen Dubois

Weimar, Montag, den 3. November, nachts

Hendrik brauchte ein paar Minuten, um zu begreifen, was hier geschah. Als die Balkontür aufgerissen wurde und ein Schwall irgendeines Gases hervorquoll, wusste er sofort, dass er eingreifen musste. Schon ertönte ein Schuss, zwei Gestalten an der Balkontür warfen sich auf den Boden. Dubois musste sich hinter der Gartenhütte befinden, nur etwa zehn Meter von ihm entfernt. Er lief los, so langsam wie nötig, damit seine Gegnerin ihn nicht bemerkte, so schnell wie möglich, um eingreifen zu können. In der Ferne hörte er Sirenen. Jetzt hatte er das Holzhaus erreicht. Die Mörderin befand sich auf der gegenüberliegenden Seite. Er suchte eine Waffe, einen Rechen, einen Besen, ein Sonstwas. Nichts. Vorsichtig lugte er um die Ecke zur Front der Gartenhütte. Seine Gegnerin war nicht zu sehen. Die Türklinke konnte er mit zwei Schritten erreichen, würde dazu jedoch seine Deckung verlassen müssen.

Wieder ein Schuss in Richtung Balkon, ein Schrei, eine Männerstimme. Er schlich zur Tür, probierte, sie zu öffnen, sie schwang nach außen auf, er lehnte sie an, nachdem er hindurchgeglitten war. Durch ein Bullaugenfenster im Türflügel schien der Mond herein, an der Wand erkannte er eine Axt, griff danach, wartete. Dann sah er sie. Sie stand vor der Hütte, ihr Kopf zeichnete sich durch das Bullauge ab. Axt gegen Pistole. Wenn sie hereinkäme, hätte er kaum eine Chance. Frau gegen Mann. Durchtrainierte Frau mit Schusswaffe gegen unsportlichen Mann mit Schlagwaffe. Körperarbeiterin gegen Geistesarbeiter. Und genau das war sein Vorteil. Er brauchte jetzt Mut, Entschlusskraft und Konzentration. Mit aller Kraft stieß er die Tür auf, traf seine Gegnerin am Arm, ihre Waffe fiel ins Gras, sie stöhnte, schlug nach ihm. Er duckte sich, ließ dabei die Axt fallen, wollte gerade die Pistole ergreifen, als sie ihm einen Tritt in die Rippen versetzte. Der Schmerz schoss durch seinen Oberkörper, er ging in die Knie, beobachtete keuchend, wie sie sich nach der Waffe umdrehte, in diesem Moment stürmte das SEK in den Garten.

Schwarze Männer in voller Ausrüstung, Helme, ABC-Schutzmasken, Maschinenpistolen, ein gespenstischer

Anblick. Sie konzentrierten sich auf das Haus, rannten über die Terrasse, Glas splitterte, Schreie: »Hier ist die Polizei!«

Die zwei Kämpfer vor der Gartenhütte bemerkten sie nicht. Hendrik kniete am Boden, gekrümmt vor Schmerzen, seine Gegnerin stand zwei Meter neben ihm. Wie in Zeitlupe lösten sich beide aus der Erstarrung, die sie durch den SEK-Einsatz befallen hatte. Hendrik drehte sich nach vorn, für Sekundenbruchteile sah er in ihr Gesicht: Nadine Dubois. Alias Denise de La Rochet. Ein und dieselbe Person. Sie wandte sich ab, bückte sich, wollte die Pistole fassen. Er griff instinktiv neben sich, packte die Axt. Ihre Hand näherte sich, fast hatte sie die Schusswaffe erreicht. Trotz der unmenschlichen Schmerzen schnellte Hendrik nach vorn, ihre Hand lag bereits auf dem Pistolenknauf, er schwang seinen Arm durch die Luft und ließ die stumpfe Seite der Axt auf ihre rechte Hand krachen. Sie schrie laut auf, die SEK-Leute hörten das Gebrüll, spurteten zu ihnen herüber, doch ehe sie die Hütte erreicht hatten, war Nadine Dubois schnell und wendig im Gebüsch verschwunden.

Hendrik lag auf dem Boden, neben ihm die Pistole. Das Gras war feucht und kalt. Er atmete schwer. Dann reichte ihm Richard die Hand und zog ihn hoch.

*

Hendrik und Hanna

Weimar, Montag, den 3. November, nachts

Hendrik saß zitternd neben Richard, der seinen Dienstwagen in Richtung Kromsdorf lenkte.

»Ich habe sofort das SEK angefordert, nachdem ich die Pension verlassen hatte«, sagte Richard. »Als du mir klargemacht hast, dass die Aktion im Bauhaus-Museum ein roter Hering war, wusste ich, auf wen sie es abgesehen hatte.«

Hendrik nickte. »Sehr gut, hab mich schon gewundert, dass die so schnell da waren!«

»Boris Gaube ist getroffen worden, zum Glück nur ein Streifschuss. Er wird trotzdem im Krankenhaus versorgt. Annett auch, wegen des Tränengases.«

»Wie kam das Tränengas eigentlich ins Haus?«

»Dubois hat es durch die Katzenklappe geworfen. Die einzige verwundbare Stelle des gesamten Gebäudes.«

»Was ist mit Frau Schulz?«

»Lisa Lenker hat sie auf dem Dachboden in Sicherheit gebracht. Frau Schulz hat dort einen Abstellraum, der gut gesichert ist, mit einer Stahltür. Sie hat dort wertvolle Bücher gelagert, Bildbände und so was. Dubois hätte die Tür so schnell nicht geknackt.«

»Aber das Tränengas …«

»Durch den Abstellraum führt ein Kamin mit einer Luftklappe. Sie hätten genug frische Luft bekommen. PK Lenker wusste das, hat sich vorher alles genau angesehen und diesen Raum mit Frau Schulz als ›Escape Room‹ vereinbart.«

Hendrik nickte anerkennend. »Gut gemacht!«

Sein Mobiltelefon vibrierte. Das musste Hanna sein – es war Hanna. Das Telefonat entwickelte sich zu einem mühsamen Gespräch. Hendrik beteuerte immer wieder, mit dem Tod von Käthe Wagner nichts zu tun zu haben. Hanna versicherte ebenso oft, dass sie ihm glaube. Trotz allem blieb ein dünner Vorhang des Misstrauens zwischen ihnen zurück. Hendrik konnte hindurchsehen, doch es war ihm nicht möglich, den Vorhang zur Seite zu schieben. In gewisser Weise verstand er das – noch mehr: Er hatte es erwartet. Allein der leise Verdacht, der Partner habe jemanden ermordet, kann das Urvertrauen zwischen Eheleuten erschüttern. Hendrik war zu erschöpft, um etwas Schlaues zu sagen. Er musste in Ruhe nachdenken. Sie verabschiedeten sich.

»Hanna?«, fragte Richard, obwohl er das meiste mitgehört hatte.

»Ja, sie kennt den Leipziger Zeitungsartikel, ein Bad Homburger Journalist hat die falschen Informationen daraus wohl übernommen.«

»Oh, das ist nicht gut!«

»Stimmt. Sie sagt, sie vertraut mir. Ich bin allerdings nicht sicher, ob das stimmt.«

»Wenn sie dir vertraut, sollest du ihr auch vertrauen. Das wäre doch logisch.«

»Ja schon«, sagte Hendrik. »Aber mit Logik kommen wir in diesem Fall nicht weiter.« Erst als er die Worte ausgesprochen hatte, bemerkte er, wie zweideutig sie waren. In diesem Fall.

Sie schwiegen.

»Für Frau Schulz tut es mir leid«, sagte Richard schließlich. »Sie ist schockiert. Ihr Haus ist vorläufig nicht bewohnbar, das Tränengas, die kaputte Terrassentür und so weiter. Wir bringen sie in Sicherheit. Im Extremfall muss sie vom BKA eine neue Identität bekommen, Fehling könnte das arrangieren, ich hoffe jedoch, dass wir das vermeiden können. Jedenfalls sind wir einen großen Schritt weitergekommen. Vor allem durch dich! Wir haben die Tatwaffe, damit können wir Dubois die Morde einwandfrei nachweisen. DNA-Material hatten wir bereits genug, nun auch die Fingerabdrücke auf dem Pistolengriff. Du musst sie übrigens voll getroffen haben, an der Rückseite der Axt haben wir deutliche Blutanhaftungen gefunden. Hättest du die andere Seite benutzt, wäre ihre Hand jetzt nicht mehr am Arm.«

Hendrik schüttelte sich. Egal, wer es war und ob er oder sie es eventuell verdient hätte – jemandem eine Hand abzuhacken, das war eine grausige Vorstellung.

»Finde ich ein starkes Stück. Sie hat fast allen ihren Opfern die Knochen der rechten Hand zertrümmert und du zerschmetterst ihr heute eben genau selbige. Das passt irgendwie!«

»Gefällt mir trotzdem nicht«, antwortete Hendrik. »Bestimmt hasst sie mich dadurch noch mehr. Das wird ein harter Kampf!«

»Stimmt. Wir haben eine Großfahndung eingeleitet. Täntzer und Simon sind dabei, alle Ärzte, Krankenhäuser und Apotheken zu informieren. Die Ausfallstraßen werden überwacht, ebenso die Bahnhöfe und die Flughäfen Erfurt, Dresden und Leipzig. Ihre persönlichen Daten haben wir inzwischen alle zusammengetragen, außer der Mobiltelefonnummer. Die würde die Zielfahndung erleichtern. Ich hoffe, es ist ihr nicht irgendwie gelungen, sich nach Frankreich abzusetzen.«

»Keine Sorge«, sagte Hendrik trocken. »Die bleibt vorläufig in der Gegend. Sie hat noch zwei Aufgaben. Die eine betrifft Christiane, die andere mich.«

Richard nickte. Sie hatten inzwischen die Pension erreicht.

»Da fällt mir ein«, sagte Hendrik, »was macht eigentlich Siggi? Er wollte doch Daniel Brunner beschatten, oder nicht?«

*

Toilettenkontrolle

Weimar, Montag, den 3. November, um Mitternacht

Thorsten Werbitz stellte sein Auto auf dem Besucherparkplatz von Schloss Belvedere ab. Normalerweise fuhr er das WC an der Orangerie über einen schmalen, gut befestigten Betriebsweg direkt an, doch der war seit einigen Tagen wegen Bauarbeiten gesperrt. Seitdem musste er den Touristenparkplatz nutzen, wo er mit der Kontrolle der öffentlichen Toilettenanlage so lange wartete, bis die Besucher die Schlossanlage verlassen hatten. Heute war es sehr spät geworden, denn er hatte am Nachmittag seinen Enkelsohn aus der Kindertagesstätte abgeholt und nach Hause gebracht. Seine Tochter lag mit einer Bronchitis im Bett. In solchen Situationen musste der Großvater helfen. Und er tat es mit Freude. Es dauerte zwei Stunden, bis der Kleine ihn gehen ließ, denn er spielte gern mit seinem Opa. Meistens ging es um Bagger, Kräne, Hublader und sonstige Baustellenfahrzeuge.

Als Werbitz in Richtung Orangerie losmarschierte, war es kurz vor Mitternacht. Wie üblich führte er eine Taschenlampe mit sich, doch heute schaltete er sie nicht ein, sondern genoss den Mondschein, der ihm genügend Licht spendete. Als er das Langhaus des Musikgymnasiums erreicht hatte, blieb er stehen. Irgendetwas irritierte ihn. War da ein Geräusch? Eine Stimme? So spät noch Gesangsunterricht? Nein. Er überlegte, die Taschenlampe einzuschalten, entschied sich aber dagegen. Falls Gefahr drohen sollte, würde er sich damit selbst zu erkennen geben. Er lief ein paar Schritte nach links und versteckte sich am Ende des Langhauses zwischen dem Gebäude und einem Busch. Eine Tür quietschte. Er lugte vorsichtig um die Ecke. Tatsächlich: Jemand verließ das Musikgymnasium über den Haupteingang. Um diese Zeit? Die Art der Bewegungen deutete auf einen Mann hin, mehr konnte er nicht erkennen. Der Fremde schloss die Tür ab und blickte kurz in seine Richtung. Thorsten Werbitz zog den Kopf reflexartig zurück, duckte sich hinter den Busch und hielt den Atem an. Glatze, dunkler Vollbart, breite Schultern – das hatte er in dem kurzen Moment erhaschen können. Dem Kerl wollte er lieber nicht im Dunkeln begegnen. Er hörte Schritte, kam der Mann näher? Nein, er entfernte sich. Erneut spähte er um die Ecke. Der Glatzenmann ging in Richtung Orangerie. Zunächst war Thorsten Werbitz froh, in Sicherheit zu sein. Andererseits musste er genau dorthin, wo der Fremde offensichtlich auch hinwollte. Was sollte er tun?

Warten. Reichte eine Viertelstunde? Nein. Immer noch warten. Er zog sein Handy aus der Hosentasche: 00.27 Uhr. Er setzte sich in Bewegung. Schließlich musste er seinen Job erledigen, und kein nachtaktiver Glatzkopf würde ihn davon abhalten. Thorsten Werbitz kannte sich gut aus in der Umgebung des Schlosses. Er nahm nicht den direkten Weg durch den Hof der Orangerie, sondern umging diesen auf der linken Seite, vorbei am Teich. Er näherte sich dem Orangeriegebäude von hinten. Ein Feldweg führte an der halbkreisförmigen Rückseite des Baus entlang. Da, eine Stimme. Er blieb stehen. Ein Stöhnen. Er sah sich um, schnappte sich einen Ast und hob ihn in die Höhe, bereit, sich zu wehren. Das Stöhnen wurde lauter. Er meinte, ein leises »Hilfe!« zu hören. Oh nein, der Kerl würde ihn nicht reinlegen. Da lag er, mitten auf dem Weg. Werbitz erkannte den Glatzkopf, der würde etwas erleben! Er hob den Ast.

Der Mann starrte ihn an. Er hatte keinen Bart. Werbitz ließ den Ast sinken.

»Helfen Sie mir bitte! Mein Name ist Siegfried Dorst, ich wurde niedergeschlagen.«

Thorsten Werbitz zog seine Taschenlampe heraus und leuchtete auf den Mann am Boden. Sein Kopf war blutverschmiert. Er griff nach seinem Handy und wählte die 110.

*

Rasterfahndung
Wiesbaden, Dienstag, den 4. November, vormittags

Alexander Fehling saß im Büro seines Kollegen Ingo Forsberg im ersten Stock des Bundeskriminalamts auf dem Wiesbadener Sonnenberg. Sie berieten, wie sie an Nadine Dubois' Mobiltelefonnummer kommen konnten. Die Anfrage war offiziell über den Präsidenten der Landespolizeiinspektion Erfurt an das BKA gestellt worden. Fehling hatte den Kollegen Forsberg um Hilfe gebeten, er war ein TKÜ-Spezialist von der Abteilung Operative Einsatz- und Ermittlungsunterstützung. Vor einer Stunde hatten sie endlich die richterliche Genehmigung für die Mobilfunk-Rasterfahndung bekommen. Sie betrachteten die Funkzellen, in denen Nadine Dubois sich zuletzt aufgehalten hatte: Kromsdorf mit der Pension Erlenhof, Weimar-Mitte mit dem Bauhaus-Museum, Weimar-West mit der Tankstelle von Charlotte Fischer, Weimar-Ost mit der Großmutterleite und Gelmeroda mit dem Blitzer. Für die beiden Leipziger Funkzellen, in denen der Johannisfriedhof und das Altersheim lagen, warteten sie noch auf die Genehmigung. Als Datenpool nutzten sie die Mobilfunkdaten der drei großen Mobilfunknetze. Über die Funkzellen legten sie sodann ein Zeitraster, das die bekannten Aufenthaltszeiten von Nadine Dubois an diesen Orten enthielt. Die resultierenden Kreuztreffer mussten anschließend ausgewertet werden, in den meisten Fällen wurden die Mobilfunkteilnehmer persönlich befragt. Forsberg verfügte über eine Software, die alle Daten – eine riesige Menge – verglich und eine automatisierte Auswertung erstellte. Doch selbst diese moderne Funktion konnte bei der Berechnung nur einen begrenzten Zeitraum abdecken, sonst wäre die Datenmenge nicht mehr zu beherrschen. Während das Programm lief, gingen sie in die Kantine. Ein Frühstück mit Kaffee und Brötchen war angesagt.

Alexander Fehling berichtete seinem Kollegen von dem Fall der Serienmörderin.

»Draußen zu arbeiten wäre nichts für mich«, meinte Ingo Forsberg. »Wenn ich ständig auf der Hut sein müsste, dieser Killerin über den Weg zu laufen, nee, das würde ich nicht aushalten.«

»Musst du ja gar nicht«, entgegnete Fehling. »Hier drin bist du sowieso wichtiger für uns.«

»Ja, danke. Ist aber kein einfacher Job. Wenn Nadine Dubois über einen Messengerdienst telefoniert, zum Beispiel über WhatsApp oder Threema, dann haben wir keine Chance. Ebenso wenig bei Voice over IP. Möglicherweise betreiben wir also einen großen Aufwand ohne Ergebnis. Früher bei den analogen Telefonen war das alles viel einfacher.«

»Mein Schwager ist Datenschutzbeauftragter bei einem großen Unternehmen«, erzählte Fehling. »Er wirft mir oft vor, die deutsche Polizei betreibe eine telefonische Massenüberwachung.«

»Ach, du liebe Zeit!« Forsberg lachte. »Dafür haben wir weder die technische Ausstattung noch das Personal. Überleg mal, in Deutschland gibt es rund 250.000 Polizisten und etwa 140 Millionen Mobilfunkanschlüsse. Nur mal so als Zahl gegenübergestellt. Und für jede einzelne Abfrage brauchen wir einen richterlichen Beschluss. Ist auch gut so! Von Massenüberwachung sind wir jedenfalls weit entfernt. Kannst du ihm ja sagen.«

»Das mache ich!«

»Selbst meine Software, die oben läuft …«

»Hast du die entwickelt?«

»Ja. Aber die funktioniert nur für die fallbezogene Überwachung von einzelnen Anschlüssen und die Zielfahndung nach einer bestimmten Person, so wie im Fall von Nadine Dubois. Wir sind ja schließlich das BKA und nicht die NSA. Die Dienste, besonders die amerikanischen, sind uns da weit voraus – wenn man das so bezeichnen möchte.«

Sie verließen die Kantine und gingen zurück in Forsbergs Büro. Die Auswertung war bereits auf dem Monitor sichtbar.

»Hm«, meinte Ingo Forsberg, »schau dir das an, damit können wir nichts anfangen. Zu den fraglichen Zeiten waren in allen von uns abgefragten Weimarer Funkzellen dieselben 55 Teilnehmer eingeloggt. Die relativ hohe Zahl ist dadurch zu erklären, dass die ausgewerteten Funkzellen sehr nah beieinanderliegen, teilweise angrenzen. 55 Leute können wir nicht befragen, das dauert viel zu lange. Wir brauchen unbedingt noch die Leipziger Funkzellen.«

»Okay, ich rufe Germer an, wir sehen uns später!« Damit verließ Alexander Fehling das Büro seines Kollegen und nahm die Treppe ins Erdgeschoss.

Kaum zurück am eigenen Schreibtisch, wählte er Germers Nummer. Er schilderte ihm die Situation.

»Alles klar, Fehling, ich rufe gleich in Leipzig an, habe dort eine … Bekannte, sie sitzt im Geschäftszimmer des Präsidenten.«

Alexander Fehling konnte sich nicht so recht vorstellen, dass ausgerechnet Kriminaldirektor Germer eine »Bekannte« haben sollte. Nun ja, wie auch immer diese Bekanntschaft aussah, Hauptsache, er bekam die Freigabe der Funkzellen. Alles andere war Fehling egal, und er konnte oder wollte es sich nicht bildlich vorstellen. Allein die Annäherung an eine Frau mit solch einer Riesenbrille … nein, nein, nicht weiterdenken!

»Ich melde mich dann wieder!«, schob Germer hinterher. »Und …«, er schien das Telefon mit der Hand zuzuhalten. »Ach ja, Wilmut möchte etwas mit Ihnen besprechen, er ruft sie gleich an, ist das in Ordnung?«

»Ja, natürlich.« Fehling war überrascht. Wilmut – was wollte *der* denn?

»Gut, ich reiche Ihre Telefonnummer weiter, bis später.«

Hendrik Wilmut meldete sich umgehend. Es handle sich um eine private Angelegenheit, die möglichst diskret gehandhabt werden sollte. Frau Wilmut brauche etwas Hilfe, quasi eine finale Bestätigung, dass er, Hendrik Wilmut, nicht der Mörder von Käthe Wagner sei. Die Idee war, dass Fehling die paar Kilometer von Wiesbaden nach Bad Homburg fahren sollte, um Hanna Wilmut zu bestätigen, dass ihr Mann unschuldig war. Fehling zögerte zunächst, denn er war nicht befugt, offizielle Stellungnahmen von Seiten des BKA abzugeben. Aber Wilmut schien diese Mission sehr wichtig zu sein, und Fehling musste kein schriftliches Dokument ausstellen. Außerdem interessierte ihn, mit wem dieser Wilmut verheiratet war.

Er sagte zu.

Zehn Minuten später schickte Dolores de Alvarez aus dem Geschäftszimmer des Leipziger Polizeipräsidenten eine E-Mail mit der von einem Richter verfügten Freigabe der beiden Funkzellen in Leipzig. Respekt!

Er rannte förmlich in Forsbergs Büro. Innerhalb einer halben Stunde erstellte die Software ein Update. Übrig blieben drei Telefonnummern. Alle drei gehörten zu Prepaid-SIM-Karten.

»Ich kann beim Provider anfragen, wo sie gekauft wurden«, sagte Ingo Forsberg. »Dann müssten wir dort im Geschäft erfragen, wer sie gekauft hat. Wenn wir Glück haben, gibt es eine ordentliche Buchhaltung. Was immer noch nicht beweist, wer sie benutzt, solche Karten gehen manchmal seltsame Wege.«

Fehling winkte ab. Forsberg hatte ihn ja gewarnt. Die gesamte Arbeit könne auch ohne Ergebnis bleiben. Er trabte zurück in sein Büro. Selten hatte ihn sein Job so frustriert wie an diesem Tag.

*

Doppelte Christiane

Weimar, Dienstag, den 4. November, vormittags

Als Hendrik und Richard am späten Vormittag in der Polizeiinspektion am Weimarer Kirschberg ankamen, empfing sie der Dienstgruppenleiter mit der Nachricht, dass sie sich sofort im Büro von Kommissar Täntzer melden sollten. Dort fanden sie Täntzer und Germer im Gespräch. Deren Mimik nach zu urteilen, musste es um ein ernstes Thema gehen.

»Es gibt eine gute und eine schlechte Nachricht«, sagte

Germer ohne jegliche Begrüßung. »Zunächst: Siegfried Dorst wurde gestern Abend niedergeschlagen, wahrscheinlich von Brunner. Zum Glück hat ihn der Mitarbeiter einer Reinigungsfirma nachts um halb eins gefunden. Er befindet sich im Krankenhaus. Gehirnerschütterung, Unterkühlung und eine ordentliche Platzwunde am Kopf. Das war unser Risiko bei der Sache, gefällt mir überhaupt nicht.«

Hendrik fühlte seine Knie weich werden. Er ließ sich auf Täntzers Schreibtischstuhl fallen. Auch wenn er ziemlich sauer auf Siggi war, hatte er das nicht verdient.

»Ich habe ihn heute früh schon besucht«, ergänzte Täntzer, während er auf die Espressomaschine zeigte. Hendrik nickte. »Er ist so weit okay. Wie man so sagt: Es geht ihm den Umständen entsprechend gut!«

Hendrik mochte diese Floskel nicht, aber in diesem Moment spendete sie Trost.

»Der Arzt sagt, er wird keine Schäden zurückbehalten«, fügte Germer hinzu. »Außer denen, die er vorher schon hatte.« Er lächelte.

Hendrik war nicht nach Witzen zumute. »Ich fahre gleich zu ihm. Oder werde ich hier gebraucht?«

»Momentan nicht, fahren Sie. Natürlich wird Volk Sie begleiten«.

Richard nickte. »Und was ist die gute Nachricht?«

Hendrik hatte schon vergessen, dass es überhaupt eine gute Nachricht gab.

»Wir haben Christiane Hoffmann gefunden!«, sagte Täntzer.

»Wow!«, machte Richard.

Julian Täntzer berichtete von den nächtlichen Erlebnissen des Thorsten Werbitz. Noch in den frühen Morgenstunden hatten sie das Langhaus des Musikgymnasiums durchkämmt und Christiane Hoffmann gefunden. Sie war in einem der Übungsräume des Gymnasiums im ersten Stock eingesperrt gewesen. Das gesamte Stockwerk wurde gerade renoviert, wegen der Insolvenz des Handwerksbetriebs ruhten jedoch die Arbeiten. Da diese Zimmer schallisoliert waren, konnte Christiane Hoffmann sich nicht bemerkbar machen. Irgendwie war Daniel Brunner an den Schlüssel gekommen und hatte Frau Hoffmann dort gefangen gehalten. Es fehlte ihr so weit an nichts, er hatte ihr jede Nacht Essen und Getränke gebracht. Offensichtlich befürchtete Brunner, dass sie ihn verlassen könnte.

Hendrik nickte. Das passte zu Brunners Äußerungen während der Vernehmung.

»Neuigkeiten von Dubois?«, fragte Richard Volk.

»Nein«, antwortete Täntzer. »Nichts Neues. Brunner selbst befindet sich auch noch auf der Flucht. Wir müssen nun überlegen, was wir mit Christiane Hoffmann machen.«

Germer nickte. »Das besprechen wir gleich. Simon und Weißmann sollen auch dazukommen, sie sind oben am Telefon. Und Sie beide …«, er zeigte auf Hendrik und Richard, »… fahren jetzt erst einmal ins Krankenhaus. Sie können bei der Gelegenheit auch nach Christiane Schulz schauen, sie ist ebenfalls dort, sicherheitshalber. Sie steht natürlich unter Personenschutz.«

Als Hendrik Wilmut und Richard Volk im Weimarer Klinikum ankamen, erfuhren sie, dass sich Siggi derzeit bei einer CT-Untersuchung befand. Sie erkundigten sich nach Christiane Schulz. Sie lag auf der Station für Innere Medizin und sollte zur Beobachtung bis morgen bleiben. Vor dem Zimmer saßen zwei Polizeibeamte. Richard zeigte seinen Dienstausweis und erklärte, dass er für Hendrik bürge. Das reichte den beiden nicht, sie fragten telefonisch bei Kriminaldirektor Germer um Erlaubnis, dann erst durfte Hendrik eintreten.

Christiane Schulz lag im Bett und las in einem Buch. Hendrik erkannte es sofort, ohne den Titel gelesen zu haben. Lichtgelber Umschlag mit roter Schrift: Sigrid Damms Werk über Christiane und Goethe. Hendrik nannte seinen Namen. Richard hatte sich bereits am Vorabend während des SEK-Einsatzes vorgestellt.

»Sie haben diese schreckliche Person verjagt, Herr Wilmut?«

Hendrik lächelte. »Ja, das stimmt. Leider ist sie uns entkommen.«

»Na immerhin. Mein schönes Haus hat sie verwüstet. Hoffentlich finden Ihre Kollegen sie bald, damit ich wieder dorthin zurückkann.«

Hendrik räusperte sich. »Um Missverständnissen vorzubeugen, ich bin kein Polizist. Nur Herr Volk arbeitet bei der Polizei.«

»Aha!« Frau Schulz hob erstaunt die Augenbrauen. »Und was machen Sie beruflich?«

»Ich bin Literaturwissenschaftler an der Uni Frankfurt am Main.«

»Oh, interessant. Aber … warum sind Sie dann hier, Herr Wilmut?«

»Nun, wissen Sie, diese Frau, die Sie gestern überfallen hat, die hat noch mehr Menschen …« Er sah Richard an. Der schüttelte den Kopf. »… überfallen. Und es kann sein, dass ihre Gründe im weitesten Sinn etwas mit Goethes Leben zu tun haben.«

Frau Schulz überlegte einen Moment. »Zu Goethes Leben gehört auch Christiane.« Sie zeigte auf das Buch. »Und deswegen kam sie zu mir?«

Hendrik zögerte. Frau Schulz war nicht nur belesen, sondern auch clever. »Mehr darf ich Ihnen dazu nicht sagen. Tut mir leid.«

Sie lächelte. »Schon gut. Was halten Sie von diesem Buch?«

»Interessant, gut zu lesen, dabei wissenschaftlich belegt, mit vielen Christiane-Zitaten, gefällt mir.«

»Ja, so kann man es zusammenfassen«, sagte Christiane Schulz. »Und ich habe viel über Christiane Vulpius gelernt. Man kann über sie denken, was man will, aber es ist nicht abzustreiten, dass sie *die* Frau in Goethes Leben war. Trotz aller Liebeleien vor, während und nach ihrer Beziehung. Und die hat immerhin 28 Jahre angedauert, weitaus länger als jegliche Liaison Goethes mit einer anderen Frau.«

»Ich hoffe, sie lebt noch länger«, sagte Hendrik.

»Wie? Was meinen Sie?«

»Ach, Entschuldigung, ich meine, sie hätte etwas länger leben können, wurde ja nur 51 Jahre alt.«

»Das ist korrekt. Darf ich Sie etwas Persönliches fragen?«

Hendrik staunte. Sie kannten sich erst seit ein paar Minuten. Aber sie war ihm sympathisch. »Ja, bitte!«

»Welches ist Ihr Lieblingsgedicht von Goethe?«

»Eigentum!«, sagte Hendrik ohne Zögern.

»›Ich weiß, dass mir nichts angehört, als der Gedanke, der ungestört, aus meiner Seele will fließen …‹ und so weiter.«

Hendrik nickte. »Genau. Heute immer noch gültig, mehr denn je, finde ich. Und Ihr Lieblingsgedicht?«

»Ich ging im Walde so für mich hin …«

»Aha. ›Gefunden‹ …«

»Ja, das ist mein Liebling.«

»Sehr schön!«, sagte Hendrik.

»Ich interessiere mich übrigens auch für Musik, wie ist das bei Ihnen?«

»Ich höre gern Musik, beschäftige mich jedoch nicht sonderlich damit«, antwortete Hendrik.

»Kennen Sie ›Spanish Harlem‹?«, fragte Christiane Schulz.

Hendrik erstarrte. Wie kam sie ausgerechnet auf dieses Lied? Er hatte Mestroff schon in seinen geistigen Papierkorb geworfen.

»Äh, Sie meinen … das Lied von Aretha Franklin?«, stotterte er.

»Ja, prinzipiell schon. Vor ihr hat es aber bereits Ben E. King gesungen. Und komponiert wurde es von Phil Spector und einem Kollegen – den Namen hab ich vergessen.«

»Sie kennen sich ja gut aus … nur … warum?«

Sie lächelte. »Warum ich das jetzt erwähne? Weil es mit Goethes Gedicht ›Gefunden‹ in Verbindung steht.«

»Wie bitte?« Hendrik glaubte kaum, was er da hörte.

Auch Richard, der während der letzten Sätze aus dem Fenster gesehen hatte, wandte sich nun aufmerksam dem Gespräch zu.

»Schauen Sie, Herr Wilmut. Am Ende von Goethes Gedicht heißt es zu dem Blümchen: ›Ich grub's mit allen den Würzlein aus, zum Garten trug ich's, am hübschen Haus. Und pflanzt es wieder am stillen Ort, nun zweigt es immer und blüht so fort.‹ Mit dem Blümchen, das er beschreibt, ist wohl eine Frau gemeint, sehr wahrscheinlich seine Christiane. Eine Blume, die er mit nach Hause nimmt, um sie dort zu pflegen. Und um zu sehen, wie sie zweigt und blüht, also sich fortentwickelt. Auch bei Phil Spector geht es um eine Rose. Und nicht nur das, die Königin der Blumen wird hier ebenfalls als Metapher für eine Frau genutzt, eine Frau, die aus Spanish Harlem kommt, einem eher unschönen Teil von Manhattan. Sie wächst nicht einsam im Wald, wie bei Goethe, dafür ›geradewegs durch den Beton‹. Und er nimmt sie ebenfalls mit nach Hause. Auch er will sehen, wie sie wächst und gedeiht. Dabei ebenfalls der Garten als Symbol für den persönlichen Lebensbereich. Für mich eine deutliche Parallele. Ob Phil Spector bei Goethe abgeschrieben hat oder ob das Zufall ist, das weiß ich allerdings nicht.«

Hendrik stand auf. »Danke, Frau Schulz, vielen Dank! Ich muss jetzt gehen …«

Sie schien überrascht und winkte ihm zu.

»Ich wünsche Ihnen alles Gute!«, sagte Hendrik.

»Vielen Dank, Herr Wilmut. Und … achten Sie auf sich!«

*

Zielfahndung

Wiesbaden, Dienstag, den 4. November, mittags

Alexander Fehling saß in seinem Büro im Bundeskriminalamt und dachte über das Ergebnis von Ingo Forsbergs Software nach. Er wollte es nicht akzeptieren. Konnte Ingo sein Programm nicht mit anderen Daten füttern? Nein, die Logik war klar. Sie hatten die Orte und die Zeiten von Dubois' Aufenthalten zur Deckung gebracht. Es gab keine bessere Methode. Ein Spruch aus seiner IT-Ausbildung fiel ihm ein: »PICNIC – Problem in chair, not in computer!« Das bedeutete, dass es sich nicht um ein Computerproblem handelte, sondern um einen Bedienerfehler. In diesem Fall war Forsberg der Bediener, also der Softwareentwickler selbst. So ein Quatsch! Oder doch nicht? Es konnte genauso gut um die Interpretation der Daten gehen. Vielleicht musste er völlig anders denken. Umdenken. Um die Ecke denken.

Bei einer Fortbildung zur Operativen Fallanalyse hatte er gelernt, mit Hypothesen zu arbeiten. Und diese zu prüfen. Der ebenso einfache wie wirksame Prüfsatz lautete: Was wäre wenn?

Also gut: Was wäre, wenn alle drei Prepaid-SIM-Karten Nadine Dubois gehörten? Oder zumindest von ihr benutzt wurden? Was wäre, wenn sie aus Sicherheitsgründen immer zwischen diesen drei Karten wechseln würde? Denkbar. Bisher hatte er so etwas nur mit zwei verschiedenen SIM-Karten erlebt. Müsste sie auch erreichbar sein? Sehr wahrscheinlich. Nadine und Nadine mussten sich verständigen. Wie konnten sie das bewerkstelligen? Über einen dritten Helfer außerhalb der JVA Stadelheim? Was wäre, wenn sie das mit drei definierten Zeitfenstern organisiert hätten?

Er rief Ingo an. 20 Minuten später erhielt er die Bestätigung. Eine der SIM-Karten war nur vormittags, eine nur nachmittags und eine selten, und zwar ausschließlich nachts, benutzt worden. Bingo!

Alexander Fehling grinste und wählte Germers Telefonnummer. Er erklärte ihm den Sachverhalt, den der Kriminaldirektor sofort verstand.

»Gute Arbeit!«, sagte Germer knapp. Doch bevor Fehling sich zu sehr an dem Lob erfreute, schob er hinterher: »Nützt uns für die Zielfahndung aber noch nicht viel.«

»Was meinen Sie damit?«

»Wir hätten sie am Bauhaus-Museum fast erwischt. Täntzer hat sie sogar angeschossen. Solch eine Situation kann jederzeit wiederkommen, dann müssen wir sie akut verfolgen, live sozusagen. Haben Sie dafür eine Möglichkeit?«

»Hm.« Fehling überlegte. »Da gibt es nur eins: Ziel-TKÜ. Dafür brauchen wir eine richterliche Genehmigung, und die ist nicht leicht zu bekommen.«

»Sie glauben doch wohl nicht, dass ich mich davon abschrecken lasse!«

»Nein, Herr Germer, das glaube ich gewiss nicht.« Fehling lächelte in sich hinein.

»Was soll der seltsame Unterton?«

Alexander Fehling hatte nicht die Absicht, auf diese Frage zu antworten. Stattdessen sagte er: »Ich bin verpflichtet, Sie über die Ziel-TKÜ aufzuklären, da sie stark in das Telekommunikationsgesetz eingreift. Sollen wir das direkt erledigen? Ein paar Sätze nur.«

»Schießen Sie los!«, brummte Germer.

»Wie wir das technisch machen, das würden Sie … also ich meine, das kann ich Ihnen in der Kürze der Zeit nicht erläutern, ist auch nicht wichtig. Was wichtig ist: Wir orten nicht den exakten Standort des mobilen Endgeräts der Verdächtigen, sondern die Funkzelle, in die es eingeloggt ist. Es ist möglich, auf diese Weise ein Bewegungsprofil zu erstellen oder die Bewegung live zu verfolgen. Sie müssen dem Richter angeben, wie lange Sie diese Maßnahme durchführen wollen, laut Gesetz maximal sechs Monate.«

»Das reicht!«, knurrte Germer.

»Ein Tipp: Je kürzer Sie diesen Zeitraum wählen, desto höher ist die Wahrscheinlichkeit, dass der Antrag genehmigt wird. Wir im BKA sind verpflichtet, diese Maßnahme so schnell wie möglich zu beenden. Und ich brauche eine Kopie der richterlichen Genehmigung. Das war's!«

»Okay. Klingt vernünftig. Die Funkzellenortung, wer kann die durchführen? Nur Sie im BKA oder auch wir in Weimar?«

»Wenn Sie einen Kollegen haben, der im IT-Bereich fit ist, kann der das vor Ort übernehmen. Ich kann ihm eine Freigabe erteilen.«

»Gut. Sicherheitshalber brauche ich zwei Freigaben. KK Julian Täntzer und KK Pascal Simon. Sie kennen die beiden.«

»Geht klar. Ich bereite alles vor.«

»Gute Arbeit … äh …, Fehling.« Dann schob Germer ein »Danke« hinterher, das so leise war, dass Alexander Fehling es mehr erahnte, als dass er es tatsächlich hörte. Er grinste. Ein knorriger Typ, dieser Germer, dachte er. Aber ein verdammt guter Polizist. Damit legte er auf.

*

Ella

Weimar, Dienstag, den 4. November, mittags

Hendrik bat Richard, ihn ins Café des Weimarer Klinikums zu begleiten. »Ich muss nachdenken!«, sagte er.

Richard akzeptierte das. Sie kannten sich schon lange. Er besorgte zwei Croissants und zwei Tassen Espresso.

Ja, es gab eine Verbindung zwischen dem Lied und dem Gedicht. Das war offensichtlich. Aber was sollte er daraus schlussfolgern?

Sie tranken den Kaffee. Richard las die Thüringer Allgemeine, Hendrik dachte weiter nach, während er nervös an seinem Croissant herumkaute. Er konnte weder dem Gedicht noch dem Lied etwas Praktisches entnehmen. Und schon gar keine Handlungsanweisung. Er saß am Fenster, überlegte, sinnierte, suchte eine Möglichkeit, Verbindungsfäden zu finden.

Richard legte die Zeitung beiseite. »Los, wir müssen zu Siggi!«

Hendrik nickte. Er packte den Rest des Croissants in eine Tüte.

Haus B, Ebene 5. Eine Krankenschwester wies Ihnen den Weg zu Siggis Zimmer. Die Tür war geschlossen. Davor stand Ella.

»Was wollt ihr denn hier?« Ihr Tonfall war sehr unfreundlich. Fast schon aggressiv.

»Äh, wir wollen Siggi besuchen«, sagte Richard.

Ella sah ihn nicht an. Sie hatte nur Augen für Hendrik Wilmut. »Pass auf, Hendrik, du mit deinem rabiaten Benehmen, du kommst hier nicht rein, klar!« Sie stellte sich vor die Tür wie ein Wachposten. Ihr dunkler Lockenkopf vibrierte.

Hendrik fühlte sich, als habe er eine dicke Kugel im Bauch. »Ella, er wollte mit mir reden und ich …«

»Niemand redet mit ihm, klar? Er braucht Ruhe. Und du schon gar nicht! Erst benimmst du dich wie ein Berserker, dann gehst du nicht ans Telefon, jetzt tust du so, als hättest du Frau Schulz gerettet, und nun ist Siggi auch noch verletzt worden. Das ist alles deine Schuld!«

»Ella, hör auf!«, rief Richard.

»Nein, ich höre nicht auf. Verschwindet, alle beide!«

Hendrik drehte sich um. Er starrte stur geradeaus. Ellas Satz von der Schuld füllte seine Gedanken. Da blieb kein Platz für andere Impulse.

*

Hendriks Flucht

Kromsdorf, Dienstag, den 4. November, nachmittags

Richard war mit ihm in die Pension Erlenhof gefahren und hatte ihn bis zu seinem Zimmer gebracht. Hendrik konnte nicht mehr zählen, wie oft Richard gesagt hatte, er solle

»sich das nicht so zu Herzen nehmen«. Wieder solch eine schreckliche Floskel.

Hendrik Wilmut antwortete nicht, schloss sich in sein Zimmer ein, legte sich aufs Bett und versuchte, seine Gedanken zu ordnen. Das Lied, das er nie von einer Webseite heruntergeladen hatte. Das Goethegedicht, das Frau Schulz so gut gefiel. Ella. Und dieser schreckliche Mestroff. Er griff nach seinem Tablet. Da: eine neue Nachricht vom selbsternannten weißrussischen Rechtsminister! Erneut dieser unsinnige Text mit den 400 Euro Strafe. Doch dann ein neuer Satz: »Heute wirst du sterben!«

Es fühlte sich an wie ein Messerstich ins Herz. Zum ersten Mal in seinem Leben drohte ihm ein anderer Mensch unverhohlen mit dem Tod. Es war eine leere Drohung, das wusste er, dennoch schmerzte sie. Warum trachtete ihm jemand nach dem Leben? War es tatsächlich Nadine? Konnte das Gefühl des Hasses so stark sein?

Es fanden sich genug Beispiele in der Literatur. Bruderhass in allen möglichen Variationen. Aus Liebe wird Hass, auch ein oft gebrauchtes Motiv. »Früchte des Zorns«. »Der Besuch der alten Dame«.

Aber nie zuvor war er selbst von den Folgen des Hasses betroffen gewesen. »Heute wirst du sterben!« Unsinn. Weder Mestroff noch Nadine Dubois wussten, wo er war. Obwohl – in Leipzig hatten sie es auch herausgefunden. Und sie war Gast in der Pension. War ihr bekannt, dass er auch hier übernachtete, oder war das Zufall? Ihm ging jegliche Orientierung verloren. Lange dümpelte er zwischen Wachsein, Tagtraum und Schlaf hin und her. In seinem Unterbewusstsein gab es Schubladen, die unter dem Fülldruck dessen, was sie zu verbergen suchten, jeden Moment aufspringen konnten.

»Zum Garten trug ich's am hübschen Haus …«, dieses Gedicht war eines der wenigen, das Goethe seiner Christiane per Brief geschickt hatte. Zum 25. Jahrestag.

Jetzt war Hendrik hellwach.

Das Gedicht bezog sich auf den 12. Juli 1788, den Tag, an dem sich beide kennengelernt hatten. Schon bei ihrem ersten Gegenüberstehen faszinierte sie ihn, im Ilmpark, wo sie ihn abpasste, wenige Wochen nach seiner Rückkehr aus Italien. Sie wollte nur ein gutes Wort einlegen für ihren Bruder, doch zwischen Goethe und Christiane sprühten sofort die Funken. Sie hatten sich »Gefunden«. Es war wohl Christianes Natürlichkeit, ihre Unbekümmertheit, die einen Gegenpol zu den höfischen Ritualen setzte. Ohne langes Zögern war sie als Schatz in seinem Bett gelandet, ob schon in den folgenden Stunden oder an einem der nächsten Tage, das ist nicht belastbar überliefert. All die erotischen Ergüsse in den Elegien, die viele unkritische Kritiker auf Goethes Erlebnisse in Rom zurückführten, waren keine römischen Erfahrungen, sondern Weimarer Geübtheiten. Ohne es zu ahnen, hatte Herzog Carl August seinem Freund Goethe mit dem Gartenhaus im Ilmpark ein Refugium zum Dichten und Fabulieren geschenkt, das dieser in seiner postitalienischen Lebensphase hauptsächlich zum nicht ehelichen Beischlaf nutzte – damals ein Skandal ohnegleichen. Im »hübschen Haus« – dort schien das Geheimnis zu liegen. Und dort musste es gelöst werden.

Draußen dunkelte es bereits. Hendrik zog die Karte des Taxifahrers aus seinem Portemonnaie, rief ihn an und bestellte ihn zur Bushaltestelle Kromsdorf-Süd. Er kleidete sich wie zuvor nach dem Zwiebelprinzip, kletterte aus dem Fenster des »Ettersberg«-Zimmers, stieg vorsichtig die Feuertreppe hinab auf das Dach des Zwischengebäudes und sprang von dort auf die Straße. Richard hatte ihn bestimmt nicht gehört. Dann lief er zur Bushaltestelle. Beseelt von dem Gedanken, sein inneres Gleichgewicht wiederzufinden, stieg er ins Taxi, die aufziehende Gefahr missachtend.

*

Zielpunkte

Weimar, Dienstag, den 4. November, abends

Julian Täntzer und Pascal Simon bildeten inzwischen ein funktionsfähiges Team. Wenn etwas gut lief, klopften sie sich auf die Schulter oder stießen – wie sonst bei Jugendlichen üblich – lachend die Faust zusammen. Julian hatte das während seiner Ausbildung gelernt, Pascal schien es sowieso zu kennen. Wenn etwas nicht rund lief, zogen sie sich zurück und besprachen die Angelegenheit unter vier Augen, bisher immer mit einer Einigung. Julian Täntzer hatte sogar das Gefühl, es bahnte sich eine Freundschaft mit seinem Kollegen an.

An diesem Abend saßen beide vor dem Computermonitor und beobachteten die roten Punkte, die die drei Handys repräsentierten. Vermutlich die drei Mobiltelefone von Nadine Dubois. Kriminaldirektor Germer stand hinter ihnen. Die Punkte bewegten sich gemeinsam durch Weimar, mal schnell, mal langsam, immer in der Stadtmitte. Julian Täntzer war froh, dass der Richter in Jena in vergleichsweise kurzer Zeit die Ziel-TKÜ genehmigt hatte. Immerhin ging es um eine Serienmörderin. Ein Großaufgebot der Schutzpolizei und das SEK aus Erfurt standen bereit, um das Gebiet um die Punkte abriegeln zu können. Ein Hubschrauber mit Wärmebildkamera konnte jederzeit vom Sportflugplatz Lindenberg starten. Aber noch war die Stadt voller Touristen und Nachtschwärmer. Im Jugendzentrum »mon ami« spielte eine Band, im Nationaltheater gab man Schillers »Kabale und Liebe«, in der Weimarhalle fand eine Ärztetagung statt, alle Restaurants und Kneipen waren voller Menschen. Die Verantwortlichen für den Tourismus konnten zufrieden sein. Die Polizisten weniger. Die Online-Ortung gestattete die Lokalisierung der jeweiligen Funkzelle. Täntzer erläuterte seinen Kollegen, dass die Größe der Funkzellen sowohl von verschiedenen technischen Bedingungen als auch von der Zahl der Teilnehmer abhing. In der Weimarer Innenstadt würde sie bei der derzeitig hohen Auslastung einige hundert Meter betragen.

Plötzlich trennten sich die drei Punkte. Einer wechselte nach Weimar-Nord, einer steuerte nach Westen, der dritte in den Süden.

»Verdammt, was ist da los?«, rief Germer.

Täntzer hob die Schultern. »Sie ist clever, hat zwei der drei Handys auf die Reise geschickt, zum Beispiel mit einem Stadtbus oder einem Pritschenwagen. Fragt sich nur, welches der drei sie behalten hat.«

Der eine Punkt sprang entlang der B 85 nach Norden. Der zweite blieb in Tröbsdorf hängen, er bewegte sich nicht mehr.

»Ist Frau Hoffmann in Sicherheit?«

»Ja«, antwortete Pascal Simon. »Wir haben sie mit ihrem Einverständnis vorübergehend in einer Zelle einquartiert. Frau Schulz ist im Klinikum, mit Schutzpersonal.«

»Gut.«

Der dritte Punkt hatte Weimar-Süd erreicht und wechselte zwischen den Stadtteilen Gelmeroda und Legefeld hin und her, dazwischen die Auffahrt zur A 4.

»Sieht so aus, als wolle sie einen möglichen Verfolger abschütteln«, meinte Pascal Simon.

Gebannt verfolgten sie das Geschehen auf dem Bildschirm. Auch der nach Norden wandernde Punkt blieb nun stehen.

Germers Mobiltelefon klingelte. Das Gespräch dauerte nicht lange. »Das war Fehling«, sagte er. »Sein Kollege im BKA hat herausgefunden, dass die drei Prepaidkarten in München gekauft wurden. An den oder die Käufer kommen sie frühestens morgen ran, wenn überhaupt.«

»In München«, wiederholte Kommissar Simon.

In diesem Moment stürmte Richard Volk herein. »Hendrik, dieser Idiot!«

Germer zog die Stirn in Falten. »Was hat er denn nun angestellt?«

»Er ist verschwunden. Abgehauen aus der Pension, durchs Fenster geklettert!«

*

Am hübschen Haus

Weimar, Dienstag, den 4. November, abends

Hendrik Wilmut bat den Taxifahrer, ihn in der Straße Am Horn abzusetzen. Er wollte sich Goethes Gartenhaus von hinten nähern, vom östlichen Ilmhang her. Auf diese Weise entging er der weiten Ebene des Ilmparks vor dem Gartenhaus, wo man ihn leichter hätte entdecken können. Er nahm zunächst den Weg über das Pogwischhaus, schlug sich dann nach rechts durchs Gebüsch bis zu der Treppe, die vom oberen Teil des Goethegartens zur Rückseite des Gartenhauses führte. Auf der obersten Treppenstufe blieb er stehen und wartete. Er sah sich um. Er horchte. Er versuchte, mit all seinen Sinnen in die Situation einzutauchen.

Es war milder als in der Nacht zuvor. Diesmal fror er nicht. Wolken zogen vor dem Mond vorbei und verdunkelten die Szenerie. Er wartete. Zehn bis fünfzehn Minuten, vielleicht eine halbe Stunde. Er hatte nur eines im Sinn: sein Lebenschaos zu ordnen und seine Normalität wiederherzustellen. Auch wenn er dafür kämpfen musste. Und ihm war bewusst, dass dies ein erneuter handfester Kampf werden konnte. Mann gegen Mann. Oder Mann gegen Frau.

Er hörte Geräusche von rechts. Das Knacken von kleinen Steinchen. Es ertönte allerdings nicht fraktioniert wie von Schritten, sondern gleichmäßig. Das konnten nur Reifen sein, die den Corona-Schröter-Weg entlangrollten, aus Richtung der Kegelbrücke kommend. Das spärliche Winterlaub gestattete ihm den Blick auf den Weg vor dem Gartenhaus. Das Geräusch kam näher. In dem Moment, als die Wolken kurzzeitig den Mondschein freigaben, sah er das Fahrzeug. Ein dunkles Auto, schwarz oder blau, kastenförmig, breit und düster, ohne Fahrlicht, so rollte es langsam heran.

Das war sie.

Hendrik wusste, dass Unpünktlichkeit eine seiner negativen Eigenschaften war. Immer wieder hielten ihn Gedanken, Gedichte oder Gespräche von vereinbarten Terminen ab. Doch diesmal war er rechtzeitig vor Ort.

Der Wagen hielt direkt vor dem nördlichen Gartentor. Sie kannte sich aus. Sie wartete. Wie auch er wartete. Gegenseitig lauernd, nicht wissend, wer Jäger und wer Gejagter war.

Endlich öffnete sie die Wagentür. Das Innenlicht hatte sie vorsorglich ausgeschaltet. Professionell. Er verhielt sich ruhig. Sie drückte die Tür zu, leise, er nahm es dennoch wahr. Es machte fast den Eindruck, als hätten sie sich zu einem nächtlichen Rendezvous verabredet. Oft quietschte das Gartentor, das wusste Hendrik. Heute nicht. Der Weg hinter dem Gartenhaus, der zum Eingang führte, bestand aus Kies. Aber nicht aus lockerem Kies, der in der Nacht unter ihren Tritten gejammert hätte, nein, aus fest zementierten Steinen, die sich der Nachtruhe anpassten. Hendrik hörte ihre Schritte trotzdem. Sie musste jetzt bei der weißen Bank vor dem Eingang sein. Ging sie hinein? Woher hatte sie den Schlüssel? Nun, mit ihrer kriminellen Energie stellte das wohl kein Problem dar. Hoffentlich hatte niemand dafür sterben müssen. Ihre Schritte verstummten. Hendrik schloss die Augen, um sich vollends auf sein Gehör zu konzentrieren. Er vernahm kein Drehen eines Schlüssels, kein Öffnen der Tür, dafür jedoch das Einrasten des Schlosses. Sie war im Haus. Mit Sicherheit hatte sie nicht hinter sich abgeschlossen, denn sie wartete auf ihn. Er gab ihr etwas Zeit, hektische Handlungen waren in dieser Situation nicht angezeigt. Dann stieg er die Gartentreppe hinab.

*

Zielerfassung

Weimar, Dienstag, den 4. November, abends

Der südliche Punkt sprang auf die A 4 und bewegte sich mit hoher Geschwindigkeit nach Osten.

»Was soll das?«, fragte Simon.

»Wir warten. Wenn das Dubois' Mobiltelefon ist, dann fährt sie an der nächsten Ausfahrt ab, zurück nach Weimar«, sagte Täntzer.

Und genau so geschah es. Der rote Punkt verließ die Autobahn an der Ausfahrt Apolda, sprang über Mellingen und Taubach – dort waren die Funkzellen größer – und tauchte im Stadtteil Oberweimar wieder auf.

»Das ist sie!«, stellte Täntzer fest.

Simon und Volk nickten. Germer bewegte den Kopf unschlüssig hin und her. Im nördlichen Ilmpark stoppte der rote Punkt. Sie beobachteten ihn einige Minuten. Julian Täntzer wurde nervös. »Sie fährt nicht weiter!«

»Meldung!«, befahl Germer. »Was liegt in der Nähe?«

Täntzer reagierte sofort: »Haus am Horn, Goethes Gartenhaus, der gesamte Ilmpark mit den Parkhöhlen, die Bauhaus-Uni, das Dorint-Hotel, die Anna-Amalia-Bibliothek, das Schloss.«

»Sie kennen sich hier aus. Was tippen Sie?«

»Die Parkhöhlen oder Goethes Gartenhaus. Alles andere befindet sich zu sehr im Öffentlichkeitsbereich.«

»Okay. Eher Parkhöhle oder Gartenhaus?«

Julian Täntzer überlegte keine Sekunde. »Eher Gartenhaus. Symbolhaft, abseits gelegen«, er sah auf die Uhr, »kurz nach sieben, dunkel, zurzeit dürfte man dort ungestört sein.«

»Gut!«, sagte Germer. Dann griff er zum Funkgerät: »Hier Einsatzleitung Goetheherz. Die Verdächtige befindet sich mit hoher Wahrscheinlichkeit im Ilmpark. Der gesamte Park wird sofort abgeriegelt, inklusive der Straßen Ackerwand, Beethovenplatz, Sternbrücke, Am Horn, Dichterweg, Belvederer Allee. Keine Signalfahrten. Hubschrauber bleibt in Bereitschaft. SEK 1 zieht vor zum Beethovenplatz, SEK 2 zum Haus am Horn. Meldung der Gruppenführer nach Vollzug. Ende.« Er wandte sich Richard Volk zu. »Es würde mich nicht wundern, wenn dieser verrückte Wilmut auch dort wäre!«

*

Im hübschen Haus

Weimar, Dienstag, den 4. November, abends

Vorsichtig drückte Hendrik Wilmut die Klinke herunter. Eigentlich hätte er sich gar keine Mühe geben müssen, leise zu sein, denn sie wusste, dass er kam. Im Erdgeschoss war es fast komplett dunkel. Keinerlei Geräusche. Er traute sich nicht, seine Taschenlampe einzuschalten. Rechter Hand musste sich eine kleine Theke für die Ticketausgabe befinden. Er tastete danach, seine Hand fand sie. Direkt dahinter ging die Treppe nach oben. Die Stufen knarrten. Wie sollte es anders sein. Er stieg hinauf. Im Obergeschoss sah er sich um. Er warf einen Blick ins Altanzimmer und Goethes Arbeitszimmer, das Mondlicht fiel durch die Fenster. Irgendetwas irritierte Hendrik. Er brauchte einige Sekunden, um es zu begreifen: Die Tür zu Goethes Schlafzimmer war geschlossen. Üblicherweise stand sie offen und man blickte auf einen grauen Türflügel, der die Wand dahinter teilweise verdeckte. Diese Wand war nun frei sichtbar. Er konnte nichts Verdächtiges erkennen. Jetzt zog er doch seine Taschenlampe hervor und schaltete sie ein. Rechts am Treppengeländer leuchtete grellrot der Feuerlöscher. Die Wand enthielt zwei verdeckte Öffnungen, ähnlich den früher üblichen Tapetentüren. Eine der beiden war mit einem roten Schild gekennzeichnet, Hendrik lenkte den Lichtstrahl darauf: der Zugang zur Feuerlöschanlage. An der zweiten befand sich keine Kennzeichnung. Doch Hendrik entdeckte etwas anderes: In dem kleinen dünnen Schloss steckte ein Schlüssel. Er blitzte ihm im Schein der Taschenlampe entgegen wie eine Einladung. Wohin mochte dieser Zugang führen?

Hendrik rief sich das Bild des Gartenhauses vor Augen, so wie man es vom Park aus sehen konnte. Die hellen

Außenwände, die Rankgitter, das hohe dunkle Dach … das Dach! Dies war der Zugang zum Dachboden. Er zog vorsichtig an dem Schlüssel. Im Lichtkegel erschien eine steile Treppe. Er horchte. Von oben kamen keine Geräusche. Courage, Entscheidung, absolutes Fokussieren. Er setzte seinen Fuß auf die erste Stufe.

*

Warnschuss

Weimar, Dienstag, den 4. November, abends

»Passen Sie auf, Täntzer, ich brauche einen Verbindungsmann da draußen. Sie kennen die Kollegen, Sie kennen den Ilmpark, Sie gehen da raus!«

»Okay, Chef!«

»Soll ich ihn begleiten?«, fragte Richard Volk.

»Nein«, antwortete Germer. »Ein erfahrener Beamter muss die Einheiten hier von der Einsatzzentrale aus koordinieren, Simon übernimmt den Computer. Ich muss frei bleiben, um Entscheidungen treffen zu können. Außerdem verlangt der Präsident regelmäßige Statusberichte.«

Hauptkommissar Volk nickte.

Julian Täntzer legte seine Schutzweste an, zog den Polizeianorak darüber, holte das Nachtsichtgerät aus dem Schrank, prüfte Funkgerät und Waffe und verabschiedete sich. Er parkte in der Nähe der Sternbrücke auf der Ostseite des Parks. Er sprach mit den dort bereitstehenden Kollegen, kontrollierte die Absperrung, funkte alle Gruppenführer an und versicherte sich deren korrekter Position. Eigentlich hatte er oben Am Horn bleiben wollen, relativ nahe an Goethes Gartenhaus, in Wartestellung, bereit zum Zugriff.

Aber jetzt, als er im Dunkeln dort Posten bezogen hatte, überkam ihn die Ahnung, dass die Geschehnisse weiter fortgeschritten waren als angenommen. Ohne sich Rückendeckung von Germer zu holen, lief er den Weg hinab zum Euphrosyne-Denkmal, ließ dieses rechts liegen und stieß unten auf den Corona-Schröter-Weg. Täntzer bog links ein und bewegte sich leise, neben dem mit kleinen Steinchen übersäten Weg auf dem Rasen laufend, in Richtung Goethes Gartenhaus. Dort, mitten auf dem Weg, befand sich etwas Kastenförmiges. Er nahm sein Nachtsichtgerät zur Hand. Ein Wagen, dunkel. Er erkannte das französische Kennzeichen. Täntzer stellte sich hinter einen Baum und sprach leise ins Funkgerät: »Hier Tango, bitte kommen!« Dies war schon lange sein Codename. Leicht zu merken mit der thematischen Verbindung zu seinem Nachnamen.

»Hier Leitung, kommen.«

»Sie ist da! Ihr Kfz steht direkt vor dem Gartenhaus. Kommen.«

Germer schnaufte ins Funkgerät. Vermutlich hinderte ihn nur die von ihm selbst ständig angemahnte Funkdisziplin daran, zu fragen, warum Täntzer sich ohne seine Erlaubnis so weit vorgewagt hatte. »Also gut, Kfz blockieren und auf Verstärkung warten.«

Germer würde den Ring um das Gartenhaus enger ziehen. Wie sollte Julian Täntzer den Renault Espace blockieren? Er schlich sich näher und probierte, die Fahrertür zu öffnen. Verschlossen. Er schraubte die Staubkappen von den Ventilen der Vorderräder, zog einen Kugelschreiber aus der Jacke und presste den Stift auf den dünnen Pin in der Ventilmitte. Pfeifend entschwand die Luft aus dem einen Reifen, dann aus dem anderen. Täntzer näherte sich dem Haus, blieb immer wieder stehen, duckte sich hinter Büschen, wartete, bis sich Wolken vor den Mond geschoben hatten und lief weiter. Schließlich war er an der Nordseite des Gebäudes angekommen. Er zog seine Waffe aus dem Holster. Noch einmal würde sie ihn nicht überraschen. Vorsichtig bewegte er sich in Richtung des rückwärtigen Eingangs.

Plötzlich drang ein gellender Schrei durch die Nacht. Täntzer wusste sofort: Dieser Schrei kam von Hendrik Wilmut!

Er sah kurz nach oben, prüfte die freie Schussbahn und gab einen Warnschuss ab.

*

Unterm Dach

Weimar, Dienstag, den 4. November, abends

Hendrik Wilmut wunderte sich selbst, dass er keine Angst hatte, denn er war sonst nicht einer der Mutigsten. Heute war ihm das gleichgültig, Gefahr oder nicht, eine Klärung musste herbei, wie auch immer diese aussah.

Langsam nahm er Stufe um Stufe ins Dachgeschoss des Gartenhauses. Ob Goethe auch hier oben gewesen war? Sicher, es war ja schließlich sein Haus, in dem er sechs Jahre gewohnt hatte, bis zu seinem Umzug an den Frauenplan. Auch danach hatte er das Gartenhaus als Inspirationsquelle jeglicher Art genutzt. Die Vorstellung, dass der große Meister gleichfalls diese Stufen betreten hatte, beruhigte Hendrik.

Als er oben ankam, stieß er mit dem Fuß gegen etwas Hartes, Schweres. Er leuchtete vor sich: ein Amboss. Was sollte das? Ein Amboss auf dem Dachboden?

Aus dem Hintergrund meldete sich eine Männerstimme. »Hallo, Hendrik!«

Er kannte diese Stimme, nur woher?

Im selben Moment traf ein Schlag seinen rechten Arm, die Taschenlampe fiel zu Boden und erlosch, der Arm brannte, er stöhnte auf.

»Ferme ta gueule!«, erklang es hinter ihm. Eine Frau.

Hendriks Französisch war nicht sonderlich gut, schon gar nicht sein Gossen-Französisch, dennoch verstand er, dass es besser war, erst einmal den Mund zu halten. Der Reflex, sich umzudrehen, war stark. Er widerstand ihm. Zu gefährlich. Sein Arm schmerzte, aber die Ereignisse lenkten ihn von seinen körperlichen Beschwernissen ab.

»Schön, dass du uns Gesellschaft leistest!«, sagte der Mann im dunklen Hintergrund.

Hendrik richtete sich auf.

»Dir hat es wohl die Sprache verschlagen?«, sagte der Mann und lachte.

Am Lachen erkannte er ihn. »Bertl?«

»Servus und willkommen in der Hölle, mein Lieber!« Der Satz kam glasklar, schneidend.

Albert Moser schaltete einen kleinen Scheinwerfer ein, der das Dachgeschoss in ein dünnes blaues Licht tauchte. Schnell und wendig näherte er sich. Keine Gehbehinderung. Keine beginnende Demenz. Alles Schauspielerei.

Moser kniff die Augen zusammen. »Du damischer Saupreiß, du hast alles kaputt gemacht. Meine gesamte Hotelkette, meine Tochter und … die da auch!« Er zeigte auf die schlanke Person, die neben Hendrik stand, schwarz gekleidet, fast so groß wie er selbst. »Du bist an allem schuld, Hendrik Wilmut! Aber das weißt du ja sicher.«

Hendrik beschloss, sich zunächst defensiv zu verhalten. Er war sicher an einigem schuld, doch nicht an allem. So weit ging sein Schuldbewusstsein nicht. Die Hotelkette hatte – wenn überhaupt – Eddie auf dem Gewissen, denn er hatte die Idee aufgebracht, Goethes Italienreise – an deren Route Bertl seine Hotels angelegt hatte – habe nie stattgefunden. Dies auszusprechen wäre Hendrik allerdings schäbig vorgekommen. Außerdem hätte es nichts an seiner momentanen Situation geändert.

»Meine Tochter ist der einzige Mensch, der mir nach dem Tod meiner Frau noch etwas bedeutet. Wegen dir ist Naddl im Gefängnis gelandet!«

Hendriks Entschluss, sich zurückzuhalten, hielt nur kurz an. »So ein Unsinn! Dafür hat sie schon selbst gesorgt. *Sie* hat schließlich auf Eddie geschossen und Hanna vergif…«

Er spürte den Lauf einer Waffe an seinem Hinterkopf.

»Attends!«, rief Bertl. Er war also doch des Französischen mächtig. Eine weitere Lüge.

»Bien sûr, Babo!«, kam es von Dubois zurück.

»Ich habe noch einiges mit Hendrik zu klären!«, sagte Moser.

»Natürlisch«, nuschelte Dubois.

Im Restaurant Le Patron hatte Hendrik ihren französischen Akzent noch charmant gefunden. Damals schien es, als habe sie Freude daran gehabt, Deutsch zu sprechen, jetzt versuchte sie, es zu vermeiden.

Hendrik unterbrach seine eigenen Gedanken. »Ich habe auch einiges mit dir zu klären, Albert Moser! Warum musstet ihr sieben Frauen umbringen, um mich zu bestrafen?«

»Ha! Das weißt du nicht? Die Frauen dienten nur dazu, dein Schuldbewusstsein aufzubauen, erst haben wir sie verdeckt getötet, damit du ordentlich Schuld angehäuft hattest, bevor du etwas unternehmen konntest. Dann sind wir in die Offensive gegangen. Nun ja, ein paar Kollateralschäden ließen sich nicht vermeiden.« Er lachte.

Hendriks Wutlevel stieg und stieg. »Ich verstehe nur nicht, was Denise de La Rochet damit zu tun hat, ihr sind deine Hotels und dein Geld doch egal. Und so schlau wird sie wohl sein, zu erkennen, dass Naddl sich selbst ins Gefängnis gebracht hat.«

Moser schwieg.

Hendrik merkte, dass dieser Schuss gesessen hatte. Er hatte absichtlich den Aliasnamen der Dubois benutzt. Der klang vornehm und schmeichelte ihr.

»Sie ist wohl auch ein klein wenig … eifersüchtig auf dich.« Moser lachte erneut und schob hinterher: »Elle est jalouse!«

»Peut-être!«, antwortete Dubois.

In diesem Augenblick wurde Hendrik klar, dass dieses »Peut-être!« – dieses »Kann sein!« – fast schon eine Bestätigung war: Albert Moser hatte Nadine Dubois gesteuert, indem er ihr eingeredet hatte, Hendrik sei in Naddl verliebt und wolle sie auf seine Seite ziehen. Auf die männliche Seite der Liebe.

»Hast du etwa gedacht, ich würde mich vor lauter Schuldbewusstsein umbringen?« Irgendwie musste Hendrik ihn in ein Gespräch verwickeln, Zeit gewinnen und überlegen.

»Oh nein, für so deppert halte ich dich nicht. Trotzdem hast du jetzt genügend Gründe, deinem Leben ein Ende zu setzen, dafür haben wir gesorgt. Und wir werden dir sogar dabei helfen!« Er lachte höhnisch und zeigte neben sich zum Dachstuhl empor. Dort hing etwas. Hendrik erkannte es nur mit Mühe: ein Strick. Mit mehreren Windungen zu einem Strang gebunden. Sollte dies der Ort seines Todes sein? Nah bei Goethe, aber fern von Hanna? Nein!

Seine Gedanken wurden von Mosers scharfem Ton unterbrochen: »Zuvor musst du allerdings noch ein Opfer bringen: deine rechte Hand!«

Hendrik zuckte zusammen. War dieser Kerl verrückt? Er musste ihn hinhalten. »Wer ist eigentlich dieser blöde Mestroff?«

»Himmisakra!«, schrie Moser. »Das ist Daniel Brunner, ich kenne ihn schon lange und Naddl auch, vom Schützenverein in Pullach. Er hat dir in meinem Auftrag ein paar nette E-Mails geschrieben, er kennt sich mit so etwas aus, hat mir ja auch die Homepage für die Hotels gebastelt. Wie ich dich einschätze, hast du jemandem davon erzählt, Hanna oder Eddie oder sonst wem. Auch das hat dir seelisch zugesetzt und dich in den Selbstmord getrieben, verstehst du?«

Hendrik wurde wütend. »Nein, ich verstehe gar nichts, außer, dass du ein Wahnsinniger bist!«

»Mag sein. Außerdem brauchte ich Daniel, um dich hierherzulocken. Das kleine musikalische Rätsel hat die ganze Sache interessanter gemacht.« Er lachte laut auf. »Und jetzt schreiten wir zur Tat. Du wirst nie wieder schreiben können, Wilmut! Nicht auf Erden und nicht im Jenseits. Das ist Naddl besonders wichtig. Und da sie leider nicht dabei sein kann, werde ich das übernehmen. Dreh dich um!«

Hendrik zögerte. Er betrachtete seine rechte Hand. Das konnte nicht wahr sein. Ein Albtraum, so wie schon zweimal in den vergangenen Wochen? Leider nicht.

Dubois versetzte ihm einen Schlag mit dem Pistolenknauf ins Genick. Er zuckte zusammen, drehte sich um und erkannte vor sich den Amboss.

»La main!« Die Französin klang erbarmungslos.

Hendrik legte die Hand auf den Amboss. Dubois hielt seinen Arm nicht fest. Er vertraute auf seinen ureigenen Reflex, der ihn sofort den Arm wegziehen lassen würde, wenn der Hammer fiel. Nadine Dubois stand direkt neben ihm, er behielt sie im Auge. Einen kurzen Moment sahen sie sich an. Hendrik meinte, einen Anflug von Unsicherheit in ihrem Blick zu erkennen. Sie wandte sich ab. Trotz der rechteckigen Kopfgeometrie war sie eine hübsche Frau, dunkle Augen, kräftige Augenbrauen, in der rechten eine Narbe. Groß, etwa 1,80 Meter, schlank, sportlich. Er bemerkte an ihrer rechten Hand eine dicke Wulst. Ein Verband? Natürlich – dort hatte er sie mit der Axt getroffen.

Ehe Hendrik realisierte, was das bedeutete, erfolgte der Schlag. Albert Moser führte den Hammer so schnell, so unvermittelt aus dem Halbdunkel heraus, dass Wilmuts Reflexe nicht reagierten. Es war ein schweres, kompaktes Werkzeug: ein Fäustel. Dubois hätte den Schlag mit ihrer verletzten rechten Hand gar nicht ausführen können.

Der Schmerz war so gewaltig, dass Hendrik aufschrie, sogleich schwanden ihm die Sinne. Ganz entfernt hörte er noch einen Schuss, dann verlor er die Besinnung.

*

Überraschungseffekt

Weimar, Dienstag, den 4. November, abends

Täntzer sah sich um. Die Kollegen waren noch nicht da. Jetzt, nach dem Warnschuss, würden sie gleich heranstürmen. Darauf wollte er allerdings nicht warten, er musste den Überraschungseffekt nutzen. Er rannte zur Tür und riss sie auf. Zunächst wartete er draußen, links neben der Tür, die Waffe im Anschlag, dann lief er hinein, diagonal hinüber, zur Mauer rechts von der Tür, stolperte dabei eine Stufe hinunter, wäre fast gestürzt, schaffte es aber, auf den Beinen zu bleiben, den Rücken zur Wand, die Waffe im Anschlag. Kein Mensch, kein Schatten, kein Geräusch. Er meinte, von oben ein Stöhnen zu hören, hetzte in das obere Stockwerk, weder Wilmut noch Dubois waren zu sehen. Eine weitere Treppe. Er jagte hinauf, stand breitbeinig in der Tür, beide Hände an der Pistole: »Polizei, Hände hoch!«

In diesem Moment spürte er den Lauf einer Waffe an seinem Hals. »Lâche ton arme!«, befahl eine Frauenstimme.

Julian Täntzer verstand kein Französisch.

Die Übersetzung erklang aus dem Dunkel des Dachbodens: »Lass die Waffe fallen!«

Von draußen hörte er Stiefelschritte und leise Kommandos.

»Wenn die hier oben auftauchen, bist du tot. Gib das durch! Und keine Mätzchen, keine Geheimabsprachen oder so was, klar?«

Täntzer legte seine Waffe vor sich auf den Boden, nahm sein Funkgerät und sagte: »Hier Tango, nicht hochkommen. Code Zulu.«

»Keine Absprachen!«, brüllte Moser.

Dubois holte aus, Täntzer versuchte, in Richtung Treppe zu entkommen, dann fiel ein Schuss. Das Projektil traf ihn in den Rücken. Er stöhnte und brach in der Tür zusammen.

*

Finale

Weimar, Dienstag, den 4. November, nachts

Hendrik wachte langsam auf. Er hatte das Gefühl, sein rechter Arm sei nicht mehr vorhanden. Aber er schmerzte. René Descartes fiel ihm ein. Cogito ergo sum: Ich denke, also bin ich. Mein Arm schmerzt, also existiert er noch. Klare Schlussfolgerung. Trotzdem hätte er auf diesen Daseinsnachweis verzichten können. Die Hand und das Handgelenk schmerzten höllisch.

Hendrik atmete zweimal tief durch und zwang sich, seine Umgebung wahrzunehmen. Im blauen Licht von Mosers Scheinwerfer sah er ihn im hinteren Teil des Dachbodens in einem Sessel sitzen. Dubois hockte neben ihm, sie unterhielten sich auf Französisch. Irgendetwas schien sie zu beunruhigen.

Von unten ertönte eine Megafonansage: »Frau Dubois, geben Sie auf. Das Haus ist vom SEK umstellt, Sie haben keine Chance zu entkommen!«

Endlich! Hendrik spürte Tränen in den Augen. Richard, Täntzer, Germer, das SEK – sie kamen ihm zu Hilfe.

»Verdammt!«, schrie Moser. »Wir haben Wilmut als Geisel, wenn ihr nicht abzieht und uns gehen lasst, töten wir ihn. Euren Kollegen haben wir schon erledigt!«

Hendrik zuckte zusammen. An der Türschwelle bemerkte er einen leblosen Körper. Täntzer! Panik brach in ihm aus, er wollte aufstehen.

»Bleib am Boden, sonst bist du tot!«

Er richtete sich trotzdem langsam auf. »Wenn ihr mich erschießt, habt ihr kein Druckmittel mehr.« Er öffnete einen Hemdknopf, fasste das Gelenk der rechten Hand mit der linken und versuchte, das verletzte Körperteil unter das Hemd zu schieben. Es klappte nicht. Zu stark angeschwollen. Er öffnete einen weiteren Knopf und bugsierte seine Rechte in die entstandene Öffnung. Damit hatte er eine Positionshilfe geschaffen, eine Ersatz-Armschlaufe.

Hendrik überlegte. »Denise, lassen Sie sich von Bertl nicht verarschen …« Verstand sie das?

»Du bist selbst Arsch, Endrik!«

Sie verstand es.

»Nadine Moser ist eine nette Frau!« Er durfte ihre Liebste nicht abwerten oder gar beschimpfen. »Und ich weiß schon lange, dass sie keine Männer liebt, sondern Frauen. Ihre Mutter ist deswegen ausgerastet. Den Sturz vom Balkon … na ja … irgendwie hat sie ihn verdient. Und dieser lästige Junge vom Schützenverein, auch der hat seine Strafe bekommen.«

»Ferme ta gueule!«

»Nein, ich halte meinen Mund nicht. Ich werde Ihnen jetzt erzählen, wie es wirklich war. Der Moser Albert hier, der hatte nur Sorgen um seine Hotelkette. Um sein Geld. Sie sind ihm völlig egal. Hat er Sie respektvoll behandelt? Était-il poli?« Plötzlich rannen französische Worte aus seinem Mund, die jahrelang verschollen gewesen waren. Seit der Schulzeit. »Nein, er war nicht höflich zu Ihnen, er hat Sie benutzt. Als Werkzeug!«, fuhr Hendrik fort.

»Merde, Wilmut!«, schrie Moser. »Hör auf mit dem Unsinn, Dubois, knall ihn ab!«

»Non!« Die Antwort kam kurz und bissig.

»Aha, er nennt Sie also einfach Dubois, ohne Vornamen«, sagte Hendrik und versuchte, seine Stimme ruhig zu halten. Es kostete ihn enorm viel Überwindung, trotz der Schmerzen das Gespräch in Gang zu halten.

»Also … ohne Respekt. Und für solch einen frustrierten alten Mann haben Sie sieben Menschen getötet? Es würde mich nicht wundern, wenn er Sie am Ende loswerden will, quasi … der Polizei ausliefert! Schließlich hat der feine Herr Moser mir bei unserem Treffen in Pullach freiwillig von Ihnen erzählt. Verstehen Sie, Denise? Freiwillig! Damals wusste ich noch nichts von Ihrer Existenz.«

»Verdammt, knall ihn endlich ab, du blöde Lesbe!«

Nadine Dubois erstarrte.

»Sieh an!«, rief Hendrik. »Der Herr Moser ist gar nicht so tolerant, wie er vorgibt zu sein. Merken Sie das, Denise? Er hat Sie als Schachfigur angesehen, als schlagkräftige Dame, die er als König überall hinschicken konnte!«

Dubois zögerte einen Moment. »Va-t'en!« Sie gab Hendrik ein Zeichen in Richtung Treppe.

»Was soll das?«, rief Moser.

»Nous allons!«

»Meinetwegen«, murmelte Albert Moser. »Dann gehen wir eben.«

Im Halbdunkel wäre Hendrik fast über Täntzers Körper gestolpert. »Gott im Himmel, lass ihn leben«, dachte er. Täntzer rührte sich nicht.

»Wir kommen jetzt runter!«, rief Moser. »Wir fordern freien Abzug, sonst ist Wilmut tot!«

Dubois hielt Hendrik die Waffe an den Hals, während sie die Treppe hinunterstiegen. Unten standen die SEK-Beamten, voll ausgerüstet, bewaffnet bis an die Zähne, Richard Volk und Pascal Simon mittendrin. »Lasst sie durch!«, sagte Richard. Hendrik warf Richard einen Blick zu, der sagen sollte: »Mach dir keine Sorgen!«

Dubois schob Wilmut zu ihrem Auto, schloss auf, bugsierte ihn auf den Rücksitz und setzte sich daneben. Den Autoschlüssel warf sie Moser zu.

Überall SEK-Leute, die Waffen im Anschlag.

Albert Moser startete den Motor, ließ ihn aufheulen, wahrscheinlich war er noch nie einen Renault Espace gefahren. Dann gab er Vollgas. Die platten Reifen brachten den Wagen ins Schleudern, das nasse Laub auf dem Corona-Schröter-Weg tat sein Übriges. Moser beschleunigte noch mehr. Krachend schlugen sie gegen einen Baum, die Airbags knallten, Hendrik wurde gegen den Vordersitz geschleudert.

»Du bist eine schrecklische Fahrer!«, zischte Nadine Dubois von hinten, setzte den Pistolenlauf auf Mosers Hinterkopf und drückte ab. Blut spritzte auf den blütenweißen Airbag. Hendrik schrie auf.

Dann sah sie ihn an. Ihre Augen strahlten keinen Hass aus, sondern Gleichgültigkeit. Er meinte sogar, ein wenig Dankbarkeit in ihnen zu lesen. Sie hob die Waffe und zielte auf Hendriks Herz.

Was geht einem durch den Kopf angesichts des Todes?

Viele Nahtod-Erfahrene berichten von einem filmartigen Ablauf ihrer Lebensbilder. Hendrik Wilmut sah nur ein Bild: Hanna.

Ein Schuss fiel, Glas splitterte und Nadine Dubois' Körper sackte nach vorn. Ihr Kopf legte sich auf Hendriks Schulter und ihr Blut rann über seine rechte Hand. Fast so als wollte sie mit ihrem Lebenssaft seine zerschmetterten Knochen heilen.

EPILOG

Hendrik und Hanna

Das Wiedersehen von Hendrik und Hanna fand in der Kurklinik in Bad Homburg statt. Sie umarmten sich, küssten sich, hielten sich lange fest, sahen sich an wie ein frisch verliebtes Paar und waren glücklich. Dann tranken sie beide einen Espresso und stießen auf ihre neu gefundene Gemeinsamkeit an. Hendrik musste die Tasse mit der linken Hand anheben, da die rechte in Gips lag. Auch wenn er sonst ein absoluter Rechtshänder war, gelang es ihm, die Espressotasse mit links zu balancieren. Er dachte dabei an Goethe, der als einer der berühmtesten Linkshänder in die Geschichte eingegangen war. Hanna versprach, bis zu Hendriks völliger Genesung als seine »rechte Hand« zu fungieren. Ansonsten meinte sie, es sei nicht notwendig gewesen, extra einen Mann vom BKA zu ihr in die Klinik zu schicken, um ihr zu versichern, dass Hendrik kein Mörder war. Wenn sie sich da unsicher gewesen wäre, hätte dies das Ende ihrer Ehe bedeutet. Hendrik versprach, Hannas Rückkehr in die Normalität aufmerksam zu begleiten und dafür zu sorgen, dass der Alltag, dieses harmlos daherkommende Monster, das schon so viel Lebensfreude und Liebeswahrhaftigkeit unter sich begraben hatte, nicht die Oberhand gewann.

Siggi und Ella

Ella änderte ihre Meinung nicht: Hendrik war an allem schuld. Da Siggi lange brauchte, um sich von dem Niederschlag vor der Orangerie und der darauf folgenden Unterkühlung zu erholen, hatte er nicht die Kraft, ihrer Position eine eigene Betrachtungsweise entgegenzusetzen. Schließlich mündete seine Meinung in ihre, so wie der Eisack in die Etsch mündet und in einem gemeinsamen Fluss namens Etsch fortfließt.

Julian Täntzer

Ein Schuss in den Rücken nimmt selbst einem gut trainierten Polizisten die Luft, auch wenn er eine Schutzweste trägt. Als Täntzer wieder dienstfähig war, wurde er zum Kriminaloberkommissar ernannt. Zur Beförderungsfeier kam auch Pascal Simon und Täntzer stellte ihm seine Eltern und seine Schwestern vor.

Hans Germer

Lange hatte Germer Hendriks Schuldgefühle nicht ernst genommen. Dies änderte sich, als Dolores de Alvarez ihm mitteilte, dass sie seit 20 Jahren eine gemeinsame Tochter hatten. Sie hieß Carmen und studierte an der Uni Leipzig. Germer hatte die Beziehung zu Dolores damals beendet und darauf bestanden, keinen Kontakt mehr zu haben. Sein Anruf wegen des Goetheherz-Falls hatte Dolores den Mut gegeben, die Wahrheit zu sagen. Hans Germer besuchte seine Tochter von nun an regelmäßig und versuchte auf diese Weise, sein Schuldenkonto abzubauen.

Richard Volk
Nachdem der Fall Goetheherz abgeschlossen war, entschloss sich Richard, Sandra Prager anzurufen. Ihr blonder Kurzhaarschnitt und ihre geradlinige, selbstbewusste Art gefielen ihm immer noch. Seitdem trafen sie sich fast jedes Wochenende und überlegten schließlich, sich eine gemeinsame Wohnung auf halbem Weg zwischen Frankfurt und Gießen zu suchen. Bei einem dieser Treffen berichtete Sandra, dass Dr. Bergen sie angerufen habe. Er hatte reumütig zugegeben, in der Audioaufzeichnung seiner Obduktion von Lotte Schneider einen Hinweis auf die zerschmetterten Knochen ihrer rechten Hand gefunden zu haben. Dieser war nicht in den Bericht übertragen worden – ein Fehler von ihm. Er entschuldigte sich bei Sandra Prager. Richard Volk versprach, diese Entschuldigung an Hendrik Wilmut weiterzugeben.

Annett Weißmann
Sie bewarb sich beim BKA, wurde angenommen und arbeitete schließlich in der Sicherungsgruppe. Sie wechselte nach Berlin, war für den Personenschutz eines Bundestagsabgeordneten zuständig und befand, dies sei ein großartiger Job.

Daniel Brunner
Der in Deggendorf geborene ältere Daniel Brunner war ein Computerfreak. Er hatte für den TSV Pullach und auch für Albert Moser den Internetauftritt erstellt. Weil er Moser einen Gefallen tun wollte, und es außerdem »cool« fand, verfasste er unter dem Pseudonym Nikolaj Mestroff meh-

rere E-Mails an Hendrik Wilmut. Die Staatsanwaltschaft forderte eine Freiheitsstrafe, da er Hendrik auf sehr direkte Weise mit dem Tod bedroht hatte. Aufgrund des intensiven Einsatzes von Brunners Anwalt wurde diese Forderung in eine Geldstrafe umgewandelt. Außerdem wurde Daniel Brunner der Waffenschein entzogen.

Daniel »Dani« Brunner
Der in Vilshofen geborene jüngere Daniel Brunner – derjenige ohne Haupthaar, aber mit Bart – wurde wegen Freiheitsberaubung zu einer Gefängnisstrafe verurteilt. Aufgrund der moderaten Aussage seiner Freundin Christiane Hoffmann wurde die Strafe zur Bewährung ausgesetzt.

Christiane Hoffmann
Bei dem Streit mit Daniel Brunner in ihrer Küche hatte sie ein Messer gegriffen, um sich zu wehren. Dabei schnitt sie sich leicht in die Hand und wischte diese an der Strickjacke ab. Ihre Entführung konnte sie dennoch nicht verhindern. Aber sie erkannte Danis Motiv: Verlustangst. Durch ihre Aussage sorgte sie dafür, dass er eine relativ milde Strafe bekam. Nach all den Vorkommnissen trennte sie sich von ihm, verließ Weimar und nahm einen Job in einem kleinen Hotel im Harz an.

Nadine Moser
Nur ihr Vater und ihre Ehefrau hatten sie während der Untersuchungshaft besuchen dürfen. Das reichte ihr, um die Fäden zu ziehen. Als sie vom Tod ihres Vaters und ihrer

Frau hörte, erlitt sie einen Nervenzusammenbruch. Wieder bei Kräften, schwor sie, ihren Hass auf Hendrik Wilmut so lange zu schüren, bis ihre Chance zur Rache gekommen wäre. Die Hauptverhandlung vor dem Oberlandesgericht München sollte in Kürze stattfinden.

Almuth Feller
Hendrik hätte es gefreut, wenn die Sekretärin der Dekanin ihre frühere Beziehung zu Dr. Sebastian Bergen wieder aufgenommen hätte. Doch der Tod ihrer Eltern nach langer Krankheit warf sie dermaßen aus der Bahn, dass sie in Depressionen versank. Auch ihr strahlendes Lächeln verschwand. Sie kündigte ihre Halbtagsstelle, brach ihre Verbindung zu Dr. Bergen ab und begann eine Therapie.

Ronny Trommler
Hendrik hätte den Journalisten wegen Verleumdung verklagen können. Da dieser sich aber geständig zeigte, einen rehabilitierenden Artikel veröffentlichte und das Geld, das er von Albert Moser bekommen hatte, für das Weimarer Frauenhaus spendete, sah Hendrik davon ab. In seinem Beruf konnte Ronny Trommler nicht mehr Fuß fassen.

Tomasz
An einem Dienstag kurz vor Weihnachten passte Tomasz nicht auf und übersah an einer Raststätte den roten LKW. Im Fernfahrerwaschraum traf er auf den Boxertyp. Es gelang ihm mit knapper Not zu entkommen. Danach kündigte er bei der polnischen Spedition, wanderte nach Spa-

nien aus und eröffnete dort eine Melonenfarm. Oft dachte er an »Chendrik«, aber die beiden sahen sich nie wieder.

Carl Heinrich Iffländer

Fast ein Jahr lang fuhr er mit seinem silbernen Mercedes jeden Sonntag an die Tankstelle in der Erfurter Straße und legte für Charlotte Hendrike Fischer einen Blumenstrauß nieder.

Christiane Schulz

Hendrik besuchte sie mehrmals und unterhielt sich mit ihr bei Kaffee und Kuchen. Sie hatte ihr Haus durch eine Alarmanlage sichern lassen. Ansonsten war sie einer der wenigen Menschen, von denen Hendrik in Bezug auf Goethe noch etwas lernen konnte.

Hendrik Wilmut

Noch viele Wochen nach diesen Ereignissen beschäftigte sich Hendrik mit der Szene in Nadine Dubois' Fahrzeug, mit dem Moment, in dem sie die Pistole auf ihn gerichtet hatte, mit der kurzen Zeitspanne – nicht länger als ein Atemzug –, in der sie ihn angesehen hatte, bevor der Präzisionsschütze des SEK sie ausgeschaltet hatte. Hendrik war sich nicht sicher, meinte aber, Nadine Dubois habe in diesem Augenblick ihre Waffe sinken lassen.

ENDE

DANKSAGUNG

Ich bedanke mich ganz herzlich bei meinen Testlesern, die einen erheblichen Einfluss auf die Gestaltung von »Goetheherz« hatten. Dazu gehören: Britta Haak, Hannelore Köstering, Kristine van Even, Lena Schumacher, Peter Ingenerf, Sascha-Frank Loubal, Stefanie Jost-Köstering und Ulrike Köstering.

Weiterhin danke ich den Mitarbeitern des BKA in Wiesbaden, die im Herbst 2019 eine Fortbildungsveranstaltung für Krimiautoren organisierten, an der ich teilnehmen durfte. Aus Rücksicht auf die Geheimhaltung verschiedener Ermittlungsmethoden habe ich in »Goetheherz« leicht geänderte Verfahrensweisen und modifizierte Begriffe benutzt.

Ein dickes Dankeschön geht an meine Autorenkollegen vom Syndikat e.V. und von der Schreibwerkstatt Skriva in Köln, die mich auf vielfältige Weise beim Schreiben dieses Romans unterstützt und motiviert haben. Zuletzt danke ich Prof. Dr. phil. Albert Meier, der bis zu seiner Emeritierung den Lehrstuhl für Neuere Deutsche Literaturgeschichte an der Universität Kiel innehatte, sowie Jochen Opitz, Inhaber von Chocolaterie, Konditorei und Café Opitz in unmittelbarer Nähe des Goethehauses in Frankfurt. Beide haben sich mit ihrem Namen für meinen Roman zur Verfügung gestellt. Damit konnte ich die Tradition fortsetzen, in jedem Band der Goethekrimi-Reihe mindestens eine lebende Person als Romanfigur in die Handlung einzubringen.

Bernd Köstering im Frühjahr 2021

INFOTAFEL ZU GOETHES HERZDAMEN

(… in der Reihenfolge ihrer Bekanntschaft mit Goethe)

1. Schönkopf, Anne Catharina (Käthchen)

Geboren 1746 in Leipzig, gestorben 1810 ebenda.

Von Goethe »Käthchen« oder »Annette« genannt.

Beziehung mit Goethe: 1766 bis 1768 in Leipzig während seines Studiums dort. Goethes erste große Liebe. Käthchen war die Tochter des Gastwirts, bei dem er seine Mahlzeiten einzunehmen pflegte.

Hindernisse: Standesunterschied und Goethes Eifersucht.

Bezugswerke: »Das Buch Annette« (19 Gedichte), »Die Laune des Verliebten«.

Weiteres: Goethe kehrte 1768 krank und ausgezehrt nach Frankfurt a. M. zurück. Käthchen heiratete später den Juristen Dr. Christian Carl Kanne und wurde 1810 in dessen Familiengrab beigesetzt.

2. Brion, Friederike Elisabeth

Geboren 1752 in Niederröden/Elsass, gestorben 1813 in Meißenheim, Baden.

Beziehung mit Goethe: Oktober 1770 bis August 1771 in Sessenheim/Elsass (ehem. Sesenheim) während seines Jurastudiums in Straßburg.

Hindernisse: Goethes Unstetigkeit und seine Angewohnheit, Lebensphasen ohne Rücksicht auf seine Mitmenschen abzuschließen.

Bezugswerk: »Sesenheimer Lieder« (Gedichtband), darunter: »Willkommen und Abschied«, »Heidenröslein« und »Mailied« (ehem. »Maifest«).

Weiteres: Goethe verließ Sessenheim, ohne von Friederike Abschied zu nehmen. In seiner Autobiografie bekennt er sich zu dieser Schuld. Er traf sie 1779 auf dem Weg in die Schweiz noch einmal wieder. Friederike Brion blieb bis an ihr Lebensende unverheiratet.

3. Buff, Charlotte Sophie Henriette (Lotte)

Geboren 1753 in Wetzlar, gestorben 1828 in Hannover.

Beziehung mit Goethe: Juni bis September 1772 in Wetzlar während seines Praktikums am dortigen Reichskammergericht.

Hindernisse: Charlotte Buff war bereits verlobt mit Goethes Freund Johann Christian Kestner, den sie später auch heiratete.

Bezugswerk: Sie inspirierte Goethe zur Figur der »Lotte« in »Die Leiden des jungen Werther«.

Weiteres: Wieder verließ Goethe seine Angebetete, ohne sich zu verabschieden, diesmal hinterließ er zumindest einen Abschiedsbrief. Charlotte Kestner, geb. Buff, zog mit ihrem Ehemann nach Hannover, die beiden bekamen zwölf Kinder. Im Jahr 1816 trafen sich Goethe und Charlotte noch einmal in Weimar (siehe Thomas Manns »Lotte in Weimar«).

4. Schönemann, Anna Elisabeth (Lili)

Geboren 1758 in Frankfurt a. M., gestorben 1817 in Krautergesheim/Elsass. Eltern: Bankier Johann Wolfgang Schönemann und Elisabeth d'Orville.

Beziehung mit Goethe: Winter 1774 bis Sommer 1775. Er nannte sie »Lili«. Romantische Zusammenkünfte der beiden mit Unterstützung der befreundeten Familien d'Orville, Bernard und André in Offenbach a. M. Siehe »Lilitempel« ebendort. Verlobung an Ostern 1775. Lösung der Verlobung im September 1775, danach Goethes Flucht nach Weimar.

Hindernisse: Ablehnung der geplanten Hochzeit durch Goethes Schwester und Lilis Brüder. Goethes Bindungsphobie.

Bezugswerke: »Claudine von Villa Bella«, »An Lili«, »Lilis Park«, »Neue Liebe, neues Leben« und andere.

Weiteres: Elisabeth »Lili« Schönemann heiratete den Straßburger Bankier Bernhard Friedrich von Türckheim. Im Alter von 80 Jahren spricht Goethe von Lili als seiner »ersten wahren Liebe«.

5. von Stein, Charlotte Albertine Ernestine

Geboren 1742 in Eisenach als Charlotte von Schardt, gestorben 1827 in Weimar. Hofdame der Herzogin Anna Amalia, verheiratet mit Oberstallmeister Josias Freiherr von Stein.

Beziehung mit Goethe: Kernverbindung 1776 bis 1786, Zerwürfnis durch seine übereilte Abreise nach Italien, im Alter wohlwollendes Verhältnis.

Hindernisse: Als Goethe sie kennenlernte, war Charlotte von Stein bereits (unglücklich) verheiratet.

Bezugswerke: »Iphigenie auf Tauris«, »Eleonore«, »Torquato Tasso« und andere. Mehr als 1.600 Briefe und »Zettelgen«. Goethes Briefe an Charlotte von Stein sind größtenteils erhalten (Goethe- und Schiller-Archiv, Weimar), diejenigen von Charlotte von Stein an Goethe musste er ihr zurückgeben, sie wurden vernichtet.

Weiteres: Die Widersprüchlichkeit dieser Beziehung, die oft als Ehe »sui generis« (eigener Art) bezeichnet wurde, gipfelt in der herzlichen Zuneigung Charlottes zu Goethes Sohn August (Mutter: Christiane) und umgekehrt derselben Liebenswürdigkeit Goethes gegenüber Charlottes Sohn Fritz (Vater: Josias). Aus Respekt vor der Persönlichkeit beider Individuen verbietet sich nach Meinung des Autors dieses Buches eine nähere Analyse ihrer direkten Beziehung, insbesondere einer bisher nicht nachgewiesenen möglichen Intimität.

6. Vulpius, Johanna Christiana Sophia (Christiane)

Geboren 1765 in Weimar, gestorben 1816 ebenda.

Genannt »Christiane«.

Beziehung mit Goethe: 1788 bis 1816, verheiratet ab 1806. Ein gemeinsamer Sohn, August. Vier weitere Kinder, die kurz nach der Geburt starben.

Hindernisse: Wegen des Standesunterschieds wurde Christiane von vielen Weimarern und vom herzoglichen Hof, insbesondere von Charlotte von Stein, nie voll akzeptiert. Sie erhielt zahlreiche mehr oder weniger ehrabschneidende Prädikate, von »Hausmamsell« und »Bettschatz« über »Dickere Hälfte« bis zu »Toll gewordene Blutwurst«.

Bezugswerke: »Gefunden«, »Der Besuch«, »Morgenklagen«, »Frech und Froh«.

Weiteres: Trotz allem hielt Goethe zu ihr. Er lebte mit ihr 18 Jahre lang in wilder Ehe, bevor er sie 1806 heiratete. Der Anlass dazu waren ihr Mut und ihr Durchsetzungsvermögen gegenüber Napoleons Truppen, denen sie den Zugang zum Haus am Frauenplan verwehrte.

7. Herzlieb, Wilhelmine Christiane Friederike (Minchen)

Geboren 1789 in Züllichau, gestorben 1865 in Görlitz.

Von Goethe »Minchen« genannt.

Beziehung mit Goethe: Minchen lebte in Jena bei ihren Pflegeeltern. Ende 1807 steigerte sich Goethes väterliche Zuneigung in eine leidenschaftliche Liebe. 1808 verließ Wilhelmine Herzlieb die Stadt Jena.

Hindernisse: Der große Altersunterschied (40 Jahre) und Goethes Ehe mit Christiane, auch wenn sich die Eheleute Goethe kleine Eskapaden (»Äugelchen«) gegenseitig zugestanden.

Bezugswerke: »Charade«, »Epoche«, evtl. »Wachstum«.

Weiteres: Wilhelmine Herzlieb heiratete 1821 Prof. Karl Wilhelm Walch. Ihre Ehe war eine Katastrophe und Minchen endete in einer Heilanstalt für Geisteskranke in Görlitz.

8. von Willemer, Marianne (Suleika)

Geboren wahrscheinlich 1784 in Linz/Österreich als Marianne Pirngruber oder Marianne Jung, gestorben 1860 in Frankfurt a. M.

Beziehung mit Goethe: August 1814 bis September 1815. Goethe wohnte zwei Monate bei der Familie Willemer in der Gerbermühle am Frankfurter Mainufer. Dabei entwickelte sich die Liebesbeziehung, die mit einem Kuss im

Heidelberger Schlosspark ihre Krönung und gleichzeitig ihr Ende fand. Das Ginkgo-Blatt gilt bis heute als Symbol der Liebe zwischen Marianne und Goethe, siehe Gedicht »Gingo Biloba« (auch »Ginkgo Biloba«).

Hindernisse: Aus Sicht der Familie Willemer gab es keine Schwierigkeiten, denn Goethe war beliebt und die Annäherung an Marianne erfolgte unter Duldung ihres deutlich älteren Ehemanns Johann Jakob von Willemer.

Bezugswerk: Marianne von Willemer war die einzige Frau, die Goethe literarisch als ebenbürtig betrachtete. Sie steuerte die Verse »Westwind« zu Goethes Gedichtband »West-östlicher Divan« bei und verfasste eigenständige Texte. Goethe führte sie in zahlreichen Gedichten als »Suleika«, er selbst war »Hafis«.

Sonstiges: Die beiden schrieben sich später noch Briefe, sahen sich jedoch nie wieder.

*

Weitere »Herzdamen«, die für den Kriminalfall in »Goetheherz« keine Rolle spielen:

9. Maximiliane von La Roche (Maxe)

Tochter der Sophie von La Roche, heiratete 1774 den Frankfurter Kaufmann Peter Anton Brentano. Brentano duldete Goethes Schwärmereien für seine Ehefrau nicht und verbot ihm das Haus. Maximiliane und Peter Brentano hatten zwölf gemeinsame Kinder, darunter die poetisch begabten Bettina und Clemens Brentano.

10. Faustina

Goethe führte Faustina (eigentlich Faustine) als literarische Figur in die »Römischen Elegien« ein. Sie steht angeblich für die Liebesfreuden während seines Aufenthalts in Rom. Viele Historiker und Literaturforscher haben versucht, ihre Identität zu lüften. Die Vermutungen gingen von der Tochter des Gastwirts der »Osteria alla Campana« über Constanza Roesler bis hin zur Schweizer Malerin Angelika Kauffmann. Das Geheimnis wurde bis heute nicht gelüftet. Möglicherweise gab es in Rom gar keine Faustina, sondern Goethes Liebesverhältnis mit Christiane kurz nach der Italienreise beeinflusste seine Elegien. Bedenkenswert ist auch die Analogie Faust/Faustina.

11. Bettina von Arnim (Bettine)

Die Tochter von Maximiliane von La Roche war eine glühende Verehrerin Goethes. 1811 heiratete sie den Literaten Achim von Arnim. Im gleichen Jahr kam es zu einem öffentlichen Zerwürfnis mit Goethes Ehefrau Christiane, damit auch zum Bruch mit Goethe, der Bettine und Achim von Arnim daraufhin das Haus verbot.

12. Theodore Ulrike Sophie von Levetzow

Goethe traf Ulrike von Levetzow 1821 zum ersten Mal in Marienbad. Er selbst, 74 Jahre alt, machte der 19-Jährigen zwei Jahre später einen Heiratsantrag, den sie ablehnte. Die Marienbader Elegien beziehen sich auf diese Vorkommnisse. Ulrike von Levetzow blieb bis an ihr Lebensende unverheiratet.

LITERATURHINWEISE

»Christiane und Goethe – Eine Recherche«, Sigrid Damm. Insel-Verlag: Frankfurt a. M. und Leipzig, 1999.

»Das Inkognito – Goethes ganz andere Existenz in Rom«, Roberto Zapperi. C.H. Beck: München, 1999.

»Frauen um Goethe«, Astrid Seele. Rowohlt Taschenbuch: Reinbek, 2000.

»Goethe – Sein Leben und seine Zeit«, Richard Friedenthal. Piper: München, 2000.

»Goethes Mutter – Eine Biographie«, Dagmar von Gersdorff. Insel-Verlag: Frankfurt a. M. und Leipzig, 2001.

»Das sanfte Joch der Vortrefflichkeit«, Renate Feyl. Diana-Verlag: München und Zürich, 2002.

»Die profanen Stunden des Glücks«, Renate Feyl. Diana-Verlag: München und Zürich, 2002.

»Marianne von Willemer und Goethe«, Dagmar von Gersdorff. Insel-Taschenbuch: Frankfurt a. M. und Leipzig, 2005.

»Goethe Gedichte«, Erich Trunz (Hrsg. und Kommentar). C.H. Beck: München, 2007.

»Römische Spuren – Goethe und sein Italien«, Roberto Zapperi. C.H. Beck: München, 2007.

»Bettine von Arnim – Goethes Briefwechsel mit einem Kinde«, Wolfgang Bunzel (Hrsg.). dtv: München, 2008.

»Die klugen Frauen von Weimar – Regentinnen, Salondamen, Schriftstellerinnen und Künstlerinnen«, Ulrike Müller. Elisabeth Sandmann Verlag: München, 2009.

»Goethe – Kunstwerk des Lebens«, Rüdiger Safranski. Hanser: München, 2013.

»Goethe-Jahrbuch 2016«, 133. Band, Frieder von Ammon, Jochen Golz, Edith Zehm (Hrsg.). Wallstein Verlag: Göttingen, 2017.

»Goethe-Jahrbuch 2017«, 134. Band, Frieder von Ammon, Jochen Golz, Edith Zehm (Hrsg.). Wallstein Verlag: Göttingen, 2018.

Literaturdozent Wilmut ermittelt:

1. Fall: Goetheruh
ISBN 978-3-8392-1045-1

2. Fall: Goetheglut
ISBN 978-3-8392-1181-6

3. Fall: Goethesturm
ISBN 978-3-8392-1330-8

4. Fall: Goethespur
ISBN 978-3-8392-2398-7

5. Fall: Goetheherz
ISBN 978-3-8392-0029-2

Ex-Journalist Herbert Falke ermittelt:

1. Fall: Falkensturz
ISBN 978-3-8392-1600-2

2. Fall: Falkenspur
ISBN 978-3-8392-1844-0

3. Fall: Falkentod
ISBN 978-3-7349-9460-9

weitere:

Düker ermittelt in Offenbach
ISBN 978-3-8392-1971-3

Mörderisches Oberhessen
ISBN 978-3-8392-2063-4

Lieblingsplätze Frankfurt am Main (mit Ralf Thee)
ISBN 978-3-8392-2617-9

DRECOLL / SCHULLER
Große Oper
KRIMINALROMAN
GMEINER